# 人民共和國文化與文學叢書

五 編

李 怡 主編

## 第 21 冊

舒蕪胡風關係史證（上）

吳 永 平 著

花木蘭文化事業有限公司

國家圖書館出版品預行編目資料

舒蕪胡風關係史證（上）／吳永平 著 — 初版 — 新北市：花
木蘭文化事業有限公司，2017〔民 106〕
序 4+ 目 4+292 面；19×26 公分
（人民共和國文化與文學叢書 五編；第 21 冊）
ISBN 978-986-485-092-1（精裝）
1. 舒蕪 2. 胡風 3. 學術思想 4. 左翼文學
820.8                                          106013293

**特邀編委**（以姓氏筆畫為序）：

吳義勤　孟繁華　張　檸
張志忠　張清華　陳思和
陳曉明　程光煒　劉福春
（臺灣）宋如珊
（日本）岩佐昌暲
（新西蘭）王一燕
（澳大利亞）鄭　怡

人民共和國文化與文學叢書
五 編 第二一冊　　　　　ISBN：978-986-485-092-1

## 舒蕪胡風關係史證（上）

| | |
|---|---|
| 作　　　者 | 吳永平 |
| 主　　　編 | 李　怡 |
| 企　　　劃 | 北京師範大學民國歷史文化與文學研究中心<br>四川大學現代中國文化與文學研究中心 |
| 總 編 輯 | 杜潔祥 |
| 副總編輯 | 楊嘉樂 |
| 編　　　輯 | 許郁翎、王　筑　美術編輯　陳逸婷 |
| 印　　　刷 | 普羅文化出版廣告事業 |
| 出　　　版 | 花木蘭文化事業有限公司 |
| 社　　　長 | 高小娟 |
| 聯絡地址 | 235 新北市中和區中安街七二號十三樓<br>電話：02-2923-1455 ／傳眞：02-2923-1452 |
| 網　　　址 | http://www.huamulan.tw 信箱 hml810518@gmail.com |
| 初　　　版 | 2017 年 9 月 |
| 全書字數 | 479692 字 |
| 定　　　價 | 五編30 冊（精裝）台幣56,000 元 |

版權所有・請勿翻印

# 舒蕪胡風關係史證（上）

吳永平　著

## 作者簡介

吳永平，男，1951 年生，湖北武漢人。文學碩士。1992 年及 2001 年兩度赴巴黎第七大學遠東文學系進修文化人類學。現任湖北省社會科學院文史研究所研究員，兼任湖北省文藝理論家協會副主席。長期從事中國現當代文學研究，曾主持國家和省社科課題多項，已發表論文百餘篇，出版著作《李蕤評傳》、《小說家老舍》（譯著）、《隔膜與猜忌──姚雪垠與胡風的世紀紛爭》、《〈胡風家書〉疏證》、《姚雪垠抗戰時期小說創作研究》等多部。

## 提　　要

「胡風反革命集團」案是發生在上世紀 50 年代中期的重大政治文化事件。該案平反後，胡風研究、「胡風派」研究及「胡風集團冤案」研究逐漸成為熱門課題，從各個角度著眼的研究成果斐然可觀。

原「胡風派」成員之一的綠原卻提出另外一個研究思路。他在《胡風與我》中寫道：「胡風在魯迅逝世十年之後重新受到中國左翼文化界的批判，是因為在自己的刊物《希望》上發表了舒蕪的哲學論文《論主觀》。另方面，胡風作為批判對象的尷尬處境解放後突然明朗化並日益嚴重起來，則是由於舒蕪 1952 年的『轉變』和反戈而促成的。要研究胡風問題及其對中國文化界和知識分子的教訓，不研究舒蕪是不行的。」他把胡風集團案發生、發展和惡化的原因全部歸咎於舒蕪，彷彿沒有舒蕪的那幾篇文章，「胡風問題」根本就不會發生。這當然是誤識。但不管怎麼說，從作家關係的角度來審視「胡風派」的興衰仍具有可操作性。

秉著如上思路，筆者撰寫了這部專著，試圖立足於目前所能掌握到的全部原始資料，梳理舒蕪與胡風交往的全過程，真實地勾勒出這兩位「胡風派」核心人物關係演變的歷史，並以此為主線連綴相關歷史人物和歷史事件，進行某些證實或證偽的工作，期望能夠還原歷史運動中的某些被扭曲了的線條。

本著爲

國家社科基金後期資助項目《〈胡風家書〉疏證》

（項目編號：09FZW018）的前期成果

# 當代的意識與現代的質地——
# 《人民共和國文化與文學叢書》第五編引言

　　我們對當代批評有一個理所當然的期待：當代意識。甚至這個需要已經流行開來，成為其他時期文學研究的一個追求目標：民國時期的文學乃至古代文學都不斷聲稱要體現「當代意識」。

　　這沒有問題。但是當代意識究竟是什麼？有時候卻含混不清。比如，當代意識是對當代特徵的維護和強調嗎？是不是應該體現出對當代歷史與當代生存方式本身的反省和批判？前些年德國漢學家顧彬對中國當代文學的批評引發了中國批評家的不滿——中國當代文學怎麼能夠被稱作「垃圾」呢？怎麼能夠用作家是否熟悉外語作為文學才能的衡量標準呢？

　　顧彬的論證似乎有它不夠周全之處，尤其經過媒體的渲染與刻意擴大之後，本來的意義不大能夠看清楚了。但是，批評家們的自我辯護卻有更多值得懷疑之處——顧彬說現代文學是五糧液，當代文學是二鍋頭，我們的當代學者不以為然，竭力證明當代文學已經發酵成為五糧液了！其實，引起顧彬批評的重要緣由他說得很清楚：一大批當代作家「為錢寫作」，利欲薰心。有時候，爭奪名分比創作更重要，有時候，在沒有任何作品的時候已經構思如何進入文學史了！我們不妨想一想，顧彬所論是不是大家心知肚明的事實呢？

　　不僅當代創作界存在嚴重的問題，我們當代評論界的「紅包批評」也已然是公開的事實。當代文學創作已經被各級組織納入到行政目標之中，以雄厚的資本保駕護航，向魯迅文學獎、茅盾文學獎發起一輪又一輪的衝鋒，各

－第五編引言 1－

級組織攜帶大筆資金到北京、上海，與中國作協、中國文聯合辦「作品研討會」，批評家魚貫入場，首先簽到，領取數量可觀的車馬費，忙碌不堪的批評家甚至已經來不及看完作品，聲稱太忙，在出租車上翻了翻書，然後盛讚封面設計就很好，作品的取名也相當棒！

　　當代造成這樣的局面都與我們的怯弱和欲望有關，有很多的禁忌我們不敢觸碰，我們是一個意識形態規則嚴屬的社會，也是一個人情網絡嚴密的社會，我們都在為此設立充足的理由：我本人無所謂，但是我還有老婆孩子呀！此理開路，還有什麼是不可以理解的呢！一切的讓步、妥協，一切的怯弱和圓滑，都有了「正常展開」的程序，最後，種種原本用來批評他人的墮落故事其實每個人都有份了。當然，我這裡並不是批評他人，同樣是在反省自己，更重要的是提醒一個不能忽略的事實：

> 　　中國當代文學技巧上的發達了，成熟了，據說現代漢語到這個時代已經前所未有的成型，但這樣的「發達」也伴隨著作家精神世界的模糊與自我僞飾。而且這種模糊、虛僞不是個別的、少數的，而是有相當面積的。所謂「當代意識」的批評不能不正視這一點，甚至我覺得承認這個基本現實應當是當代文學批評的首要前提。

　　因為當代文學藝術的這種「成熟」，我們往往會看輕民國時期現代作家的粗糙和蹣跚，其實要從當代詩歌語言藝術的角度取笑胡適的放腳詩是容易的，批評現代小說的文白夾雜也不難，甚至發現魯迅式的外文翻譯完全已經被今天的翻譯文學界所超越也有充足的理由。但是，平心而論，所有現代作家的這些缺陷和遺憾都不能掩飾他們精神世界的光彩——他們遠比當代作家更尊重自己的精神理想，也更敢於維護自己的信仰，體驗穿梭於人情世故之間，他們更習慣於堅守自己倔強的個性，總之，現代是質樸的，有時候也是簡單的，但是質樸與簡單的背後卻有著某種可以更多信賴的精神，這才是中國知識分子進入現代世界之後的更為健康的精神形式，我將之稱作「現代質地」，當代生活在現代漢語「前所未有」的成熟之外，更有「前所未有」的歷史境遇——包括思想改造、文攻武衛、市場經濟，我們似乎已經承受不起如此駁雜的歷史變遷，猶如賈平凹《廢都》中的莊之蝶，早已經離棄了「知識分子」的靈魂，換上了遊刃有餘的「文人」的外套，顧炎武引前人語：「一為文人，便不足觀」，林語堂也說：「做文可，做人亦可，做文人不可。」但問題是，我們都不得不身陷這麼一個「莊之蝶時代」，在這裡，從「知識分子」

演變爲「文人」恰恰是可能順理成章的。

在這個意義上，今天談論所謂「當代性」，這不能不引起更深一層的複雜思考，特別是反省；同樣，以逝去了的民國爲典型的「現代」，也並非離我們「當代」如此遙遠，與大家無關，至少還能夠提供某種自我精神的借鏡。在今天，所謂的批評的「當代意識」，就是應該理直氣壯地增加對當代的反思和批判，同時，也需要認同、銜接、和再造「現代的質地」。回到「現代」，才可能有眞正健康的「當代」。

人民共和國文學研究，我以爲這應當是一個思想的基礎。

# 序 〔註1〕

　　要談中華人民共和國的歷史，就不能不談到胡風事件。要談胡風事件，必定會談到舒蕪。舒蕪在胡風事件中起了怎樣的作用，許多人都是根據當年《人民日報》連續刊出的三批「材料」來立論，對他不乏道義的譴責，稱之為出賣耶穌的猶大，稱之為「始作俑者」，似乎是舒蕪促成了胡風事件的發生，假如沒有他寫那篇《關於胡風小集團的一些材料》，就不會有後來「肅清胡風反革命集團」這一大冤獄了。事情是不是真的如此簡單呢？至於「事件」發生之前十二年間胡風舒蕪兩人是個怎樣的關係，有過些怎樣的交往，許多人對此是並不清楚的。而弄清楚這些，對於人們理解整個胡風事件是大有關係的。吳永平先生的這一本《舒蕪胡風關係史證》徵引了大量的史料，對這一問題作了深入的探討，得出了有說服力的結論。

　　對於這一公案，我也是關心的，讀吳先生這書，真有茅塞頓開的感覺。舉一個例吧。對於舒蕪的《論主觀》一文，我在為《我思，誰在？》一書寫的序中議論過，我在分析了文章中對卡爾、伊里奇、約瑟夫等人尊崇景仰的字句之後說：

　　　　這篇文章，不論在哲學方面應該怎樣評價，至少，政治態度應該說是很可取的吧。可是不成。延安方面認為這屬於那種「自作聰明錯誤百出的東西」，唯心論，不符合毛澤東思想，引起一場不小的批評。

　　這就可見我的「隔膜」，完全不瞭解這篇文章的寫作背景，覺得延安的反

---

〔註1〕　曾載於《博覽群書》2008 年 9 月號。

應不可理解。吳先生的書指出：《論主觀》一文，是爲了聲援陳家康而寫的。他這說法是合乎事實的。舒蕪在他 1944 年 2 月 29 日致胡風信中說：「關於陳君的問題而寫的《論主觀》，已完成，兩萬多字。」今年他把這些信件交給《新文學史料》刊出的時候，在這裡設注，說：

> 當時延安已經開展整風運動，反對教條主義。陳家康、喬冠華、胡繩等在重慶發表了一系列文章，反對對馬克思主義的機械教條化，強調人的主體性。胡風向來反對文藝上「客觀主義」傾向，故與他們接近。他們都認爲這是響應反對教條主義運動，但他們所反對的教條主義與延安要反對的教條主義並不是一回事。而且，延安認爲：在大後方的思想鬥爭的中心任務，不是黨內和進步文化界內的自我批評，而是反對大資產階級反動派。因此，陳家康等在內部受到批評，被迫檢討。胡風將這個情況告訴我，我就來寫《論主觀》，強調個性解放，支持陳家康他們。（《新文學史料》2006 年第三期，第 141 頁）

可見我在那篇序中說《論主觀》一文「至少政治態度可取」，是完全說錯了。站在延安的立場上看，這篇首先就錯在政治態度上，所以才把它看做個大問題，派出大員到重慶來處理的。

開始，胡風對《論主觀》一文的寫作和發表是持贊賞態度的，他在刊出此文的《希望》創刊號上，在編後記裏說此文提出了「一個使中華民族求新生的鬥爭會受到影響的問題」。後來這篇文章引起了強烈的批評，胡風一方面鼓勵舒蕪再接再厲，接連發表《論中庸》等系列文章，另一方面又向延安方面表示責任在舒蕪：他發表它，是自己失察。這一推委責任的辨白不但使舒蕪大感意外，就是瞭解情況的朋友也頗爲反感。後來聶紺弩在一封致舒蕪的信中評論說：

> 魯迅說，口號是我提的，文章是我叫胡風寫的。胡公說：當日失察云云，這正是兩人的分別處。（《聶紺弩全集》，第九卷，第 419 頁）

這裡聶紺弩是拿兩件有一點類似的事情作對比。一件是 1936 年左翼文藝界內部兩個口號之爭。「民族革命戰爭的大眾文學」這口號，其實是馮雪峰和胡風商量之後提出來的，這過程，胡風在《關於三十年代前期和魯迅有關的二十二條提問》中說得很清楚：

　　馮雪峰到上海當天我到魯迅家就見到了，第二天或第三四天在魯迅三樓後層談話時，他說「國防文學」口號他覺得不好，從蘇聯剛回來（？）的潘漢年也覺得不妥當似的，要我另提一個，我就提了這個口號。……當晚他向魯迅談過，魯迅同意了。第二天見到時他就叫我寫文章反映出去，文章，他看過，他也給魯迅看過，沒有改動一個字。（《新文學史料》1992 年第四期）

　　後來糾紛鬧大了，這個口號遭到「國防文學」派的猛烈反擊，魯迅就在《答徐懋庸關於抗日統一戰線問題》一文中聲明：「這口號不是胡風提的，胡風做過一篇文章是事實，但那是我請他做的」，表示了他敢於為胡風這篇引起爭議的文章承擔責任。而在十年之後，胡風對於舒蕪卻不是這種態度了。聶紺弩認為，這是分別魯迅與胡風二人高下的地方。

　　舒蕪認為，胡風的這種辯白是與事實不符合的，這大約是他決心要把「一些材料」公之於眾的一大原因。聶紺弩也是這個看法，他後來在致舒蕪的另一封信中說：「舒蕪交出胡風的信，其初是洩憤。」（前引書，第 417 頁）這裡的「交出」二字，舒蕪曾經表示過不能接受，他說過：那只是被《人民日報》編輯部以核對引文為由借去，跟主動交出性質不同。但不論怎麼說，這些信件很快到了負責辦理胡風專案的大員的手上，成了打擊胡風及其「反革命集團」的殺手鐧。不少論者認為，舒蕪以私人通信作為批評的論據，是越過了道德的底線，吳先生這本書指出：在利用私人信件作為政治材料這種行為上，胡風在給中共中央的報告中用舒蕪私人信件做材料告密，早於舒蕪一年。再說，當年舒蕪自己作檢討，是真誠的，他衷心擁護引導中國革命取得勝利的毛澤東思想，他也勸朋友檢討，希望朋友發表文章檢討，這些都是真誠的公開的，這恐怕不能算是告密。多年之後回頭看，當年的信念竟是虛妄，這不能不說是一場令人痛苦的悲劇了。

　　在胡風本人看來，他自己是共產黨忠實的追隨者，「如果不是革命和中國共產黨，我個人二十多年來是找不到安身立命之地的。」，「解放前許多年，我在群眾眼睛中不僅是一個單純的作家，而且是一個在黨底周圍的文學工作的組織者。」這是他這方面的看法或者說願望。可是共產黨對他的看法卻很不一樣。1936 年他同周揚之間的那一場兩個口號之爭不去說它了。1948 年就在全國勝利的前夕，香港出版的《大眾文藝叢刊》就把他作為主要的批判對象。那時，並沒有舒蕪的介入。可以設想，舒蕪根本沒有寫批評揭發胡風的

文章，他追隨尊崇胡風的態度一直沒有改變，清算胡風的事件同樣會要發生。當然，具體進行的形式會有許多不同。時間也許會遲一兩年，也許就在 1957 年的反右派鬥爭中一道解決，那麼，「胡風分子」也就用上「右派分子」這個統一的牌號了。

當然，歷史不容假設，它就是按照已經發生的那個樣子發生了。同樣，歷史也無從預測。假如誰預料到了這事的後果有如此嚴重，那麼不論是誰，舒蕪也好，別的什麼人也好，都不會有膽量借出這些信件，不，甚至不會有膽量暗示有過些這樣的信件的。

承吳永平先生不棄，囑我為這部大著寫序。我即匆匆拜讀了一下他發來的書稿，十分佩服，於是寫下以上一些讀後感繳卷。我怕的是，我對這部大著佳妙之處領會不深，短序難免不足不妥之處，這就有待吳先生和讀者諸君的指教了。

二〇〇六年十二月六日　朱正於北京旅次

# 目

# 次

# 上　部

## 感傷的攜手（1943 年至 1949 年）

# 0 引子

　　1942 年初，20 歲的安徽籍高中肄業青年舒蕪（方管）由於機緣巧合，被知名音韻學家黃淬伯教授看中，聘為中央政治學校「大一國文」科的助教；同年，40 歲的湖北籍資深左翼文藝理論家胡風從香港脫險後羈留桂林，與廣東籍青年朱谷懷和米軍等創辦「南天出版社」，主編《七月詩叢》和《七月文叢》。

　　舒蕪專攻墨學及「現代哲學」，不是「文學青年」，以前從未向胡風主編的《七月》投過稿；胡風專治文藝理論，此前並未深研哲學，其理論表述尚在黑格爾的「主觀精神」和「客觀精神」之間繞著圈子，還未能昇華到「人格力量」、「主觀戰鬥精神」和「精神奴役的創傷」的高度。如果他們此後不曾相識，不曾合作，不曾依託《希望》雜誌突進到思想文化領域，現代政治、思想、文化史上的許多事件或許不會發生。從小的方面來說，他們的人生也許會是另外一個樣子：舒蕪或許會在黃淬伯、顧頡剛諸教授的點撥下，沿著國學研究的路子走下去；胡風或許會固守在文藝領域，繼續以編發根據地作家的詩文為滿足。從大的方面來說，胡風的理論特徵也許不會被他人目為「主觀論」，「胡風派」也許仍只是一個單純的文學流派，不會被視為思想文化的「小集團」而遭到政黨政治的猜忌。

　　然而，他們相遇了，通過共同的朋友青年小說家路翎，他們攜手了，在延安整風運動「反教條主義」浪潮的衝擊下；他們合作了，在繼《七月》後出現的文化刊物《希望》上。應該說，選擇是雙向的，因為彼此都感到於對方有所需求。舒蕪當年有著「推動馬克思主義哲學繼續發展」的宏願，不甘於長守故紙堆，期望參與現實的思想文化鬥爭；胡風則有著反擊整風運動中

出現的「教條主義」傾向的抱負，渴求從讀者中發現「新人」，重新聚集一個有銳氣的作家群。於是，這位青澀的現代哲學研究者走近了與中共文化圈有著密切聯繫的「魯迅的大弟子」，而這位以主編《七月》而得名的中華文協研究部部長則看中了文思奇崛、思路開闊的「桐城派」後裔。

自舒蕪走近了胡風，新出的《希望》便以超出「七分之二」容量的思想文化類稿件成功地超越了純文藝刊物《七月》，「胡風派」才儼然有了號召群倫的大家風度；自胡風選中了舒蕪，他的理論積累在現代哲學的點化下才有所昇華和結晶，直至隱然形成與「真的主觀」分庭抗禮之勢。

從某種意義上看，舒蕪與胡風的關係史，不僅是他們人生長途中的一段邂逅，也是中國現代文化思想史上不可或缺的一段插曲。其起始點在 1943 年。

# 1 黃淬伯拔擢高中肄業生方管爲大學助教

　　舒蕪，原名方管。1922 年生於安徽桐城。幼秉家學，略知「濂洛關閩之傳」及「朱陸異同之辨」。稍長爲新文化運動所吸引，他的九姑方令孺是新月派女詩人，大哥方瑋德是新月派後起之秀，受他們的影響，「陳獨秀、胡適的理論，魯迅、周作人、茅盾、徐志摩、梁實秋、郭沫若、田漢、宗白華、葉聖陶、朱光潛、冰心、陳衡哲……的作譯」無不讀，形成「尊五四，尤尊魯迅」的觀念。「尊五四」，就是說，五四所開創的全部新文學，包括新月派在內，皆其所尊；「尤尊魯迅」，就是說，視魯迅爲整個新文學代表，特別是左翼文學的代表。梁啓超的《清代學術概論》也使他獲益良多，不僅「第一次有了一個完整的『學術思想史』觀念」，還初步地領會到「原來新文化運動乃是清代學術思想『以復古求解放』的必然繼續」。〔註1〕

　　15 歲（1937 年秋）入高中一年級，投身抗日救亡運動，初步接觸到馬克思主義。16 歲（1938 年）隨母親逃難至廣西、四川，讀至高二輟學。17歲（1939 年）即走上社會，輾轉川鄂等地鄉村私立中小學任教，先後結識路翎、何劍熏等好友。18 歲（1940 年）執教於四川省武勝縣沙魚橋建華中學時，有感於「新儒學」、「新理學」的氾濫，決意「用馬克思主義研究墨學」，起筆撰寫著作《墨經字義疏證》。20 歲（1942 年）經叔父方孝博先生介紹，爲國立中央政治學校黃淬伯教授當助教〔註2〕，得此機緣，走上學術研究之路。

---

〔註 1〕　《〈回歸五四〉後序》，載《新文學史料》1997 年第 2 期。下不另注。
〔註 2〕　方孝博時爲中央大學中文系講師，黃淬伯同時在中央政治學校和中央大學兩校執教。

　　舒蕪以高中肄業的學歷，能被王國維、趙元任的及門弟子、著名音韻學家黃淬伯教授看中，聘爲大學助教，替「大一國文」科「改國文習作」，其事頗具傳奇色彩。當然，如果沒有假冒的無錫國學專修學校學歷，沒有兩年來研讀墨學的初步成果，沒有「桐城方氏」的家庭背景，沒有其叔父方孝博先生的推薦，又設若中央政治學校有自己的中文系（那樣，助教自然會在本系畢業生中找而不假外求），這事本來是絕無可能的。然而，當這一切都湊在一起時，奇蹟便發生了。

　　中央政治學校校長爲國民黨黨魁蔣介石，教育長（實際的校長）爲國民黨宣傳部頭子張道藩，校務則完全在 CC 系首領陳果夫的控制之下。該校原名中國國民黨中央黨務學校，性質似近於國民黨的中央黨校，但是它的學員並非來自黨員調訓，而是面向全國招生，錄取的學生並不問是否國民黨員，入校後也不要求一律入黨。它的分系與普通大學不同，只分政治、外交、經濟、新聞四系。沒有中文系，只有各系一年級生必讀的國文課，簡稱「大一國文」，黃淬伯教授是這一科的首席教授。據舒蕪回憶，他能被黃先生選中任助教純屬偶然，他寫道：

　　　　黃淬伯是清華大學國學研究所畢業的音韻學家，著有《「一切經音義」反切考》，教「大一國文」當然非其所願，他要辭職，理由之一是改國文習作卷子太煩重。學校爲了挽留他，請他自行物色一個助教，替他改作文卷，這是破例，該校國文科從來不設助教。黃淬伯同時在中央政治學校和中央大學兩校執教。兩校戰時皆遷至重慶，但政校在南溫泉，中大在沙坪壩，相去甚遠，兩校兼課的人只好一邊住幾天，甚爲不便，所以黃淬伯打算辭政校而專就中大。政校既以破例爲他設一個國文科助教並由他自行物色來挽留他，他一時沒有現成的人，有一天在中央大學中文系教師休息室中，他便泛請同事們幫他物色一個。我的叔父方孝博在座，他當時也在中大中文系教書，他知道我正要找下學期的職業，便將我向黃淬伯推薦。黃淬伯同我面談一次，決定用我。〔註3〕

順便說一句，胡風晚年回顧與舒蕪的初交時，曾對舒蕪得入中央政治學校任助教事表示殊爲不解，懷疑其中或許有某種政治背景。他這樣寫道：

〔註3〕　《〈回歸五四〉後序》。

他還是一個二十多歲的青年，沒有學歷和人事關係，卻在國民
黨的中央政治學校當上了教員，我也完全沒有從政治上對這種情況
考慮過。這說明了我的職業病發展到了完全不能從政治關係上看問
題的，麻木無感的盲目地步。對他我不但犯了沒有擺正觀點的出發
點的錯誤，而且是一種憑主觀願望想像對方的感情亂用。〔註4〕

實際上，胡風大可不必如此自責。迄今爲止，也未發現舒蕪進中央政治學校
教書有何「政治」背景。當年胡風把舒蕪介紹給中共文化人陳家康、喬冠華
時〔註5〕，對方也並沒有因其執教的學校而有所猜忌，反而準備在黨刊《群眾》
上發表他的文章。況且，人之有才，不在學歷。能識才，能用才，這是可堪
嘉獎的伯樂的「職業病」。

黃淬伯教授也有這種愛才的「職業病」，他只翻看了舒蕪的《墨經字義疏
證》中的一篇的草稿，只與舒蕪面談過一次，便欣然接納了這位 20 歲的失學
青年。2005 年 4 月黃淬伯先生的公子黃東邁發現了其父解放前的日記，從中
複印了與其事有關的二則回贈舒蕪。錄如下〔註6〕：

> （一九四二年一月）二十七日晴。政校應余用助教爲改卷，余
> 所介紹之方君管可任用。日軍距新加坡僅五十英里。英美空軍漸見
> 活躍。（眉頭有黃淬伯先生自注：此人思想進步，治墨學。）

> （一九四二年一月）三十一日晴暖。方孝博邀至其寓爲餐聚，
> 其寓在南開中學之津南村，經三友路，梅花舒蕊，璀璨引人。於其
> 坐上復見陳獨秀氏之古陰陽入互用例表，及方重禹所作論墨子立言
> 各篇俱本三表之法，於尚賢三篇亦本斯旨，足破俞蔭甫等之陳說，
> 至爲精確。方君將爲政校助教，得此英才，尤足親也。

上文中「方君管」和「方重禹」均指舒蕪；「論墨子立言各篇」指舒蕪的《墨
經字義疏證》中的《墨子十論各分上中下三篇考》；「足破俞蔭甫等之陳說〔註
7〕」是對舒蕪墨學研究成果的高度評價；「得此英才，尤足樂也」足徵其當時
的喜悅之情。

---

〔註4〕 《胡風全集》第 6 卷第 633 頁。《胡風全集》，湖北人民出版社 1999 年版，下
不另注。

〔註5〕 陳家康當時在重慶中共辦事處工作，爲周恩來的秘書。喬冠華時任《群眾》
雜誌主編。

〔註6〕 轉錄自舒蕪《現代朱批》，原載《萬象》2005 年第 12 期。引文據日記影印件
補足。

〔註7〕 俞樾，字蔭甫，號曲園，章太炎的老師，俞平伯的曾祖。國學大師。

黃先生是政校「大一國文」的首席教授，校方既有求於他，他說話是管用的。他同意，事情就成了。舒蕪回憶道：

> 那天談話之後，叔父說，看來黃先生還滿意，勉勵我好好幹，說是幹得好將來還可以開課。我只把這個助教當作一個飯碗，開課則談何容易，沒有怎麼放在心上。不料從此當真開始了高校教師生涯。在中央政治學校，暑假期間給國文不及格學生開補習班，就讓我去教，當然是黃淬伯先生提名的。後來他到國立女子師範學院當國文系主任，提名聘我去，越過講師級，當了副教授；抗戰勝利後他到江蘇學院中文系當主任，又提名聘我爲副教授；我追隨受教於他五年多才分開，這五年多對於我的學業事業當然非常重要，且不詳說。（《現代朱批》）

如果說，舒蕪在學術道路上有所師承，黃淬伯先生應是其中的一個，此外還有顧頡剛，且待後述；以前人們只知道胡風對舒蕪有提攜之功，這是誤解。

舒蕪任教政校後不久，便承擔了黃先生交付的爲本校重編「大一國文」教材的事務性工作，爲了查找材料的方便專門成立的「國文教材編纂室」就設在校圖書館的書庫裏面，他得以自由翻閱校圖書館的藏書。有此條件，他的墨學研究進行得十分順利。他回憶到：

> 我把館藏所有關於《墨子》特別是《墨經》的書統統拿到我的桌子上，進行我的墨學研究和《墨經字義疏證》的寫作，當時已知的這方面的著作，也差不多齊備。《墨經字義疏證》就這樣完成了初稿。〔註8〕

終日埋頭校圖書館，他漸與館長沈學植熟識起來。沈先生是資深的圖書館專家，思想有自由主義傾向。當年 5 月中旬，沈先生偶然提起圖書館要添一個助理員，問舒蕪有沒有朋友可介紹。舒蕪於是寫信給重慶附近的所有朋友，只有路翎表示願意來。說來也巧，原在經濟部礦冶研究所會計科做辦事員的路翎數日前與某庶務員鬥毆，互有傷損，雙雙被解職，他正愁沒有地方解決飯碗問題哩〔註9〕。路翎來了，舒蕪得好友相伴，欣喜非常，有詩紀其事，曰：

---

〔註8〕 舒蕪《也曾坐擁書城》，收入董寧文編《我的書緣》，嶽麓書社 2006 年 8 月出版。

〔註9〕 路翎 1942 年 5 月 11 日致胡風信：「我即將離開此地，到南泉去暫時蹲著。是和所裏的惡狗打了架，他壓我，我回擊，我傷了腦殼，他傷了眼角，一起滾蛋。」鬥毆事似無政治色彩。路翎致胡風書信皆引自曉風編《胡風路翎文學

信去剛逢打破頭，此君怪事亦風流。

倉皇逃入圖書館，伴我南泉汗漫遊。

路翎任助理員後，與舒蕪同住一間單身員工宿舍。白天在圖書館工作，晚上就到「國文教材編纂室」來，與舒蕪同在燈下寫讀。當時路翎寫的是長篇小說《財主的兒女們》，舒蕪則繼續撰寫《墨經字義疏證》。

值得注意的是，此時胡風寄給路翎的信雖是通過舒蕪「轉」的，但他們從未在信中談論過他。舒蕪、路翎都是勤苦向學的青年，但術業專攻畢竟不一樣。可以說，1943 年以前，舒蕪對胡風的文藝理論並沒有多少興趣，路翎也沒有想過要將他介紹給胡風。這種狀況大約持續到胡風返渝前才有所改變。順便說一則趣事，舒蕪因常聽路翎說起胡風如何如何，不禁對其人其文發生興趣，某天他在學校附近的小書店裏見到胡風的《文藝筆談》，便偷拿回來閱讀。胡風後來對此事有評價，他寫道：

> 路翎告訴我，他（指舒蕪）認識了路翎，知道我信任路翎的態
> 度以後，曾從南溫泉小書店偷了一本我的《文藝筆談》細讀，大概
> 是揣測了我的思想特點和感情癖好的。他鑽了我反對教條主義的要
> 求和提倡雜文的空子。〔註10〕

時年 20 的毛頭小夥子，做事不知輕重，「讀書人竊書不算偷」，也許只是好奇而已；舒蕪並未因此而轉攻文藝理論，仍潛心墨學研究，似可證實他當時並不如胡風揣測的那麼深謀遠慮罷。

---

書簡》（安徽文藝出版社 1994 年版）及張以英編《路翎書信集》（灕江出版社
1989 年版），下不另注。
〔註10〕《胡風全集》第 6 卷 633 頁。

# 2 胡風為「七月派」同人星散而煩惱

　　正當舒蕪和路翎同在「國文教材編纂室」苦讀之時，胡風從香港脫險後暫住桂林，他正為《七月》的復刊無望及「七月派」同人的星散而煩惱。

　　桂林時稱「文化城」，進步文化事業相當發達。在這裡，胡風與老朋友聶紺弩、邵荃麟等重新聚首，還新結識了有志於文化事業的一批青年朋友，漸漸安頓了下來，融入了當地進步文藝運動的潮流之中。起初，他協助聶編輯出版了《山水文藝叢刊》第 1 輯《死人復活的時候》，後來又與朱谷懷、米軍、伍禾等合作創辦「南天出版社」，並為該社主編了《七月詩叢》和《七月文叢》，逐漸打開了局面。然而，他並沒有感到滿足。須知，他本是個很有創意的期刊編輯人，抗戰爆發之後主編《七月》蜚聲文壇，以這個刊物為陣地，他團結了一批原「左聯」的作家，編發了大量來自根據地的稿件，培育了一批來自讀者群中的新人，形成了獨特的風格。

　　如今，陣地已失，戰士星散，只能打散兵戰，胡風感到萬分的無奈。為此，他對聶紺弩耿耿於懷，兩人的關係鬧得十分緊張。原來，皖南事變後胡風曾撤往香港，臨行前將已編好數期的《七月》委託給老友聶紺弩出版，聶印出了一期之後，因故返回桂林，而將刊物轉交歐陽凡海負責，由於國民黨的蓄意打擊，《七月》未能繼續出版，刊物執照被弔銷〔註 1〕。聶紺弩曾對此事有所解釋，他寫道：

---

〔註 1〕 1941 年 5 月 16 日國民黨中央圖書雜誌審查委員會致函中宣部稱：「《七月》企圖透過文藝形式達到其謬意宣傳的目的。本會審查該刊物時極其嚴格，總期設法予以打擊，使其自動停刊。」轉引自王康《我參加審查胡風案的經歷》，原載《百年潮》。

　　四一年我到重慶，正是他要到香港去的時候，他要我接著編《七
月》。但他因為怕在路上發生問題，不敢告訴書店他到香港我繼續編
的事，甚至到了香港也不寫信來把問題講清楚，以致我無憑證向書
店交涉。那時是重慶「五三」、「五四」大轟炸，書店不知搬到什麼
鄉下去了，街上店鋪也都關了門，也無法交涉。再，他的那些作者
我一個不認識，他一個也未介紹，又都四散地住在鄉下，不容易找，
找不到一個人商量。我自己又正在鬧家庭問題，煩惱之極，想回桂
林去，沒有給他編，以致國民黨藉口過期，把登記證弔銷了。其實
如果知道編的人是我不是他，也會弔銷的。因為這件事，他對我長
期地懷恨。〔註2〕

聶說雖不無道理，但胡風「長期地懷恨」的緣由似乎並不僅於此：當胡風羈
留香港欲另出《七月》港版之時，聶紺弩也有意在桂林創建大型文藝刊物。
其時，聶、胡的政治態度和文藝觀點基本相同，都對來自根據地的稿件情有
獨鍾，於是留在重慶的那批《七月》存稿便成了他們兩人爭奪的對象。當時
《七月》存稿寄放在路翎、聶紺弩夫人周穎及華中圖書公司等處。胡風讓路
翎把整理好的存稿寄往香港，聶紺弩則催促路翎把手頭的稿件寄往桂林。路
翎起初並不瞭解這兩位「左聯」前輩打的是不同的算盤，甚至一度真誠地想
以存稿和新作支持聶紺弩正在創建的期刊〔註3〕。胡風本不欲把與老朋友的矛
盾告訴路翎，及至他來到桂林，發現聶紺弩心懷「異志」之後，才慢慢地將
內心的真實想法一點點地透露給路翎。1942年3月22日（胡風抵達桂林後的
第16天），胡風在致路翎的信中寫道：

　　開始，倒還好，好像回到了一個什麼「懷抱」，但漸漸地就覺得
　　──覺得什麼呢，我還不能確切地把這說出來。但決不是幻滅。在
　　戰爭中和逃難中，我看見了一些人無恥地剝下了我對於他們尚存有
　　的最後的一點幻想的衣片，但我卻得到了（生出了）更強的戰鬥的
　　願望，而且覺得我這面是聲勢浩大的。但十多天以來，漸漸地，有

〔註2〕　參看《聶紺弩全集》第10卷第37～38頁、第127～128頁。《聶紺弩全集》，
　　　　武漢出版社2004年版，下不另注。
〔註3〕　路翎1942年3月15日致胡風信：「我是說，假若今度兄（指聶紺弩）籌畫的
　　　　青鳥能夠飛起來的話，在重慶有一個營壘不是更好麼？但艱難的確很多。除
　　　　去吃飯問題不算：渝刊取消了出版證，要幾乎重新下手，『官』多，印刷條件
　　　　劣，書店老闆滑……」

時感到非常地非常地孤單。是我的幻想在舊的實體面前發抖了麼？

是主觀的要求並沒有伴隨著可用的戰術因而發怔了麼？是要求過

強，因而對於戰友的期待過苛了麼？……〔註4〕

由於信中所暗示的人、事過於隱晦，路翎並沒有完全理解胡風的意圖，於是又鬧出了新的矛盾。當年4月間，當聶紺弩再次以胡風名義向路翎索要《七月》存稿時，路翎仍不假思索地寄去了。胡風得知消息後非常著急，於5月3日致信路翎，再也顧不得掩飾與老朋友的矛盾了。他寫道：

前些時X君（指聶紺弩）偶然告訴內人，說叫你把《七月》所

收詩稿全寄給他。一兩天後他對我說，你把詩稿寄他，快收到了。

我沒有做聲。是不是寄出了？如尚未寄出，希望你全部選一選，把

好點的和田間後寄來的全部稿子寄我，直寄我這裡。即日掛號航寄。

我自信是在艱苦地走著一條路，同情我的「友人」當然是為了

在一條路上或願意在一條路上的原故。這路決不是為我自己的。但

事實卻打毀了我。我原來是一個在對於他人的信任裏面自欺自的理

想主義者。但我卻是忠厚的，即使在香港時不能明白，一到這裡就

應該馬上明白的，但直到最近才省悟過來。我何曾懂得這社會！—

—刊，就這樣讓人捏死了。它還只打下了一點基礎，還沒有真正說

出它的希望。可笑的是，這當中，我還接二連三地做夢似地寫信拜

託。

這次，胡風信中表達得相當清楚，「友人」是打上了引號的。路翎得信後恍然大悟，追悔不及，只得一再道歉。5月11日他在致胡風的信中寫道：

糟得很，詩稿寄出了。有田底五首和鉫底一首。這裡還有一點

點，其中有《子弟兵》底印出來的前半，即寄你。這些都不一定是

以後收到的，新的也很少。給《詩墾地》而由他們印出來的，我預

備要一份寄你。某那裏，你能否拿來看？

這是我底糊塗，也怪我根性太劣。錯已經鑄成了——請原諒我，

論文收到否？後一信收到否？

5月12日他又在致胡風的信中寫道：

---

〔註 4〕　胡風致路翎書信皆引自《胡風全集》第9卷和曉風編《胡風路翎文學書簡》（安
　　　　徽文藝出版社1994年版）。下不另注。

> 記得 X 兄（指聶紺弩）來信裏曾有說，要詩稿，你已同意，而
> 且渝刊難恢復，你暫不得來渝。當時沒有想一想，就寄了。慚愧之
> 至！

為補救計，路翎索性把剩下的稿件及新作全部寄給了胡風。胡風收到後，心
裏的一塊石頭才落了地，5 月 23 日他致信路翎，一方面談存稿之無所謂，好
讓路翎減少自責之感，另一方面再次談到聶紺弩對《七月》應負的責任，流
露出心中的芥蒂愈結愈深。他寫道：

> 存稿，論文，中篇，都已收到。那詩稿，用不著悔的。X 君（指
> 聶紺弩）拿來了田、孫的，那就並無新稿了。至於後寄的詩稿，那
> 是我看過的，浪費了郵票。但田的長詩，《詩創作》如獲至寶。大船
> 破了尚有三口釘也。至於刊（指《七月》），我回來後 X 君他們根本
> 沒有和我商量恢復問題，我也沒有多談，困難不困難更談不到也。
> ——開初，我以為沒有了也不算什麼，我的時間力氣可以解放出來，
> 但兩月來的觀感，才曉得那對於新文學是一個不小的損失。這裏有
> 些人關心它，大概也有原因的。

其時，胡風與聶紺弩的矛盾已非常明朗，只是沒有公開化而已。聶紺弩習慣
於將私人感情與事業追求區別對待，並不把這事看得很嚴重。他仍若無其事
地到胡風居所閒聊，還放手地讓胡風替他編輯《山水叢刊》。聶紺弩在胡風離
桂林赴重慶（1943 年 3 月 14 日）之前，還把《文學報》也讓給胡風編了一期。

然而，不管聶紺弩如何真誠地以實際行動表達因《七月》的停刊而對胡
風的歉意，胡風仍不肯輕易地原諒這位老朋友，他一向把事業追求看得比私
人感情更重，不願聽取聶對《七月》停刊事的解釋，也不願淡忘聶與他爭奪
《七月》存稿的舊賬。臨別桂林之前，他為南天出版社編好了自選集《民族
戰爭與文藝性格》，不由得又懷想起了《七月》，於是在「序」中這樣寫道：

> ……例如那個小刊物罷（指《七月》），在我自己，總算是拿出
> 了能夠有的真誠的……現在，這個小刊物早已從文壇上消失了，但
> 我還要把有關它的幾則文字也附錄在這裏。對讀者，它略略訴說了
> 一個微小的努力是由於怎樣的願望，採取了怎樣的方法，經過了怎
> 樣的旅路，多少可以作為「前車之鑒」；在我自己，那是一個悲歡離
> 合的紀念：在這個期間鼓勵了我、幫助了我的人們，有的已經戰死
> 沙場，完成了神聖的使命，有的固守陣地，各自在艱苦裏面奮力作

戰，有的匯入了鬥爭主流的大海，甚至彼此斷了消息，也有的別圖
發展，視往日的貧賤之道爲蠢事，視往日的貧賤之交爲令名之
玷……。對於崇高的死者，這裡寄寓了誠懇的追悼，對于忠貞的生
者，這裡寄寓了懷念的問訊，對於穿捷徑而去的黠者，這裡也寄寓
了決絕的告別。〔註5〕

由此可知，《七月》在胡風心目中是何等的重要，《七月》的停刊對胡風是何
等巨大的打擊，他對「七月」同人的星散是何等的惋惜，他對聶紺弩的「懷
恨」曾一度達到何等的程度。

　　然而，此時對他來說，「七月派」已隨著《七月》的停刊而成爲歷史，無
論是戰死疆場者（如丘東平），匯入鬥爭主流者（如在根據地的諸人），固守
陣地者（如路翎、阿壟、何劍熏等幾位青年作家），還有那背棄「貧賤之道」、
「貧賤之交」的「穿捷徑而去的黠者」（如聶紺弩）。胡風以該文爲《七月》
作了小結，他將一無留戀地奔向遠方。

　　1943 年 3 月 14 日，當胡風登上長途客車向重慶進發之時，他還不可能知
道，在遠方山巒深處的重慶南溫泉中央政治學校圖書館的「國文教材編纂室」
裏，與他親愛的年青朋友路翎相伴寫作的那位爲黃淬伯先生所選中的「英
才」，將成爲他謀劃的下一場戰役（反對「教條主義」）的大將，將成爲他創
建「希望派」時不可或缺的臂膀，而且還將成爲他後半生驅除不盡的夢魘。

〔註 5〕　《民族戰爭與文藝性格‧序》，《胡風全集》第 2 卷第 495～497 頁。

# 3　舒蕪何時識胡風

　　1943 年 3 月 27 日，胡風攜全家經過近半個月的顛簸，順利地抵達重慶。

　　3 月 28 日，重慶報紙上登出了胡風等一行抵達重慶的消息。當天，路翎和舒蕪在政校圖書館裏便讀到了。據舒蕪《〈回歸五四〉後序》一文中的回憶：

> 　　七、八月間（時間有誤，筆者注），一個星期天的下午，我和路翎出來閒走，到政校圖書館看當天的報紙，某一家報上登載消息，說是幾位名作家從桂林來到了重慶，其中有胡風的名字。原來，第一次反共高潮，胡風與其他一些進步作家離重慶到香港，太平洋戰爭爆發，香港淪陷，他們從香港回桂林，一段時間之後，又回重慶。路翎看了消息，非常興奮，決定第二天請假進城去看胡風，並且要我一起去。我說我不想見名人，路翎說：「你要這樣想，那就無話可說了。」我同意去看看，路翎又要我將已寫成的《文法哲學引論》等三篇，已發表的《釋無久》篇，帶去請胡風審閱。次日，我們到胡風暫住之所重慶張家花園中華全國文藝界抗敵協會會址去看了胡風，路翎與他談得多，我沒有說什麼。我們回南溫泉後，我又寫了一篇論文，題目似是《論體系》，寄給了胡風。不久，我接到胡風給我的第一封信。

該回憶文章寫於 1996 年底，舒蕪已是 72 歲高齡。由於事隔半個多世紀，他把這年發生的幾件事的時間順序搞混了。乍看上去，時間、人物、地點、過程、細節均要素應有盡有，應該確鑿無誤；然而，還是錯了！

　　首先，胡風返回重慶的時間並不在 1943 年的「七、八月間」，而是 3 月
27 日。《胡風回憶錄》和梅志《胡風傳》上記載相同，可爲互證〔註1〕；另據
《陽翰笙日記選》，1943 年 4 月 1 日載：

　　　　今天是我們參加政治部第三廳工作的五週年紀念日，也即是三
　　廳成立的五週年紀念日。大家發起在會內聚餐，同時又因胡風、（沈）
　　志遠先後自桂來渝，大家也就決定在這一天內同時歡迎他們。〔註2〕

由此，可以確定，胡風自桂返渝的時間必在 3 月底無疑。不過，舒蕪的時間
記憶雖然有誤，但細節記憶卻相當準確。3 月 27 日是星期六，消息於星期天
（3 月 28 日）見報，他們在圖書館讀到這則消息後，相約於次日進城去看望
胡風，次日是星期一（3 月 29 日），因此必須「請假」。很明顯，舒蕪撰寫該
文時是根據「胡風給我（舒蕪）的第一封信」（1943 年 9 月 11 日作），向前推
一兩個月來確定與其結識的時間的。順便說一句，人的記憶隨著年齡的增長
而衰退，首先模糊的是抽象的時間記憶，然後才是具體細節記憶。

　　其次，3 月 29 日舒蕪並沒有隨同路翎進城看望胡風。據《胡風回憶錄》，
他們在抵達重慶的當天在石板街揚子江旅館下榻，數天後搬到張家花園中華
文協駐地，5 月下旬搬到市郊鄉下的賴家橋，10 月遷至陳家祠堂（又名花朝
門）鄭伯奇原住的房屋。如果這天舒蕪隨同路翎去看望胡風，地點應該在「旅
館」，而不在「張家花園」。胡風自述云「剛住進旅館時，路翎和阿壟來看過
我」，沒有提到舒蕪。路翎在《我與胡風》中寫道：「他（胡風）回到重慶。
我去看他，他請我和阿壟在小館裏吃飯。〔註3〕」也沒有提到舒蕪。兩位當事
人的回憶可爲互證。況且，如果舒蕪那天也去了，應當對阿壟的在場及胡風
邀請吃飯事有印象，回憶文章中隻字未提，此亦可證他那天並不在場。

　　舒蕪那天爲什麼不跟著路翎去看望胡風，可能有多種原因：「不想見名
人」，青年學者的矜持，是原因之一；術業專攻不同，缺乏興趣，爲原因之二；
此外，路翎並未堅邀，而另約了阿壟，這是原因之三。

　　不過，舒蕪回憶他與胡風第一次見面的地點是文協所在地的張家花園，
這倒是一條不容忽略的線索。上面已經談到，胡風確曾在中華文協暫住過近

〔註1〕　《胡風回憶錄》，收入《胡風全集》第 7 卷。下不另注。梅志《胡風傳》，北
　　　　京十月文藝出版社 1998 年版。下不另注。
〔註2〕　《陽翰笙日記選》，四川文藝出版社 1985 年版。下不另注。
〔註3〕　曉風編《胡風路翎文學書簡》，安徽文藝出版社 1994 年第 7 頁。後不另注。

兩個月，非當事者是不會瞭解胡風住所變更情況的。既然對地點印象如此深刻，見面時間似可確定於此時（4～5 月間）。早於此時，他們應在揚子江旅館見面；晚於此時，則應在「鄉下」（賴家橋或花朝門）聚首。

在胡風暫住張家花園期間，路翎是否有可能帶舒蕪去看望胡風呢？查《胡風路翎文學書簡》，發現了路翎在此期間有多次進城看望胡風的記載。胡風 5 月 27 日致路翎信中寫道：

> 這次會見能有這結果，那就好了。我想是因為能夠談得隨便的緣故。當作親近的友人，而不看成一個抽象的存在，那會見就會快樂的。
>
> 可惜下鄉前不能再見一次。這幾次，都沒有好好地閒談過，冤枉得很。我曾提議（向何或陳）到什麼地方玩一天，但後來終於沒有積極地鼓動。

信中明確地說與路翎見面次數已有「幾次」，不排除其中便有舒蕪參與的一次；胡風抱怨見面時曾被「看成一個抽象的存在」，因而「沒有好好地閒談」，當是有外人在場的緣故。此時，對胡風而言，舒蕪還只能算是個陌生人，彼此缺乏信任，不能「隨便」地交談。對舒蕪而言，胡風只是個「名人」，近於「抽象的存在」，缺少共同的話題。因此，這第一次見面在他們的記憶中都沒有留下什麼深刻的印象。舒蕪回憶說：「（與胡風第一次見面時）我沒有說什麼。」胡風更沒有把他記在心上，在此信中提到相約出遊的朋友時只提「何或陳」（何劍熏和陳守梅），而不提舒蕪。

綜上所述，舒蕪初識胡風的時間大約可以確定為 1943 年 4～5 月間，地點在文協所在地的重慶張家花園。

有趣的是，胡風回憶初識舒蕪的情景時完全是另外一種說法。《胡風回憶錄》云：

> 路翎從南溫泉來，我在阿壟處見到他。他帶來了《財主的兒女們》上部及舒蕪駁郭沫若論墨子文。當夜看舒蕪文至三時多。不久，由路翎的介紹，我認識了他的同事舒蕪（方管）。

這段文字中有兩個可供參照的時間點，一是路翎完成「《財主的兒女們》上部」的時間，二是舒蕪寫成「駁郭沫若論墨子文」的時間。路翎完成大作上部的時間在 1943 年年底，有胡風 1944 年 1 月 21 日致路翎信為證，信中明確地寫道：「看完了（上部）……願你順利地完成下半的工作。」而舒蕪寫成宏文的

時間在 1943 年 10 月底，有舒蕪 11 月 1 日致胡風信爲證，信中明白寫道：「反郭文（即胡風提到的「駁郭沫若論墨子文」）五萬字，最近弄成。〔註4〕」還有胡風 11 月 17 日覆舒蕪信爲證，信中稱：「稿前天收到，即讀過。」綜合以上材料，大致可以看出胡風在回憶錄中有將初識舒蕪的時間確定在 1943 年 11 月下旬的意思。

應該指出，胡風將結識舒蕪的時間推遲到對方撰「駁郭沫若論墨子文」之後，是缺乏充足的依據的。《胡風回憶錄》提供了反證，文中曾敘及舒蕪來「鄉下」看望他的情景，寫道：

> 不久，舒蕪到鄉下來看我，當天談到夜裏一時。第二天又和他閒談了一整天，看他帶來的三篇論文稿。我對哲學問題沒有深的研究，無能對他的稿子作出肯定或否定的判斷，只是稍爲提了點自己的看法。第三天下午，送他坐車回城了。

實際上，這次見面並非發生在舒蕪寫成「反郭文」後「不久」，而是發生在當年 9 月初，即舒蕪撰「反郭文」之前。有胡風 9 月 11 日給舒蕪的信爲證，信中寫道：

> 「這幾天內，看了你的三篇稿子，得到了不少啓示，但要說意見，卻是說不出來的。但在工作方式上，倒有一點意見。」「這些都是題外之話，見面時當可以隨便地談得詳細一些的。」

書信內容與自傳中的回憶可爲互證。此時，舒蕪已能獨自一人去「鄉下」拜訪胡風，並作竟日長談，這種關係當然不會是初識。

大約一個月後，舒蕪又去見過胡風，聽取對方對文稿的「詳細」意見。返校後，於 10 月 24 日致信胡風，寫道：

> 看電影之次晨，過江返南（溫）泉。向寧兄（指路翎）把該傳達的都傳達了。他吟味再三，大約總將另函覆你。

能爲胡風當信使，口頭傳遞重要信息，這種事情只能發生在極爲信任的朋友之間。兩天後（10 月 26 日）胡風又覆信舒蕪，欣然表示可能要和何劍熏「一道來南泉玩」，舒蕪當即回信表示歡迎。

綜上所述，胡風於 1943 年 4～5 月間初識舒蕪，9 月間已熟識，10 月間更成爲親密無間的好朋友了。

---

〔註4〕 舒蕪致胡風信皆出自《〈回歸五四〉後序》修訂本（收入《舒蕪集》第 8 卷）及《舒蕪致胡風信》（載《新文學史料》2006 年第 3、4 期）。下不另注。

　　胡風爲何要把結識舒蕪的時間延後到 11 月呢？除了年久失記的生理因素之外，還涉及到舒蕪撰「駁郭沫若論墨子文」（即「反郭文」）這個歷史公案，詳情且待後述。

# 4 胡風建議舒蕪寫「另樣的東西」

舒蕪在《〈回歸五四〉後序》中寫道：第一次見面時曾帶給胡風文稿四篇，《文法哲學引論》、《論存在》、《論因果》及已發表過的《釋無久》。見面後不久，又寄給他一篇《論體系》。

由於同樣的原因，舒蕪的以上回憶也有失記之處。

筆者認為，舒蕪與胡風第一次在張家花園（4～5 月間）見面時只帶了一篇小文章（題目未詳），8 月間又交由路翎帶去一篇論文稿（《論體系》），9 月初舒蕪去「鄉下」看望胡風時面交了三篇論文稿（《文法哲學引論》等），11 月初他在致胡風的信中才將墨學論文《釋無久》「附寄」。考證如下——

關於第一次見面時遞交的那篇小文章。查《胡風路翎文學書簡》，胡風 1943 年 5 月 27 日致信路翎，提到：「方兄之文已由友人陳君轉交副刊發表，日內當有消息。」這裡說的「方兄」指的是舒蕪（方管），「友人陳君」指的是陳家康，「副刊」指的是《新華日報》的「新華文副」。該副刊容量有限，從不發長篇論文，由此可以推斷舒蕪此次送上只是一篇「小文章」。該文並未見報，原稿也不知所終。

關於 8 月間舒蕪交由路翎帶給胡風的論文稿（《論體系》）。路翎將該稿送交胡風後，久久沒有回音。8 月 16 日路翎致信胡風，催道：「看了管兄（指舒蕪）的文字，盼寫點意見來。」8 月 31 日胡風覆信路翎，稱：「方兄（指舒蕪）之文尚未看，因精神不願接近較重一點的東西。日內當試試。」胡風並未鑽研過「現代哲學」，因而覺得「較重」，「試」過後也未能提出具體意見，順手放在稿件堆裏，隨後便遺忘了。後來，舒蕪一向追問此稿下落，胡風才從稿件堆裏把它找了出來。10 月 4 日他致信路翎，寫道：「告訴老方（指舒蕪），

他上次那一篇找著了，我將於某刊上發表。」11 月 17 日他又致信舒蕪，寫道：「《論體系》說是不發了，見面時才可問得原因。」原因如何，因後信已佚，不得而知。這篇稿件也從此不知去向。

關於 9 月初舒蕪帶到「鄉下」（賴家橋）面交的《文法哲學引論》等三篇論文稿。胡風當時就讀過，送走舒蕪後，他又反覆地閱讀，並於 9 月 11 日致信舒蕪，認真地提出了審讀意見。他寫道：

今天，思想工作是廣義的啓蒙運動。那或者是科學思想發展的評價，或者是即於現實問題（包括現在成爲問題的思想問題、歷史問題等）的鬥爭。這是一個工作的兩面，過去都沒有好好做過。你的這四篇（連上一次的一篇），我覺得是介乎這二者之間的工作。說是前者，則史的敘述之明確性不夠，作爲學的組織性不夠，說是後者，則既未緊抓著活的問題，又過於省略了解說。以文法篇說，既未出發自目前文法論爭中的問題，而關於詞性，又大半當作讀者當然同意了的看法而略之。

其次，通俗工作，目前還大有做的必要，一本《大眾哲學》，早就非有代它的東西不可，而竟還沒有。如果能一方面就近取例，言近而意遠，一方面與眾爲友，不以對象爲不夠格而剋扣軍糧，我想，這工作也是積兒孫福的。不知能劃出工夫作此準備否？

再其次，創造思維的能力，創造思維者的思維方法的明確性，也是我們的任務。因而，敘述，術語，句法，亦非付以大的注意不可。在雖已離開指鹿爲馬，但還不免難鴨不分的這時代的讀者，我們非開始養成語言的潔癖不可。這在哲學工作上就可以更被我們痛感到的。

這些都是題外之話，見面時當可以隨便地談得詳細一些的。

這三篇，我想這次進城時分投給中山季刊、中蘇季刊等試試看。

鄉間聽郭談了一次對於墨子的看法，好像比一般流行意見不同。後又談過一次楚漢間的儒者，補充地說明墨學之中斷原因。似乎是從《墨經源流》中之一二意見得到暗示的。

不能寫寫社會評論的東西麼？不用術語而深入生活中的意識形態的解剖，我覺得今天是非常必要的。

這是胡風寫給舒蕪的第一封信，第一封長信，第一封對他的治學方向提出明確的意見和建議的措辭懇切的書信。

由此可以確知，舒蕪結識胡風之後，曾先後送交了 4 篇哲學論文給胡風審閱。「上一次一篇」應是舒蕪回憶中誤以為後作的《論體系》，這次面交的即是「《文法哲學引論》等三篇」。這 4 篇文章都是「現代哲學」論文，胡風因而能將它們放在一起進行點評。而「已發表的《釋無久》篇」此時並未呈上，該文是墨學研究論文，舒蕪遲至 11 月 1 日才將載有該文的該刊「抽印本」寄給胡風，此是後話，在此不贅。

由此信可知，胡風當時對舒蕪的「哲學研究」並不看好。他是從「理論研究」和「現實鬥爭」兩個角度來進行評價的，著眼於前一角度，他認為舒蕪所作在「史」及「學」兩方面均有所不足；著眼於後一角度，他認為舒蕪所作在「現實性」及「明晰性」兩方面均稍欠火候；從總體上考慮，他則認為舒蕪所作與當時國統區進步文化界正在興起的「廣義的啓蒙運動」尚有距離。

由此信亦可知，胡風對舒蕪的治學方向也提出了極為寶貴的意見和建議：第一，他對舒蕪的脫離現實的治學傾向提出了婉轉的批評，建議他腳踏實地寫一本取代艾思奇《大眾哲學》的通俗讀本。第二，他對舒蕪思維及表述上的若干弱點提出了委婉的批評，建議他注重「養成語言的潔癖」。第三，他對舒蕪行文中過多地搬用哲學「術語」提出批評，建議他解剖「生活中的意識形態」，多寫「社會評論」。一言以蔽之，他希望能把舒蕪從「純學術研究」的書齋中拉到「廣義的啓蒙運動」的道路上來。

前文已述，舒蕪是從墨學研究起步而走上學術研究道路的。然而，他此時送交胡風審閱的這四篇文章（《文法哲學引論》、《論存在》、《論因果》和《論體系》）卻都與墨學研究無關，而是「現代哲學」研究成果。這是什麼緣由呢？說來也簡單，舒蕪於 1943 年寫成《墨經字義疏證》的初稿後，興趣已由墨學轉向了「現代哲學」研究。他在《〈回歸五四〉後序》中提到了促使他興趣轉移的機緣：

> 我在書庫翻閱中，看到有一批西方哲學名著的中譯本，主要是
> 商務印書館的《漢譯世界名著》，和三十年代上海辛墾書店出的那
> 些。先前，我從一些馬克思主義教科書小冊子中，已知這些都是唯
> 心論和舊唯物論，是過時的、落後的、錯誤的甚至是反動的東西，

即或其中尚有某些「合理的核心」，也早都被批判地繼承在馬克思主義裏面了。現在既有機會，也不妨看看是怎麼一回事。一看之下，覺得並不那麼簡單，覺得各種哲學體系裏面，原來都有相當不少的好東西，是馬克思主義哲學沒有包括的，不能代替的，或者可以說馬克思主義哲學對於歷史遺產雖已繼承了大部分，但尚有一部分尚未來得及繼承的。於是我一本一本地細讀，著重希臘哲學、法蘭西唯物論和德國古典哲學，雖然有的完全不懂，有的一知半解，有的自以爲很能領會，總的說來，都使我暗有大志：要把這些尚未儘量繼承的有價值的遺產繼承下來，以推動馬克思主義哲學繼續發展。

繼承「各種哲學體系」中的「有價值的遺產」，以「推動馬克思主義哲學繼續發展」，其志不可謂不大。這裡有青年人的熱情，也有青年人的狂傲。在上世紀那個躁動的年代裏，許多文化人都具有這種「以天下爲己任」的精神品質，胡風如是，路翎如是，舒蕪也如是。舒蕪晚年曾「反省」道：「當時年少無知，妄有此想，不知道『發展馬克思主義』是何等大事，只有一代最高革命領袖才有此資格，豈是一介凡夫黃口小兒所能妄議？當時確實不知道，眞是這麼想，而且動手幹起來。」（《〈回歸五四〉後序》）

因之，當舒蕪把自己的哲學新作拿給同居一室的朋友路翎看時，後者感到大爲震撼，「發展馬克思主義」畢竟不是一件小事。路翎在給劉德馨的信中（1943 年 3 月 16 日）中感情複雜地寫道：「管兄（指舒蕪）在研究哲學——文化的問題；對他的這種研究，我有時失去平衡。〔註1〕」

讀過舒蕪哲學論文而感到「失去平衡」的豈止是路翎一人，當胡風第一次拿到舒蕪的《論體系》時，不是也感到「較重」而無法讀下去嗎？

在此有必要強調，舒蕪從「有志於墨學復興」進而到「發展馬克思主義」，這個轉變是自行完成的，其間並沒有受到任何人的影響。由於初步實現了這個轉變，才爲他此時的走近胡風準備好了條件。

再說胡風，他本是非常接近於中共文藝領導圈子的進步文化人，被公認爲國統區文藝界統一戰線組織（中華文協）中「左翼」的代表，且是大後方文壇上高舉魯迅大旗的旗手、堪與郭沫若、茅盾比肩而立鼎足而三的文藝理論家。他以主編《七月》、「七月詩叢」和「七月文叢」而在抗戰文壇上獨樹一幟，其刊物儼然成爲抗日民主根據地諸作家在國統區開的一個「視窗」。不

---

〔註 1〕 張以英編《路翎書信集》，第 16 頁。

過，自香港脫險至桂林後，他的思想便處於激烈的動盪之中：他開始對「同行者」的生活態度和人格要求產生了懷疑，開始對中共指導下的大後方抗戰文壇的現狀（他謚之爲「混亂」）產生了不滿。從桂林返回重慶後，他感受到延安整風運動對大後方文化界的衝擊，又多次與喬冠華、陳家康等中共文化人傾心交談，思路逐漸明晰了起來，視野逐漸脫出文藝的畛域，漸至擴大到「哲學——文化」的領域。他在回憶文章中談到與喬、陳等互相勉勵的情景：

> 路遇喬木（喬冠華），一道去喝茶。談到我在桂林寫的文章，他覺得我是在不顧一切，意即，我批評了錯誤傾向，完全不顧及誤會和攻擊。談到整風，我說，現在出現了用教條主義反教條主義，他表示了同感。這使我很高興，引爲知己。他到重慶後，和陳家康思想感情相投，常在一起。我有時間就去看望他們，一起談天。

可以說，胡風從認識到「（整風運動中）出現了用教條主義反教條主義」這一刻起，他就從「政治——文藝人」演變爲了「政治——文化人」。從此，他的一隻腳便從「文藝」挪到了「文化」上，他更關注「左翼」文化陣營裏的異動，自覺地介入了先進政黨全力開展的思想文化建設運動（整風），並力求喊出自己的聲音。

在此也有必要強調，胡風從「文藝」跨進到「文化」，這個轉變大體上也是自行完成的，其間或許受到中共文化人士（喬冠華和陳家康）的若干影響。由於初步實現了這個轉變，才爲他此時的接納舒蕪準備好了條件。

上面曾引用過胡風 1943 年 9 月 11 日寫給舒蕪的長信，其主要內容已脫離「文藝」，而涉及「哲學——文化」問題，這也可視爲胡風一腳跨進到「文化」的標誌。在這封具有歷史意義的長信中，胡風給舒蕪出了幾個題目：撰寫取代艾思奇《大眾哲學》的普及讀本；撰寫與郭沫若爭鳴墨學文章；撰寫更貼近現實問題的「社會評論」（雜文），等等。

舒蕪於 10 月 24 日致信胡風〔註2〕，表示接受對方的意見和建議。信中寫道：

> 社會事件，社會意識形態的解剖，確甚重要，我將試著做起來。
>
> 郭的文章（指郭沫若的《墨子的思想》），本身極淺狹，用不著談，但反映出一種態度，一種方法，直接影響研墨的工作，擴而大之，更影響整個哲學史的研究。打算專就這點來談談。

---

〔註 2〕　舒蕪誤標爲 10 月 27 日，筆者根據胡風下信改正。

胡風於 10 月 26 日回信，對他的態度表示贊賞。信中寫道：

> 能準備寫另樣的東西，很喜。
>
> 四篇都分給了，看結果罷。《存在》給郭志（指郭沫若主編的《中原》雜誌），另抄一份去，原稿留存。校抄稿的時候，有一個感想：用這寫法，把各個重要的範疇都寫一篇，合成一整篇，倒也很必要。
>
> 雖非現實問題本身，但可以給看現實問題時一個鏡子。

舒蕪此時雖正在撰寫胡風建議的「另樣的東西」（「反郭文」），但他對胡風將其舊作統統歸結爲「非現實問題」仍覺得不能接受。於是，他在 11 月 1 日的覆信中申辯道：

> 接來信，文章勞神校抄，極感。寫「論存在」，是觸發於史托里亞諾夫的「機械論批判」；寫「論因果」是觸發於休謨；寫「文法哲學引論」，則觸發於當時的論戰和庶謙的文章，裏面的議論其實都實有所指的。
>
> 來信所云：「把每一個重要範疇都這樣討論一下」，當時確有這個雄圖的。但後來覺得，這樣逃於空虛，總不成事體，所以丟下手，一直到現在，也沒有心情了。只好「俟諸異日」。
>
> 語堂博士高唱西方因果邏輯的破滅，並獲得很多人同情。所以，我想，那本是逃於空虛的「論因果」，此時倘能登出，似乎倒還有點現實的意義。不過寫得總不行。

順便說一句，胡風把舒蕪的 4 篇哲學論文給了 4 家雜誌，有 3 篇於次年陸續刊出，《論因果》給了郭沫若主編的《中原》雜誌，載 1944 年 3 月第 1 卷第 3 期〔註3〕；《論存在》給了韓侍桁主編的《文風雜誌》，載 1944 年 3 月第 1 卷第 3 期；《文法哲學引論》給了侯外廬主編的《中蘇文化》，載 1944 年 6 月第 15 卷第 3、4 期合刊。《論體系》一篇不知所終。

就這樣，在幾次見面長談及信件交往的過程中，舒蕪與胡風之間的關係在慢慢地磨合。舒蕪亟需高人指點繼續前行的道路，切盼研究成果能被人賞識，獲得面世的機會；胡風則在試探對方的靈性和可塑性，他渴求著能與這位青年學者攜手，共同跨入「哲學——文化」領域。

---

〔註 3〕 胡風在上信中稱：「《存在》給郭志（指郭沫若主編的《中原》雜誌）」。此說似有誤。

　　就這樣，年青的舒蕪逐漸離開已經開步走了半程的純學術研究道路，按照胡風的建議，轉而撰寫更加貼近現實的論辯文章。他倆第一次攜手合作的成果便是應產生轟動效應而被不幸湮沒的「駁郭沫若論墨子文」（簡稱「反郭文」）。

　　這年舒蕪 21 歲。

# 5 胡風暗示舒蕪可與郭沫若爭鳴

1943 年 9 月 11 日,胡風在致舒蕪的第一封長信中似乎漫不經心地談及郭沫若的墨學研究。舒蕪聽懂了這個暗示,於 10 月 24 日致信胡風〔註1〕,明確地表示願意撰寫爭鳴文章。不過,這裡尚有兩個問題:第一,胡風對郭沫若的墨學研究究竟有什麼意見,爲何要暗示舒蕪與之爭鳴?第二,胡風其時並未讀過舒蕪的論墨學稿,他爲何判斷舒蕪有能力撰寫「反郭文」?

先談第一個問題。胡風是在「鄉下」聽到郭沫若的墨學講演的,似乎還表現出了特別的興趣。梅志在《胡風傳》中寫道:「這一時期(指 1943 年 8 月他家遷到重慶市郊賴家橋後),鄉下文工會的學術空氣很濃。郭沫若主任全家因避暑熱,住到鄉下文工會前面的幾大間住房來了,因此,這裡顯得很熱鬧,工作也多了些。郭沫若在這裡做了多次學術講演,胡風每次都去聽。除《墨子的思想》外,還有《建安文學》、《楚漢之間的儒者》和《公孫尼子及其音樂理論》等,這些增進了他對正在閱讀的魯迅先生《漢文學史綱》的理解。〔註2〕」參照《郭沫若年譜》與《陽翰笙日記選》,得知郭沫若上述墨學論文的寫作、講演及發表時間:

8 月 6 日寫訖《墨子的思想》,後數日演講,載 1943 年 9 月 16 日《群眾》8 卷 15 期。

8 月 29 日寫訖《秦漢之際的儒者》,30 日演講,載 1944 年 2 月《中蘇文化》15 卷 2 期。

---

〔註 1〕 舒蕪將此信誤標爲 10 月 27 日作。
〔註 2〕 梅志《胡風傳》第 492 頁。

　　9 月 5 日寫訖《公孫龍子及其音樂理論》，6 日、13 日演講，載 1943 年 10 月 16 日《群眾》8 卷 17 期。

胡風是在聽過郭沫若關於《墨子的思想》、《秦漢之際的儒者》及《公孫龍子及其音樂理論》的前半演講後寫信給舒蕪的。

　　郭沫若的這三次演講都涉及儒、墨的歷史評價問題，他在《墨子的思想》中批駁了方授楚《墨經源流》的一些觀點，批評方文「仍在梁（啟超）、胡（適）餘波推蕩中，在打倒孔家店之餘，欲建立墨家店」。他反對有人將墨子視為「工農革命的代表」，指出「墨子始終是一位宗教家。他的思想充分地帶有反動性——不科學，不民主，反進化，反人性，名雖兼愛而實偏愛，名雖非攻而實美攻，名雖非命而實畈命」〔註 3〕；他撰寫的《秦漢之際的儒家》係「《墨子的思想》的補充」，對秦以後「儒存而墨亡」的觀點提出異議，認為實際上倒是「墨存而儒亡」，並認為這就是至今仍有人倡言「墨學復興」的重要原因；他撰寫的《公孫龍子及其音樂理論》則是針對儒、墨所爭的主要問題之一的音樂而作的，其揚儒貶墨的傾向較為明顯〔註4〕。

　　再談第二個問題。胡風此時雖然沒有讀過舒蕪的墨學論文稿，但他可以通過路翎大致瞭解到這位青年學者的墨學修養和基本觀點。路翎是與舒蕪朝夕相伴的好友，他對舒蕪有志於「第三次墨學復興」的情況是非常清楚的；再說，舒蕪 9 月初剛剛到「鄉下」拜訪過胡風，作了一天一夜的長談，所談內容當然會涉及他的墨學研究。這次長談在舒蕪的回憶文章中沒有記載，但對他的人生影響甚巨。從此，他逐漸偏離了學院派的治學道路，而投身於胡風所建議的「於現實問題（包括現在成為問題的思想問題、歷史問題等）的鬥爭」。

　　綜上所述，胡風是瞭解到舒蕪「崇墨反儒」的學術觀點及基本素養之後，才寫信暗示他可以撰文批駁郭沫若的「崇儒反墨」的傾向的。然而，胡風對墨學素無研究，對郭沫若的學術觀點又提不出具體意見，他為什麼要鼓動舒蕪撰寫「反郭文」呢？大致有如下幾個因素：一是惟魯迅之說是尊；二是對郭沫若有積怨；三是與陳家康等人同氣相求。

---

〔註 3〕　郭沫若《墨子的思想》《郭沫若全集》（歷史編）第 1 卷，人民出版社 1982 年，第 463 頁。

〔註 4〕　參看龔濟民、方仁念《郭沫若年譜》，天津人民出版社 1982 年，第 440〜445 頁。

首先，胡風所以要在信中暗示舒蕪撰寫「反郭文」，其共同的思想基礎之一是「尊魯迅」。胡風熟知魯迅曾在《非攻》中對墨家「摩頂放踵以利天下」的尚俠精神有所稱美；而舒蕪在《〈回歸五四〉後序》中憶及他研究墨學的思想動機時也稱：「我要用馬克思主義，來研究歷史上第一個反儒家的，兩千年來儒家獨尊的局面中完全被湮沒的，『五四』以後的科學與民主的思想運動中大受推崇的，魯迅熱烈歌頌過的墨子的學說，來反擊蔣政權所歡迎所需要的『新理學』、『新儒學』。」如今，郭沫若要把墨家一棍子打死，這當然是他們所不能容忍的。

其次，胡風對郭沫若有積怨。魯迅生前與郭沫若不合，胡風是記牢的；1938 年初中共決定「以郭沫若繼承魯迅爲全國左翼文化界的領袖」，當周恩來的秘書吳奚如向他傳達這一決定時，他「有牴觸情緒，沉默不語」〔註5〕。同年 9 月他讀過郭沫若的《抗戰與文化》後，發現「無條件反射」的術語運用不當，便撰文《要普及也要提高》進行諷刺〔註6〕。1940 年郭沫若作《「無條件反射」解》進行反批評，胡風的朋友聶紺弩作《胡風的水準》反譏，郭沫若於是再作《關於「無條件反射」的更正》來「告罪」。一言以蔽之，在胡風等人心目中是沒有郭沫若這位「旗手」的位置的。

再其次，胡風從桂林返渝後，結識了「大有志於振興墨學的陳家康」，他們曾有意共同推動「新的更廣義的啓蒙運動」。當年在重慶，陳家康對墨子的興趣和推崇是學界皆知的，侯外廬先生曾回憶道：「陳家康對中國古代哲學，有著超乎尋常的興趣，頗具水準的研究和見解。在重慶時，我們交換觀點的機會很多。我知道他非常尊崇墨子，筆名『歸墨』，就是表現之一。他嘗有所流露，希望自己有機會從事著作。〔註7〕」胡風在墨學研究上支持陳而反對郭，也許還帶著一點感情因素。

〔註5〕 吳奚如《我所認識的胡風》，曉風編《我與胡風——胡風事件三十七人回憶》，寧夏人民出版社 1993 年，第 26 頁。下不另注。

〔註6〕 胡風 1938 年 7 月 18 日致梅志信中寫道：「這刊物（指《七月》），無論我怎樣吃苦，也非支持下去不可，因爲這成了新文藝運動唯一的命脈。昨天看了郭沫若在《自由中國》上的一篇《抗戰與文化》，說是抗戰時期用不著高深理論和優秀作品，否則就有準漢奸的嫌疑云。我氣得發抖，想不到會混蛋到這個地步！凡海主張來一次狠狠的批判。也許會鬧他媽的一鬧的。」胡風認爲郭沫若的這篇文章是針對他和《七月》的。曉風輯注《胡風家書選》，載《新文學史料》2007 第 1 期。下不另注。

〔註7〕 《侯外廬先生述學》，載《史學史研究》2002 年第 3 期。

抗戰時期郭沫若學術思想上有著崇儒的傾向，這是事實；但據以推斷郭氏與國民黨旗下的「新理學新儒學」沆瀣一氣，卻嫌證據不足。1944 年 2 月郭在東南版《先秦學說述林》的「後序」中寫過：「新儒家、新道家、新墨家等的努力，不外是設法延長（封建思想的）尾骶骨……罷了」，他且認爲自己所持的學術態度是：「從分析著手，從發展著眼，各人的責任還之各人。這可算是對於古人的民主的待遇。〔註8〕」然而，他的這些說法似乎並未引起胡風和舒蕪的注意。

舒蕪晚年憶及當年撰寫「反郭文」的動機，還曾這樣寫道：

> 應該在胡風所高舉的魯迅旗幟之下，繼承「五四」的啓蒙傳統，用墨學研究來對抗新儒學、新理學，仍是啓蒙運動的一個重要部分，特別是在有人以馬克思主義權威學者身份出來崇儒貶墨的時候。爲了推動馬克思主義向前發展，一隻手要伸向古代，去繼承那些尚未繼承的遺產；一隻手要伸向現代，來清除「我們」自己裏面種種爲害更甚的東西。(《〈回歸五四〉後序》)

要把「旗幟」從郭沫若手裏奪過來，塞在「魯迅的大弟子」胡風手裏，這也許是當年圍繞在胡風周圍的青年朋友們的共同願望。遺憾的是，中共文化領導層中人絕不會作如此想。胡風當年或許也曾暗懷過這樣的大志，如其回憶錄所云：「（想）用論爭的形式衝破國民黨的審查，把毛主席關於整風的偉大教導帶到國統區的文化領域裏來。」殊不知，國統區裏有中共的文化領導機關把握著「整風」的大方向，且有「旗手」郭沫若在，胡風的舉動在某些人看來自然不無「越庖代俎」之嫌。

胡風信任地將批駁郭沫若「崇儒反墨」傾向的重任交給了舒蕪，舒蕪墨學研究的功底到底如何呢？筆者不敢妄議，且從《釋無久》中抽取起首三段，以窺其行文風格。該文釋讀的是《墨經》中的兩個基本概念，其文曰：

> 《墨經》一書，精微奧衍，素稱難讀。百餘年來，校訂董理之者，後先相繼，其中奇辭異字，迄今猶未盡解。雖以俞曲園、孫仲容諸先生之深通訓詁，梁任公、胡適之諸先生之精研哲理，亦猶未能窮其秘蘊，闡其義理，則斯道之非易言，可概見矣。

---

〔註8〕郭沫若《青銅時代・後記》，《郭沫若全集》「歷史編」第 1 卷，第 611～618 頁。

竊以爲欲治斯業，未可以徒通訓詁爲足，必於古今哲理，融會貫通，然後以意逆志，求其一字一句皆了然無疑，反覆推尋，務得其精義乃已。蓋墨家多自創術語，各有特異之解，非尋常訓詁之方所可通也。而世之業此者，於其古今通假衍脫僞誤之字，固考之不憚其煩，而於其獨創有之術語，則每有望文生義之失。

「無久」二字，見於《墨經》中者三，注家悉未知其旨，大率牽強附會，不顧義之所安。「久」者何？今語所謂「時間」也。《經上》四十條曰：「久，彌異時也。宇，彌異所也。」說曰：「久，古今旦莫。宇，東西南北。」所謂「久」，即時間；「宇」，即空間。歷古今旦莫，而後知有時間；遍東西南北，而後知有空間。時間與空間並舉，其義本已甚明。然又出「無久」二字，則何說耶？於是注家皆莫知所從矣。且此語苟僅一見，或尚可臆測強解，今則一見再見而復三見，曲解於此，未必更合於彼也。於是疏證紛紜，愈釋而愈不可解。所以者何？不通哲理，遂不見其精義；不見精義，乃不免望文生訓耳。〔註9〕

不難看出，這位 20 歲的學者既於國學浸濡頗深，也對五四以來「用新方法整理國故」的浪潮有所瞭解；他走的似是「樸學」的老路，實際上卻有「哲理」（現代哲學）爲其指導；其文氣魄宏大，排斥眾說，獨標異見，卻流露出青年學者睥睨一切的傲氣。須知，1940 年他在何劍熏代校長的建華中學執教時便遍覽過諸大家的墨學專著，立志仿傚「清代反理學大師戴震的《孟子字義疏證》」的體例撰寫一部《墨經字義疏證》，並在《新華日報》上發表過《用新方法整理國故》及《研究孔學的基本認識》的短論〔註10〕；1942 年初黃淬伯先生只讀過他的一篇墨學論文《墨子十論各分上中下三篇考》，便驚歎「足破俞蔭甫等之陳說」；1942 年《墨經字義疏證》全書草成，收文「十七篇，又附錄兩篇」，可謂蔚然大觀。由此而論，他自有其狂傲的理由。

可以說，胡風 9 月 11 日信中暗示舒蕪可與郭沫若爭鳴，顯然是經過慎重考慮的，不僅切合對方的知識範圍和專業特長，而且正搔到了對方「蓄久待發」的癢處。

---

〔註 9〕　《釋無久》，原載國立中央大學《文史哲》季刊 1943 年第 2 期，收入《舒蕪集》第 1 卷。

〔註 10〕　《用新方法整理國故》載 1939 年 12 月 29 日《新華日報》，《研究孔學的基本認識》載 1940 年 2 月 13 日《新華日報》。

　　舒蕪在回憶文章中曾談到撰「反郭文」前後從胡風處得到的啟發和幫助，他寫道：

　　　　他（指胡風）告訴我郭沫若談過一次對於墨子的看法，與一般
　　　流行意見不同，這是指郭沫若尊儒反墨的主張，很快就有文章公開
　　　發表。胡風此信中未詳敘郭氏之說的內容，未表示他自己對郭說的
　　　態度，但不久便介紹我認識了大有志於振興墨學的陳家康，支持我
　　　寫反駁郭氏的文章。〔註11〕

胡風支持舒蕪撰寫「反郭文」，這是毫無疑義的；但舒蕪結識陳家康卻在寫成「反郭文」之後，下面將敘及。郭沫若的論文《墨子的思想》見於 9 月 16 日出版的《群眾》8 卷 15 期，舒蕪當是讀過這篇文章後才從手撰寫「反郭文」的，10 月底稿成，11 月 1 日他興致勃勃地致信胡風，稱：

　　　　反郭文五萬字，最近弄成，態度頗不「尖頭鰻」。本也想「尖」
　　　的，寫時總不能自己，只好讓它去。預備翎兄來時，託他帶給你，
　　　——你自己能來，更好，我們極其歡迎……附寄一文，是《墨經字
　　　義疏證》中的一篇，最近打算改用白話，好好地重寫。

郭沫若《墨子的思想》只有萬餘字，而舒蕪的「反郭文」卻長達五萬言，所涉範圍想必甚廣；信中「尖頭鰻」是英文「紳士」的戲謔譯音，首創者為作家老舍，「想尖」而不能，足見此文火藥味之濃。隨信附寄的文稿是墨學論文《釋無久》的「抽印稿」，該文經黃淬伯教授推薦發表於中央大學《文史哲》季刊。胡風閱後即轉呈陳家康。「反郭文」迄未發表，原稿已失，舒蕪已忘卻原題是什麼，具體內容更無法回憶。但從他臨近完稿時寫給胡風的信中，大致可以揣摸到其立論的主要角度。他是從哲學史研究的角度對郭沫若治墨學的「態度」和「方法」進行批判的。在其後作的《論中庸》中，還可以找到其「崇墨反儒」觀念的完整表述，有心者更可從下面的摘錄中，找到與郭沫若墨學論文截然相反的表述：

　　　　墨家是忠實於人生的，是要在人生之內追求絕對化的理想，對
　　　於人生諸關係的美善有絕對性的要求的，為了所追求的理想，為了
　　　所要求的美善，可以相率而「赴火蹈刃，死不旋踵」的。後來的游
　　　俠之士，特別認真於朋友的關係，為了普通人看來無甚要緊的「一

---

〔註11〕　《〈回歸五四〉後序》（修訂稿），與載於《新文學史料》的同題文所述不同，
　　　　　收入《舒蕪集》第 8 卷第 283 頁。

諾」，不惜犧牲命去實現它，尾生和朋友約在橋下會，潮水來了，仍然抱著橋柱等候，一直到被水淹死，就是最有名的例子。這種事情，和《呂氏春秋》所記，墨家「鉅子」孟勝在決定爲楚國的陽城君死難之先，派兩個墨者去宋國傳「鉅子」之位給田襄子，兩人完成任務以後，又堅決不聽田襄子的勸阻依然遠迢迢地趕回楚國，也去死難了的事，完全是同樣地嚴肅於人生的精神。所以不必用什麼考據方法，就可以斷言，游俠之士就是墨家的（或者有一點畸形的）精神上的繼承者。但這種精神，在「誰人背後無人說，那個人前不說人」的社會氛圍中間，實在未免太「不合國情」，因而也就被判以「不近人情」的罪名，給以冷漠排斥，乃至如漢代初年的大規模的迫害了。正式墨家固然忽焉中絕，作爲其餘波的游俠之士也逐漸被消滅了。能不消滅的，只有儒家。而儒家的態度則是：一方面固然高唱「朋友有信」；另一方面孔子又早已嚴辭痛斥，說是「言必信，行必果，硜硜然，小人哉」，中庸主義之精粹盡在於是矣。〔註12〕

胡風收到舒蕪信中附寄的《釋無久》，閱後及時地轉給了陳家康，陳家康讀後即給舒蕪寫了一封回信，託胡風轉交。

　　11 月中旬，舒蕪託路翎將「反郭文」帶給住在「鄉下」的胡風。胡風讀完後，審慎地提出了若干意見，退回讓舒蕪修改，並把陳家康的信附寄給了他。

　　舒蕪按照胡風的意見改迄，12 月 6 日致信胡風，寫道：

　　　　接來信，您的意思我都明白的。現已改竣，覺交朱秘書不妥，且亦無人交，故擬由城裏郵寄。……陳先生的信接到，極歡喜。想會一會，不知能有機會否。想把那文言寫的稿子給他看看。

「朱秘書」指文工會駐城（天官府）秘書室的朱海觀，「陳先生的信」指陳家康託胡風轉寄的給舒蕪的信，這是陳致舒蕪的第一封信。該信已佚，舒蕪僅能憶起該信「是按很古的格式寫的」，「開頭是：『家康白，管君足下』」，正文是對《釋無久》的評價，「末尾再一個『家康白』」。陳家康如此謙恭下士，舒蕪自然喜不自勝。信中提到的「那文言寫的稿子」指的是他 1942 年寫成的書稿《墨經字義疏證》，已擱置一年，出版無期。陳家康對《釋無久》評價頗高，

〔註12〕　《舒蕪集》第 1 卷第 79～80 頁。

舒蕪遂引陳家康為知音，並希望能與陳見面，請其審閱全書書稿，如果能得到他的推薦，促成該書稿付梓，那當然再好不過。

胡風接信後，馬上安排了舒蕪與陳家康、喬冠華的「歷史性會見」。他在回憶錄中憶及引薦舒蕪的過程：

> 我曾向家康和喬木談起過，有一個青年寫了關於墨子的文章，與郭沫若的論點不同。他們很感興趣。尤其是家康，正在研究墨子，就要我領他去見面談談。我就領舒蕪一道去訪家康和喬木，除了討論墨子外，又談到學術界的一些情況。舒蕪不像我們那些青年朋友，他很能談，能迎合對方，博得對方的好感。

除了最後一句話略帶貶意之外，這段回憶應視為比較真實，但胡風向陳、喬隱瞞了一點：這篇文章是他組織的！

舒蕪在回憶文章中也談到這次「歷史性會見」，他是這樣寫的：

> 不久，胡風從賴家橋，我從南溫泉，相約會於重慶市內，胡風帶我到純陽洞喬冠華住處，與陳家康、喬冠華相見。……到了喬冠華住處，只有陳、喬二人在，賓主四人閒談了很久。我將《墨經字義疏證》稿面請陳家康看看，我與他共同的話題是墨學，我們都對當時新儒學新理學之甚囂塵上，而郭沫若亦在此時發表崇儒貶墨之論，甚為不滿，商定我的與郭氏論墨學之文，可以在《群眾》上發表，該刊當時似乎是由喬冠華主編。〔註13〕

除了最後一句與胡風所述有所不同外，這段回憶也應視為接近事實。唯一的疑問在於，舒蕪和胡風當時為何沒有隨身帶上「反郭文」的修訂稿，而陳喬二人竟在未審讀原稿的情況下就貿然答允在黨刊《群眾》上發表。唯一可能的解釋是，當時稿件已經寄出，而胡風尚未收到。實際情況大抵也是如此，舒蕪 12 月 6 日致胡風信中說，修訂稿「擬由城裏郵寄」，想必是郵件在路上被延誤了。

---

〔註13〕 《〈回歸五四〉後序》修訂稿，《舒蕪集》第 8 卷第 287 頁。

# 6　陳家康、喬冠華突然「變卦」

　　胡風 12 月 17 日覆信舒蕪，稱：「稿前天收到，即讀過。我昨天進城，還沒有遇著人，所以發表的問題還不知道會變卦否，但一定要發表出來的。」

　　收稿後「即讀過」，胡風對此文的期望之情，躍然紙上。次日他便帶著稿子進城找陳、喬二人落實發表事，足見他急於想讓此文面世；信中提到耽心陳、喬「變卦」，這恰恰印證了舒蕪稱與陳、喬見面時對方承諾「可在《群眾》上發表」的說法。

　　在同日信中，他還寫道：「我總三四天耽擱，今明去交涉支稿費的問題。不知（你）來不來？」信中意思一則是寬慰舒蕪，總還有機會把稿子交給陳、喬的；二則是希望舒蕪能進城來，或可當面與陳、喬談談稿子，如需要修改，也方便些。

　　舒蕪收信後卻未能及時地趕到城裏，他當時正忙於撰寫《通俗墨子傳》。他的墨學論文《釋無久》在《文史哲》季刊發表後，引起了《文史雜誌》主編顧頡剛的注意，經過黃淬伯教授的介紹，他結識了顧頡剛。顧非常欣賞他的墨學研究成果，先後向他約了數部（篇）稿子，並有意吸納他到《文史雜誌》工作。顧頡剛是國內第一流的歷史學家，「古史辨」派的主要代表人物，他的賞識無異於為這位年青的學人打開了學術研究的大門。舒蕪年初剛剛決意從墨學轉向現代哲學研究，無意間逢此機緣，尒免有所心動。後來的數年間，他始終被兩個外力向不同方向牽引著，以黃淬伯、顧頡剛教授為代表的「學術研究」的誘惑力，以胡風、陳家康為代表的「廣義的啟蒙運動」的吸引力。質言之，這是他與胡風關係始終不能水乳交融的重要原因之一。

胡風獨自一人在重慶城內奔波，12 月 20 日前後找到陳家康，送上舒蕪的「反郭文」。1944 年 1 月初，胡風又有事進城，且停留了數日。他又過問了「反郭文」的發表事。先見過陳家康，陳態度未變，輒喜；後見到喬冠華，告之此文未允刊用，輒怒。他於 1 月 4 日致信舒蕪，寫道：

> 剛才知道，那一篇，他們決定不發表。前幾天見到陳君，他聽說自己方面已經「通過」了，所以我沒有急於打聽，而又無時間，但今天見到喬君，原來又翻了案。他們當然也說了理由，但不必問，因為那是不成其為理由的。

如無特殊狀況，陳家康、喬冠華斷不會做出如此對不起朋友的事情；胡風要求他們為「變卦」作出合理的解釋，然而他們所說的「理由」在他看來又「不成其為理由」。這樣，便有了繼續探索的空間。

陳、喬究竟有何「變卦」的「理由」呢？

「理由」可能有三：一，審稿者（陳家康）突然發現「反郭文」有學術硬傷；二，主編者（喬冠華）不同意作者觀點；三，「上面」（中共南方局文委〔註1〕）不允許發表此類稿件。第一種可能性極小，據胡風上面的信件，陳對已經「通過」並無異議；第二種可能性不大，喬冠華不是墨學專家，不可能另有新見；這樣，只剩下第三種可能性，即「上面」不允許發表此類稿件。

「上面」為何要突然干預學術討論呢？

這就是胡風要追問的「理由」，陳、喬陳述的理由顯然與學術無關，因此胡風認為他們所說的理由「不成其為理由」，也就不願意告訴作者舒蕪。然而，這「不成其為理由」的理由又是什麼呢？

胡風讓舒蕪「不必問」，舒蕪果然也就沒有問。不久，胡風便主動地把所知道的若干內情相告了。

舒蕪在《〈回歸五四〉後序》中寫道「胡風告訴我：陳家康、喬冠華他們在內部受到批判，他們都被迫作了檢討……」。在修訂後的同題文中，他引用了自己 3 月 13 日致胡風的信，信中有如下一段：

> 因為近來所發生的那些文化問題，的確如你所說，需要重新根本想過。因此，就打算整個的「重新想過」，寫一部稿子，名為《現

---

〔註 1〕 中共南方局成立後，為加強文化界統戰工作，成立了專門領導文化工作的「文化工作委員會」（以後簡稱「文委」，後又改稱「文化組」。周恩來領導，成員有馮乃超、郭沫若、陽翰笙等。

代中國民主文化論》，今晚開始寫，只寫了一點，覺得繁重，還不知
是要半途而廢否。而看了關於陳君的那文章，（回來後又細看了，嗣
興也看了。）覺得真弄得一團糟，似乎總要有人來做這「重新想過」
的事也。

他對信中的兩句話進行了釋讀：「近來所發生的那些文化問題，即指陳家康等
受黨內批判事」；「關於陳君的那文章，指批判陳家康的一份黨內文件」。請注
意，「文章」與「文件」，這兩個詞並不同義，自然不會是筆誤。據識者言，
該「文件」為油印本，所載內容為董必武在「兩岩」內部整風時對陳家康等
人文章的結論式的批評意見。胡風是如何得到這份「文件」的？這份「文件」
上寫了些什麼？目前尚不得而知。不過，從舒蕪信中「一團糟」的評價，及
胡風的「需要重新根本想過」建議，可以看出，他們絕不同意董老對陳家康
等人文章所作的批評，他們的同情完全在挨批的陳家康一邊。

　　董老為何要批評陳家康等人呢？此事說來話長。

　　舒蕪在《〈回歸五四〉後序》中摘引了兩則中共電文，披露了這段塵封近
半個世紀的歷史：其一為 1943 年 11 月 22 日《中宣部關於〈新華日報〉、〈群
眾〉雜誌的工作問題致董必武電》，該電文批評「現在《新華》、《群眾》未認
真研究宣傳毛澤東同志思想，而發表許多自作聰明錯誤百出的東西」；其二為
1943 年 12 月 16 日董必武《關於檢查〈新華日報〉、〈群眾〉、〈中原〉刊物錯
誤的問題致周恩來和中宣部電》，該電文點名批評了喬冠華、陳家康、胡繩等
近期撰寫的「有問題之文」。

　　舒蕪稱，他於 1996 年讀過這兩則電文後，才「恍然明白」了當年「反郭
文」流產一事的來龍去脈。這當然是對的。不過，當年他對陳家康、喬冠華
諸人在中共重慶黨內部受到批評及《新華日報》、《中原》、《群眾》整改事並
非一無所知，這也是顯而易見的。

　　董老署名簽發的電文中稱：「中宣部十一月二十一日對《新華》、《群眾》
指示，我們完全同意。在接到這指示前，我們已進行理論鬥爭」，「在十月八
日開第一次座談會，十月十五日開第二次座談會，十一月二十六日我最後講
話，解釋思想與感覺、理性與感性、理智與感情的關係，並批評他們說：大
後方知識分子思想得太多，感覺得太少的不對，關於人與人性，生活態度及
人道主義創作，與宇宙觀的生命及生命力的問題，指出這些同志是觀念論與
小資產階級的個人主義，我發言內容當另電告。因為理論問題我想提出一個

基本的意見，供他們參考。他們在這一連貫問題上，觀點都相同或相近，已成系統，很危險，並警告他們，要他們反省，除×××有一點表示外，×、×並無表示。」

可知，中共重慶組織在 1943 年 11 月 21 日之前，即已開始內部整改，有關人員作了「反省」檢查，但仍有兩人「並無表示」。據有關人士透露，陳家康似乎是「並無表示」者之一。

返觀陳、喬對舒蕪「反郭文」的前後態度，也可看出一些耐人尋味的跡象。他們與胡風、舒蕪商定將該文在《群眾》上發表時，是在 1943 年 12 月 6 日至 12 月 15 日之間，那時中共重慶組織已收到了延安的電文，整改剛剛開始；陳家康拿到「反郭文」修改稿時，是在 12 月 20 日，此時整改接近尾聲；待到 1944 年 1 月初胡風追問該文是否能發表時，董老關於整改的結論已經作出，陳家康因對組織批評「並無表示」，也許仍在「反省」階段，他只能含糊地向胡風表示「聽說……已經通過了」。至於喬冠華，他是《群眾》主編，而《群眾》是整改的重點單位，不管他本人在整改過程中是否是「並無表示」者之一，他都不敢擅發「反郭文」，於是他對胡風的拒絕是果斷而清楚的。胡風斥之為「翻案」，責他不守信，蓋因並不瞭解他當時的處境。可以想像，陳、喬二位當時向胡風作解釋時是多麼的困難，既不能向非黨人士洩露黨的機密，又不能不向朋友暗示事出有因，便不得不東拉西扯，所陳述的「理由」當然「不成其為理由」，於是，只能引起胡風的猜疑和不滿。不過，在今天看來，陳、喬的搪塞敷衍及胡風的氣憤，都是可以理解的。

可以說，正是這場突而其來的整改，阻止了舒蕪「反郭文」在《群眾》上的面世；也正是這場未說服當事人的整改，留下了許多後遺症；還是這場黨外人士不知詳情的整改，成為胡風日後繼續指導舒蕪撰文對抗延安政治權威的間接原因之一。

《群眾》對「反郭文」關上了大門，應視為中共文化取向的一個象徵，但當時胡風並沒有清楚地意識到。至少在 1944 年 3 月 13 日之前，他只把它當成是「小人物」（舒蕪）與「某權威」（郭沫若）之間的問題，並不以為陳、喬事已關中共內部的思想整肅。於是，他在 1 月 4 日給舒蕪的信中又寫道：

　　我囑他們明天上午（我下午下鄉）把稿子（指舒蕪的「反郭文」，
　　筆者注）送到，託給一個朋友。處置方法如下：

　　一、交涉《文風》發表。但也許不能成功，因爲，他們也難免害怕的。害怕被批判的對象（指郭沫若，筆者注），也害怕文章本身（指「反郭文」，筆者注）。

　　二、如上法不成，就設法出單本，把原篇及另二篇附錄。你可在前面寫一短序。送審及出版問題也另想辦法。

　　三、如果那本文言的《疏證》願出版，就把這一篇附在後面。這似乎「文風書店」可以接受，因爲他們想出「學術」方面的稿子云。

　　這是我能想出的辦法，如你另（有）可發表之處，如《說文》之類，那就更好了。

從信中可以看得很清楚，此時胡風最擔心的還不是中共南方局文委的態度，而是學界對郭沫若這位「政治——學術」權威的敬畏。當然，他是不憚於任何權威的，於是仍盡其可能地爲「反郭文」設想和尋找其他發表、出版的途徑。

　　舒蕪 1 月 8 日覆信，對「反郭文」突然被壓死感到震撼，同時又對胡風如此熱誠的幫助感激萬分，他眞誠地寫道：

　　這一下被壓著了，很感到重量。

　　然而，也就因此，有了非鑽出來不可之意……感謝你的幫助！

　　我自己另外無法，所以也無特別的意見。你那樣進行，當然極好的。……又麻煩你了。

胡風 1 月 16 日再致舒蕪，對這位年青的學者進行熱情的鼓勵。信中寫道「世界永遠荒涼則實在可怕」，「一對腳爛成了泥也還是沒有末路」，勸勉他不要因一時的挫折而灰心失望；又寫道「世界上沒有一個人走的路」，激勵他繼續與友朋攜手，在這艱難的時世裏共同開闢出生路來。

　　舒蕪 1 月 20 日覆信，信中回顧了在學術道路上艱難跋涉的經歷，描述了因研究成果久久不能面世的焦慮和困惑，慶幸得以遇見這位助人爲樂的大朋友，並表達了願意結伴同行的決心。信中這樣寫道：

　　我自己，當前年寫文言稿（指《墨經字義疏證》）時，是覺得只有一個人；當去年上半年那三篇長稿（指《論因果》等現代哲學論文）都不見出來時，更是相信自己已走上不知什麼錯誤的路了。所

以，後來就找學者（指顧頡剛），雖然似能出來，仍不覺得與讀者有任何關係。那時，所引起的危機是巨大的，懷疑到甚至根本的東西，真正內部的經歷了暗無天日的一段。再後來，就從你那裏得到幫助。雖然東西都並沒有和讀者見面，但我現在似乎已能感到是直接與讀者相關，因此有了迫切的感覺；否則，要像認識你之前，看到你所謂「世界永遠荒涼則實在可怕」的話，一定非懷疑不可的。所以，世界上的確是沒有一條路只走一個人；倘不前呼後應，不但無從「走」，而且根本也就無所謂「路」。

「反郭文」因中共南方局文委的「整風」而未能問世，對舒蕪來說是件憾事，但對他與胡風的關係來說則是一件好事。這個意外事件鞏固了他與胡風之間的感情紐帶，阻止了他走近顧頡剛的步伐。然而，世事遠比人們想像的更加複雜，「失之桑榆，得之東隅」，「失」未必是禍，「得」未必是福；更何況，展現在這位 21 歲的缺乏定力的年青學者面前的遠不止一條可走的道路哩。

# 7 《論主觀》是為聲援陳家康等人而作

　　1944 年 1 月 12 日，舒蕪寫成《通俗墨子傳》初稿，全稿加附注共五萬字。顧頡剛約稿時說是擬收入其所編「叢書」，每種字數規定二萬。如今超出一倍有餘，舒蕪拿不准顧頡剛是否願意接受，是否還需要精簡壓縮，於是去函徵求意見，一時沒有得到回音。就在此時，他得知「反郭文」被壓下的消息，頓時激起反彈情緒，轉而撰寫長篇論文《論主觀》，而把顧頡剛的約稿當作「不急之務」擱下來了。

　　《論主觀》第一稿寫成於 1944 年 2 月底，載 1945 年 1 月《希望》創刊號。這篇哲學論文面世後，即成為震動文壇的「歷史公案」：它是引發抗戰文壇上「主觀論批判」運動的導火索〔註1〕，也是解放前夕胡風與「港方」筆戰的焦點之一，其影響一直延續到上世紀 50 年代中期的批判「資產階級唯心論」運動，甚至間接地在「胡風集團案」的定性中起過作用。

　　附帶提一句，在相關史料（包括舒蕪與胡風之間的全部來往書信）尚未公之於眾之前，研究者對《論主觀》寫作背景及寫作動機的探討大都只能依據當事者的回憶或口述實錄，並沒有多少可徵信的第一手的實證資料，所論大都未能切中肯綮。

　　1996 年舒蕪在《〈回歸五四〉後序》中提到，他的《論主觀》是依照胡風 1943 年 10 月 26 日信中的「『用這寫法，把各個重要的範疇都寫一篇』的提示」

---

〔註1〕　嚴家炎指出：「一九四五年，七月派為了強調主觀戰鬥精神，在《希望》雜誌創刊號上發表舒蕪《論主觀》這篇哲學思想上包含著不少混亂與錯誤的文章，招致進步文藝界的不滿。」《中國現代小說流派史》人民文學出版社 1989 年，第 289～290 頁。

寫成的。這個說法為大多數研究者所接受，但實際上並不準確。參看舒蕪 1943
年 11 月 1 日致胡風信，信中有云：「『把每一個重要範疇都這樣討論一下』，當
時確有這個雄圖的。但後來覺得，這樣逃於空虛，總不成事體，所以丟下手，
一直到現在，也沒有心情了。只好『俟諸異日』。」信中說得很分明，他婉拒
了胡風的建議，決心不再「逃於空虛」，而樂於關注「現實問題」。《論主觀》
第一稿起筆於次年 1 月中旬，距離上信不到兩個月，按常理推斷，舒蕪是不
會這麼快便復歸於「空虛」的。由此也可以斷定，《論主觀》並不是《論存在》
等「純理論」文章的繼續，而應與重大的「現實問題」有所關涉。

　　舒蕪在同文中寫到《論主觀》的寫作動機時，還曾憶及路翎的一席話對
他的啓發，寫道：

> 　　那是一九四三年冬，路翎已經住在我家，我們朝夕談論共同關
> 心激動的文化文藝問題。有一天，我們又在「左道樓」上憑欄縱談，
> 路翎忽然神情鄭重地問我：「你說，中國現在需要什麼？」我答不出，
> 回問他。他明確肯定地說：「需要個性解放。」他這一句話，像一滴
> 顯影定影藥水，一下子把我們談論過很多而模糊不清的一切，顯現
> 為一幅清楚的畫面，又像一個箭頭，一下子指出了中心之點，從而
> 使一切條理都可以梳尋。我想來想去，的確一切都可以歸納為需要
> 個性解放，特別是國統區進步知識分子的思想問題，馬克思主義如
> 何進一步發展的問題，解決的關鍵都在於個性解放。而從哲學上來
> 說，最與個性解放相對應的範疇，我以為就是「主觀」。於是我寫《論
> 主觀》。

如上場景也可以在路翎的長篇小說《財主底兒女們》下部第 13 章中讀到，小
說描寫到「將要走一條險惡的、英雄的道路」的蔣純祖與「將要走一條嚴肅
的、樸素的道路」的朋友孫松鶴因「戀愛結婚」觀念上的分歧而發生激烈爭
論時，蔣純祖忽作如下宏論：

> 　　文化上面的復古的傾向，生活裏面的麻木的保守主義，權威官
> 場裏面的教條主義，窮凶極惡的市儈和流氓，都有榮耀，都有榮耀。
> 我們中國，也許到了現在，更需要個性解放的吧，但是壓死了，壓
> 死了！生活著，不知不覺地就麻木起來，歡迎民族的自信心和固有
> 的文化了，新的名詞，叫做接受文化遺產！大家搶位置，捧著一道
> 符咒，從此天下太平了！不容易革命的呢，小的時候就被中國底這

種生活壓麻木了，微妙的情緒，比方對婦女，對金錢等等的封建情
緒和意識，偷偷地就佔領了你了！對家庭生活的觀念，更是如此，
很少人在這上面前進了一步，有叫了出來的，就群起而攻之！中國
人是官僚、名士、土匪三位一體！就比方我吧，到了現在，還對婦
女懷著惡劣的意識，假如加上一個新名詞，就輕巧地變成革命的了，
很容易，很容易！一直到現在，在中國，沒有人底覺醒，至少我是
找不到！……新的力量在遙遠的地方存在著，我們感不到！……但
這又是一個迷信教條的時代，我已經把那些僵屍搬到我的面前來
了，用來恐嚇我自己！我是差不多被嚇昏了！怎樣才能夠越過這些
僵屍前進啊！〔註2〕

路翎在小說的下部中融入了他和朋友們的心路歷程，研究者能從蔣純祖、孫
松鶴及張春田身上看到作者、舒蕪及何劍熏的影子。就舒蕪的回憶與路翎小
說內容如此契合而論，舒蕪當年撰寫《論主觀》時受到了路翎「個性解放」
觀念的啟發，並不是沒有可能。

　　然而，此說仍有問題。最大的疑問在於《論主觀》通篇不見「個性解放」
四字，當年在國統區，這四字並不犯忌，舒蕪爲何要一律代之以「主觀」，爲
何要諱莫如深呢！這不能不是個疑問。

　　2001 年李中在《回歸「五四」學習民主──給舒蕪談魯迅、胡適和啟蒙
的信》中對舒蕪的說法提出質疑〔註3〕。他寫道：

　　　　你說：路翎的一句「需要個性解放」是促使你寫《論主觀》的
動力。那是一九四三年冬天的事。不到半年，你的文章完成了。不
知道你是否還記得，不久以後，毛澤東一九四五年四月在《論聯合
政府》的報告中就說：「沒有幾萬萬人民的個性的解放和個性的發
展……要想在殖民地半殖民地半封建的廢墟上建立起社會主義社會
來，那只是完全的空想。」所以，從字面上說，路翎的見解和你的
文章和偉大領袖的最高指示並無什麼不同。而且，你還感到，自從
《論聯合政府》發表以後，「一個大的意志貫串了中國，這才眞正是
主觀作用的大發揚；相形之下，《論主觀》所主張所呼喚的似乎是比
較小一些空一些弱一些的東西，究竟有沒有很大的意義？」不能不

〔註2〕　《財主底兒女們》下，人民文學出版社 1985 年，第 1211 頁。
〔註3〕　載《書屋》2001 年第 5 期。

說，你真是足夠敏感，敏感到了十年以後與黨的關係的癥結所在。不過你與胡風等人把《論主觀》這樣的文章看成是在白區「幫助黨整風」，可是百分之百地會錯意了。整風運動正是為這個「大的意志」確立無可挑戰的統治地位而發動的，且不說它在革命運動中本來有所繼承（如反 AB 團），實際上也是建國以後歷次運動，從反胡風、反右派到文化大革命的一個承先啓後的樣板。

李說固然不無道理，但就當年的歷史環境而言，舒蕪撰寫《論主觀》時還不可能考慮得那麼深遠，至於胡風當時是否懷有「幫助黨整風」的良好願望，也宜存疑。如果李中更多地瞭解《論主觀》的寫作背景，他也許會從另一角度來解釋「會錯意」罷。

為了重新探討《論主觀》的寫作動機及其所針對的重大「現實問題」，有必要摘錄如下一封十分重要的通信。此信是舒蕪 1944 年 2 月 29 日寫給胡風的，時在完成《論主觀》第一稿的次日。

> 關於陳君（指陳家康）的問題而寫的《論主觀》，已完成，兩萬多字。恐怕無處可送，只好大家看看的了。最近即寄或帶給你。

> 短篇預備寫，總題或名為《關於「有希望的人們」的小說集》，以此迎接《希望》。

> 讀史筆記之類，一定設法續寫。只是喬君（指喬冠華）所要的明亡紀念的文章，恐怕寫不出。

> 近來很覺得有許多一般和特殊的批判工作可作，但各處都在「尖頭鰻」式的弄，很難衝出來。

> 陳君答應寄的史學材料等，還未寄來，不知你可曉得那原因？

> 我們極想離開這環境，但看樣子又很難。沉在這裡，實在有些氣悶。暑假時總要作一打算的。

此信原存於胡風處，舒蕪因在《〈回歸五四〉後序》中不當引錄胡風書信後，受到胡風家屬的指責，後經與胡風家屬協商，雙方互換書信，他得以在修訂「後序」時用交換來的書信取代被刪掉的胡風書信。

舒蕪在此信中提到——「關於陳君的問題而寫的《論主觀》」——實在令人耳目一新。

這至少證實，舒蕪在寫作《論主觀》前，對陳、喬等在黨內受批評事有所知聞；

這至少證實，《論主觀》具有明確的現實針對性，同時也具有明確的政治目的；

這至少證實，胡風參與了舒蕪撰寫《論主觀》的全過程，不止於「發表」的責任。

舒蕪此信中還蘊藏著其他豐富的信息：當時《希望》雜誌創刊有望，胡風與陳、喬關係依然密切，陳、喬曾約舒蕪撰寫「明亡紀念」的文章，仍視舒蕪爲可以信賴的筆友，等等〔註4〕。

順便說一句，1944 年初中共南方局文委爲響應中共中央「衝破國民黨的限制，使民主運動進一步」的指示，決定組織有關專家學者撰寫紀念明亡三百年的文章。1 月 15 日喬冠華等人與郭沫若共商此事，擬定了撰稿人名單，郭沫若當仁不讓，「南明史泰斗」柳亞子先生也在被邀之列。根據信中提到的「喬君所要的明亡紀念的文章」及「陳君答應寄的史學材料」來看，舒蕪也被列入了撰稿人名單之中。只不過，由於各種原因，舒蕪未能如約寫出紀念明亡三百年文，與一個重大的政治機緣擦肩而過。

---

〔註 4〕 舒蕪這一年在《新華日報》發表短文 3 篇：3 月 20 日發表《在情理之上——讀史筆記》，7 月 25 日發表《國家行爲的倫理問題》，10 月 30 日發表《飲水思源尊「考據」》。

# 8 《論主觀》題旨是抵制中共的思想整肅

　　前文已經摘引了舒蕪1944年2月29日致胡風的信，信中提及：《論主觀》是「關於陳君的問題而寫的」。

　　信中提到的「陳君」，指的是陳家康。此君當年在中共南方局工作，擔任周恩來的秘書，並在黨報《新華日報》和黨刊《群眾》裏負有一定的責任。信中所謂「陳君的問題」，指的是1943年底至1944年初，他和喬冠華等因幾篇文章而受到黨內批評的事情。信中說《論主觀》是「關於陳君的問題而寫的」，揭示該文主旨是爲陳家康等受批評而抱不平，或是表示聲援，或是澄清是非，並不是一篇泛泛而談的哲學論文。

　　舒蕪爲何要撰寫該文爲陳家康打抱不平，胡風爲何要支持他干預政黨內部的行爲？要說清這個複雜的問題，也許得簡要地追溯1943年陳家康、喬冠華等爲響應中共整風運動而寫的幾篇文章，以及這幾篇文章如何引起了延安中宣部的不滿。

　　前文已經略述過舒蕪在《〈回歸五四〉後序》中引用過的兩封中共重要電文。第一封電文爲《中宣部關於〈新華日報〉、〈群眾〉雜誌的工作問題致董必武電》（1943年11月22日），電文中點名批評了最近面世的三篇（「×ד論民族形式、×××論生命力、×××論深刻」）「自作聰明錯誤百出」的文章。「論民族形式」，有論者以爲指的是胡風的《論民族形式問題》，但該文作於三年前，並未被黨報黨刊轉載，暫宜存疑；「論生命力」未詳作者是誰，《論深刻》是姚雪垠的作品。第二封電文爲《董必武關於檢查〈新華日報〉、〈群眾〉、〈中原〉刊物錯誤的問題致周恩來和中宣部電》（1943年12月16日），電文中提到了6篇「最近有問題之文章」。這6篇文章的作者、篇名與出處如下：

　　于潮（喬冠華）《論生活態度與現實主義》，載 1943 年 6 月《中原》創刊號。

　　項黎（胡繩）《感性生活與理性生活》，載 1943 年 6 月《中原》創刊號。

　　于懷（喬冠華）《怎樣研究時事問題》，載 1943 年 8 月 24 日《新華日報》第四版。

　　李念群（袁水拍）《人的發現》，載 1943 年 7 月 22 日《新華日報》第四版。

　　沈友谷（胡繩）《論中國民族新文化的建立》，載 1943 年 7 月 31 日《群眾》第 12 期。

　　陳家康《唯物論與唯「唯物的思想」論》，載 1943 年 9 月 30 日《群眾》第 16 期。

董必武在致中宣部電文中概括了上述作者的「共同點」，寫道：「他們在這一連貫問題上（指「關於人與人性，生活態度及人道主義創作，與宇宙觀的生命及生命力的問題」，筆者注），觀點都相同或相近，已成系統，很危險」，「三位同志之相同點是偏重感情，提倡感性生活，注意感覺，強調心的作用，認為五四運動之失敗，由於沒提倡人道主義，主張把人當人。」

　　近年來，學界有人將當年陳家康、喬冠華、胡繩等人在上世紀 40 年代初發表的這幾篇文章提升為一場新的「思想啓蒙運動」，給予高度評價，且痛惜該運動的不幸夭折。這個說法實際是在舒蕪的「後序」面世後才有的。

　　在此，筆者不想探討這場「思想啓蒙運動」的得失，只想探究舒蕪為什麼說《論主觀》是「關於陳君的問題而寫的」，而不說是「關於陳君、喬君和胡君的問題而寫的」，須知當年受到黨內批評的並非只有陳家康一人。

　　簡要地說，這涉及到另一件本應轟動一時卻胎死腹中的「歷史公案」。前文已經述及，1943 年 9 月，舒蕪在胡風的暗示下撰寫「反郭文」，當年 10 月底寫成五萬字的「反郭文」初稿，胡風向陳家康引薦了其人其文，並商定在喬冠華主編的黨刊《群眾》上發表。該文的寫作是舒蕪與胡風的第一次親密合作，從舒蕪的角度來看，他只是不滿於郭沫若在《墨子的思想》一文中流露的「尊儒貶墨」傾向；從胡風的角度來看，顯然還有挑戰「旗手」的更為深遠的考慮。巧而又巧的是，當月《中宣部關於〈新華日報〉、〈群眾〉雜誌

的工作問題致董必武電》突然發來重慶，「兩岩」因此進行整改，陳家康等人受到黨內批評，「反郭文」的發表也因此擱淺。此後，胡風雖竭力想讓該文面世，無奈次年初郭沫若寫成《甲申三百年祭》，得到中共領袖毛澤東的高度評價，「旗手」地位堅如磐石，胡風再也不能攖其鋒，「反郭文」於是胎死腹中。

舒蕪的《論主觀》作於 1944 年初，正是中共南方局按照延安電文精神進行整改之時，也是陳家康等人接受黨內批評的期間。他對陳家康有特別的好感，不僅因爲陳是胡風的好朋友，更因爲陳贊賞過他的墨學研究論文。

在舒蕪撰寫《論主觀》之前，胡風是否已經知道「兩岩」整改內情，是否將此內情透露給了舒蕪，致使舒蕪撰文時有著如此明確的指向呢？答案是肯定的。據胡風自述，他很快就得知了重慶黨內整改的內情。他曾回憶道：

> 喬冠華等的文章在黨內受到批判時，葉以群大概是受徐冰之命，吞吞吐吐地想我表示意見。我沒有理他。

不僅如此，胡風還知道陳家康在整改中的表現。他曾回憶道：

> 後來，陳家康有一次對我提了一句：關於這個問題，只有他還有所堅持。當時感到他是認眞地具體對待問題的。〔註1〕

此外，陳家康等對整改的態度可從董老當年致中宣部電文中得到驗證，電文中有如下一句：

> 他們在這一連貫問題上，觀點都相同或相近，已成系統，很危險，並警告他們，要他們反省，除×××有一點表示外，×、×並無表示。

顯而易見，胡風回憶的陳家康「還有所堅持」，與董老電文中的「×、×並無表示」，說的是同一件事情。順便提一句，胡風對喬冠華文章的印象並不好，他曾回憶說：「看過一遍，文章是有才情的，但覺得浮華，沒有刺到教條主義痛處的分析」；但他對陳家康文章卻「印象相當深」，認爲陳用「唯『唯物的思想』論」來形容教條主義的實質和它之所以能嚇唬人起危害作用的原因……這是一個天才的提法」；他對胡繩的文章則「完全沒有記憶」〔註2〕。至於胡風當時是否曾把這些訊息及時傳遞給了舒蕪，並由此決定了舒蕪撰寫《論主觀》時聲援陳家康的明確指向性，目前尚無直接的證據。但考慮到舒蕪與陳家康沒有私交，對陳境遇的瞭解只能來自胡風。他能說出「關於陳君的問題

---

〔註1〕 以上兩則引文均引自《關於喬冠華》，《胡風全集》第 6 卷，第 506 頁。
〔註2〕 《胡風全集》第 6 卷第 503～504 頁。

而寫的《論主觀》」之語，應當是對「陳君的問題」的內情有所瞭解。當然，他與陳在墨學研究上有共同語言，惺惺相惜，因而特別為陳抱不平，也是可能的。

《論主觀》起筆於 1944 年 1 月中旬，當時舒蕪剛完成《通俗墨子傳》，無暇修改，便急匆匆地趕寫該文。他在《〈回歸五四〉後序》修訂稿中非常明確地寫道：

> 我的與郭氏論墨學之文，這麼難得出來，實在無可如何，不過我倒不太著急，因為這時我有更急迫的事要做，就是為了支持陳家康他們，寫一篇長文，題為《論主觀》。〔註3〕

綜上所述，可以確定，如果胡風沒有及時地向舒蕪傳遞陳家康在「整風」中挨「整」的信息，舒蕪是不大可能產生如此「急迫」的要求的。

現在要換個角度重新審視《論主觀》了，不能再從該文的組織者和撰寫者所謂「幫助黨整風」的角度，而要從他們如何干預政黨整改工作的這個新的角度。

《論主觀》從哪些方面「支持」了陳家康？有待具體分析。《論主觀》長約一萬五千言，分為十一節。舒蕪說該文「最中心的論點是宣揚個性解放」，又說：「我真正要說的話，其實是從第八節才開始」，且「可以歸納為五點」——

> 一、明確了所要反對的對象是「機械──教條主義」，其危害性是「我們目前的最惡劣的傾向」，其性質是主觀作用的自我「完成」，是「主觀作用的變革創造力的中斷或偏枯」，實際上指的是當時國民黨統治區內某些「左翼名流」，一方面和國民黨鬥爭，受國民黨壓迫，另一方面又因他們在統一戰線局面下享有的公開合法的地位名譽而沾沾自喜躊躇滿志的心態。

> 二、主張突破小圈子。我說：「今天，『文』有『壇』，『學』有『界』，『影劇』有『圈』，乃至其他更其光輝炫目的東西，也都各有其完整的小規模的宇宙。」這些小圈子都是「自我完成」的產物，又是加深「自我完成」的陷阱，必須發揚主觀作用來突破之，突破了才好充分發揮主觀作用。

---

〔註 3〕 《舒蕪集》第 8 卷第 288 頁。

三、反對「機械教條主義」在理論上的一些表現，如「對若干最基本的原則的死死株守，對一切新探討新追求的竭力遏抑」，又如「把別人也看作已經『完成』或應該『完成』的，從而抹煞別人內心矛盾的意義，抹煞別人主觀努力的意義」，又如「把階級決定論簡單化，把階級基礎對於具體的人、具體的精神文化的關係，說成近似於軍師旅團營連排班對於兵卒的關係」，等等。

四、不贊成陳家康他們提倡的一些手段，例如他們宣揚「自然生命力」，宣揚「感覺」「感情」，宣揚「敢哭敢笑敢罵敢打」的作風，等等，我說這些都不能達到反對機械教條主義的目的，只有發揚主觀作用才解決問題。

五、呼喚探索和追求。我說：「目前就應該先不管什麼後果，儘量容許一切新的探索和追求。探索和追求，是一切進步的動力；它會招致錯誤，它本身也會克服錯誤。」強調探索和追求中的主體性。我說：「『我們自己』就是一切研究的總的『座標』。確定『我們自己』的地位的惟一方法，就是主觀作用的充分發揚。」

概而言之，第一個要點所反對的「左翼名流」，指的是「崇儒貶墨」的郭沫若等人；第二個要點所影射的「更其光輝眩目的東西」，則暗指中共南方局文委；第三個要點所針貶的是中共南方局文委對陳家康等人從上而下的思想整肅；第四個要點是企望匡正陳家康等人理論的不徹底處；第五個要點則是呼籲將獨立的思想探索進行下去。

要而言之，該文所提倡的「發揚主觀作用」主要是針對「自我完成」的政黨組織的思想整肅而言的，該文鼓勵的「探索和追求」主要是針對政治權威「對若干最基本的原則的死死株守」的思想控制而言的。因此，與其說該文的題旨是倡言空泛的「個性解放」，不如說是有針對性地鼓勵「一切新的探索和追求」更為恰當。

直言之，在當年政黨組織全力推進思想整頓、思想統一（整風）的大環境下，這批黨外的左傾的知識分子卻要求繼續解放思想和獨立探索，要求通過「自己」的感受而不是外來的「說教」來發展馬克思主義，其志可嘉，其情可憫，然而卻不合時宜。

舒蕪非常清楚《論主觀》的政治指向性，他在完成第二稿的次日（1944

年 2 月 29 日）給胡風的信中這樣寫道：「恐怕無處可送，只好大家看看的了。
最近即寄或帶給你。」

　　不久，舒蕪即將此稿送交胡風，胡風沒有及時回信提出意見。舒蕪便讓
路翎寫信催問。3 月 16 日胡風覆信路翎，稱，「管兄帶來的還沒有看，遲點可
以罷。」又寫道：

> 　　這兩三個月來，有一縷寂寞之感蝻蝻地圍著我，我還沒有分析
> 過，我是連分析的熱力也無從打起。人是和小草一樣軟弱的東西，
> 在砂石裏就會喪失自己的「生命力」似的。

胡風為何如此消沉，想必與陳、喬在黨內挨整事的進一步發展不無關係，且
待後述。

# 9 舒蕪「怯」於干預政黨思想鬥爭

　　1944 年 3 月，對胡風和舒蕪來說，都可謂面臨著人生道路的一個重大關口。

　　當胡風向路翎傷感地流露出「寂寞」難耐、「熱力」難繼的心情之前，他已經讀到了來自「更其光輝眩目」處的一份內部文件，中共南方局負責人董必武在該文件中對陳家康、喬冠華、胡繩等人近期的幾篇文章作出了結論式的批評意見。此刻，胡風心中因陳、喬的「變卦」而激起的惱怒已經被更其深廣的憂慮所沖淡，他彷彿看到眼前將展開一個更其廣闊而吉凶難卜的新戰場，是否繼續鼓動青年朋友撰文與政黨的「整風」（思想整肅和思想統一）運動對抗，他頗有點躊躇難定。他把這份文件轉送給路翎、舒蕪閱讀，也許是想讓他們為將要投入的孤獨的苦鬥提前作好心理準備。

　　舒蕪和路翎讀過這份中共內部文件後，感覺都非常不好。舒蕪 3 月 13 日給胡風的信中提到「打算整個的『重新想過』」，還頗有點驚慌地寫道：

> 現在真是危機極多的時候，問題極多的時候。生活好像建立在一塊四根支柱斷了兩根的板上，時已感到傾側，聽到支柱繼續斷裂之聲。而本性又頗懶惰，緊張消失，就不免有「且睡一刻，管他媽的」的想法，極可惡，也極可怕。

信中雖則表示願意接受胡風的意見全面地重新思考中國的文化問題，但卻又難以抑止地流露出怯戰情緒，他感到了「傾側」，聽到了「斷裂聲」，覺得「緊張」，甚至不時地感到自己情緒的「可怕」。這是什麼原因呢？究其實，他本是書齋裏的學者胚子，是胡風硬把他拉上「現實問題」的戰車的，如今還要扯上他向與政黨分庭抗禮的險途上走去，這不能不使他悚然而懼。第一次合

作是撰寫挑戰「旗手」權威的「反郭文」，第二次合作是撰寫干預政黨「整風」事務的《論主觀》，他覺得非常不適應。順便說一句，他在此信中流露出的「怯」意，幾乎延續在與胡風交往的全過程中。

在同信中，舒蕪且賦詩一首以明志，詩曰：

> 前路光明憑故紙，蒼生血淚早模糊。
>
> 運千鈞力通三界，被一丸泥阻萬夫。
>
> 老去幾人甘寂寞，困來何往不亡逋。
>
> 江湖浩蕩蛟龍窟，未有驪珠媚釣徒。

他在抱怨：本是滿腔熱情地想為「發展馬克思主義」出一份力，沒想到卻被一個小小的障礙擋住了前路；他在發牢騷：既然不能寫他們想要的東西，那索性就不要再管那些「現實問題」了。天下之大，江湖之遠，何處不能安身立命呢！

其實，當舒蕪察覺到自己情緒的「可怕」時，他的實際境遇並沒有到「可怕」的程度。年前送交胡風的三篇「現代哲學」論文都已發表或將要發表。其他幾篇嘔心瀝血之作也並非完全沒有面世的希望，「反郭文」送交《文風》雜誌後，從圖檢部門審查官得到的答覆是「自某某立場分析墨子學說頗多曲解之處，殊有未妥」，建議「（將）首尾兩段強調某某性之字句妥加刪改再行送核」[註1]；墨學論文《釋體兼》已送交顧頡剛，有望不久在《文史雜誌》上刊出。由此可見，他的驚惶其實只與該「文件」有關。

胡風3月16日覆舒蕪，也是一腔抱怨，也是滿腹牢騷，甚至連措辭及比喻都與舒蕪十分相像：

> 「重新想過」萬分必要，但也實不易。從前練武功有打沙袋子之事，幾年來，特別是近來，我覺得四圍有小沙袋子飛蝗似地撞來，實在應接不暇，弄到發生了「且睡一刻，管他媽的」的可怕情緒。當然，這些沙袋子一下打不死甚至打不傷人，但久而久之，人就會變成人乾的！《文化論》望能堅持下去。陳君已回老家去了，行前沒有見面機會。那麼，這裡就沒有什麼麻煩了，太平天下，但同時也就恢復了麻木的原狀。其實，這樣了也並不會一絲不亂，最近就出了丟醜的事情。

信中轉告舒蕪一個新的信息：陳家康已奉令回延安。並推測中共重慶組織視

---

〔註 1〕 胡風 1944 年 3 月 16 日致舒蕪信。

其爲「麻煩」，既不能說服他，並索性把他打發走了事；並表達對於近期思想文化界復歸「麻木的原狀」的不滿。信中所說的「丟醜的事情」，卻不知其詳〔註2〕。

從目前掌握的史料，胡風所謂中共重慶黨組織嫌陳「麻煩」而遣回延安的揣測似乎並不是事實，當年 11 月 10 日胡風致舒蕪信，告之陳家康回延安後並未爲此受到批評，即是證明。而以「麻木」而蔽之 1944 年初中共在重慶的刊物狀況也有點過甚其詞，查《群眾》第 9 卷第 1 期至第 5 期（從開年到 3 月）所載文章，第 1 期有于懷（喬冠華）《從勝利的民主望民主的勝利》、沈友谷（胡繩）《論服務觀念》、胡風的《略論「大國之風」種種》，第 3 期有沈友谷（胡繩）《評錢穆著〈文化與教育〉》等；查《中原》1944 年 3 月第 1 卷第 3 期，有于潮（喬冠華）《方生未死之間》、項黎（胡繩）《論藝術態度與生活態度》、李念群《人的道路》、舒蕪《論因果》、陳貴兼（陳家康）《老子其人與老子其書》等。這些文章都發表於中共重慶黨整改之後。

夏衍是中共重慶內部整風的親歷者。他回憶說：

> 在董老的主持下，還對《新華日報》的工作人員和作者，進行了一次「整風」，這是我經歷過的第一次整風，受到批評的有章漢夫、陳家康、喬冠華和我，對喬冠華、陳家康和我，主要是在副刊上寫的文章沒有站穩無產階級的立場……這次小整風批評是坦率的、尖銳的，但並沒有什麼「殘酷的鬥爭」，我們這些人在「大後方」工作久了，誇誇其談，自以爲是，幾乎已經成了習慣，所以在國內外鬥爭嚴峻的時刻，這次整風對我來說是完全必要的。這幾個人都作了自我批評，但並不覺得因此而背上了包袱，所以我們還是繼續不斷寫文章。〔註3〕

史實如此，不知胡風當時爲何如此悲觀，並以這種情緒嚴重地影響周圍的與中共文化圈沒有直接聯繫的年青朋友們。

舒蕪 3 月 19 日覆胡風信。信中對陳家康奉令回延安的反應出奇地強烈，他慌亂地作著各種可怕的猜測，並雜亂地援引他們私下裏關於延安整風及陳、喬受批評等事的議論，還設想著陳可能面臨的種種可怕的結果。信的開頭便寫得驚雷迅雨、暈天黑地：

〔註2〕疑指以群的論文《關於固有學術的再評價》，載 1944 年 2 月 1 日成都《華西晚報》。參看舒蕪爲 1944 年 5 月 9 日致胡風信的注釋。

〔註3〕《夏衍自傳》，江蘇文藝出版社 1996 年版，第 162 頁。

　　陳君的回去，是奉到十二金牌了吧？想必要「面聖朝天」，集體的「奉旨申斥」或亦不可免，甚至像他自己所不幸而言中的「發遣伊犁為民」亦很可能；只是，我希望沒有精神上的「風波亭」！

　　我現在，頭腦裏像是充滿了血，看不清自己所寫的字。不是憤怒，也不是悲哀，更不是立下什麼偉大的決心。是昏然，昏然，絕對的昏然。感想很奇怪：起初看到時覺得出乎意外，後又覺得是必然的，後又在「覺得是必然的」的基礎上覺得出於意外，後又在這種「覺得出乎意外」的基礎上覺得是必然的，後又……終於就弄成了這樣充滿了興奮的昏然，和充滿了昏然的興奮了。

　　不為陳君而昏，不為十二金牌而昏，也不為可能的「風波亭」而昏，只是為你信中所說的那個「太平天下」而昏。在昏昏之中，不知自己是站在那「太平」的「平」之上呢？還是埋在「平」之下呢？是被埋在那「平」之下的話，將能衝出來呢？還是永被埋著呢？但看現在的昏然，恐怕就是永將被埋著的徵兆。於是，我更覺昏然的興奮，益更覺興奮的昏然……

　　「一開始就是反動的」的基督教，教人要「忍受」，然後才可以「進天國」。先前，還在作「遺少」時，就不大相信這個話的，後來「轉入」進步陣營，自然更不相信這個話。但現在怎樣呢？我將相信它麼？不相信它麼？為了「進天國」而「忍受」，是不是必要的呢？請你告訴我，如果是必要的，是不是就等於永被埋住呢？並且，是不是就等於永遠看風轉舵，以得永遠的優勝，終於做成「導師」「權威」之類呢？也請告訴我！

　　上回聽你說，一切文件已送過去「進呈御覽」，那麼，究竟「聖意如何」？這回的十二金牌，是出自聖意的麼？

這封信中所蘊藏的原始信息之多，實在令人吃驚！當年胡風等左翼知識分子如何看待中共的整風運動，如何評價重慶黨組織對陳家康、喬冠華等人的批評，如何猜測黨內對持學術異見者的處理方式，都可以從此信中得窺一斑。

　　然而，這還不是最重要的，舒蕪在此信中提出了一大串讓胡風解答的驚心動魄的「？」號，可以洞察此時他的所思所想——他請求胡風更多地透露中共最高層對陳、喬等人文章的態度和意見，他請求胡風告訴他中共將如此處理惹「麻煩」的陳家康，他請求胡風明確指點他下一步該如何做，該做什麼？

　　這是蓄勢已久的不滿情緒的大爆發！「反郭文」五萬言，未能發表；《論主觀》二萬言，仍未能發表；現在又要寫《民主文化論》，到底能不能「衝出去」？要不要「衝出去」？他期望胡風能給予明確的答覆。他甚至對胡風耳提面授的「以忍受以求得重生」的戰術也表達出強烈的不滿，認為這與「反動的」基督教教義及「看風轉舵」的世俗作風並無區別。舒蕪，這個從純學術環境被硬拖進政黨政治鬥爭漩渦中的青年學者，瞻望前程，不寒而慄。

　　然而，由「昏然的興奮」而進入「興奮的昏然」的舒蕪，此刻卻只能把自己的學術前途和政治前途完全交付給胡風。他信任這位比自己年長 20 歲的魯迅的「大弟子」，信任他與先進政黨的友好關係及豐富的政治鬥爭經驗。接著，他又這樣寫道：

> 　　現在的遲疑，就是目前的問題：「暫且避避鋒頭」呢？還是仍然衝出來，並且更要趕快衝出來呢？那篇《論主觀》，現在是否可以送出去？整個的局勢，你看得清楚些，請你決定吧！我自己，即使不說別的，只由於上面所說的「昏然的興奮」，也覺得是要立刻衝出去，庶可以稍稍「發洩」；但如果在整個的局勢中有所妨礙，則其為罪戾，就「百身莫贖」了。這所謂「整個的局勢」，一即魯迅先生所謂「不要忘了『我們』之外的『他們』」，一即廣義的但真正意味上的「我們」。照我看來，似乎都沒有妨礙，但我所知甚少，不敢一定這樣相信。所以，還是請你決定吧！
>
> 　　《現代中國民主文化論》，開始了六次，現已完成了第一章。大約是從一個出發點，一面向那邊的復古運動進攻，一面向這邊的教條主義進攻，都自覺很露骨，寫出來還是弄不出來。而這又牽涉到上段的遲疑了。不過，我終於還是要把它寫下去。

平心而論，處於「昏然」狀態的舒蕪此時仍執有一份可貴的清醒：第一，他知道若於此時發表《論主觀》固然可以替蒙受不公正待遇的陳家康鳴不平，但也擔心會因此而影響中共整風及對國民黨鬥爭的大局，他以魯迅先生廣義的「我們」自誡並告誡胡風，敦促胡風從大局出發考慮問題。第二，他清楚將來的鬥爭形勢將會是兩面作戰，「一面向那邊的復古運動進攻，一面向這邊的教條主義進攻」，結果也許會是兩面都遭到攻擊，他雖不憚於表現自己的「遲疑」，但仍表示會按照胡風的要求繼續做下去。

胡風沒有想到陳家康回延安事會引起舒蕪如此強烈的反應，遂於 3 月 21 日再次去信進行補充說明，並對其過度的「激動」不無微辭。他寫道：

> 關於陳君的回去，我還不清楚，但未必是奉了金牌，不過是這裡覺得被擾亂了，手足無措，不如送走了太平無事，可以重新睡好覺。名義上是爲了先去籌備招待將去的客人的，但老婆兒子一道走了，他自己聲稱不願再來云。
>
> 而且，對於你的激動，我覺得是少見多怪，這種事多得很，否則，還成其爲「現實」麼？當然，是痛苦的，但我們也只好抱住這塊烙鐵。不能急衝，當然也不能被埋，在鐵壁上開縫似地，一錘一錘地敲下去罷。在忍受中不忍受，以不忍受之實放在忍受的表皮下面。這當然要被冷落被斜視，而且甚至自己都會懷疑起來的，但以我的情形爲例，就實在只有這一途。有些甚至同情我的急進之士都不理解我，但我卻是用痛苦和傷痕換來的。我希望別人不陷入我似的苦境，但如果不肯看風使舵，想遭到順境總是很艱難的罷。——這些我從來不說，現在也沒有說清楚，你們猜著看過去罷。

胡風的冷靜與舒蕪的焦躁恰成鮮明的對照。胡風與中共素有淵源，30 年代還曾在「左聯」中擔任過行政領導職務，親身感受過黨內鬥爭的風雨；而舒蕪則對中共黨內鬥爭情況一無所知，也無政治鬥爭的經驗。經胡風當頭棒喝，頓時覺察到自己的幼稚可笑。於是在 3 月 23 日致胡風信中作了眞誠而沉痛的檢討，寫道：

> 是的，的確是「少見多怪」，所以當時才那麼激動。但也許只是因爲和自己有關，覺得一同受了打擊，於是發抖起來了。事情其實並非意外的，即使再糟，也可以想像；然而，牽連到自己，就希望例外，就希望一帆風順。所以，我的吵嚷或者也是一種見風轉舵，不過所見的是別一種而已。
>
> 尤其近來發現了，自己其實就是所反對的東西的基礎，至少也和它有著血統的關係。別人是遺老，我自己就是遺少，一切遺少的惡劣，在我都十全。少和老，現在當然有些不同，於是還能反對，還能吵嚷；而將來，就完全一樣，少之後就是老，老之後還是老的。
>
> 似乎在克服，但恐怕只是爲了吵嚷時可以理直氣壯些。人們常以爲認識了自己的惡劣，就是克服了惡劣；但不知道，至少在我是

這樣的，認識了自己的惡劣，其實就爲了更加惡劣，惡劣得更有理由些。

在舒蕪與胡風的關係史中，這樣的「眞誠而沉痛」的檢討在其後仍續有發生。舒蕪似乎永遠也追趕不上胡風的腳步，胡風也似乎永遠不能眞正地瞭解舒蕪，他們就這樣跌跌撞撞地攜手同行著。

1944年3月中旬，胡風突然通知路翎，說是有人已得知他在中央政治學校圖書館任職，囑其「未雨綢繆」，預作離開準備〔註4〕。當時路翎、舒蕪等都用筆名發表文章，用本名（路翎本名「徐嗣興」，舒蕪本名「方管」）在職業單位工作，「自以爲屬於進步陣營，怕受到國民黨政府的迫害，不敢將筆名眞名二者聯繫起來，尤其是在中央政治學校這樣地方，更加小心。〔註5〕」路翎當時戀愛成功，正欲另覓住所組織小家庭，4月下旬便辭去了中央政治學校圖書館助理員的職務，搬到其父母的家中，在北碚附近的黃桷樹鎮燃管會所屬機關做辦事員。舒蕪也打算離開，卻不能痛下辭職決心，他還得奉養母親〔註6〕。

路翎辭職離去後，舒蕪備感孤獨。4月23日下午，胡風專程來到南溫泉中央政治學校所在地看望他，並作竟日長談。胡風還談到：「恐怕守梅（指阿壟）在文學上不能有所發展，因意志力太強，反而弄得不能吸收。而且，還有一個測驗，即他做起舊詩來完完全全是舊式才子。」舒蕪聽後，欣慰之餘又感到愕然〔註7〕：胡風竟以能否做「舊詩」作爲判斷是否具有事業前途的標準，這在他是難以想像的。他自己偏是愛好不時地寫點「舊詩」的，因此他在給路翎的信中這樣惴惴地發問：

「我想，這是可能的，但對大家也都可怕的。你看如何？」〔註8〕

〔註4〕　胡風1944年3月16日致路翎信：「下年的職業得準備一下，以防萬一，我覺得已有山雨欲來之勢。」
〔註5〕　《舒蕪致胡風信》第10信注。
〔註6〕　舒蕪1944年3月19日致胡風信：「嗣興的事究竟怎樣？是有人查問，知道是在此地了嗎？那麼，自然得走。而我也得走。而我的走，又比較難，因爲還不止一個人。總之，局勢是討厭的了。不過，我看，這個『小朝廷』也走上末路了吧？」
〔註7〕　舒蕪1944年4月27日致胡風信中寫到：「把持不住自己，想讀舊詩，寫舊詩。但感謝你的『針砭』，當時使我憬然。現在，正和它打架的。」
〔註8〕　舒蕪1944年4月25日致路翎信，張以英編《路翎書信集》第32頁。

# 10 胡風在「希望」即將實現的時候

　　1944 年 5 月 25 日，胡風接到國民黨中宣部官員洪昉的信，告之「《希望》已准送審出版」。

　　胡風終於等來了《希望》獲准出版的消息，他「茫然」地在田野上走了兩圈，始終平靜不下來。自從 1941 年 5 月爲抗議國民黨發動皖南事變離渝赴港，被迫丟下了《七月》，他的手裏已經 3 年沒有刊物了。沒有刊物，就沒有發表陣地，就要仰人鼻息，就要任人擺佈，近年來他爲發表舒蕪等人的稿件四處託人，不是遇到推諉，便是遭逢「變卦」，吃盡了苦頭。

　　當天晚上，他給舒蕪寫了一封長信，毫不隱諱地向這位年青的朋友描繪著自己複雜的心緒。他寫道：

　　　　脫難後的兩年多，我一直在等著這個希望，雖然理智上曉得是一個吃力的重負，但心情卻是旺的。但一旦實現了，忽然感到意料外的沉重。忽然感到非和無窮多的東西甚至我自己仇人相見不可了。借用一個誇大點的比方，好像一個軍人，接受了重大的危險的任務，但卻沒有準備，沒有武器，沒有自信，對於必要的條件沒有想清，而敵人卻是非常強大的。這時候我反而羨慕數年前初生之犢的盛氣了。

　　　　現在在寫著這信，算是好了一點。但就是沒有好了一點，也只有迎上去，而且非抱著與陣地共存亡的決心不可。世界上曾有過不少眞的英雄，我想，他們的心的歷程一定是各種各樣的。非英雄的我們，感受一點精神痛苦更是不足爲怪的罷。

這番表述讀起來相當費解，他並不是第一次編刊物了，按照編輯《七月》的老套來編輯《希望》，一兩篇文藝理論文章，七八篇詩歌、小說和報告文學，就能把篇幅塞滿，輕車熟路，很快就能編出一期，何難之有？然而，他卻把前景看得如此嚴峻，彷彿他要做的事不是編一本刊物，而是要撰寫宣戰書。

也許，胡風的激昂與憂慮要從近兩三年來的交遊及所耽所思進行考察。他在《關於喬冠華》中寫道：「1942 年 3 月，（我）從香港脫險經過東江支隊到桂林後，看到當時文壇思想情況非常混亂。其中，例如共產黨員作家或以進步面目出現的作家的作品中有的宣揚色情，有的甚至同情叛徒，冒充進步的刊物和作品氾濫一時。」於是，他「在文章和講話裏戳破了一些『進步』的假面，提出了一些問題，大概引起了各種反應。」也因此，返回重慶後，他得以與喬冠華等比較接近，尤其對中共整風運動的偏差有著共識，都覺得當時「出現了用教條主義反教條主義的情況」。再後來，他對受到中共內部批評的陳家康、喬冠華等的幾篇文章非常同情，認爲：

> 像現在這樣的文章，不管它們包含有錯誤和錯誤如何，既然對現實思想問題有所感有所見，只要能展開討論，那既可以打破國民黨的言論統制，又可以把整風運動的思想影響帶到讀者中間，在讀者中間收到思想鬥爭的效果。這是我〔自〕30 年代關於口號問題論爭時起的看法。我們應該相信，正確的思想只要能和讀者見面，最後是要取勝的。

可以說，近兩年來，胡風魂牽夢繞的並不限於文藝領域，而已擴大爲思想文化界的諸多「現實問題」；他所要反對或抵制的主要對象或傾向也並不限於政治上的反動派，而比較集中於先進陣營內部，如上面提到的「共產黨員作家」、「進步」作家和刊物，及中共整風運動初期出現的「以教條主義反對教條主義」及後來他發現的政黨內部迴避「討論」和「鬥爭」及限制自由探討的傾向。

爲了聲援「才子集團」發動的思想啓蒙運動，在他們受到黨內批評之前，胡風曾組織舒蕪撰寫批判郭沫若「崇儒反墨」的文章，並商定在喬冠華主編的《群眾》上發表；在他們受到黨內批評之後，又指導舒蕪撰寫爲他們鳴不平的《論主觀》；所有這些操勞都無非是企望將這一思想啓蒙運動持續下去。然而，由於手頭沒有刊物，精心組織的這幾篇文章都沒能及時派上用場，這是很大的遺憾，也是向來「以天下爲己任」的胡風所不能忍受的。

　　如今，《希望》即將實現，能否把這個刊物辦得類似於郭沫若主編的《中原》，將視野從文藝界而擴大到整個文化思想界，承接起陳家康、喬冠華等倡導而不幸夭折的「廣義的啓蒙運動」，兼顧「科學思想發展的評價」及「現實問題（包括現在成爲問題的思想問題、歷史問題等）的鬥爭」（1943 年 9 月 11 日致舒蕪信），打破「不通風的鐵板」（1944 年 1 月 4 日致舒蕪信），讓那些被「權貴們」扼殺的孤獨的「精神界之戰士」的聲音能繼續在這流血的受難的土地上傳佈？這並不是不應該考慮的問題。他確信，如果不能先澄清這些「現實問題」，就不能從根本上杜絕文學界「主觀公式主義」和「客觀主義」及演劇界普遍的低級趣味和媚俗的傾向所由產生的根源。

　　他情不自禁地吟道：

　　　　又向荒崖尋火粒，荊榛凝露不勝寒，

　　　　大千尊浪連方寸，極目雲天夜未闌。

他在思索，如果將《希望》的視野擴大，面臨的就會是一項「重大的危險的任務」。主觀條件不足：還沒有聚集起強大的學有專長的作者隊伍，手頭有份量的稿件也不夠多，況且能否一擊而中，能否既無傷於不能傷害的政治權威，又能痛擊隱藏在大蠹之下的鬼魅，尚無把握；而客觀環境嚴峻：敵人的營壘，內部的蛀蟲，復古的遺老，新生的權貴，這裡有「抗戰和進步文學中一時間氾濫成災的頹廢的精神狀態」（《我的小傳》），有「反動化了的虛僞的『愛國主義』」，有「企圖換上新裝的主觀公式主義」，有「開始氾濫的虛浮的客觀主義」，有「正在抬頭的墮落的色情傾向和小市民趣味」（《論現實主義的路》），更有「雖已離開指鹿爲馬，但還不免雞鴨不分的這時代的讀者」（1943 年 9 月 11 日致舒蕪信），等等……

　　此時他最憂心的不外是兩個問題，一是《希望》雜誌跨入「文化」領域後克敵致勝的戰略，二是如何消除舒蕪等年青朋友不時流露出來的「怯」意和「舊式才子氣」。前者是陣地，後者是戰士。要想以後在文化思想領域開疆拓土，二者缺一不可。於是，他在同日致舒蕪的這封長信中又寫道：

　　　　你所感到的「自己的嬌嫩」以至「懷疑」，也許和我的這幾天特別是今天的心情有相通之處，是一種「怯」的表現。你的「無的放矢」的疑慮，恐怕就是某些開始轉向中庸主義的人們的最初的依恃。人到底不願意和剝了皮的血肉相對。而其實，無論我們用怎樣最大的分析力去突擊，也決不會把世界想像得比它的眞相更壞些的，這

就需要一種勇氣以及由這勇氣出生的能力。但這勇氣這能力一般地非用很多的靈魂的創傷和疤痕作代價不可。「怯」的偶然發生，恐怕正是用它連成甲胄似的硬殼的疤痕還不夠多不夠厚的緣故罷。

我自己，許多年來就練習向壞處分析的習慣，但還是不行，還是常常看走了樣，而且正是由於如老人所說的「不夠毒」的緣故。但也有了一點副效果，比較經得起打擊，經得起失望或寂寞。我自己，也曾有過像你似地以朋友的來信支持生活的時期，但多年來漸漸有了變化。心願相通的朋友的心聲，當然給我力量，給我幸福，我也經常期待，但卻不把它當作唯一的支柱了。猶如一個赤貧的人，宿命似地安於草根樹皮的生活，只能把米麵當作意外的享受。所幸的，這種享受也常常有，正如俗話所說的，一根草有一粒露水養，只不過這絕對又絕對地不會從那些各種各樣的市儈們得來。警戒他們，肯定他們，用微笑包著侮蔑和他們握手言歡都可以，但如果對他們發出了一絲的希望，那就是自己污辱了自己。這些我不大說的話，不知可供參考否？暫止於此。願你在苦役的工作中更堅定。

在此信中，胡風難得地向年青的朋友袒露了心胸。原來，他也與舒蕪同樣「怯」於將學術爭鳴捲入政治鬥爭，同樣「怯」於被進步文壇「當作異端仇視」。只不過，他的「怯」很快便能自我克服，十餘年來文壇風雨的磨煉，使他披上了「甲胄似的硬殼的疤痕」，而具有了超人的「主觀戰鬥精神」（信中所說的「這勇氣這能力」）。原來，他也與舒蕪同樣有過「孤獨」的感覺，同樣渴望友誼的滋潤。只不過，他絕不會長久地沉溺於這種自我悲憫的情調之中，文壇上叢集的「市儈們」如鷹鷲般環視著，令他不得安歇，不得輕鬆。

胡風此信中對舒蕪所感到的「自己的嬌嫩」、「無的放矢」的疑慮等「怯」的表現的批評，都是具體有所指的。5月20日舒蕪在給胡風的信中寫道：

無論如何，自己的嬌嫩是實在的。最近所處理的問題，又更照明了自己的微弱的身影。也就因此，工作對我是苦役，因為凡所碰到的都是自己。同時，這又使我懷疑，因為其實是以自己作「模特兒」，究竟是不是有「典型性」呢？直白的說，人家是否就像我這樣壞呢？有時覺得自己總不會是個特殊，總不會特別比人家壞，大凡自己有的總也是別的大多數人都有的。有時又覺得，人家一定都比我好，至少像我這樣的人總是少數；果真如此，則一切剖析，一切

攻擊，就都要成爲所謂「無的放矢」的了，雖然在我自己卻確是有「的」的。

質言之，舒蕪以上的抱怨都源自「思考者的痛苦」。當他站在高處，奮筆抨擊黑暗社會叢生的社會問題時，文思不竭、遊刃有餘；而當他潛入「文化」的深處，著意於探求底蘊時，面對的卻是自己，這是曾折磨過無數哲人的「斯芬克斯之謎」〔註1〕。3 月初他在胡風的鼓勵下起筆撰寫《現代中國民主文化論》，本來是想掘出一切醜惡現象的「根」來的，卻未料到卻連自己及朋友們的「根」都掘出來了。3 月 23 日他曾給胡風去信，抱怨道：

> 因爲要「論」那個「現代中國民主文化」，這幾天是時常在想著各種各樣的「反民主」的東西，並且連自己也想在內的。但想著自己，好像也在想著別人。就是說，我這一下子看見了，掘出根來了；然而怎樣呢？然而完了。毫無痛切的感覺，毫無急迫的關於自己的情緒，慢條斯理的，好像自己已經沒有問題，好像問題都在別人和別一個自己。

對「文化」的思考，就是對「人」的本位的思考。在「五四」文化精神薰陶出來的第一代文人們中，惟魯迅在思考「國民性」的同時，還具有以自身爲標本的自我解剖、自我批判（「抉心自食」）的自覺意識，這是魯迅的眞精神。

胡風惟魯迅是尊，他能把「國民性」誇張到「精神上被毒成了殘廢」的程度〔註2〕，卻無暇反躬自省；路翎是仰慕魯迅的，他能把「國民性」抽象地概括爲「官僚、名士、土匪三位一體」〔註3〕，卻只能把「個性解放」的理想賦予「原始的強力」；舒蕪是「尤尊魯迅」的，他在開掘民族「文化」底蘊時品嘗到了「抉心自食」的痛楚，卻無力憑藉斗室中的冥思而使之昇華。在同信中，舒蕪向胡風傾訴了久蓄於心的苦悶，他寫道：

> 看了嗣興（路翎）給你的信，他說他還不明白他「究竟爲什麼而寫作」，我也想這樣說，可是卻說不出來，似乎我的寫作的意義已

〔註 1〕　希臘神話故事裏有一個獅身人面的怪獸，名叫斯芬克斯。它有一個謎語，謎面是：「早晨用四隻腳走路，中午用兩隻腳走路，傍晚用三隻腳走路。」如果你回答不出，就會被它吃掉。少年英雄俄狄浦斯給出了謎底：「人」。「斯芬克斯之謎」由此得名。

〔註 2〕　胡風《民族戰爭與新文藝傳統》，1942 年 10 月作。《胡風全集》第 2 卷第 638 頁。

〔註 3〕　路翎《財主底兒女們》（下），人民文學出版社 1985 年，第 1211 頁。下不另注。

經很明白，寫出去就震撼一時，移風易俗，名垂竹帛，功在千秋了。真的，是這樣想的；即使「功名」之類還不怎麼想到，對於效果卻早已肯定了的。然而，是這樣的嗎？對於自己都不發生效果的，對於別人卻能發生效果嗎？

「爲什麼而寫作」？路翎不明白，舒蕪也不明白。儘管他們都知道，「新的力量在遙遠的地方存在著」，卻找不到匯入的方式和道路。他們信任胡風，多少也是由於他與「新的力量」有著某種聯繫。他們勤奮地寫作，期望能與「新的力量」產生共鳴，希望能得到「新的力量」的鼓勵和讚揚。然而，卻沒有！於是，他們只能自譏爲舊式文人式的名山事業，甚至懷疑起所作的社會「效果」來了。從另一個角度來審視也是如此：念念不忘發表後的「效果」，時時以名山事業爲念，是舊式文人的態度；無情地譏評各種社會問題，同時也不忘解剖自我，則得益於魯迅精神的教誨。不管怎麼說，舒蕪和路翎靈魂中兩種「生活態度」正在打架。

此時，舒蕪和路翎最需要的是大朋友胡風的及時點撥，他們渴望能從他那裏得到一點魯迅的「眞傳」，以驅除精神世界的迷惘與困惑。然而，他們並沒有得到清晰的答案。3 月 27 日胡風給舒蕪、路翎覆信，他寫道：

> 信收到。我後天下鄉，但來月十三四又得來。這中間得擠出一篇八股文。人生短促，這不曉得是命運開的什麼玩笑。然而，只得「忍受」。要做商人，只得和對手一道嫖賭，要在這圈子裏站著不倒下，也就不得不奉陪一道跳加官！

> 前信凌亂得很，這回是弄得你們來猜我在說什麼了。但解釋起來麻煩得很，暫時不管它罷。不料又一面害得你們「思如泉湧」，開出什麼人與我的大問題來了。是的，問題是可以這樣存在的，但不會這樣凶罷，雖然應該當心權威們指示我們的那個「發展」。處此時會，我想，恐怕非得「以天下爲己任」不可。這不是那闊氣的英雄主義，而是要自己負責，更強一些，更多一些，連那些最髒最混蛋的東西都算在自己的賬上。在這意義上說，「萬物皆備於我」這句話也許並不是不可以說的，因而現在的你們的心情，就可以是很好很好的東西。

> 但我懇切地希望你們不要沾染上我的命運主義的心境。我十年來抱的是「盡心」的態度，但近來發現了，這正是一種反過面的命

運主義，正是由於它，我常常寬宥了自己。現在且已成了天性似的
東西，一時很不容易扳轉過來。這也多少受了死去的老人的影響，
但其實，老人並不僅僅是這樣的。即如這幾年的跳加官罷，實際上
應該失陪，或者簡直跳它一個魔鬼之舞的，但卻一直混在蛆蟲裏面。
當然還有另一點點願望，然而，哀哉，口口這也有點模糊起來了。
我懷疑這個吃草的身子是不是有一點肥料的效用。

在此信中，胡風向這兩位最爲信任最爲倚重的青年朋友傳授了他的人生經
驗，這裡有「反過面的命運主義」，所謂「盡心」，所謂「忍受」，所謂「混在
蛆蟲裏面」，所謂「一道跳加官」，等等。雖然他「懇切地希望」朋友們不要
受他的「心境」的影響，但卻無法阻止他們由此而產生抗戰文壇極其「黑暗」
的錯謬聯想。

在此信中，胡風向他們指示了另一條與「權威們指示我們的那個『發展』」
完全不同的道路，他借用了「以天下爲己任」和「萬物皆備於我」兩條古訓，
而賦予其以不同的含義。如果說「權威們」指示的「發展」，是在改造客觀世
界的同時改造主觀世界；那麼胡風所指示的另一條「發展」，則指在剖析主觀
世界的同時也就認識了客觀世界。次序略一顛倒，便從唯物主義滑向了唯心
主義，這裡的道理也許不用多說罷。

胡風在「希望」即將實現的時候，其麾下集結的戰士大約只有路翎、舒
蕪、阿壟和何劍熏等 4 人而已。路翎是完全可以放心的，他思想的成熟度遠
遠超出了年齡，其勤奮更令人驚異，他剛剛寫完長篇小說《財主底兒女們》
下部，最後衝刺的 18 天裏竟寫了 13 萬字。舒蕪是完全可以信託的，他思想
的敏銳性幾乎無人可及，其視野遍及「哲學——文化」領域，只是思路過於
靈動，易受外界的誘惑，而舊式文人的習氣更堪憂慮。阿壟，這位「極苦的」
先生〔註4〕，當然也是可以信賴的，但其舊式文人的習氣加上過強的意志力，
恐怕「在文學上不能有所發展」。何劍熏則完全是個異數，這位在社會底層滾
爬過來的諷刺小說家，對世事看得太透了，對人事也看得太透了，如今頗有
點「豆腐掉進灰堆裏，吹不得也打不得」的模樣〔註5〕，不久他便離群而去。

〔註4〕　「極苦的」爲「吉訶德」的諧音。友人們對阿壟的戲稱。參看胡風1942年9
月13日致路翎信。
〔註5〕　胡風和路翎曾對何劍熏的小說《昇天》提出批評，何不服氣，曾說，「我就是
我，雖然不好，但總還是我。故那《昇天》，不管谷、寧二兄怎樣批評，我自
己還是喜歡的。」參看舒蕪1944年5月9日致胡風信。

　　附帶說一句，此時「胡風派」雖陣容初現，卻勢單力薄。胡風與周圍年青朋友的關係呈同心圓向外放射的狀態，胡風自然是圓心，核心圈裏卻只有路翎、舒蕪和阿壠等三人，何劍熏、方然、冀汸、呂熒、化鐵、綠原諸人處在外層的同心圓中，且不時受到核心圈中人的苛評。至少在那時，胡風等還未能從他們身上發現有共預「重大的危險的任務」的潛質。胡風「吃不消」方然「滿身儒者風度」〔註6〕，且生怕「碰傷」了化鐵「太敏感」的自尊心〔註7〕；路翎覺得冀汸「有些觀念化」，呂熒「有公式主義」〔註8〕；而舒蕪則對何劍熏的「牢騷」不無微辭〔註9〕。

　　簡略地說，當胡風在「希望」即將實現的時候，他所身處的主客觀環境就是如此：來自左右兩側的敵人是「非常強大的」，而己方卻「沒有準備，沒有武器，沒有自信」。為此，他急欲與最信任的三位青年朋友見面詳談，就在5月25日給舒蕪的這封長信中，他又寫道：

> 我預定二十九日下午進城。爲這希望，至少當有一週的住罷。
>
> 還有一些別的事，還有兩位從遠路來的穿馬褂的作家要談談云。梅兄（指阿壠）不知回來了沒有？寧兄（指路翎）也許回去了罷。如他們都在城，或有一個在城，你來一道談談，當然好，但如經濟上吃不消，就不要充硬。

信中所提到的「兩位從遠路來的穿馬褂的作家」，指的是奉周恩來指示從延安來的劉白羽和何其芳，他們肩負著向國統區進步文化界傳播毛澤東《在延安文藝座談會上的講話》精神的重任。他們似乎比較看重胡風在國統區文藝界的影響，首先「要談談」的對象第一是郭沫若，第二是茅盾，第三便是他。胡風卻似乎有點瞧不起他們，30年代初參加革命文學運動的經歷使他有點自負，天賦大任的責任心使他有點輕狂，與周恩來的特殊關係使他有點傲慢，他雖則也是依傍於政黨政治而安身立命的，卻不甘承受任何有形或無形的束縛，更不用說來自遠方的理論指導了。

　　順便提一句，胡風對延安派來的兩位文藝特使的頗爲不恭的態度，非但表現在此時給朋友的信中，也表現在隨後舉行的幾次座談會上。曾被胡風譏

---

〔註6〕胡風1943年9月11日致路翎信。
〔註7〕胡風1943年10月26日致路翎信中寫到：「至於小劉（指化鐵），我還不理解他。好像他太敏感，又好像是凝塊以前的豆漿，我謹慎得很，生怕碰傷了他。」
〔註8〕路翎1944年5月8日致胡風信。
〔註9〕舒蕪1944年5月9日致胡風信。

爲「點者」的聶紺弩其時也在重慶，他把這一切都看在眼裏，遂作《論申公豹》以刺之。文中風趣地將胡風比擬爲「申公豹」，而將何其芳比擬爲「姜子牙」，嘲諷胡風「因爲自己沒有得到『封神』的使命，心懷嫉妒」，便處處與「奉得了使命的姜子牙爲難」〔註 10〕。此說似乎無稽，錄以備考。〔註 11〕

〔註 10〕 聶紺弩《論申公豹》，作於 1945 年 5 月 1 日。收入《聶紺弩全集》第 1 卷第 255～256 頁。
〔註 11〕 聶紺弩曾寫到：「他（指胡風）曾在編後記之類的捎帶地諷刺過我幾次，我寫過一篇《論申公豹》罵他，後來在香港又寫一篇《魚水篇》，是指名批評他的。」《聶紺弩全集》第 10 卷 128 頁。

# 11 《論中庸》的構思

1944 年 5 月 9 日舒蕪開始構思《論中庸》，當天他在致胡風的信中寫道：

> 關於體系，是要更加深的檢討的。但不一定就那題目重寫，大
> 概要包到別的裏面去。覺得一切怪或壞的東西的本質都只是一個：
> 中庸。這個東西始終來打斷打破，所以不論弄什麼新東西，結果都
> 要變怪或變壞。體系也者，也是從這出發，又掩護這的。

前文已述，《論體系》是舒蕪作於 1943 年初的一篇現代哲學論文，曾於當年 8
月間交由路翎帶給胡風，投送某刊物未予發表，原稿已佚。胡風此時想起了
這篇論文，建議他就這個問題進行「更加深的檢討」。然而，舒蕪卻無意炒現
飯，擬改題而從「中庸」落筆，認爲「中庸」是「體系」等謬說的哲學基礎，
深入發掘下去，定可挖出「現實問題」的總根子來。

「中庸」是儒家學說的核心觀念，有學者認爲它「既是一種思想方法，
又是一種行爲準則，更是一種理想目標」。其權威的表述當然是孔子的言論，
如載於《論語》的「過猶不及」和「無可無不可」，及見於《中庸》的「仲尼
曰：『君子中庸，小人反中庸。君子之中庸也，君子而時中。小人之中庸也，
小人而無忌憚也。』」等等。

舒蕪決定批「中庸」，觸發其產生這種念頭的主客觀因素大致有二：

第一，繼續聲援在重慶「整風」運動中受到批評的陳家康、喬冠華等，
抵制中共南方局文委對他們進行的批評。他認爲：

> 「陳、喬他們反對馬克思主義教條化，針對國統區知識分子普
> 遍存在的一些思想問題，作出一些自由探索，不能被自家的一些領
> 導人所容……」，「問題確實是存在的，這裡面就有一些『風』確實

應該『整』。可是為什麼又不讓整呢？既然反教條主義，為什麼又突

然不讓反呢？總之，當時我的感覺，就是教條主義壓制批評。〔註1〕」

在他看來，董老對陳、喬等人的結論式的批評，是從一種先驗的「體系」出

發的，其目的是堵塞黨內的獨立的思想探索，而對「體系」的崇尚正是「中

庸」觀念的一種外在表現，因此必須反「中庸」。後來，他果然將這個看法寫

入了《論中庸》，其文曰：

> 我們現在，有一種「體系」最有力，就也最有害，即是通常所
> 稱為「教條主義」的。所以有這個名稱，是由於它並非普通的「體
> 系」，而是利用最有權威的新哲學、新社會科學、新經濟學而作成，
> 這權威就可以使人們奉為「教條」。但其「最有力」之處，還不在此，
> 還不在權威本身，而是在於產生權威的東西，即新哲學等等之中所
> 已具有的戰鬥的理想，和這理想所已經導引出來的現實。正是這些，
> 才使實無理想的中庸主義的「體系」，蒙上一層理想主義的光輝的外
> 衣。〔註2〕

第二，在撰寫《中國民主文化論》過程中得到的感悟。2 月底他寫完《論主觀》

後，又接受胡風的建議，於 3 月 13 日開始撰寫「對中國文化問題重新想過的」

的《中國民主文化論》，寫作過程中遇到了不少困難。首先是兩面作戰的張惶，

「一面向那邊的復古運動進攻，一面向這邊的教條主義進攻」，覺得「弄不出

來」；其次，感到自己的思路也為某種先驗的「體系」所縛，有脫離「現實問

題」而陷於「中庸」的危險。於是，他在 4 月 27 日給胡風的信中寫道：

> 想了一想，覺得寫法根本要不得；原因在於存心「寫書」。「書」，
> 所以要擺體系，玩組織。一章一章，一節一節，各各只是片段，以
> 為要組織成體系之後才有整個的力量。但現在已經看到，如果每一
> 部分只是片段，無論怎樣組織，整個的東西也只是平面的，決不會
> 有力量的。必需每一部分都就是整個，每一部分都能獨立，每一部
> 分都有完整的力量，合起來才會有力量。……況且，即為「功利」

---

〔註 1〕 《舒蕪口述自傳》，中國社會科學出版社 2002 年版，第 128～131 頁。下不另
注。引文部分本是舒蕪對撰寫《論主觀》的背景的回憶，但其中涉及到董老
對陳、喬的批評及陳家康調回延安等歷史事件，這些事都發生在《論主觀》
寫成之後、《論中庸》寫作之前，由是筆者認為作為撰寫《論中庸》的背景更
加合適。

〔註 2〕 《論中庸》，《舒蕪集》第 1 卷第 119～120 頁。

計，待整個寫好再拿出來，也實在等不及，不如有一篇就拿一篇，
比較能適合於迫切的要求。因此，過去所寫的七萬字，我打算放棄，
重新一單篇一單篇的寫。

在上述兩個觸發舒蕪撰寫《論中庸》的主客觀因素中，第一點是最主要的。
因而，《論中庸》的鋒芒所向，主要是針對進步文化陣營中壓制自由的思想探
索的「教條主義」傾向，而不是當時國民黨政府爲了實現其專制統治而大力
宣揚的「思想統一」。舒蕪曾在回憶文章中承認道：

　　　對於國統區文化思想方面的形勢，我同樣認爲國民黨不值得作
　爲理論批評的對象，只有馬克思主義指導下的進步文化界，自己內
　部很多重要問題亟待探討。這個基本估計，當時在我思想上很明確，
　所以，從胡風那裏得到了陳家康他們挨批的消息，我非常激動，覺
　得這當然比墨學要重要得多……〔註3〕

陳家康奉命返回延安之前，曾託胡風轉交給舒蕪一信及一幅對聯。信已佚，
舒蕪僅記得信末一句爲「百感千思，惟吾兄知之，亦惟吾兄諒之也」，對聯爲：
「胼胝窮年，螻蟻稊稗矢溺；荊榛滿眼，孔孟黃老申韓。」舒蕪從中體會到
陳家康「當時的心情是很不平靜的」，因而「觸動很大」，更覺得：「他不只是
說墨學還要繼續研究，繼續發揚，而且還希望我繼續他們被迫停止下來的眞
理之追求。」〔註4〕

　　《論中庸》便是舒蕪繼續「眞理之追求」的結晶。該文的題旨是批判國
統區進步文化陣營內部「禁絕別人再進行探索以開拓理想」的「教條主義」，
其開章明義的第一段第三句——「中庸主義的特徵，就是『折中』。『命固不
可不革，然亦不可太革』，是最極端的例子。其他如『感情固然重要，理智的
作用也不可抹煞』之類，都是的。——便是直接針對董老批評陳、喬等人「偏
重感情」，沒有擺正「理智與感情的關係」而發的。

　　1945年3月，胡風在編發該文時曾寫道：「《論中庸》。在作者自己，以爲
可以作爲《論主觀》的補充。〔註5〕」就該文旗幟鮮明地反對政黨組織「統一
思想」的題旨及堅定不移地鼓勵思想「探索」的指向而言，他的判斷是正確
的。

---

〔註3〕　《舒蕪口述自傳》第130頁。
〔註4〕　《舒蕪口述自傳》第130～131頁。
〔註5〕　《希望》1集2期「編後記」，作於1945年3月23日夜。《胡風全集》第3
　　　　卷第294頁。

　　《論中庸》起筆於 1944 年 5 月 9 日至 13 日之間〔註6〕，5 月 18 日因思路受阻而重寫〔註7〕，5 月 25 日胡風來信提示可從自我解剖入手。6 月 5 日舒蕪致信胡風，通報《論中庸》的寫作進度，他寫道：

　　　　論中庸，明後日可成。當然有些輕鬆之感，然而又有些悲涼。大約是因為，預想甚強，及其既成，看來又遠不及預想的標的，如一切東西完成時通常都有的心情吧！不知道前一長文重看過否？是否擬採用？如果擬採用，且即用，雖然我自以為這似乎「後來居上」，也將贊成，暫且放下「休息」一個時期，寫你所要的短的，待要這個時，再整理它。不知究竟怎樣？

信中提到的「前一長文」，指的是《論主觀》。舒蕪自認為《論中庸》更勝於《論主觀》，但又讚同胡風不妨先推薦發表《論主觀》，《論中庸》俟後再說。

　　6 月 8 日夜，《論中庸》稿成。6 月 9 日胡風致信舒蕪，稱，本擬將《論主觀》先推薦出去，但拿出去頗不易，還是看了《中庸》後再決定。勸其不要急於發表，定下心來著即修訂《論中庸》。

　　舒蕪 6 月 11 日覆信胡風，表示完全接受批評。寫道：

　　　　非常感謝你的勸告！焦燥不安，似乎是發揚踔厲，但其實不是，的確應該力戒。

　　　　中庸已完，但擱在那裏，還未復看。既如來信所云，便即整理，面交。一些短論，亦一起交。短而總不能十分銳，自審之後，是覺得遺憾的。長的交出去，的確不易。前信既云自己可容「批評論文」一項，我看就不必交出去吧。反正無需急急。不知你的意思如何？

「前信既云」一句，指的是胡風在上封信提到《希望》中將設「批評論文」的專欄，舒蕪於是建議將《論主觀》（及《論中庸》）留待「自己」的刊物發表。

　　6 月 21 日《論中庸》改定。6 月 28 日，舒蕪將該文稿面交胡風〔註8〕。

----

〔註6〕　舒蕪 1944 年致路翎信中寫到：「論『中庸』，似乎也就中庸起來了。」

〔註7〕　舒蕪 1944 年 5 月 20 日致胡風信中寫到：「從前天晚上起，因為論文中的一節遇到阻礙，只好丟掉重寫。」

〔註8〕　舒蕪 6 月 30 日致信胡風，稱：「回來後，忙亂了幾天，直到今天，才有空提筆寫信。」由此判斷是「面交」。胡風 6 月 29 日致路翎信中，稱：「我昨天回來的。管兄來城相見，但我精神不振，又值回鄉前事忙，談得不多，他大概是失望回去的。」

7月6日胡風致信舒蕪，簡要地談到初讀的印象，寫道：

> 長的，回鄉後即看了一遍。我以爲，爲了不發生「流弊」，得再
> 斟酌，因爲這等於拋手榴彈。我覺得，更深的解剖舊的，才能更痛
> 地說明新的。其次，解剖了發展內容，就更能擊中要害。理論說明，
> 應該同時是實際說明，雖然不必請出「社會基礎」來保鏢。其中有
> 些，如從決定的一環說到矛盾、體系等，都是非常之好的。橫豎沒
> 有發表的地方，不急，《希望》如成，先發表《主觀》。

信中提到的「流弊」，是借用《論中庸》一文中的提法，該文第一節批判中庸
主義者藉口「防流弊」來扼殺個性解放，釋「流弊」爲「本來很好的東西，
後來弄出來的壞處」，大致與孔子所謂的「過猶不及」意思相仿。胡風讀出了
《論中庸》的鋒芒指向，慨歎「這等於拋手榴彈」；相形之下，《論主觀》的
火力就比較弱一點；於是他決定拿到了《希望》的出版證後，先推出《論主
觀》。

# 12 《希望》的易轍

　　自胡風決定在《希望》上發表舒蕪的哲學論文《論主觀》的那一刻起，《希望》雜誌就離開了《七月》的道路，從單純的文藝雜誌而變成綜合性的文化雜誌，「希望派」也就不同於「七月派」，從「政治──文藝」人而演進爲「政治──文化」人。

　　1944 年 7 月 6 日這一天，也因而在舒蕪和胡風的關係史上成爲一個重要的時間點：從這一天起，他倆相攜著從文藝領域一步跨入了文化思想領域，他們將在《希望》雜誌上高喊出自己的聲音，並由此攪出一場持續十餘年的漫天風潮。

　　不過，直到這年的 9 月前，他們卻沒有機會繼續商討《論主觀》及《論中庸》的修改及發表的細節問題，因爲他們都遭遇到了一些麻煩。

　　舒蕪遭遇到的麻煩是：他不想也似乎不能再在中央政治學校繼續呆下去了！自路翎辭職去北碚後，他在學校裏形單影隻，可與交談的師長同事只剩下了「半」個人〔註1〕。不過，這裡所說的「半個」，與其說是指黃淬伯先生，不如說是指他自己，是說他自己只能以「半個」面目以示黃先生。他在中央政治學校使用的是本名（方管），發表墨學論文也用的是本名，而在《新華日報》《群眾》《中原》上發表文章則用的是筆名（舒蕪），這個筆名他從來沒對黃先生說過，因而黃先生只知道他是「方管」，並不知道他還是「舒蕪」。中央政治學校的特殊政治環境是絕不允許「舒蕪」存在的。他曾在一篇短文中記述過當年中央政校某某兩教授談論《中國之命運》時的一番對話〔註2〕：

---

〔註1〕 舒蕪 9 月 21 日致胡風信：「這裡寂寞了。嗣興兄走後，還有『半』個可談的人，就是那黃先生。」
〔註2〕 舒蕪《自由與不自由》（1949 年 5 月 25 日致王西彥信），《舒蕪集》第 7 卷第 93～94 頁。

　　甲說：「這上面所謂『吉普西傾向』是什麼意思呀？」

　　　「哦，哦。吉普西是一個民族，幾千年前就亡了國，所以沒有一定的住所，總是到處流浪。『吉普西傾向』，就是指那些講什麼民主，什麼自由的傾向。」乙說，而且把胖身體向沙發深處更埋進去，埋穩，以示反對「吉普西傾向」之意。

　　　「哎呀！這真了不起，這部書是這樣淵博的呀！」甲教授是那樣的興奮，以至於嘴裏迸出一點黃色的殘肴，黏在鬍鬚上，都不知道。〔註3〕

這些「教授」們竟津津樂道於蔣政權反民主、反自由的專制思想，校園內惡濁的政治氣氛由此可見一斑。

　　所幸還有黃先生在，他依然非常關心舒蕪。前文已述，他曾把舒蕪介紹給《文史雜誌》主編顧頡剛，顧對舒蕪的才華頗為欣賞，曾約其撰寫《通俗墨子傳》的書稿。這年6月間，黃先生又把舒蕪的舊作《釋體兼》推薦給顧，更得到顧的好評，允諾盡快發表，並熱情邀請舒蕪假期來家談談。黃先生見顧如此賞識舒蕪，不禁產生「成人之美」之類的想法，他力促舒蕪放假後去北碚顧家登門拜訪，說是一則或可以請顧幫忙在《文史雜誌》編輯部覓得一份職位，二則或可以與顧家女公子締結良緣。黃先生甚至非常鄭重地表示願意為其「介紹通函」，但他提出的條件是：「一通函，就非成功不可。」舒蕪時年 22 週歲，雖然與他年齡相仿的阿壟和路翎此時都在談婚論嫁，但他尚無組織小家庭的念頭，於是只得婉言謝絕，「支吾對之，使之完全不得要領」〔註4〕。

────────

〔註3〕 「吉普西傾向」之說出自《中國之命運》。其文曰：「世界上最放縱恣肆的人，要算『吉普西』人了。大家知道『吉普西』人的自由，不過是放蕩，不過是流浪。他們內部沒有法律，他們對外也不能結成團體，以自保他的安全。所以他們成為世界上最低下最墮落的一群，到處受人唾棄，受人欺侮。我們中國國民斷不可一面自陷於『吉普西』人的自由行徑，而一面還高談現代化，法治化。要知道國家是祖宗百代的遺產，民族是子孫萬世的根基。抗戰是神聖的工作，建國是莊嚴的事業。我們絕對不應當存一點玩忽的觀念，有一點兒戲的行動，而必須以神聖莊嚴的心理來接受法令，以自主自動的思想來執行法令。我們怎樣還可以自比於『吉普西』人？」此說充分表現了蔣介石反自由反民主的思想。該書由蔣介石授意、陶希聖執筆。1943年3月公開出版後，國民黨通令國統區各機關、團體、軍隊、學校都要閱讀。
〔註4〕 舒蕪1944年8月3日致路翎信。張以英編《路翎書信集》第28頁。

　　舒蕪的課是在 7 月 11 日結束的，7 月 16 日後便赴北碚一遊〔註5〕。行前，他將此行的日程函告路翎，約其見面聊聊，並開玩笑說，可能要「順便演一演『甘露寺』」。7 月 14 日路翎即函告胡風，稱：「管兄大約日內就要來玩了……這還是我那回說的，就是要大教授（指顧頡剛）『賠了夫人又折兵』也。」由此可知，當年舒蕪和路翎似乎都不甚尊敬顧，蓋因他們都「尤尊魯迅」，念念不忘魯迅生前與顧頡剛的過節罷？！

　　舒蕪在北碚呆了四天。他拜見了顧先生及其家人，給對方留下的印象似乎還不錯；他向顧先生表達了想來《文史雜誌》工作的願望，顧先生原則同意他秋後進入〔註6〕；顧先生建議他撰寫《墨論十篇上、中、下篇比較表》，他也接受了〔註7〕；他甚至還在顧家留宿了一夜。

　　路翎、胡風對舒蕪此行似乎略有不滿。路翎當時供職於經濟部燃管會黃桷樹鎮辦事處，與「壯遊」來此的舒蕪見了面，且有過長談，但他在致胡風的信（7 月 30 日）中這樣寫道：「管兄在這裡玩了四天。最後一天在顧君家住，走時沒有見到面。我和他談得很多，但多半是彈舊調子──兩個人對彼此的題目非常的熟悉。」舒蕪返回南溫泉後去看望過胡風，胡風在給路翎的信（8 月 2 日）中這樣寫道：「得信後管兄即來，只住了一晚，沒有堅留他，不知怎的，總是疲乏，提不起興致來。好像『生命力』漸漸要睡覺了似的。但他的『甘露寺』好像沒有演成，問起來，說是見到了，沒有意思云。」從這裡，似乎可以見出他們對舒蕪的私事不甚關心，反觀胡風對路翎婚事的態度，其反差非常明顯〔註8〕。

　　不管怎麼說，舒蕪此次的北碚之行，給顧頡剛留下的印象是不錯的。《文史雜誌》8 月號（哲學專號）發表了舒蕪的《釋體兼》，顧在「編後記」中還稱其為「青年墨學家」。8 月 3 日舒蕪給胡風去信，不無矜持地寫道：「文史雜誌最近一期的哲學專號，我也成了『專家』。但那上面真是大雜燴，很討厭的

〔註5〕　舒蕪 6 月 30 日給胡風信：「一放暑假，擬即遊北碚，屆時當過梅兄處及你處。我的課，是在七月十一號結束的。」胡風 7 月 12 日覆信，稱：「來此日期，頂好過了十六日。」
〔註6〕　舒蕪 8 月 27 日致胡風信：「這中間，我的事，就是和顧在原則上商定了我今秋到北碚，你大約也已聽嗣興兄說過了。」
〔註7〕　舒蕪 1944 年 8 月 3 日致胡風信：「這幾天比較涼快一點，所以起得很早，還能做一點事。所做的，是『墨論十篇上、中、下篇比較表』。這是顧提議的。」
〔註8〕　胡風在同日致路翎的信中還寫到：「真想順便也搞到一筆錢，使你們的（結婚）典禮豐盛些。」

樣子。」同日他在給路翎的信中不無得意地寫道：「文史雜誌的哲學專號，看到沒有？我也成了『專家』了。但我已寫信（長的，白話的）給顧，說明『學歷』等等，請他幫我快點離此。現在還無回信。大約最近要有了，那結果，即專函告你。」

由於諸種因素，舒蕪進入《文史雜誌》工作的事情秋後未能實現，但他與顧頡剛的良好關係並未因此而中輟。1945 年他在國立女子師範學院的「飯碗」受到威脅時，還曾有意求助於顧，此是後話，在此不贅。

胡風此時也遭遇到了「麻煩」，而且要比舒蕪大得多：延安來的何其芳和劉白羽似乎總在找他的不是！

前文已述，1944 年 5 月 25 日胡風收到「《希望》已准送審出版」通知的當天，在給舒蕪的信中曾提到：「有兩位從遠路來的穿馬褂的作家要談談。」何其芳、劉白羽從延安來到重慶，主要任務是向國統區進步作家宣傳毛澤東的「延座講話」，並負有搜集此地文化人的思想狀況並予批評指導的責任。何、劉想找胡風「談談」，當然不會是他們個人的行為，而是中共南方局文委（其時的負責人是夏衍）的意思。胡風沒有及時趕去，他拖到 29 日下午才動身，於是缺席了在郭沫若家中為何、劉來渝而舉行的歡迎儀式〔註9〕。進城後他直接到周公館（五十號）找到何、劉，談到深夜。儘管無所得，他還是為歡迎延安的客人作出了應有的姿態。他曾回憶道：

> 一九四四年，何其芳、劉白羽同志到了重慶，我用文協名義約了一批比較進步的作家為他們開了一個小會，請他們作報告。何其芳同志報告了延安的思想改造運動，用的是他自己的例子「現身說法」的。由於何其芳同志的自信的態度和簡單的理解，會後印象很不好。何其芳同志過去的情況還留在大家印象裏，但他的口氣卻使人只感到他是證明他自己已經改造成了真正的無產階級。會後就有人（梅林）說：好快，他已經改造好了，就跑來改造我們！連馮雪峰同志後來都氣憤地說：他媽的！我們革命的時候他在哪裏？〔註10〕

根據胡風表述的一貫特點，梅林、馮雪峰對這兩位延安特使的態度，也可視為他本人的態度。

〔註 9〕 據《陽翰笙日記選》第 270 頁。5 月 27 日，「文化界的友人們今日歡迎何、劉兩兄於郭老家。何劉對大家暢談西北文運至久，大家也都聽得很興奮。」
〔註10〕 《胡風全集》第 6 卷第 312 頁。

　　胡風為《希望》出版事在城裏呆到 6 月 8 日，沒有與出版商談妥，於是悵然返鄉。6 月 14 日夏衍與陽翰笙聯名邀請重慶知名文化人在郭沫若家中為歡迎延安來的客人設宴洗塵，他似乎也未能參加。6 月 22 日他冒雨趕進城裏，25 日（端午節）主持了「詩人節紀念會」，其間，又曾與何、劉二位有過長談。

　　7 月 11 日何、劉二位來到「鄉下」（賴家橋），擬在文工會與文藝界人士舉行座談。7 月 12 日胡風在致舒蕪信中提到：

　　　　來此日期，頂好過了十六日。因兩位馬褂在此，豪紳們如迎欽差，我也只好奉陪鞠躬。還有，他們說是要和我細談，其實已談過了兩次，但還是要細談。好像要談出我的「私房話」，但又不指明，我又怎樣猜得著。這一回，我預備談時請他們出題，我做答案。這是他們特選的機會。所以，你如這時來，我們就得不到偶語的時間，等於空跑。過了十六日，就空了。〔註11〕

「座談會」於 7 月 13 日在文工會舉行，陽翰笙當天日記載，會議取得了很好的效果：「晨，會中同人開一座談會歡迎何、劉兩兄。由劉、何先後報告他們那兒文化活動狀況後，大家提了許多問題來問他們。彼此都談得很熱烈。〔註12〕」胡風在回憶錄中沒有提到這次「座談會」，也沒提到這第三次「細談」。

　　秋後，舒蕪和胡風此期所遭遇到的「麻煩」都暫告了一段落，新的「麻煩」和新的勞碌又開始了。

　　1944 年 9 月初胡風開始忙於兩件事：第一件事是拿到了「股票印章」後〔註13〕，他得為新開張的「希望」出版社的募股事奔走；第二件事是與五十年代出版社談妥了《希望》雜誌的印刷出版事後〔註14〕，他得為籌稿事忙碌。他抱怨說：「襪子走爛了，人在發霉。無聊啊。〔註15〕」

---

〔註11〕　胡風 7 月 12 日給路翎的信中也寫到：「昨天發信給管兄，請他過了 16 日來。因兩位穿馬褂的作家來此，得陪著豪紳們一道鞠躬。管兄來，要連自由談笑一通的機會都沒有了。」

〔註12〕　《陽翰笙日記選》第 283〜284 頁。

〔註13〕　胡風 1944 年 9 月 1 日給路翎信：「今天已得到了股票印章（刻了 8 天！），開始為（希望）社募股了。」

〔註14〕　胡風 1944 年 9 月 10 日給路翎的信中寫到：「刊，五十年代接受了。」

〔註15〕　胡風 1944 年 9 月 1 日給路翎信。

　　「希望社」的主持者是胡風。附帶說一句，當時他的手頭尚有一個「南天」出版社，年前因戰事關係也遷來重慶了〔註16〕，青年作家伍禾在該社中作事務性工作，由於經營不善〔註17〕，他的生活一度陷於困境〔註18〕。其時，聶紺弩也在重慶，他因種種事情對胡風不滿，曾寫道：「（胡風）搞《南天》時，在重慶把伍禾剝削壓迫得哭，而且不以人齒。並且說，你現在想我五萬塊一月的職業是不可能的。我聽見了，介紹伍禾到《客觀》當校對，月入五萬！〔註19〕」聶後來還曾多次撰文指責胡風虧待伍禾〔註20〕。胡風的說法自然與聶不同，他在回憶錄中寫道：「當時連想也沒想到，它（指南天出版社）居然支持了四、五年，出了十來本書，好容易在重慶站住了腳，由伍禾負責經營，還請了一位會計，一切都走上了正軌。誰知勝利的爆竹聲一響，土紙印的抗戰作品就很難發行了。兩個工作人員不但工資，連生活費都將付不出。只好將存書分攤寄給了幾位出資者，正式宣佈結束。我在宣告結束的通知中表示了對出資者和工作人員的感謝（其實不應該由我，因為我和作者們沒有誰領取過一分報酬）。」南天社結束後，希望社便頂了上去，首先推出的是路翎的長篇小說《財主的兒女們》（第一部）。

　　《希望》雜誌的主持者也是胡風，基本作者群主要是路翎、舒蕪、阿壠及他們聯繫的青年朋友們，如化鐵、冀汸、綠原、石懷池等。概而言之，胡風主編《希望》的宗旨仍如《七月》時一樣，雖不一律排斥外稿，卻也不打算以「統一戰線的平均面孔出現」，而堅持一貫的「準同人刊物」風格。此時，為刊物挑大樑的不再是來自抗日民主根據地的前「左聯」的作家作品，而是

〔註16〕　胡風曾回憶道：「我弄了一個南天出版社，印幾本書店不肯印的書。主持人（伍禾）帶一個會計，連工人都沒有。」《胡風全集》第6卷第693頁。

〔註17〕　胡風1950年3月27日致艾青：「在桂林，幾個青年辦出版社（即南天社）……但經理的人沒有用……把全部資本都賠光了。」

〔註18〕　胡風1944年5月8～9日致伍禾：「得四月四日信，你為社事餓了三頓飯，我實在難過，如果不是因為對於工作的信心而只是因為對我個人的友誼，那真未免太冤枉了。」胡風1944年9月20日致舒蕪信：「南天來一個人都愁養不活……」

〔註19〕　《聶紺弩全集》第9卷第419頁。

〔註20〕　聶紺弩在《我和伍禾》中寫到：「後來在重慶，在南天出版社工作。這出版社一共只兩個人，一個是社務的掌握者胡風，另一個是做一切雜事的伍禾。」「很快他在南天工作，就吃不飽了。我介紹他到《客觀》週刊包做校對。」《聶紺弩全集》第4卷第307頁。他又寫道：「他剝削伍禾到不近人情的程度。」《聶紺弩全集》第10卷第38頁。

身在國統區的這群青年學者和學子，其中路翎的小說和書評，阿壟的詩及詩論，化鐵、冀汸、綠原的詩，石懷池的文學評論，都頗具「青春」的特色；而最爲奪目的還是「青年哲學家」舒蕪的論文及他以各種筆名撰寫的雜文，他的文章爲《希望》增添了《七月》所未有的理論和思辨色彩。

《希望》創刊號原擬「（9 月）25 日齊稿，月底交出付排」，10 月出版〔註21〕。由於各種原因，「齊稿」時間一再被延誤。胡風與舒蕪之間反覆商討與發表《論主觀》有關的技術問題——譬如，發表時是否該在篇末附錄他人的閱稿「意見」；譬如，發表後如引起爭鳴該如何應對——當也是造成延誤的原因之一。

9 月 11 日舒蕪致胡風：「又接嗣興兄（路翎）信，說是生了一週左右的不算小的病，余小姐已返渝。想起他看了《論主觀》後曾寫過幾條意見，剛才找出來。我想可以抄作附錄，大約能預防一些冷拳。你看要不要？」9 月 16 日胡風覆舒蕪，非常欣賞他的這個未雨綢繆之計，肯定地說：關於主觀的附錄，要的。有時不怕他們罵，有時要他們無法罵。前者雖然勇敢，但自以後者爲得計也。

在現代期刊史上，在文稿前加「按語」，以示推薦或批判的例證是有的，但在文稿後附錄他人的閱稿「意見」，公開自己的缺陷與不足，卻少有前例；而且，因預料到某篇文章發表後會引起不同意見而預作準備，這種情況也是有的，但編者與作者爲此反覆協商計議的事，卻似乎較爲鮮見。

如前所述，《論主觀》是爲「聲援」陳家康等人而作的，其鋒芒指向中共重慶文委壓制黨內自由的思想探索傾向，作者舒蕪和主編者胡風對這篇論文的政治敏感程度都非常清楚，他們料到該文發表後必然會引起爭鳴，不能不「未雨綢繆」。

從上可知，在文稿後附加「意見」的建議是舒蕪首先提出來的。前文數次提及，舒蕪一度「怯」於將學術爭鳴捲入政治鬥爭，長期在自我與他我之間痛苦地掙扎。這個建議又一次深刻地洩露出他內心隱藏著的無可抑制的「怯」。說是爲了「預防一些冷拳」，當然是預計到這篇「關於陳君的問題」而作的文章發表後會引起中共內部權威人士的不滿，於是建議事先把已經看出的缺陷與不足一一公開，爭鳴者縱然可以尋隙而入，但更可能發生的情況則是，爲避免「拾人牙慧」之譏而緘口。質言之，舒蕪的這個建議雖出於「怯」，

〔註21〕胡風 1944 年 9 月 10 日致路翎信。

但也不失爲一著高招或險招。說它是高招，是指後來它果然爲主編者胡風提供了消解中共重慶文化界人士批評的藉口；說它是險招，是指後來它卻成爲胡風、路翎轉嫁全部責任給作者的跳板。此是後話，在此不贅。

從上亦可知，胡風的附議也是經過認眞考慮的，信中所說的「他們」指的不是別人，而是中共文化圈子中人及接近於他們的人士。他料定「他們」會「罵」，但設想的最好結果是使「他們無法罵」。一言以蔽之，既要喊出自己的聲音，又要堵住他人的嘴，這當然是比較「得計」的辦法。

舒蕪提議在文章後面附上路翎閱稿後提出的「意見」，路翎的「意見」是讀了《論主觀》的第一稿後提出的，時在 1944 年 3 月間。「意見」共有 5 條：第一條，認爲應當劃清「主觀」論與「自然（生命）力」論的界限；第二條，認爲應區分「積極的主觀和妥協的主觀」；第三條，認爲「對教條主義的批評，有些弱；好像沒有擊中痛處」；第四條，認爲文章還缺少促使「教條主義」者反躬自省的力量；第五條，認爲還要強調地指明「『征服客觀，包容客觀……』等等與法西斯的力學分別」。後來的事實證明，路翎確實有眼光，《論主觀》發表後，爭鳴者的意見大都集中在第一、二、五條，即「自然生命力」、「主觀的階級性」及「力的哲學」。舒蕪在「附錄」前還加了一個小注，稱：

> 本文初稿完成後，即請路翎兄看過。他寫了幾條意見出來，我們逐項加以討論。當時的爭辯，記得是很激烈的，甚至到了「面紅耳赤」的地步。後來寫第二次，遵照他的意見而修改的地方很多，但自然也有一些是我認爲始終不能接受的。現在，把它們全部附錄於此，以供參考。（1944 年 9 月 27 日作）

仔細品味這段煞費苦心的小注，可知作者眞是個「書生」，他似乎以爲只要心懷坦蕩地陳述寫作和爭辯時的認眞狀態——既從善如流，又堅持眞理——其缺陷與不足便可以得到天下人的諒解，殊不知「認眞」可視爲「固持」，「爭辯」也可以視爲「同謀」，而心懷坦蕩的「附錄」當然也可視爲「陰謀」。

9 月 19 日胡風再致舒蕪，正式地寫出了對《論主觀》審讀意見：

> 似乎《論主觀》還有不少的弱處。例如，今天知識人底普遍崩潰現象沒有觸及，這是由於把對象局限於所痛恨（舒蕪注：發表時胡風改爲「所痛切關心」）的一方面之故。例如，深入生活，還把握得不豐富或分析得不深，這是由於實踐精神不強的緣故。總之，胸襟還不夠闊大。不知以爲如何？

胡風的意見寫得比較簡略，路翎的意見已經表達得相當充分了，沒有必要重複。他的意見其實只有兩條，第一條說該文還不夠尖銳，第二條說該文還不夠深刻，而所謂「胸襟還不夠闊大」則可理解為褒詞，只是嫌其不夠完美而已。

9月27日舒蕪再致胡風，稱：「關於『主觀』的意見，當然不錯的。尤其第二點，我早就感到了。現寄上附錄，把你的意見也附上去了。我想這要好些。」

胡風收到舒蕪信和「附錄」時已是1944年10月初，離將全部稿件交付印刷廠的時間只有數天了，他還要趕寫一篇與《論主觀》「呼應」的文章，即《置身在為民主的鬥爭裏面》。10月9日，胡風結束《希望》創刊號編輯工作並交付印刷廠發排。由於印刷廠的延誤，刊物遲至1945年1月初面世。

在這期以版畫《麥哲倫通過海峽》為封面的刊物上，登載了舒蕪的長達兩萬五餘字的《論主觀》，主編者胡風在「編後記」中激情地寫道：

> 《論主觀》是再提出了一個問題，一個使中華民族求新生的鬥爭會受到影響的問題。這問題所涉甚廣，當然也就非常吃力。作者是盡了他的能力的，希望讀者也不要輕易放過，要無情地參加討論。附錄裏面所記下的意見，太簡單了，幾乎像是電報碼子，但如果能有多少的啟示，使讀者從這些以及正文引出討論的端緒，我想，受賜的當不止作者一人而已罷。〔註22〕

當舒蕪讀到「編後記」時，他對胡風把《論主觀》提高到「一個使中華民族求新生的鬥爭會受到影響的問題」這樣重大的程度感到「有些吃驚」，他後來回憶說：

> 雖然我自己在文中也說：「這個研究，不是書齋裏的清談，而是我們當前生死存亡的關鍵。」但是得到胡風以主編者的身份加以肯定申述，又不一樣。（《〈回歸五四〉後序》）

當時，他沒有特別留意胡風鼓勵讀者「要無情地參加討論」這句話，以為它與自己建議在文末附錄「意見」是同一作用，無非是故作高姿態以堵住爭鳴者的嘴，沒有想到它是胡風為自己日後推卸責任而預埋的一個「伏線」〔註23〕，其作用很快就要顯現出來，最終變成分隔他倆心靈的鴻溝。

〔註22〕 《胡風全集》第3卷第292頁。
〔註23〕 胡風1945年1月28日致舒蕪信中稱：「我的估計完全對了，後記裏的伏線也完全下對了。」

在《希望》創刊號上，舒蕪共發表文章 14 篇，其中論文兩篇（《論主觀》和《關於文化上「接受遺產」工作的一個建議》），書評一篇（《兩層霧罩下的黑格爾》），雜文 11 篇。

胡風統完稿後，致信舒蕪（10 月 9 日）說：「你的佔了七分之二！」對於胡風及《希望》來說，「七分之二」不僅是個驚人的比率，它更象徵著胡風跨入「思想文化」界的雄心的實現，象徵著《希望》對《七月》的改弦易轍和成功的超越〔註24〕。

沒有舒蕪的積極參與，胡風和《希望》將永遠只能停留在文藝的層面上。

---

〔註24〕 當年中共文化人對《希望》跨入文化領域頗有微辭，邵荃麟曾說：「胡風走得太遠了，《希望》還是辦成一個純文藝刊物好。」轉引自彭燕郊《荃麟——共產主義聖徒》，載《新文學史料》1997 年第 2 期。下不另注。

# 13 胡風如何「呼應」《論主觀》

1944 年 10 月 9 日，《希望》創刊號的稿件準備妥當。當晚，胡風給舒蕪寫了一封信，信中寫道：

> 因爲傷風和整理來件，亂了一陣子。還在傷風。但今天已把第一期付出了。比預定遲了十天！

> 這次，《哲學與哲學家》也編入了，你的佔了七分之二！——……附錄，像電報碼子，但也只好附入了。我寫了一則短論，爲了配樣子。本想打擊創作上的客觀主義，後來發現了好像和你呼應似的。但枯澀之至，很不滿意。一涉及這理論問題，我就吃苦。這是第一回。但我覺得吃力得很。

> 胡四們興了新花樣，要文化評論。要我每週一則，哪裏寫得出。託我問你要，我想，可以寫一點。有了範本，如中醫科學化者即是，但當然，不一定臨那範本的。但說得多少圓滑一點才好罷。字數不能多云。

> 下一期本月底齊稿，望準備些什麼，一面考慮《中庸》。

信中提到的「一則短論」，指的是他爲給《論主觀》「配樣子」而趕寫的論文《置身在爲民主的鬥爭裏面》（以下簡爲《置身》），該文「第一回」將文學上的反「客觀主義」提升到哲學上的「崇主觀」的高度，明顯地受到《論主觀》的影響；「胡四」，本是曹禺劇本《日出》裏的一個非常猥瑣的角色，這裏指的是《新華日報》的胡繩。1943 年初胡繩和陳家康、喬冠華等人有意共同推動「廣義的啓蒙運動」，曾發表過《感性生活與理性生活》等文章，強調「生

活態度」，受到中共延安宣傳部的批評，中共南方局文委中人譏評他們爲「才子集團」；1943 年底董必武主持重慶「兩岩」整風期間，胡繩首先作了檢討，陳家康、胡風因此十分鄙視他，私下裏稱其爲「胡四」；「下一期」，說的是《希望》的第二期，胡風表示將在這一期考慮是否刊發《論中庸》。

舒蕪於 10 月 16 日覆胡風。他寫道：

> 昨晚寫完了。今晚看了一遍，不知是由於情緒上的疲倦，還是由於別的原因，覺得索然無味，什麼都沒有表現出來。因此，只校改了錯字，就把它寄給你。前信說過，對於通俗一層沒有把握。現在寫完看了，更沒有把握起來。昨晚還以爲無論如何，「新義」總有一點。現在覺得，寫到紙上來也不過如此，你看了，多說一點意見吧！
>
> 文化短論，寫了眞是很短的一篇，不甚滿意。本擬重寫，但重寫也未必就能滿意，還是附寄上吧。

信中第一段說的「寫完了」，指是他於當年 9 月下旬起筆的小冊子《人的哲學》，這是胡風 1943 年 9 月建議撰寫的以取代艾思奇《大衆哲學》的通俗哲學讀本，經過一年多的反覆構思，現在終於寫成了，胡風答應交由南天出版社出版，後因故未果。信中說的「文化短論」，題爲《飲水思源尊考據》，該文尖銳地批駁了蔣介石署名的《中國之命運》一書中對清初「考據之學」的謬評〔註1〕，指出「煌煌『典謨訓誥』之文」之「痛斥」考據學「支離破碎」，其眞實的用意不外是企圖建立維持其專制統治的所謂「思想統一的局面」罷了。

如果說，舒蕪此時仍堅守著「一面向那邊的復古運動進攻，一面向這邊的教條主義進攻」的啓蒙主義立場；那麼，胡風的主要用力方面則更在「教條主義」這一方面，他爲《希望》創刊號所作的「文藝短論」《置身》，鮮明地表露了他的這一原則態度和立場。

---

〔註 1〕 《中國之命運》稱：「（清初）幾迴文字獄之後，經世之學遂衰。到了乾嘉年間，考據之學興起。考據之學，本由黃顧開其源，在黃顧本人，這種學問實在是經世之學的一個部門，離開了經世的大義，便失去本來的價值。乾嘉的學者，捨棄他們實用的精神，專求學問於名物字句，其流弊所及，竟使學問既與人生脫節，亦與政治分離。一般學者於支離瑣屑的學風之中，復誤解『中庸』的道理，養成一種『模棱兩可』，『似是而非』的風氣，造成曾滌生所謂『不黑不白，不痛不癢之世界』。」

胡風在上信中表示，《置身》「好像和你（指《論主觀》）呼應似的」；又曾自述云，此篇還可視爲《希望》的發刊詞。由此認定該文爲「胡風派」（或稱「希望派」）跨入「思想文化」界的宣言，當爲持之有據。順便說一句，它在其後數十年內的「點擊率」甚至超過了《論主觀》。1947 年 2 月 21 日胡風在《逆流的日子・後記》中曾回憶到該文的寫作動機及發表後的反響，他寫道：

> 《置身在爲民主的鬥爭裏面》。這發表在《希望》第一期，有的
> 友人說它是《希望》的序言，也可以說是不錯的。當時正當民主運
> 動漸旺的時候，我想指出文藝在民主鬥爭裏面的任務不只是空喊，
> 因而把我的痛苦的感受簡單地寫了出來。我提出的病根之一是客觀
> 主義，這就引起了可以說是大的「騷動」。有的說我反對客觀主義就
> 是反對客觀，有的說我反對客觀主義就是主張盲動，於是嘖嘖喳喳，
> 於是憤憤然或者惶惶然。

胡風認爲，此文引起「騷動」的根本原因在於反對了文藝界的「客觀主義」，此說不無可商榷之處。須知，他對「客觀主義」的憎惡和聲討並不自《希望》創刊號始，早在 30 年代初期，他在國內文壇上就已經成了反「客觀主義」的符號型人物。如果換個角度，說他此時借助於舒蕪的「崇主觀」哲學理論的支撐，將反「客觀主義」提升到「約瑟夫（斯大林）階段」的歷史必然要求，而賦予其以新的政治含蘊，從而引起某些方面及某些人的「騷動」，也許更合適得多。1945 年中共南方局文委曾召開內部會議批判「主觀論」，問難者在批判《論主觀》的同時都聯繫到《置身》，這也是一個有力的證明。

細讀《置身》全文，可以發現，它的中心點並不在於對於「目前氾濫著的，沒有從現實人生取得生命的文藝形象底虛僞性，即所謂市儈主義」的抨擊和掘根，而在於該文的第三節「問題還可以前進一步」的論述之中。在該節裏，他超越了文藝領域，放言知識分子「怎樣深入」人民，怎樣與人民「結合」，怎樣「從人民學習」，及怎樣完成「思想改造」等重大「課題」，並作出了有別於先進政黨及政治權威們的獨創性的解答。這，恐怕才是引起「嘖嘖喳喳」以及「憤憤然或者惶惶然」的眞正原因。

胡風的《置身》一文在諸多方面「呼應」了舒蕪的《論主觀》，既承接了舒蕪文中的一些觀念，也作了一些修正、補充和發展〔註2〕。舉其大者，述列如下：

〔註 2〕　藍海（田仲濟）《中國抗戰文藝史》認爲胡風的「主觀精神」「戰鬥要求」和「人格力量」三個口號均來自《論主觀》，似未妥。山東文藝出版社 1984 年第 363 頁。

其一，從反「（主觀）完成」論到宣揚「自我擴張」論。

舒蕪《論主觀》的出發點和落腳處（中心論點）是批判某些自以為「（主觀）完成」了的政治權威。文中寫道：「他們攝收那些被征服了的客觀勢力，達到某種一定限度時，便不再是為了繼續戰鬥，而相反的，卻把這些戰利品給自己建造起一個完成了的小世界來，用它們把自己『完成』起來」，此後便「不能在對客觀勢力的作戰裏面同時改造自身，同時對自己的主觀作用有所變革創造」；他認定，「這乃是主觀作用的變革創造力的中斷或偏枯。」同時，他高度評價那些「（主觀）未完成」者（指陳家康等），認為他們敢於正視矛盾，不斷地經歷著「內部的分裂」而達到「更高地統一」，因而能「不斷地進步」。他甚至認為，「（主觀）未完成」者所具有的這種可珍視的矛盾狀態，體現了「大宇宙的本性——生生不已的『天心』」。

胡風完全接受了舒蕪的這個觀點，並化用於他對作家創作過程（主、客觀世界融合過程）的描述中，他寫道：

> 在對於血肉的現實人生的搏鬥裏面，被體現者被克服者既然是活的感性的存在，那體現者克服者的作家本人底思維活動就不能夠超脫感性的機能。從這裏看，對於對象的體現過程或克服過程，在作為主體的作家這一面也就是不斷的自我擴張過程，不斷的自我鬥爭過程。在體現過程或克服過程裏面，對象底生命被作家底精神世界所擁入，使作家擴張了自己；但在這「擁入」的當中，作家底主觀一定要主動地表現出或迎合或選擇或抵抗的作用，而對象也要主動地用它底真實性來促成、修改，甚至推翻作家底或迎合或選擇或抵抗的作用，這就引起了深刻的自我鬥爭。經過了這樣的自我鬥爭，作家才能夠在歷史要求底真實性上得到自我擴張，這藝術創造底源泉。〔註3〕

以往的論者往往抓住了「源泉」二字，便憤怒地批判胡風反對「生活——源泉」論，這多少有點低估了論敵的馬克思主義文藝理論素養。胡風此說，只是提醒作家萬勿自以為「完成」，創作實踐實質上是「內部的分裂」的過程，

---

〔註3〕 胡風此說也曾受到項黎（胡繩）《論藝術態度和生活態度》（載《中原》1944年3月1卷3期）的影響。胡繩文中提出：「真實的藝術無非就是突入現實生活中，受到強烈的衝激與反撥而對理想不斷地追求的表現」，「偉大的藝術家也無非就是貫徹著正確的生活態度，發揚到最高度，當成自己的藝術態度的人」。鑒於拙稿題旨，略去其受胡繩的影響，只敘述其受舒蕪哲學理念的啟發。

非經過「內部的，伴著肉體的痛楚的精神擴展的過程」（自我擴張），不能完成真正的藝術創造而已。

應該強調的是，舒蕪的《論主觀》是爲聲援受到黨內批判的陳家康等人而寫的，其針貶的對象是壓制自由探索的政治權威。因此，他有針對性地指出，後者具有兩個特徵：「一方面是對若干最基本的原則的死死株守，另一方面是對一切新探討新追求的竭力遏抑。」胡風的《置身》對此有所取捨，他仍堅守著「首先，當然要求有一個戰鬥的實踐立場，和人民共命運的實踐立場」的政治原則，他的「自我擴張」論與舒蕪的反「（主觀）完成」論僅在這一點上略有區別。

順便提一句，在中共南方局組織的《論主觀》討論會上，胡風曾向周恩來解釋道：「我說明那（指《論主觀》）裏面只有一個論點我能夠同意：舒蕪說教條主義是在主觀上完成了，客觀內容再不能進到主觀裏面去。〔註4〕」他所說的「只有一個論點」其實指的是《論主觀》的中心論點——反「（主觀）完成」論。

### 其二，從「感性的人民」論到「精神奴役的創傷」論

由《論主觀》的中心論點派生出的一個分論點是，如何看待理論上的「抽象的」人民及現實生活中的「感性的」人民，及如何與人民結合。

如前文所述，舒蕪撰寫《論主觀》時的論敵是壓制陳家康等人進行獨立思想探索的政治實體，1943 年底董必武在整風總結會上批評了陳家康等人認爲「大後方知識分子思想得太多，感覺得太少」的觀點〔註5〕。舒蕪卻從反面對此觀點進行了進一步的演繹，寫道：

> 有人（指陳家康等）向機械——教條主義者們宣揚「感覺」的
> 必要，似乎以爲他們沒有感覺，才這樣麻木。其實不是的。他們在
> 他們自己那「完成」了的世界裏，仍然有著極強的感覺，首先是對
> 於「人民」的極強的感覺。正是這種極強的感覺，才支持著他們去

---

〔註4〕 胡風《關於喬冠華》，《胡風全集》第 6 卷第 505 頁。

〔註5〕 項黎（胡繩）在《感性生活與理性生活》（載《中原》1943 年 6 月 1 卷 1 期）中提出，知識分子「不是生活在生活中間，而是生活在思想中間」，「用腦子來生活得太多」，而「用四肢五官和心來生活得太少了」。董必武在整風總結會上對此提出批評，參看《董必武關於檢查〈新華日報〉、〈群眾〉、〈中原〉刊物錯誤的問題致周恩來和中宣部電》（1943 年 12 月 16 日），中國社會科學院新聞研究所編《中國共產黨新聞工作文件彙編》（上冊），1980 年 12 月內部發行。

保衛他們自己的「世界」。也正是這種極強的感覺，才使他們實在無
法感到新的問題，於是別人看來就好像麻木。不過，他們的感覺，
首先是對於「人民」的感覺，乃是抽象的而已。

舒蕪認爲，「與人民結合」應指與「具體的人民」結合，只有「具體地去認識
具體的人民，獲得具體的感覺，乃至更進一步地發生具體的『同感』」，從而，
「清楚地看出人民所需要的東西，以及人民本身需要改造的東西，自然就能
決定努力的道路，而用不著去求救於各種各樣的文化潮流。」

胡風的《置身》襲用了舒蕪的這個觀點，他寫道：「作家應該去深入或結
合的人民，並不是抽象的概念，而是活生生的感性的存在。」

舒蕪在《論主觀》中還對「具體的人民」進行了分析。他認爲，「對於具
體的人，不能視作階級的『例證』」。他解釋道：「一般地說，進步階級的具體
的人，在多年被壓迫之中，被統治者影響之中，其具體情形已經很複雜；而
在中國的特殊的社會裏，在中國的特別沉滯的封建精神裏，其被染污被傷損
的程度就更甚了。」他甚至斷言說：「由於長久地被壓抑和損害，一般說來，
眞正健全的主觀作用，已經沒有一個人能具有。」

胡風的《置身》全盤接受了舒蕪的分析，提出：「他們（指人民）的精神
要求雖然伸向著解放，但隨時隨地都潛伏著或擴展著幾千年的精神奴役底創
傷。作家深入他們要不被這種感性存在的海洋所淹沒，就得有和他們底生活
內容搏鬥的批判的力量。」

從上可見：胡風文中提出的「精神奴役的創傷」論，明顯地受到了舒蕪
上述觀點的啓發。以往的論者往往簡單地將此說歸於胡風名下，如柯文輝這
樣寫道：「僅僅是抓住了『精神奴役的創傷』這一說法，已足以使他（指胡風）
不朽。〔註6〕」如果此說不謬，這個「他」也應該包括舒蕪。

舒蕪也許並不是第一個依據馬克思「亞細亞生產方式」的學說，明確指
出長期的封建壓迫給中國人民造成了深重的精神傷害的學者，但他的表述直
接啓發了胡風，這卻是事實。不過，也應該指出，胡風對「創傷」理論的解
說與舒蕪也稍有不同。舒蕪僅指出封建精神對人民（包括自己）的「染污」、
「傷損」、「壓抑」和「損害」，而胡風卻把它渲染成足以「淹沒」進入者的「海
洋」。這樣，他的「在水裏並不就等於游泳」的觀點便順勢推出了。

---

〔註6〕 柯文輝《耿庸其人其文》，路莘《耿庸紀傳》第 219 頁，人民出版社 2000 年
版。

　　若干年後，政黨中人批評胡風害怕或拒絕與人民結合，大都是從「創傷」說及「在水裏並不就等於游泳」的觀點立論的。

　　**其三，從「生活實踐」論到「創作實踐」論**

　　由《論主觀》的中心論點派生出的另一個分論點是，既然沒有一個人具有眞正健全的主觀作用，那麼，「改造」對於任何人都是必需的。但，單憑理論的灌輸解決不了根本問題，因爲主觀是「有機」的，而理論是「無機」的，若忽略了「感覺」的媒介，企圖用無機物來「塡嵌」有機物，其結果並不理想。他這樣寫道：

> （主觀的）某些缺陷旣被塡嵌了無機物，就不免自以爲這已是最發育完全的部分，而專用這部分去和客觀接觸。具體言之，即一切接觸都以生硬的理論爲媒介：接觸到人民時就看作理論上那種「人民」，接觸到青年時就看作理論上那種「青年」，接觸到兵士時就看作理論上那種「兵士」，等等。這樣，不論接觸得多麼廣，終於接觸不到任何具體的東西，亦即接觸不到任何眞正的客觀事物。

應該肯定，上述提法有其合理性，教條式的「學習」理論，浮光掠影的「接觸」生活，其結果必然是一無所得；此外，他還提出，如果能有「深入」生活的條件，即便是灌輸進來的理論，也並非毫無助益。他這樣寫道：「儘管只以那塡嵌上去的無機部分去接觸，但如果深入，就必然要觸到其他血肉的部分，於是便不能沒有具體的感覺，從而亦不能不從事於眞正的征服和攝收了。」不過，舒蕪也知道，當時國統區的客觀環境並不允許知識分子與人民「深入」地結合。於是，他便提出一個權宜的解決方案，即：

> 可以眞正在其中生活的，無論哪裏都是，原無分於前方或後方，上層或下層。無論哪種生活，只要能夠深入，原都可以有所得。
>
> 每個人的任務，是要把這抽象的東西（指理論）和自己的全部具體的思想感情眞正融化起來，把它在自己內心深處具體地植起根來，把它當作自我改造的模範或目標而去不斷追求。

第一段引文談的是「深入生活」。「哪裏都是」生活，惟其「深入」方能有所得，可以歸納爲「生活實踐」論。順便說一句，舒蕪不是「哪裏都有生活」論的首倡者，胡風更不是，而喬冠華是。喬曾在《方生未死之間》一文中寫道：「到處都有生活，不管是前線和後方，當前問題的重心不在於生活在前線

和後方，而是在於生活態度。〔註7〕」1948年喬在香港發表《文藝創作與主觀》，不指明地批判了自己的這個觀點，由於沒有注明出處，曾引起胡風的強烈不滿。第二段引文談的是知識分子改造的途徑。他提出須將先進理論與思想感情「融化」的問題，其催化劑當然是對「無論哪裏」的生活的「深入」；由於生活無處不在，「自我改造」的途徑也就無限寬廣了。

胡風的《置身》綜合併發展了舒蕪的上述理論觀點。首先，他提出作家欲不被帶有「創傷」的人民所同化（淹沒），「深入他們」時就必須攜帶「思想的武裝」，但這「武裝」卻不是現成的先進理論，而是舒蕪所說的「融合」後的產物。他這樣寫道：

> 它（指先進理論）底搏鬥過程始終不能超脫感性的機能，或者說，它一定得化合為感性的機能。我們把這叫做實踐的生活意志，或者叫做被那些以販賣公式為生的市儈們所不喜的人格力量。

胡風認為，理論一經「融化」，便轉化為「意志」（他認為這屬於倫理學的範疇），後來他將這種新產物命名為「人格力量」，成為其理論的三大支柱之一〔註8〕。

其次，他對舒蕪提出的「生活實踐」論與「自我改造」論也進行了更新。既然生活無處不在，只要深入便有所得，作家的創作實踐當然也是生活，甚至可稱為「自我鬥爭」，深入進去當然也能完成「自我改造」。他於是這樣寫道：

> 承認以至承受了這自我鬥爭，那麼從人民學習的課題或思想改造的課題從作家得到的回答就不會是善男信女式的懺悔，而是創作實踐裏面的一下鞭子一條血痕的鬥爭。一切偉大的作家們，他們所經受的熱情的激蕩或心靈的痛苦，並不僅僅是對於時代重壓或人生煩惱的感應，同時也是他們內部的，伴著肉體的痛楚的精神擴展的過程。

他如此描繪「創作實踐」的功能，無非強調它也是「生活實踐」，也是「自我改造」的途徑而已。然而，不管他把作家的「創作實踐」描繪得多麼痛苦、多麼殘酷、多麼鮮血淋漓，在政黨中人看來，也取代不了當年政黨領袖倡導的「從人民學習」和「思想改造」的政治課題。

---

〔註7〕 于潮（喬冠華）《方生未死之間》，載《中原》1944年3月第1卷第3期。
〔註8〕 邵荃麟《論主觀問題》，《文學運動史料選》第5輯第544頁。

1944 年 8 月，就在胡風撰寫《置身》的前兩個月，重慶《新華日報》轉載了《中共中央宣傳部關於執行黨的文藝政策的決定》，該「決定」指出：

　　　　小資產階級出身並在地主資產階級教養下長成的文藝工作者，
　　在其走向與人民群眾結合的過程中，發生各種程度的脫離群眾並妨
　　害群眾鬥爭的偏向是有歷史必然性的，這些偏向，不經過深刻的檢
　　討反省與長期的實際鬥爭，不可能徹底克服，也是有歷史必然性的。

兩個必然性，這便是問題的關鍵所在！

　　因此，不管舒蕪在《論主觀》中怎樣譏評「祖傳法寶的所謂『反省工夫』」，怎樣推崇「自我改造」，也不管胡風在《置身》中怎樣詛咒「懺悔」，怎樣推崇「創作實踐」，都改變不了政黨要求知識分子長期地無條件地進行「脫胎換骨」改造的決定。

　　以後的問題大都由此而生！

# 14 「在壇上，它是絕對孤立的」

《希望》創刊號於 1945 年年初問世。

除夕那天，胡風從城裏取回了樣刊。回到賴家橋住所，久久地凝望著封面上套紅的《麥哲倫通過海峽》的版畫，不由得百感交集。

在他看來，這個小刊物的誕生雖然比不上麥哲倫垂名青史的壯舉，卻也是在極爲困難的環境中爲了崇高的目的而竭盡了所能。晚年，他在《從實際出發》中寫道：

> 當時知道了黨號召面向農村。那雖然不一定是針對國統區的，但我在《希望》的編輯上盡可能回應了。例如第一期五篇小說都是寫農民的，從國統區黑暗統治下的農民，戰地敵人暴行和游擊運動中的農民，到延安邊區的翻身農民，藉以反映新舊中國蛻變過程中的鬥爭。四個詩集，鮮明地反映出兩個中國的不同的精神動向。這些都是把稿子混雜地送去審查通過了以後才在編輯次序和重點安排上烘託出來的。〔註1〕

在他看來，刊物的內容響應了先進政黨的政治號召，在編排上也體現出了這層深意。他還認爲，就拿《置身在爲民主的鬥爭裏面》這篇「代序」來說，僅題目便「響應了共產黨的政治路線，概括了國統區文藝工作者的共同道路」〔註2〕。他還提到，曾打算爲該文加一個副標題「讀《在延安文藝座談會上的講話》後」，然而——

---

〔註 1〕 《胡風全集》第 6 卷第 688 頁。
〔註 2〕 《胡風全集》第 7 卷第 626 頁。

　　　　稿子被書審處扣到最後才發下，把「反帝反封建」這幾個字都
　　　刪掉了。我只好用幾個虛點代替。如果加上那個副標題，這更要引
　　　起官老爺們的討厭，說不定對刊物都有危險。算了。這被刪處，只
　　　要查一查抗戰勝利審查制度取消後收在上海出的《逆流的日子》裏
　　　的同文那一句，就可以證明。至於我想加那個副標題，也只是爲了
　　　表現一點感情，並沒有「表態」的用意，當時也不知道有這種革命
　　　的政治風尚。〔註3〕

在他看來，刊物的重頭理論文章《論主觀》，也是直接配合延安的整風運動的，
它「再提出了一個問題，一個使中華民族求新生的鬥爭會受到影響的問題。」
如此強調該文的重要性，是爲了激發讀者的興趣及爭鳴者的熱情，藉以擴大
整風運動的影響。

　　總之，在他看來，刊物的政治傾向如此鮮明，政治態度如此積極，受到
國民黨檢查官的百般刁難並不足怪，中共南方局文委的朋友們應該是歡迎
的。然而，結果如何呢？刁難是受過了，而預期中的熱情的喝彩卻沒有得到。

　　胡風住在鄉下（重慶市郊賴家橋），無從得知刊物的銷售情況，所幸各地
朋友們很快便有信來，使他瞭解到了一些情況。

　　重慶：「第一天就賣出幾百份，不幾天就賣光了。這是近年來沒有過的。」
（《胡風回憶錄》）「不到兩週的消息，本市賣了二千五百左右。」（胡風 1 月
24 日致舒蕪信）

　　昆明：「聽說在昆明竟出現了排隊買《希望》，甚至用比定價高十多倍的
黑市價來買的現象。」（《胡風回憶錄》）

　　北碚：此地是大學區。路翎當時在鎮黃桷樹燃管會會計室當辦事員，他
於 1 月 12 日致信胡風，稱：「《希望》，數十本的樣子，北碚已賣空。大家覺
得比先前的力量高。（冀）汸兄說，周谷城在讀《論主觀》。」

　　然而，胡風此時並不太重視普通讀者（「大家」）的看法，也不甚留意學
者們有什麼批評，他最關心的是中共南方局文委方面的態度。根據種種跡象，
他不無理由地認爲，「（刊物）在又得到了讀者的熱情接受之下，同時招到了
文壇上頗大的阻力。」他在這裡用了一個「又」字，指的是《希望》再次遭
遇《七月》曾受過無端的責難，如來自中共方面的關於「托派」、「盲動」、「宗
派」之類的指責。

───────────────

〔註3〕 《胡風全集》第 6 卷第 686～687 頁。

1 月 17 日，胡風致信路翎，愼重地道出心中的隱憂：「不管他們口頭上的恭維，在文壇上，我們是絕對孤立的。到今天爲止，官方保持著沉默。……恐怕管兄又已引起一些官僚在切齒了。」信中的「官方」指的是中共南方局文委，「官僚」指的是其中的政治權威人士，這應該是沒有疑義的。

1 月 18 日，胡風致信舒蕪，情緒相當低沉：「刊，看到後，望給意見。我的時論，也不知有毛病否。出世後我即下鄉，只知道賣得好，其餘的就一切茫然。據我看，在壇上，它是絕對孤立的。近日，一種大的寂寞罩著了我，宛如『叫喊於生人中』了。」

胡風自認爲刊物有著非常積極的政治目的，然而「官方」卻不認可，這不能不讓他感到深深的「寂寞」；不過，他沒有把「官僚」對《論主觀》的「切齒」聲及時地轉告舒蕪，反倒更耽心自己的那篇「似乎」與之「呼應」的文章是否能站得穩。兩信中措辭不同的兩句話，道盡了他此時內心的辛酸：一句是「在文壇上，我們是絕對孤立的」，一句是「在壇上，它是絕對孤立的」；前者說的是他與朋友們在左翼文化圈中的口碑，後者說的是《希望》在左翼文化圈中的反響。此時，他已明確地意識到了「我們」和《希望》在左翼文壇上的「異端」地位。

「絕對的孤立」，胡風的判斷有什麼依據嗎？有的！在他看來，至少遭遇到了來源於兩個方面的巨大阻力。

其一，來自出版商的阻力。胡風抱怨說：

> 使我感到意外的是，刊物這樣受讀者歡迎，而金長祐卻遲疑著不肯再版，好像感到爲難似的。這不是做買賣人的習慣，我眞不明白。他曾向我提出過要我約郭沫若和茅盾等寫稿，我拒絕了。這是我多年來辦刊物的宗旨。如果我用名人的文章做廣告，就不致於在出雜誌時受到這多的阻力，在個人經濟方面遭受這多的剝削。我的目的就是願在眾多的讀者來稿中選出有新的思想新的活力的新人的作品。其實，他也不理解，我之所以受詆毀並不僅僅是因爲沒約這些作家寫稿。從第二期起，他就表現出對刊物的冷淡態度，遲遲不付印弄得脫了期。到編第三期時，他提出不願出下去了，同時把出版《財主的兒女們》的合約也毀了，這是出版界少見的情況。我當時僅僅把這看作是「宗派主義的謀害」，更增加了牴觸情緒。〔註4〕

---

〔註 4〕 《胡風全集》第 7 卷第 626 頁。

金長祐是東北愛國民主人士，早年就讀於日本早稻田大學，與郭沫若關係密切。抗戰時期他與著名文化人梁純夫合作創辦「五十年代出版社」，承接了《希望》的印刷和出版業務。當年，文化人辦出版社的事情並不鮮見，胡風本人在桂林時曾參與創建「南天社」，重返重慶後又籌建「希望社」。換言之，胡風也是出版商，應該懂得「在商言商」的道理。按照「買賣人的習慣」，金長祐絕不會把私人關係放在商業利益之上，他提議要多用名家的稿件，當是從「生意」著想，並無「宗派」的意味在內。胡風疑心遭到了金、郭、茅等人「宗派主義的謀害」，似缺少事實依據和情理依據。同理，金長祐對《希望》第 2 期的「冷淡」及對第 3 期的「不願出下去」，也應從商業的角度著眼來分析。順便說一句，抗戰初期胡風在武漢辦刊物時也曾遇到過類似的情景，《七月》半月刊頭幾期銷路還不錯，但茅盾主編的《文藝陣地》問世後，生活書店立即把《七月》的承銷數由先前的「三千份改為三百份」〔註5〕。直言之，出版商最關心的是銷路，不會因莫須有的「宗派」情緒而自斷財路。

其二，來自中共南方局文委的阻力。《希望》創刊號出版後不久，文委即通知他 1 月 25 日到城裏參加文藝座談會。胡風擔心可能對他不利，行前給路翎和舒蕪各去一信，在給路翎的信（1 月 23 日）中寫道：

> 想 25 日進城，主要的是看一看一些人的表情，看他們在準備著怎樣的戰法。大概有一次遭遇的。如也進城，找我頂好先來電話（41570），免得白跑。然而，不必要就不必進去，我擔心 X 君們在擺陣。

在給舒蕪的信（1 月 24 日）中寫道：

> 我明天進城，大概至少住一週。你這次來，一定得約梅兄（阿壟）、寧兄（路翎）到這裡談一次。你自己前四五天約他們（就梅兄，就得在星期六、星期日兩天），免得相左。

頭天給路翎的信中還不確定是否讓路翎來，第二天便催促舒蕪把路翎和阿壟約齊，可見他此時心境的波動和不確定性。

他的預感是準確的，1 月 25 日文工會召開的這次會議果然是針對《希望》的。中共南方局文委領導之一的馮乃超主持會議，參加者有茅盾、葉以群、馮雪峰等，他們都批評了《論主觀》，但並未直接討論胡風那篇與之「呼應」的「短論」。然而，胡風依然十分不滿，尤其對於茅盾的批評，認為「他雖然

---

〔註 5〕 《胡風全集》第 7 卷第 378 頁。

對《論主觀》罵了一通，但又說不出道理」，而且揣測道，「他批評《論主觀》不過是藉口，實際上是不滿意有的文章批評了他所賞識的姚雪垠，並且以為我批評客觀主義是針對他的。」〔註6〕

1月28日，胡風給舒蕪去信，簡略地介紹了這天會議的情況，信中寫道：

> 二十五日進城。當天發一信後復接一信。當天下車後即參加一個幾個人的談話會的後半會。抬頭的市儈首先向《主觀》開炮，說作者是賣野人頭，抬腳的作家接上，胡說幾句，蔡某想接上，但語不成聲而止。也有辯解的人，但也不過用心是好的，但論點甚危險之類。最後我還了幾悶棍，但抬頭的已走，只由抬腳的獨受而已。但問題正在開展，他們在動員人，已曉得是古典社會史的那個政客哲學家。今天遇見，說是有人送刊物請他看，他看了四節，覺得有均衡論的傾向云。
>
> 那麼，我的估計完全對了（抬腳的也當場恭維了雜文），後記裏的伏線也完全下對了。看情形，一是想悶死你，一是想借悶死你而悶死刊物。哲學家們和官們屬於前者，文學家們屬於後者。我的回答是：要他們寫出文章來。

信中「抬頭的市儈」指茅盾，「抬腳的作家」指葉以群，「蔡某」指蔡儀，「辯解的人」指馮雪峰，「政客哲學家」指侯外廬。

所謂「抬頭的」和「抬腳的」，有一個小典故。1943年12月至1944年9月，茅盾為田仲濟、葉以群等創辦的自強出版社主編了一套《新綠叢輯》，專門扶植「無名的」青年作家。「叢輯」共出了三輯：第一輯是穗青的《脫韁的馬》，第二輯是錢玉如的《遙遠的愛》，第三輯是王維鎬的《沒有結局的故事》和韓罕明的《小城風月》。每輯前都有茅盾寫的序，後有葉以群等人寫的讀後感〔註7〕。胡風等人於是在私人通信中嘲笑道：「這是茅盾抬頭，葉以群抬腳，硬把一些並不成熟的青年作家抬上文壇。〔註8〕」

胡風用如此鄙夷的口氣談到與會諸人對《論主觀》的批評，可見他的牴觸情緒非常強烈。這裡提到的「伏線」，指的是《希望》創刊號「編後記」中的「要無情地參加討論」那句話。他滿心以為有了這個「伏線」，「爭鳴」便

---

〔註6〕 《胡風全集》第7卷第623頁。

〔註7〕 參看茅盾《我走過的道路》（下），人民文學出版社1988年，第343～344頁。

〔註8〕 舒蕪1945年2月27日致胡風信。

成了舒蕪與批評者之間的問題。誰要是持有異議而又不能拿出「文章」來參加爭鳴，誰就應該承擔壓制自由的思想探討的責任。因此，胡風對茅盾等批評者的回答是：「寫出文章來。」這是早就預想好的「叫陣」，這是早就計劃好的「挑戰」，所謂「伏線也完全下對了」，就是從這個意義上說的。茅盾離會時，胡風向他索要了發言提綱，說是要轉給舒蕪看看。

1 月 28 日下午，舒蕪匆匆地從白沙趕到重慶市區。此時他已不在中央政校任職了，1944 年 10 月經黃淬伯教授的推薦，應聘了國立女子師範學院的副教授，該校位於江津縣白沙鎮，瀕臨長江，距離重慶市區一百八十里，來往全是水路，交通非常不便。由重慶前往，是逆流而上，得走一整天，兩頭不見太陽。由白沙去重慶，雖是順流而下，也得大半天。路翎是否也如約而至，尚不能確定，因爲他的夫人臨產，他恐怕脫不開身。胡風與舒蕪見面後，把茅盾批評《論主觀》的發言提綱轉交給他，囑他作準備，說是以後也許會有一場大仗要打。

然而，此時胡風還不知道，中共南方局文委組織召開這次文藝座談會，採取內部討論的形式座談《論主觀》，是有著延安來的最新指示精神爲政治保證的。概而言之，就是要引導、團結、聯合一切進步力量，積極推進反對國民黨獨裁專制的民主運動，爲此要求儘量避免進步文化界內部因抽象的理論探討而發生的爭論和糾紛，以免削弱了對敵鬥爭的力量。就在七天前，中共南方局收到周恩來、董必武從延安聯名發出的電文，題爲《關於大後方文化人整風問題的意見》（一九四五年一月十八日）〔註 9〕，明確指示道：

> 對大後方文化人整風的問題，我們有以下意見，請考慮：
>
> （一）如文化人整風只限於文委及《新華日報》社兩部門的同志，則可行；如欲擴大到黨外文化人，似非其時。因目前民主運動正在開展，正好引導文化界進步分子聯合中間分子，向國民黨當局作要求學術、言論、出版自由的鬥爭，向頑固分子作思想鬥爭，揭露國民黨文化統制政策的罪惡，並引導其與青年接近，關心勞動人民生活，以便實際上參加和推動群眾性的民主運動。這也就是很好

---

〔註 9〕 這是給當時在重慶主持中共中央南方局工作的王若飛同志的電報，周恩來與董必武聯名從延安發出。收入《周恩來選集》（上），人民出版社 1980 年，第 188～189 頁。

的整風。否則，抽象地爭論世界觀、人生觀，甚至引起不必要的對歷史問題的爭論，必致鬆懈對國民黨內頑固派的鬥爭，招致內部的糾紛，這是很要慎重的。至於延安文教大會，只能以其群眾觀點、實事求是、統一戰線、民族化、大眾化諸方面的影響，教育大後方的文化人，而不是以它的決議和內容來衡量他們的工作。

　　（二）即便對文委及《新華日報》社同志的整風，歷史的反省固需要，但檢討的中心仍應多從目前實際出發，顧及大後方環境，聯繫到目前工作，以便引導同志們更加團結，更加積極地進行對國民黨的鬥爭，而防止同志們相互埋怨、相互猜疑的情緒的增長。

讀過這封電文，1月25日的座談會及以後圍繞《希望》展開的一切論爭都可以得到合理的解釋——延安不主張在黨外人士中開展整風，而胡風希望大家都投入這個「使中華民族求新生的鬥爭會受到影響的」運動；延安主張積極推動向國民黨當局要自由爭民主的群眾性的群眾運動，而胡風卻號召大家都來批判現實主義營壘中的「客觀主義」；延安不主張抽象地爭論哲學問題和歷史問題，而胡風卻號召大家「無情地參加」關於《論主觀》的討論；延安主張通過「教育」來提高黨外文化人的認識，而胡風卻把這種意圖看成了「擺陣」。

　　馮乃超是文委領導人之一，他貫徹中央指示是不折不扣的，對黨外文化人胡風也相當有耐心，為了勸說胡風服從大局，一次內部會議不行，又開了第二次。胡風在回憶錄中對這第二次內部會議也有記載，「幾天後，馮乃超請侯外廬來文工會做了一次批評談話。我參加聽了，仍然沒有被說服。因而，再三請他寫文章。一方面是希望能將他的論點公開，與讀者見面，另一方面也是為了實現我發表《論主觀》的真意，即我在《希望編後記》中所說的，希望用『無情的批判』來分析《論主觀》，用論爭的形式衝破國民黨的審查，把毛主席關於整風的偉大教導（反對主觀主義）帶到國統區的文化領域裏來，獲得一些實踐的效果，但他不肯寫。」

　　參看上面提到的延安電文，就能明白當年茅盾、以群、侯外廬都「不肯寫」爭鳴文章的真正原因。然而問題在於，為什麼他們都能及時獲知延安指示，而惟獨胡風一人似蒙在鼓裏？其實，真正的問題並不在這裡。即使胡風在參加這兩次討論會時沒人向他傳達周恩來、董必武聯名發出的這個「文件」，幾天後周恩來約他「單獨談話」時也不會不提到該「文件」的精神。胡

風對「文件」精神應該是知曉的，只是他不願遵照執行罷了。1977 年 7 月他在《關於喬冠華》一文中寫得非常清楚：

> 當時馮乃超等毫無主見，只是向侯外廬求主意，我就專誠一再請侯外廬寫批評文章，他也不肯寫。誰也沒有正視問題，用鬥爭打開局面的想法，只是企圖背誦文件上的詞句敷衍過日子，防止有什麼他們不能控制不能理解的問題出現。這怎麼談得到擴大整風的反教條主義的思想影響呢？

這裡提到了「背誦文件上的詞句」。可見，關鍵的問題並不在於胡風不知道中共有「文件」，而是根本不把它當回事！馮乃超等黨性較強，他們的工作有中共南方局文委的政治保證，其實並非「毫無主見」；而胡風缺少政黨生活經驗，總以為自己比政黨高明，故不肯低首服從。

就在胡風與馮乃超較勁的時候，周恩來已返回重慶。1 月 25 日南方局文委召開文藝座談會的當天，周恩來奉中央指示飛赴重慶，與國民黨商討建立民主聯合政府的事宜，當日晚即在曾家岩五十號與黨內外知名人士見面，次日郭沫若在住所為周恩來設歡迎茶會，文藝界知名人士到會者數十人。胡風似乎並沒有被邀參加這些活動，但馮乃超是參加了的，馮拿固執的胡風沒有辦法，只得向周恩來彙報，請他出面做工作。大約在 1 月底至 2 月 7 日之間的某個晚上〔註 10〕，周恩來親自召集黨的理論、文藝領導幹部及有關人士開會，討論舒蕪的《論主觀》及胡風的「客觀主義」理論問題，出席會議的有徐冰、喬冠華、陳家康、胡繩、茅盾、以群、馮乃超、馮雪峰等人，胡風也被邀參加。

胡風在多篇文章中提及這次會議。《關於喬冠華》一文所述比較詳細，他寫道：

> 《希望》出版，表面上是因舒蕪的《論主觀》引起了問題。總理召集了一次座談會。會前，我到喬冠華房裏，他把《論主觀》的內容寫了一個提綱，看他的態度是基本上同意舒蕪的，提綱當是作為發言底子。但開會後，關於《論主觀》只談了幾句。因為，我在《後記》裏說明了是想引起批判，這時我說明那裏面只有一個論點我能夠同意：舒蕪說教條主義是在主觀上完成了，客觀內容再不能進到主觀裏面去。總理一聽就完全瞭解了我的態度，馬上把問題放

---

〔註 10〕 胡風 2 月 8 日由重慶返回鄉下。

開了，問我：「你說的客觀主義是什麼意思？」我說：「創作者對他的人物要有愛愛仇仇的感情體驗，沒有這個就是客觀主義，他的創作就是假的。」我用演員的創造心理說明了幾句，沒有說完總理就接下去了，說：「是有這麼一種傾向。但『客觀主義』容易引起誤解，可不可以用『旁觀主義』？……」後面的話是考慮，並不是問誰。他馬上敲一敲茶儿，說：「今天學到了一條。」茅盾還說了一句什麼，但總理馬上對他說：「所以，你的《子夜》有些地方不真實，態度上很有問題……」我當時體會總理指的是小說中把革命者醜化了。茅盾這才完全蔫了下去。

我當時以為，問題解決了：《論主觀》是號召批判的，問題是我提的「客觀主義」招了一些人的怨。既然實際上存在著客觀主義傾向，那就誰也不好意思聲明自己不是客觀主義了。

《關於喬冠華》作於 1977 年 7 月 18 日，那時「四人幫」已被粉碎，胡風尚未出獄，該文是應中央某部門來人的要求而寫的〔註 11〕。附帶說一句，該文對喬冠華作了許多「揭發」，稱其「基本同意舒蕪」之語，也略有「揭發」之意。

按照胡風的上述回憶，周恩來在這次會上並沒有對《論主觀》提出任何批評，反而完全接受了他的發表《論主觀》是為了「引起批判」的說法。此說尚可商榷，在此且不論。按照胡風的上述回憶，周恩來在這次會上也欣然認同了他對「客觀主義」的理論詮釋，周嚴厲批評的不是《論主觀》，也不是主張反「客觀主義」的他，反倒是茅盾和他的小說《子夜》。且不論胡風的回憶是否準確，也且不論對茅盾及其《子夜》的評價是否公正，僅就胡風發表《論主觀》的真實動機（反教條主義）而論，「引起批判」說顯然難以令人置信，這對於為《希望》貢獻了近三分之一稿件的舒蕪而言也是極不公正的。胡風為何要這樣做？這與他的政治鬥爭經驗及策略思想不無關係，他曾向舒蕪傳授過「在忍受中不忍受，以不忍受之實放在忍受的表皮下面」的「看風

〔註 11〕 梅志在胡風《關於喬冠華》的「說明」中寫道：「那篇《關於喬冠華》，則已是粉碎『四人幫』以後的事了。1977 年 7 月，中央忽然來了兩位領導找他談話。態度十分親切誠懇，問了幾句近況後，就向他瞭解和喬冠華接觸的情況，並告訴了他喬冠華在『文革』中的一些情況。胡風談了交往的一些經過後，他們要他再詳細地回憶後寫出來。於是，他就開始寫了。」收入《胡風全集》第 6 卷第 529 頁。

使舵」的戰術〔註 12〕，也曾向他透露過「遇著危險就機靈地逃走，保存『革命實力』的人們懂得什麼是生命」的「基本的方法」〔註 13〕。從這個角度而言，施教者在難以自保的情況下為保存「革命實力」而棄受教者於不顧，並不是沒有這種可能。

如果胡風回憶錄中沒有記載第二天下午周恩來與他的單獨談話，也許後人永遠也不會瞭解周恩來當年對胡風問題的真實態度，也許會真的誤以為如胡風所說，「問題解決了」。實際情況當然絕非如此——

> 我留在陳家康房裏到第二天下午周副主席從外面回來，和我作了一次單獨談話。談話的具體內容記不得了，憑記憶中的感覺，可以歸為（不是用直接語句提到的）兩點：一是，理論問題只有毛主席的教導才是正確的；二是，要改變對黨的態度。但我當時對這兩點不但沒有理解，反而以為昨晚的會和現在的談話等於對我的工作做了肯定。我在第二期上又發表了舒蕪的《論中庸》。這本來是不打算發表的，現在我把我看到的「錯處」刪去了一些，還是刊出了。

周恩來提請胡風注意的這兩點，其份量不可謂不重，涉及到了對革命政黨及革命政黨指導思想（毛澤東思想）的態度問題。他剛從延安歸來，參加了為劃時代的「中共七大」統一思想而先行召集的高級幹部的「整風」，明確了全黨必須統一於「毛澤東思想」的這一新的歷史要求。他以此最新精神告誡胡風，完全出自對非常接近於中共的黨外人士的真誠關懷。他不在會議上對胡風進行公開批評，而轉而指責與中共溯源更深的茅盾，而又在「單獨談話」時在重大原則問題上對胡風進行勸告，也許是顧及到胡風的「面子」罷。而胡風竟然不能省悟到這一點，反而認為周恩來「肯定」了他的工作，如果說這是誤會，那這個誤會實在是太大了！

胡風 2 月 8 日返回鄉下，第二天便給舒蕪去信，略述了那晚會議的情況，但沒有提及與周恩來的談話內容，而且語氣相當樂觀。他寫道：

> 昨天回來。那天晚上，打了一個小仗，不過，還沒有正式問到你，是向著我，就是「客觀主義」的問題。結果是，被承認了有這麼一回事，被批准了。三期要弄（費爾巴哈論）百年紀念，貴兼（陳家康）及喬（喬冠華）要動手了。我看，非做些吃力的事不可。

---

〔註 12〕 胡風 1944 年 3 月 21 日致舒蕪信。
〔註 13〕 胡風 1945 年 1 月 24 日致舒蕪信。

回家後的情形如何？到這裡來的日期，不能遲過第一個星期六、日（就他們二人）。

就上次交給你的記錄，得談一談。我看侯（侯外廬）不見得肯寫，貴兼有意不要傷了他，留作社會史問題的友軍云。好笑得很。很想你先弄法西斯主義的三階段問題，這是根據那天晚上的情形想定的。

也許是爲了寬慰舒蕪，怕他過於緊張，信中輕描淡寫地提到「還沒有正式問到你」。並再次約他來重慶，與路翎、阿壟等商議如何應對這新的局面〔註14〕。信中還提到他的反「客觀主義」理論「被承認了」、「被批准了」，這裡說的是他對周恩來談話的理解，或許是誤解，也未可知。

舒蕪直到晚年才讀到胡風的《關於喬冠華》，才知道周恩來曾過問《論主觀》問題，才領會到胡風當年所說的「還沒有正式問到你」與事實有多麼大的差距，但那已是僅供追懷的往事了。

---

〔註14〕舒蕪2月12日覆胡風信，寫道：「定於本星期六（十七日）來，已告知梅、寧兄。」

# 15 「頂怕朋友們的消沉」

　　1945 年 1 月 25 日，當胡風在賴家橋登上去重慶的班車時，他心裏最耽心還不是中共南方局文委對《希望》的裁決，而是周圍的年青朋友們能否頂得住來自政治實體的強大壓力。

　　那時，他的能夠經常保持聯繫的年青朋友還不多，經常有來往的也只有路翎、阿壟、舒蕪和何劍熏等數人。路翎和舒蕪各能為《希望》提供三分之一左右的稿件，阿壟、何劍熏和其他外稿提供另外的三分之一，他自己寫的不多。

　　在胡風的心目中，阿壟永遠是一個「熱情」的人〔註1〕，但由於其工作單位性質的關係，公開的往來受到一些限制，況且其新婚燕爾，總是「雙雙地來」，遠不如過去「單單地來」說話來得方便〔註2〕。

　　至於何劍熏，胡風過去對他的能力評價甚高〔註3〕，但他偏偏一直和路翎鬧彆扭，近來又因小說稿受到胡風批評，與路翎的矛盾激化，甚至聲稱不再為《希望》寫稿，弄得胡風不得不親自出面，「逼」得他「解除武裝」〔註4〕。

　　對於路翎，胡風則是完全放心的。這從他 1 月 23 日致對方的信中看得很

---

〔註1〕　胡風 1941 年 8 月 9 日致路翎，稱「守梅兄是一個熱情人」。
〔註2〕　胡風 1944 年 9 月 13 日致路翎，說「梅兄要雙雙地來。你們能辦到麼？辦不到，就單單地來也可以，橫豎有雙雙地來的機會。」
〔註3〕　胡風 1944 年 9 月 1 日致路翎，稱：「何劍熏不是我們光榮的模範麼？向何劍熏看齊！」
〔註4〕　胡 1945 年 1 月 18 日致路翎，「剛才給了劍兄信。逼進一步，不弄到他解除武裝，就萬事休矣。」

清楚，他不憚把最壞的打算都如實地告訴他。信中寫道：

> 路還是很艱難的，市儈們在搶得得意以至做搶得得意的準備，但我們非看著現在的鬥爭不可，由這對現在負責，因而也就減少無盡的地方和繼來的世代的無數生命的遭受犧牲。「要生活」，這是我們的起點，但個人的悲劇總要從屬於時代的悲劇的。然而，這就太艱難了。最近，我甚至感到悲劇已經逼到了眉前。

對於舒蕪，他則有些擔心。這從他 1 月 24 日致對方的信中也看得很清楚，他寫道：

> 我積了太多的憤恨，而又覺得對象們組成了龐然的存在，所以想用集束手榴彈的戰法。但一到使用這戰法的時候，自己就只有做一條沒有爆炸力的繩子而已。所以頂怕朋友們的消沉。
>
> 一面流血一面走罷，洩氣不得！
>
> 鬆不得勁，我們要決心打一年衝鋒。

兩封同是情切意深的信，相同處在於蒼涼的「悲劇」情懷的傳遞，不同處在於鼓勵或激勵的些微區別，區別便意味著不同的態度。

胡風所以要在信中激勵舒蕪，甚至寄莫大希望於他，並不是沒有原因的。在《希望》第 1 期上，他的稿件就佔了七分之二；「作品總傾向適應了苦悶的讀者層的進步要求和對國民黨反動統治的不滿情緒，但同時也是由於在思想理論上引起了有關文化界的注意」而出現了「近年來沒有過的」熱銷景象〔註5〕，而那些引人注目的「思想理論上」的文章基本上也都是他撰寫的。

然而，這位有才華的青年學者一直「怯」於從純學術的書齋走上思想文化「現實問題」的戰場，更何況年前他剛剛拿到了國立女子師範學院國文系副教授的聘書，突然從漂泊無定的流浪學子，一躍而為高級知識分子。他會因此而沉溺於「小康之境」，忘卻了身負的思想啟蒙的時代責任嗎？

前數日，他剛收到舒蕪從白沙寄來的未署日期的信，信中雖則表示不再「迷信」學術，卻提出一個奇怪的問題——

> 但我要問你：那樣的一個世界，人人都把理想注進全生活的世界，究竟何時有？會不會有？是不是只在小說裏面才有呢？為什麼一點對於真的、對於美的、對於善的、以及對於理想本身的理想，

---

〔註 5〕 《胡風全集》第 7 卷第 626 頁。

這世界都容它不下呢？我看，恐怕還是需要「進化論」〔註6〕。

舒蕪此時的疑問與《論主觀》遭到的批評無關，而是表述他新到國立女子師範學院任教後的困惑。他覺得「惶惶終日的在生活的一切部分找尋理想，找尋關於理想的理想，但所見到聽到感到的，卻都是一些對理想扮鬼臉，給理想抹白鼻子的東西。因此，「就時常陷於大狼狽之中，陷於極端的頹唐之中」〔註7〕。然而，胡風卻不這麼看，些許小事就鬧到對「理想」產生懷疑，竟要乞靈於「進化論」，真正的大仗打起來後該如何是好！於是，他回信的語氣便頗帶有三分不耐：

> 關於那個世界有沒有的問題，我只能說，一定有，一定要它有，否則，只有投江了。至於何時有，那就難說了。第一，我們真誠地信仰實踐的力量，因而要用我們真誠的努力去匯合它，豐富它，第二，我們信仰實踐的力量一定要包含真的，產生真的，終於要吸收真的，關於理想的理想的東西，第三，我們所有的太多的憤恨和愛，無論怎樣說也只能是歷史性的東西。人說，羅蘭的英雄主義是「通過苦難的歡喜」，那麼，就我們自己說，還算不得通過了怎樣了不得的苦難！此時或此地的市儈，算得什麼，把粉碎他們當作人民的事業，我們也要在那裏面分擔一分任務！

其實，胡風對舒蕪此時的處境和心境並非完全不體諒，一個年僅23歲的高中肄業的小青年，因黃淬伯教授的賞識和薦舉，跨越了講師階段，直接到國立大學擔任副教授，遭到一些冷眼是必不可免的。他也知道，舒蕪曾在多所鄉間小學、中學執教，也曾在中央政治學校當過助教，如今教教大一的女大學生當無甚問題，他對此並不擔心；不過，他反倒擔心這位年青學者可能將太多的精力用於「女兒國」，而忽略或忘卻了更緊迫的工作。

胡風的擔憂並不是平白無故的，前幾天他收到舒蕪1月8日寫來的信，遲遲沒有作覆，因為信中流露出的情緒讓他十分不滿。舒蕪在信中寫道：

> 老人（指魯迅）到廈門以後，常說覺得心裏空洞洞，寫不出東西來。這話，我從前不甚瞭解，不知道究竟是怎麼一回事。這回跑到白蒼山上來，不料自己竟親身經歷了。「理智」上雖知道問題尚多，但在實際的感覺中，卻似乎天下早已太平，無論如何作不出白刃戰，

---

〔註6〕 根據胡風覆信推斷，該信作於1945年1月20日前後。
〔註7〕 舒蕪致胡風信，時間同上。

故以後的雜文，對我的希望恐怕少了。至於大文章，倒還有很多可
寫，又無奈沒有時間，從朝到暮，從暮又到朝，都只是改本子。連
正正經經讀一點書的時間都沒有，遑論其他？易卜生的事，也就是
這樣。材料都已預備好，但總找不出時間動手。而且，寧兄把哲學
稿寄來，我也只有置之一旁，真是不得了。

　　本來改本子也並不要這麼多的時間，是我自己弄糟了：每改一
處，都在後面詳細注明理由。這樣，就弄成每本改一個鐘頭了。而
一共又有六十多本，就要六十個鐘頭——你想想看！下學期決定改
良辦法。不過，學生也真好，爲她們多化點力氣，也是值得的。將
來總希望能有好的收效吧。

舒蕪信中所陳述的客觀條件及表達的主觀意願都令胡風覺得不可理解：教師
再負責，改一本作業也要不了一個小時；於是沒有時間讀書了，也沒有時間
再寫雜文了，大文章也指望不上了。是缺乏教學經驗所致？還是已萌「退縮」
之意？

　　於是，胡風 1 月 18 日的覆信措辭十分婉轉，他迴避了舒蕪信中以魯迅在
廈門的處境相比擬的說法，只是對舒蕪表示不寫「雜文」事作出了果斷的反
應。信中說：

　　二期，書店說不送審，但我一下鄉，又送審了。大概是梁老爺
堅持的。這樣一來，舊年內就不能出世了。三期稿，要二月二十左
右付寄才好。長的外，務要寫至少八則短的來。我自己沒有一點工
夫，但目前尚無別人寫，而它又必要，非僅爲活潑，且爲塞老爺們
之口。我們可以說：老爺，你看，箭頭不是這樣向著的麼？

信中提到的「梁老爺」，指的是五十年代出版社的梁純夫先生；「老爺們」和
「老爺」，似乎也應與出版社中人有關連。信中意思似乎是，出版社（書店）
可以決定刊物是否送審。本可以不送審的，而梁先生卻堅持要送審，似乎是
對刊物的「箭頭」指向有微辭。胡風於是建議舒蕪多寫雜文，讓梁先生看清
楚「箭頭」的所向，從此不再挑刺。然而，《胡風全集》的編者曉風對「老爺
們」卻有另外的解釋，她認爲應指「國民黨的圖書審查（官）」〔註 8〕。此說
十分令人費解。須知，舒蕪爲《希望》所撰雜文大都具有「白刃戰」的性質，

───────────────
〔註 8〕《胡風全集》第 9 卷第 496 頁。

如《「能爲中國用」》、《「夷狄之進於中國者」》、《耶蘇聞道記》、《宰相是怎樣「代表「平民的」》、《我佩服「曾文正公」》、《「迷途之羔羊」返矣！》、《「國家育才之至意」》，無一不是針對著社會上的重大「現實問題」，無一不是對國民黨專制統治的激烈抨擊。如果說這樣的雜文反而能使國民黨審查官無話可說，這就有點奇怪了。

實際上，胡風所指的「老爺們」不是國民黨的文化警察，而是進步文壇上對《希望》嘖有煩辭的某些人物，其中有他所謂的「文壇大家」，也包括與「文壇大家」們有著千絲萬縷利益關係的出版商們。他在《希望》第 2 期「編後記」中寫得分明：

> 至於（本期）內容，和第一本一樣，在某些文壇月旦家看來，依然不過是一些使他們感到不快的厭物罷。頂好的東西當然是牡丹、月桂，但世上也還不免有荊棘或蒿藜，這在荊棘或蒿藜的我們，實在是萬分抱歉的。

至於雜文，他在「編後記」中對其戰鬥作用推崇備至，甚至對某些人鄙夷這一文體的說法給予了堅決的回擊。他寫道：

> 不用說，雜文只能是刺一樣的東西，刺是不容易刺死人的，但刺破動脈試試看。有的朋友說我們的雜文還不夠有力，不夠刺中典型事物的要害，這倒是應該警惕的。

由此可見，胡風說：「老爺，你看，箭頭不是這樣向著的麼？」其對象並不是國民黨文化警察，而是上面提到的「文壇大家」及相關的出版商們。可爲參照的是，胡風 1944 年 9 月 1 日致路翎信中，也曾要求路翎寫些「短玩意兒」，說是「孫猴兒被煉，但他卻躲異位上，終於逃掉了。我們也應該找得到異位的。說不定也能弄到一對火眼金睛呢！」眞是難以令人置信，胡風竟把雜文當成「逃」的途徑，他要「逃」避什麼？逃避「挑起進步文壇內戰」的指責？逃避「專打自己人」的批評？有了舒蕪撰寫的這一大把四處出擊的抨擊黑暗現實的雜文，胡風當然就有理由聲稱：「老爺，你看，箭頭不是這樣向著的麼？」

胡風的這個戰略思想在 1 月 25 日馮乃超主持的討論會取得了滿意的效果，當與會者批判《論主觀》的同時，卻不能不「恭維了雜文」〔註9〕。當然

---

〔註 9〕 胡風 1945 年 1 月 28 日致舒蕪信。

胡風絕不會透露這些雜文幾乎全部出自《論主觀》的作者之手〔註10〕。會後，他在給舒蕪信中只叮囑了兩件事：

> 你現在，一要預備雜文，二要加緊對這問題作更進一步的研究。

> 準備迎戰。可惜你不能看一看第五位聖人的材料。要再接再厲！

「預備雜文」，其作用仍是爲了塞「文壇大家」和出版商的悠悠之口；而「這問題」，指的則是《論主觀》公案，後面的「準備迎戰」、「再接再厲」，都是敦促舒蕪爲反擊批評作理論準備。

胡風十分清楚，既寄希望於舒蕪「再接再厲」，就不能再讓他有「怯」的理由。於是，他參加過周恩來主持的會議及聆聽了「單獨談話」後，在給舒蕪的信中只以「還沒有正式問到你」一句輕鬆帶過，至於「單獨談話」的內容則一點也沒有透露。直言之，胡風這樣做當然有他的苦心，然而對年青朋友舒蕪來說卻並不公道：中共南方局文委已經非常嚴肅地把《論主觀》視爲政治上的不同聲音，中共領袖人物已經非常鄭重地指出他們的言行有違「毛主席的教導」及有悖「對黨的態度」。不管怎麼說，他都應該及時將這個重要的信息傳遞給舒蕪，下一步應如何做也應讓他自行決定，說到底，這才是崇尚「個性解放」的胡風諸人所應共同遵守的基本原則。

胡風將上述重要信息隱瞞不報，也許出於兩種考慮：第一，他確實完全誤解了周恩來與他「單獨談話」的內容，他眞的以爲周恩來並不把《論主觀》當回事，眞的以爲周「批准了」他繼續反對「客觀主義」；第二，他根本不在意周恩來的告誡，依然堅持自行其是。

出於誤解也罷，出於信念也罷，胡風是絕不會讓舒蕪中途退陣的。爲了引起爭鳴，他在兩方面用力：一面向茅盾、侯外廬「叫陣」，刺激他們撰文爭鳴；另一面以他們要「悶死你」激起舒蕪的敵愾之心，激勵他對「主觀」問題作深入研究。一句話，他非常希望能擴大論爭。

胡風「再三」邀請侯外廬撰文爭鳴，並不是特別重視他的意見，而是想把他拖出來，讓他失足跌入預先挖好的「陷阱」之中，作爲轉移公眾視線的一個靶子。「陷阱」在哪裏，就在舒蕪《論主觀》賴以立論的哲學資源──「約瑟夫階段」上。據舒蕪回憶，這個提法來源於侯外廬本人所作的一篇文章：

---

〔註10〕 《希望》第 1 期共載有雜文 12 篇，11 篇爲舒蕪作，1 篇爲何劍熏作，全部雜文都另署了筆名。

那時，進步報刊上有許多慶祝斯大林六十壽辰的文章，其中侯外廬一篇，提出馬克思主義的「斯大林階段」的概念，説是它的特點之一，是強調客觀存在的「軟轉性」。我理解為「可塑性」，即掌握了客觀規律並掌握了政權的無產階級的巨大力量，可以從必然到自由地控制一切，塑造一切，這樣條件下，客觀事物都有了無限的「可塑性」。後來我寫《論主觀》，也談「新哲學的約瑟夫（斯大林）階段」，即由此而來，雖然那時其實已記不清侯外廬是怎樣論述的了。經查，侯先生的這篇論文載《中蘇文化》1939 年 12 月 21 日「斯大林先生六十壽辰專號」，題目是《斯大林——世界學術傳統的繼承者》，署名「外廬與洪進編譯」。舒蕪當年讀的就是這篇文章，從此在心中埋下「發展馬克思主義」的種子，《論主觀》就是這種子開的花。現在似不必細究侯先生這篇文章的得失，重要的是胡風從舒蕪的口中早已得知《論主觀》立論基礎的由來，他「再三」地請侯先生爭鳴，是想看看他如何以己之矛攻己之盾，如何跌入「陷井」，又如何出「洋相」。

舒蕪在《〈回歸五四〉後序》中也曾含糊地提到這件事：「我在《論主觀》中以馬克思主義哲學的『約瑟夫（斯大林）階段』為題目，原是幾年前看了侯外廬慶祝斯大林六十壽辰的文章得來的印象，這時大概有人記得是他最初提出這個『斯大林階段』的，所以動員他出來寫批判《論主觀》的文章。」這裡提到的「有人」，指的就是胡風。

一切都已布置好，單等侯外廬先生的爭鳴文章出來，大幕就將拉開。然而，就在此時，陳家康出面阻止了這場鬧劇。胡風 2 月 9 日給舒蕪的信中稱：陳家康贊賞侯外廬先生的社會史研究，視其為「友軍」，不贊同他們用《論主觀》問題「傷」他，並說侯大概「不見得肯寫」了〔註11〕。陳家康既如此說，胡風也只能徒呼奈何。1950 年 4 月他在《為了明天》「後記」中委屈地寫道：「實際上，當（《論主觀》）發表了以後引起了議論的時候，我就曾經誠懇地要求幾位有馬列主義修養的，發表過反對意見的先生寫文章，而且還轉託有信用的朋友懇請過，無奈他們總不肯寫。」他們為何如此，胡風心裏其實是非常清楚的。

順便提一句，陳家康與侯先生在學術上頗有共同語言，不僅在社會史，也在古代哲學上。抗戰勝利前後，生活書店推出「新中國大學叢書」計劃，

〔註11〕 轉引自《回歸五四後序》修訂稿。

陳家康還曾與侯外廬等商議合作撰寫多卷本《中國思想通史》。

由於上述諸多因素的掣肘，胡風期待的因《論主觀》而攪起的思想文化界的風潮遲遲沒有到來。遠在廣州的黃藥眠雖在 1945 年春即寫成《論約瑟夫的外套——讀了〈希望〉第一期〈論主觀〉以後》，卻因種種原因未能在重慶的刊物上發表。儘管 1945 年冬在湘西《藝林》上發表過，可惜知者甚少。1946 年 3 月在《文藝生活》雜誌上重新登載後，才廣為人知。

由於沒有聽到公開的反對的聲音，舒蕪因此一直無心「再接再厲」地沿著《論主觀》的方向開掘下去，這不能不讓胡風著急。1945 年 4 月 13 日，胡風終於不能不十分認真地對待舒蕪的懈怠了，他寄去兩篇關於《論主觀》的讀者來稿，並寫道：

> 前信提到不能為文的話。這還是由於自己的心情罷。被一些具體對象吸住了，於是安於小康之心就發生，自然會與廣大世界隔開了。而且，也不能用老人（魯迅）到廈門後的情形相較罷，他是由於苦戰疲勞後的空漠，而你呢，不是由於小康式的陶然以至自得麼？逃遁也有種種途徑的。

在這裡，胡風的一定要把《論主觀》的文章做到底的鍥而不捨精神躍然紙上，不管是借讀者來稿提出批評意見也好，還是責其「陶然」於「小康」的境地也罷，目的只有一個，就是要敦促舒蕪繼續「為文」，不讓其因迷戀於「具體對象」而稍懈。

胡風批評舒蕪「陶然」，並非無的放矢。1945 年初舒蕪把母親從南溫泉接到了白沙，結束了母子兩地掛牽的生活，「心情」的確十分暢快。1945 年 3 月 14 日他有信致胡風，信中寫道：

> 到校四、五日，全部精力忙於安家。今天起，又才開始忙於課務。做到自己的事，還不知道要在何時也。家住校裏一個「獨門獨院」之地，有竹籬，有小小的曠場。母親為地下的潮濕而九分滿意，我則十分滿意也。

由「竹籬」而聯想到陶淵明的「採菊東籬」，而聯想到「悠然見南山」，而擔憂舒蕪可能的「陶然」，胡風的聯想是有依據的；然而，舒蕪筆下的這座「獨門獨院」並不像胡風想像的那麼富有詩意，其實只是兩間茅屋，多不蔽寒，夏不遮陽。這年的酷暑時節，舒蕪便嘗到了滋味，後來他曾寫道，「每日東曬

西曬相踵而至，南曬復從旁助威，斗室之中，逃無可逃，汗下如雨，頭痛欲裂……記不得有一次有什麼欣然的心境。〔註12〕」不久，他便將此「獨門獨院」題名曰「汗雨齋」。

舒蕪終於勉力在 5 月間「寫成一篇答覆批評的長文」，胡風看後覺得「太鬥雞式的了」，退回促其修改。

# 16　《論中庸》發表始末

　　《希望》第 2 期於 1945 年 5 月出版，刊載了舒蕪另一篇哲學論文《論中庸》。

　　《論中庸》比《論主觀》更有份量，篇幅是前者的兩倍，長達三萬六千言，開篇明義的第一段就盡現鋒芒，曰：

　　　　中庸主義的特徵，就是「折中」。「命固不可不革，然亦不可太革」，是最極端的例子。其他如「感情固然重要，理智的作用也不可抹煞」之類，都是的。〔註1〕

如前所述，1943 年年底中共南方局文委舉行內部整風，董必武曾對陳家康等人的幾篇文章進行了批評，涉及「思想與感覺、理性與感性、感情與理智的關係」等範疇，批評了他們提出的所謂「大後方知識分子思想得太多，感覺得太少」的觀點。

　　1944 年 5～6 月間舒蕪撰寫《論中庸》之前，已讀到了董老在黨內整風會上的總結發言（「關於陳君的那文章」）。因此，他對陳家康等挨批的內情是比較清楚的。既知道批評者是中共元老董必武，而又無所顧慮地反批評，可見這群黨外知識分子當年是如何的放言無忌，他們堅信真理面前人人平等，至少在政治問題以外的學術問題上人人不等。

　　《論中庸》的主旨比《論主觀》更明確，鮮明地提出了「個性解放」，提倡積極的獨立的思想探索，並從澄清「主觀完成者」對新哲學的「品質互變」、「否定之否定」和「矛盾的統一」三大法則的「曲解」著手，逐一批駁主張

―――――――――――――

〔註 1〕　《論中庸》，《舒蕪集》第 1 卷第 72～131 頁。下不另注。

「個性解放不可超過一定限度的人們」藉口「防流弊」壓抑思想自由的實質。文末的結論是：

> 今天所需要的，還是強烈的個性解放，為集體主義所要求的戰鬥的個性解放。沒有什麼「破壞」和「建設」的區別，「破壞」也是積極性的，「個性解放」也就是道德。真是個性解放，必定是戰鬥的，必定是要變革既成社會的，因為既成社會就是束縛「個性」的枷鎖，不變革它就不足於保衛「個性」，發展「個性」。由於個性解放，而掃蕩一切封建生活中的規範，於是就有了自由奔放的流動。這流動，終於總要匯歸一個方向，這時就又由於新的領導，而能立刻給它開闢一條寬闊的河道，讓它順暢地進行。流動以後，不能立刻給它一條河道，固然要氾濫成災；但如果還沒有把那些湮塞阻過壓抑住它的泥沙亂石除掉，就在它旁邊築起堤來，以為簡省一道麻煩，直接就給了它以一條河道，這不更是窒死了它嗎。

聯想到陳家康被召回延安後，胡風與舒蕪通信中的一些議論，如：（胡風 1944 年 3 月 16 日致舒蕪）「陳君已回老家去了，行前沒有見面機會。那麼，這裡就沒有什麼麻煩了，太平天下，但同時也就恢復了麻木的原狀。」（胡風 1944 年 3 月 21 日致舒蕪）「關於陳君的回去，我還不清楚，但未必是奉了金牌，不過是這裡覺得被擾亂了，手足無措，不如送走了太平無事，可以重新睡好覺。」可以看出，《論中庸》的箭頭指向非常顯豁，幾乎沒有任何置疑的餘地。

胡風當然知道此文的尖銳和敏感程度，他於 1944 年 7 月初收到文稿後，頗感燙手，斟酌再三，也不敢擔保能推薦出去發表，只應允《希望》如成，先發表火藥味較淡的《論主觀》。

話又要說回來，既有著這份擔心，胡風為什麼偏要在《論主觀》已經遭到中共南方局文委的批判後，又推出更具挑戰性的《論中庸》呢？這樣做豈不是故意地把自己和朋友放置在與先進政黨的對立面上了嗎？茲事體大，詳考如下。

胡風在回憶錄中寫到當年他所以要發表《論中庸》，是由於對南方局為《論主觀》召開的會議及周恩來與他的單獨談話有所誤解。這種解釋雖然難以讓人深信，卻並非完全沒有依據。「單獨談話」後數天他從重慶返回鄉下，第二天（2 月 9 日）便給舒蕪寫信，信中所述內容也傳達出這種誤解。

　　當年，胡風以漫不經心的態度對待中共南方局文委及高層領導的批評和勸告，並不是不能從相應的環境因素及由此派生的思想基礎上挖掘深層的根源：首先，當時還沒有形成政黨崇拜的時代氛圍，更沒有形成敬畏政治權威的時代心態，當權的政黨威信不高，前進的政黨尚「在野」，這是大致的環境因素；其次，胡風及周圍的人都是「尤尊五四」及「尤尊魯迅」的，他們崇尚的是個性解放，追求的是特立獨行，這是大致的文化因素。更何況，這群黨外知識分子那時根本沒有黨領導文化文藝的觀念，只讚同政治上由黨領導，文化文藝則不然。這也與接受魯迅的影響有關，魯迅分明知道「四條漢子」的政治身份，卻在答徐懋庸信中那樣地鄙視他們，魯迅可，他們又有何不可？正因為此，1938 年胡風在武漢辦《七月》時就敢於鄙薄王明和博古，說他們的文章「是太一般的門面話，沒有觸到問題實質，連文字也很庸俗」，甚至驚詫於他們的「文化水準甚至政治水準有那麼低」〔註 2〕；抗戰中期，他放肆地嘲笑「官方」和「權貴」；抗戰後期，他讚同舒蕪非「體系」而薄「主觀完成者」，也大致出於這樣的思想基礎。再其次，胡風當時有個非常執著的觀念，即他是「在用獨立自主的原則」辦刊物，在大的原則上固然要服從政治，但「編刊物那是完全獨立自主，不受任何人影響的。〔註 3〕」

　　也許從這個角度，可以稍許體會到胡風為何要在《論主觀》已經遭到嚴厲批評的情況下，仍要在《希望》第 2 期上推出更具爆炸力的《論中庸》的相關想法。

　　然而，史料又證實，胡風發表《論中庸》並不是在與周恩來「單獨談話」得到「肯定」之後才決定的。如果執這種觀點，將這項重大的決定歸於當事者的「誤解」，也難稱真正讀懂了胡風。

　　前文已經述及，1944 年 6 月初舒蕪開始寫《論主觀》的續篇《論中庸》，胡風於 6 月 9 日來信說，如何處理《論主觀》，要看了《論中庸》後再作決定。舒蕪於 6 月底寫成《論中庸》，胡風閱後認為所論過於重大，暫不考慮推薦出去。

　　但到了 1944 年 10 月，胡風交出了《希望》創刊號稿件，又開始第 2 期的籌稿時，他的想法已經改變了——

〔註 2〕　《胡風全集》第 6 卷第 492 頁。
〔註 3〕　《胡風全集》第 7 卷第 490 頁。

10月9日他寫信給舒蕪，稱：「下一期本月底齊稿，望準備些什麼，一面考慮《中庸》。」信中說「考慮」，應是還在斟酌之中。

11月27日他再致舒蕪，告之：「我們（指他和路翎）還一同再看了《中庸》，改了兩處，刪了兩三處。其餘的，只好付之討論了。」因印刷廠的延誤，原定10月底的第2期齊稿時間延遲，因此胡風尚有時間與最信任的年青朋友路翎一起討論並審閱《論中庸》。就在這一天，他們改定了文稿，並確定在《希望》第2期上發表。

1945年1月初，《希望》第1期出版，胡風將第2期的稿件交給出版商，擬趕在春節前（當年西曆的2月15日是陰曆的大年初一）出版，不料卻出了意外。

1月18日胡風再致舒蕪，提到梁純夫把第二期稿件送審事。如果不是由於出版商的這個延誤，《希望》第2期應於日前出版。也就是說，《論中庸》原本應該是在馮乃超召集的討論會之前面世的。

史實如此，胡風決定在《希望》第2期上發表《論中庸》，與中共南方局文委批判《論主觀》的會議並無直接關係，當然也同與周恩來「單獨談話」得到「肯定」毫無關係。這樣，或可為胡風洗清一個冤枉。

不過，由於《希望》第2期拖到1945年5月才面世，即在中共南方局文委批判《論主觀》三個月後，胡風若願接受批評，還是有足夠的時間抽掉《論中庸》的！他是否考慮過要這麼做呢？答案是肯定的！

胡風參加過文委召集的第一次討論會（1945年1月25日）後，於1月28日給舒蕪去信。信中鄭重且急迫地寫道：「現在考慮中庸是否即發表，多給他們找缺口。你意見？望即告。」這裡表達的是，發表事完全由你（作者）決定，若發表，也許會給批判者提供更多的口實；如有顧慮，則不發。如前文已述，舒蕪當日（星期日）下午或晚上趕到重慶，胡風必然會當面徵詢其意見，而舒蕪當時並不甚瞭解問題的嚴重性，惟有聽信胡風，當不會提出異議。發表事就這樣再一次確定了下來，然後便是周恩來主持的會議及「單獨談話」，胡風誤以為周恩來對他的工作作了「肯定」，於是便消除了顧慮。

3月23日夜，胡風撰寫《希望》第2期「編後」，言辭間充滿了挑戰性。他自承為「荊棘或蒿藜」，不憚做「文壇月旦家們」眼中的「厭物」。他仍然堅持把刊物辦成以文藝作品為主兼及思想文化領域現實問題的綜合性期刊，並對所載雜文給予了很高的評價。《希望》第2期共載雜文16篇，舒蕪所撰

就有 12 篇之多。在介紹長篇論文《論中庸》時，他再一次籲請爭鳴，並暗譏茅盾等批評者爲「法西斯」和「混蟲」。他這樣寫道：

> 在作者自己，以爲可以作爲《論主觀》的補充。但對《論主觀》抱有疑難的，對這一篇也不會不引起疑難罷。疑難是好的，它會引起進一步的探求，不夠的可以補充，錯誤的可以糾正，因爲，疑難不等於抹殺，猶如批評不等於言論統治一樣，本是明明白白的。自己的弱點一受到批評就說批評家是法西斯，這恐怕是只有混蟲才會採用的「法西斯」的口吻。當然，不能沒有弱處罷，記得論及個性解放的時候，對它和集體主義的深刻的關聯就沒有充分地說明。〔註4〕

必須指出，「編後」中對《論中庸》不足處的發抉仍只能視爲編者的「伏筆」。實際情況是，《論中庸》關於「個性解放」與「集體主義」關係的論述向稱充分，它既論及「新集體主義乃是個性解放的必然發展」，又論及「徹底的個性解放」是「新集體主義」產生的充要條件。胡風以該文最強處示人以弱，當然只能視爲「伏筆」。

《希望》第 2 期出版後，似乎並未因《論中庸》在思想文化界激蕩起什麼大的波瀾，口頭的批評當然是有的，但未形諸文字。後來有人曾指責舒蕪文中有對思想「體系」的輕慢和否定，這倒是胡風所沒有預想到的。《論中庸》第九節批判了某些人「對於『體系』的愛好」，認爲這是「又一個中庸主義的產物」。文中有如下一段：

> 我們現在，有一種「體系」最有力，就也最有害，即是通常所稱爲「教條主義」的。所以有這個名稱，是由於它並非普通的「體系」，而是利用最有權威的新哲學、新社會科學、新經濟學而作成，這權威就可以使人們奉爲「教條」。但其「最有力」之處，還不在此，還不在權威本身，而是在於產生權威的東西，即新哲學等等之中所已具有的戰鬥的理想，和這理想所已經導引出來的現實。正是這些，才使實無理想的中庸主義的「體系」，蒙上一層理想主義的光輝的外衣。

這段文字非常尖銳，不僅指向左翼陣營中的「教條主義」，而且指向政黨的理論「體系」和政治「權威」。應該指出，作者繼《論主觀》後寫成的《論中庸》，本意只是繼續追擊「主觀完成」者，卻無意間傷害了不應傷害的事物。

---

〔註 4〕 《胡風全集》第 3 卷第 294 頁。

　　該文發表時，正值中共第七次全國代表大會召開。黨史學界通常認爲，這次大會是一個確立思想「體系」和政治「權威」的會議，「通過這次大會，中共的核心層領導權威、思想權威、組織權威得到了普遍的認同。〔註5〕」它的歷史意義在於，使全黨認識在馬列主義、毛主席思想的基礎上統一了起來，達到全黨的空前團結。爲中國共產黨領導人民奪取抗日戰爭和新民主主義革命勝利奠定了政治、思想、組織基礎。然而，「體系」確立後是否還應根據變動的現實進行修正和補充，思想「統一」後是否還應允許黨內外人士繼續進行獨立的探索，這是其後多少年也未能得到解決的新問題。

　　《論中庸》在這個時候反「體系」、批「權威」，不能不使當時中共理論核心層人物們感到有如芒刺在背。一年後，胡喬木來到重慶，兩次與舒蕪長談，希望能以「新哲學」的理論說服他；若干年後，執政的「權威」們重算舊賬，胡風爲推卸責任進行過激情的辯解。此是後話，在此不贅。

---

〔註 5〕　伍小濤《從權威層面看中共七大的歷史意義》，載《蘇州科技學院學報（社會
　　　　科學版）》2004 年第 1 期。

# 17　胡風不准舒蕪「逃遁」

　　1945 年 4 月 13 日胡風致信舒蕪，催促他「再接再厲」地把《論主觀》後面的文章做好，隨信寄去兩篇讀者來稿，並提出一些頗有建設性的意見。他寫道：

> 　　寄上……關於主觀的二文。——另卷。
>
> 　　二文都是讀者來稿。一中學生，一大學生。前者所提的第二點，確係問題，我想，所謂基本原則者，只能反映前史時期的，到真正歷史開始後，當然有反映新的客觀內容的新原則出現罷。總之，這一點須究明，其餘的，似都由不理解及行文的誤解而來。但應想到是好意的讀者來的，這樣的讀者還有疑問，那麼，其餘的讀者就可想而知了。給以誠懇的回答，一同發表如何？目的當然還是向一般讀者。

信中提到的「前史時期」及「真正歷史」時期，都出自恩格斯的提法，前者指的是階級社會，後者指的是世界革命成功後的社會。由此信可知，胡風認為《論主觀》中提出的若干理論「原則」是有著「此時此地」的功用限制的，並有待於「彼時彼地」的「反映新的客觀內容的新原則」來取代。順便說一句，這便是胡風、舒蕪等後來將毛澤東的《論聯合政府》稱之為「真的主觀」的思想基礎。

　　4 月 30 日舒蕪回信道：「收到了關於主觀二文，和抄新青年之文。中學生的比大學生的好，但都還是好意，可以看出。十號以前，一定把答覆寄你。」

　　5 月 3 日舒蕪又去信稱：「關於『主觀』之文，不知說些什麼？（王）世煥兄有些意見，以後告訴你。」

5月4日胡風覆信，語氣似有不耐，道：「對前信有話，但沒有力氣說了。」

5月7日舒蕪又去信，有振作之意。他寫道：「我的回答，已寫了大概一半。嗣興（路翎）叫我不要弄什麼『論點』，而只招供和控訴，我就這樣做了，打算把『論點』之類都放到費爾巴哈那邊去。但是，是指著臉上罵的，把『野人頭』，『法西斯』之類，都給宣佈了出來。不知這是否又將增加處境之困難？但我還是寫下去，兩三天後寄給你，由你決定。」

信中提到的「野人頭」及「法西斯」，是茅盾1945年1月28日在中共南方局文委召集的討論會上對《論主觀》提出的批評；胡風曾在《希望》第2期「編後記」中對茅盾此說進行了反譏。

5月12日舒蕪的「答文」終於寫成，他在致胡風的信中提到：「放下別的事，以十二天寫了一篇答覆，是破口大罵，不知是否要引起禍災。但由你決定去。」

這篇在胡風一再催促下艱難寫成的反駁《論主觀》批評者的文章，原題為《關於〈論主觀〉》，雖經多次修改，未曾問世〔註1〕。為敘述方便起見，下面仍簡為「答文」。

胡風審閱過「答文」後，於5月29日致信舒蕪，提出了非常具體的修改意見，如下：

> 關於答文，有幾點意見。（一）對於大師們的回敬，太鬥雞式的了。氣派不大。有一種用橡皮包著鋼絲打囚徒的鞭子，打傷了而又表面上看不出傷痕，我以為是好方法。所提及的都可以提及，但可以簡單一點，口氣冷一點，也就是更輕蔑一點。（二）如果前面輕帶幾筆就進到回答正文，臨了再回轉頭來回敬一下，也許更神氣一點？（三）招供之處，似應提及教條主義，強調地規定它為主觀主義，著重地指出它底災禍的實情，這不但是為了把大旗抓到手裏，而且不如此就難得招供或控訴底重量。（四）先逐條列出，後面再回答，使讀者如讀法規似地非掀開前面用手指按著條文，又再掀開後面讀不可，吃力得很。不如把幾個相關的問題綜合在一起就回答，下面再列出再回答。（五）基本原則變不變這問題，似可稍展開一點。（六）關於觀念論的反語太晦，老實的讀者會信以為真的。

─────────────

〔註1〕 該文原題見於舒蕪1946年2月8日致胡風信。

「答文」反擊的對象是兩位「大師」，一是斥《論主觀》為「賣野人頭」、「有法西斯傾向」的文學家茅盾，二是責《論主觀》「有均衡論傾向」的哲學家侯外廬，沒有涉及到黃藥眠（當時胡風和舒蕪都還未讀到黃藥眠的批評文章）。胡風的第一、二條意見教導舒蕪應根據特殊的對象而採取特殊的論辯方式，所謂「用橡皮包著鋼絲打囚徒的鞭子」法，表面誠懇，而內裏「輕蔑」，以顯示作者真理在握的「神氣」；第三、四條意見則教導舒蕪如何搶佔理論的制高點及如何突出重點的技巧，首先必須「把大旗抓到手裏」，其次必須「強調地」給對手加上罪名，以顯示批判的「重量」；第五、六條意見則教導舒蕪行文時須顧及「一般讀者」的接受水準，前文已述及，胡風曾於 4 月 13 日給舒蕪寄去兩篇普通讀者的來稿，稿中對《論主觀》所述的「基本原則」有所質疑，胡風認為「似都由不理解及行文的誤解而來」，指出舒蕪行文時有不夠明快的缺點。

舒蕪的哲學論文一向頗有「霸氣」，雖有左旋右盤的繁瑣，卻無左支右拙的窘迫。《論主觀》洋洋萬言，所論問題極大，而胡風卻只能提出兩條意見。「答文」是舊題再論，為何舉輕若重，還要勞動胡風作不厭其煩的指導呢，這裡似乎有點反常。

也許要從當時舒蕪的「小康」處境及與胡風的「戰鬥要求」之間的衝突進行分析。

1944 年 10 月舒蕪因原中央政治學校教授黃淬伯先生的薦舉〔註 2〕，受聘國立女子師範學院，由助教而躍升為副教授，生活和工作環境都有了極大的改觀。先前，他在小學、中學及中央政治學校工作時，生活圈子很小，接觸的人不多，頗有知音難覓之感，而在這所國立大學裏，情況就完全不同。他在《〈回歸五四〉後序》一文中曾寫道：

> 女子師範學院院址偏僻，交通不便，校舍簡陋，但我到了那裏，興致還不錯。特別是國文系教授中有臺靜農、魏建功，英文系教授中有李霽野，尤其使我高興。我早就從魯迅的著作和書信中知道，臺靜農、李霽野是未名社的成員，與魯迅的關係很深。魏建功也是魯迅的學生，曾因愛羅先珂的事情，為魯迅所呵斥，後來他們的師生關係還是不錯。我景仰魯迅，恨未見過魯迅，可是我在認識胡風之後，又能與魯迅的這三個學生共事，自然是非常高興的。

---

〔註 2〕黃淬伯先生先於舒蕪離開中央政治學校，赴國立女子師範學院任教。

對於一位「尤尊魯迅」的青年學者而言，能從「共事」者的身上體味到先生的遺澤，這份快樂是難以言喻的。魯迅在《中國新文學大系·小說二集序》中對李霽野、臺靜農的小說作品作過評價，對李霽野短篇小說集《影》的評語是：「以銳敏的感覺創作，有時深而細，真如數著每一片葉的葉脈，但因此就往往不能廣，這也是孤寂的發掘者所難以兩全的。」對臺靜農短篇集《地之子》、《建塔者》評價是：「要在他的作品裏吸取『偉大的歡欣』，誠然是不容易的，但他卻貢獻了文藝；而且在爭寫著戀愛的悲歡，都會的明暗的那時候，能將鄉間的死生，泥土的氣息，移在紙上的，也沒有更多，更勤於這作者的了。」魯迅對學生魏建功的「呵斥」也為後人所樂道，1923 年 1 月 7 日北京大學學生魏建功讀了魯迅翻譯的愛羅先珂《觀北京大學學生演劇和燕京女校學生演劇的記》後，寫了《不敢盲從》一文，因文中「奚落愛羅先珂君失明的不幸」，而被魯迅先生責為「舊的不道德的少年」〔註 3〕。李敖近年還談到過這段「文壇佳話」，說：「盲詩人愛羅先珂到中國來，大家捧他，魏建功獨持異議，說『我們不能盲從』，引起魯迅等人的抨擊，魏建功卻大大出了名。」但他沒有提到後來魯迅先生與學生魏建功復好如初。魯迅與鄭振鐸合編《北平箋譜》，其序言還是請魏代為書寫影印的。

到校後不到半年，舒蕪便與大同鄉臺靜農教授熟絡了起來（舒蕪時年 22，臺靜農時年 41）〔註4〕。出於對「魯迅弟子」的仰慕和信任，舒蕪在《希望》創刊號問世前後，已將自己與胡風的交往、為《希望》撰稿的情況及使用的筆名如實地告訴了對方，當然也沒有隱瞞自己的政治傾向性。

1945 年 1 月 8 日，舒蕪略帶歉意地將與臺靜農的交往告訴了胡風。他寫道：

臺君屢次稱贊你，前天又盛讚《七月》；乘那形勢，我就說明了。

一則即因其對你印象極佳；二則他知道我寫新東西，如不知道詳情，反而要推測得更為神秘，漫無邊際也。在我未說之先，他盛讚七月之餘，說曾向你要詩叢，而你沒有給，他極想一見一讀云。此人真是善良，也真是無生氣，但於「寧死不帝秦」之意，則幾乎出以頑固的態度而堅持之，此或亦有當於「韌性」之道乎。說明之後，相見遂更坦率，尚無麻煩，可以告慰。

---

〔註 3〕 《看了魏建功君的〈不敢盲從〉以後的幾句聲明》，載 1923 年 1 月 17 日《晨報副刊》。

〔註 4〕 臺靜農（1903～1990）先生是安徽霍丘人。

胡風在 1 月 18 日的覆信中，對舒蕪的新交反應淡然，他寫道：「八日信收到。今天又自寄刊一本，並散張一卷。書店的如寄到，就轉贈臺君罷。此君人是好的，但通起信來，不知說什麼好，所以疏遠了。詩叢，現在手邊沒有，書店的也丟光了。」

顯而易見，胡風不太讚同舒蕪與臺靜農交往。說到胡風與舒蕪等青年朋友的關係，文壇上早有議論，說是胡風視其爲私有物，不肯拿出來示人。聶紺弩 1944 年來重慶籌辦刊物時就曾爲此碰過胡風的一個大釘子，他曾在回憶文章中寫道：

> 四四年某夜，聽說他（指胡風）來了，住在第三廳，我冒雨摸夜路去找他，馮乃超同志正和他在談話，我告訴胡風我要編一個刊物，請他支持。他擺起好像他是組織的面孔，斥責似地說了許多難聽的話，我跟他吵了一架。〔註5〕

聶辦刊物，要請胡風「支持」什麼呢？作者和稿件。他盛情邀請胡風寫稿，胡風卻說：「我曉得你的刊物是什麼性質、立場？怎能寫稿呢？〔註6〕」；他向胡風索要舒蕪、路翎等青年作家的地址，也遭到胡風的拒絕。舒蕪在回憶文章中寫道：

> 重慶時期，聶曾經要辦一份雜誌，想找我們約稿，開了一個名單，把我和一些經常同胡風接觸的朋友都列進去了，問胡風要地址，胡風沒有給。後來胡風對我說：「你給了他，他可以把你們現在的職業、位址都說出去！他那個人一向就是馬馬虎虎的。」〔註7〕

爲此，聶紺弩對胡風十分不滿。晚年還提到這件事，寫道：「我很不喜胡風。自以爲高人一等，自以爲萬物皆備於我，以氣勢凌人，以爲青年某某等是門徒，是口袋中物……〔註8〕」當年，並不是聶紺弩一人持有這種看法。胡風對此也早有耳聞，1954 年他在「萬言書」中憤憤不平地寫道〔註9〕：

> 說我是宗派主義，說我造成了一個小宗派，這大約是香港的同志們批評了我以後才表面化了的。但那根源當然長得很。在抗戰期

〔註 5〕《聶紺弩全集》第 10 卷第 129 頁。
〔註 6〕《聶紺弩全集》第 10 卷第 38 頁。
〔註 7〕《舒蕪口述自傳》第 247～248 頁。
〔註 8〕聶紺弩 1982 年 9 月 3 日致舒蕪信，《聶紺弩全集》第 9 卷第 417 頁。
〔註 9〕胡風「萬言書」全題爲《關於解放以來的文藝實踐情況的報告》，收入《胡風全集》第 6 卷。下略爲「萬言書」，不另注。

間，我編著一個刊物，那沒有一家大書店肯接受，只好一次又一次找小書店，斷斷續續地編下去。也由小書店或者青年朋友們湊些錢印了若干本大書店不肯印的作品。也有投稿得多些，時間繼續得長些的青年作者。但這就使在大書店出版刊物的幾個編輯家不滿意，說我有一批作家，說我把他們放在自己的口袋裏。這種侮辱了我、更侮辱了青年作者們的濫言，我聽了只有不做聲。〔註10〕

實話實說，胡風當年不主張舒蕪等在職業單位上暴露作家身份，不主張他們有過多的社會交往，不主張他們在職業工作上投入過多的精力，一則是從他們的安全著想，二則是爲《希望》的事業出發。其中或許不無一點小小的私心，不無一點封建的「業師」、「門徒」的意識，但還不具備把他們裝進「口袋」的能力和財力。胡風此時對伍禾的態度是如此，已見前述；後來對舒蕪也是如此，且待後述。

前文曾敘及胡風擔心舒蕪到女子師範任教後「會陷入小康之境」，起因便是舒蕪在前信中流露出了對教學工作的過份熱誠，及「沒有時間」再爲《希望》寫文章的情緒。

此時，對於舒蕪來說，國立女子師範學院這個新環境帶給他的滿足和喜悅並不止於「共事」的若多良師益友，還在於身邊圍繞著的許多求知若渴、才華初露的女大學生。他在中央政治大學任黃淬伯教授的助教時，只協助教授，並不接觸學生，由於學校的政治性質，他還竭力避免與學生接觸；在女師院就不同了，他的職責就是爲她們「傳道、授業、解惑」，接觸自然非常頻繁。他授課異常認眞，還在堂上講魯迅，講羅曼羅蘭，還指導她們組織文學社團，出文藝壁報，甚至向刊物推薦她們的稿件，身邊經常圍繞著異性崇拜者。於是，他更加努力，更加勤奮，更加盡心盡力，在教學工作和社會活動中獲得了前所未有的心理滿足。

胡風對舒蕪的「寫不出東西」來甚爲不滿，更對其以魯迅到廈門的境遇自譬不以爲然，他在覆信（1月18日）中寫道：「我擔心你會陷入小康之境，這就糟了。我看，還得不斷地打衝鋒。有些事非數言可盡。」

舒蕪得信後卻十分認眞，在致信（1月20日）中強辯道：「（我）只在上課或與學生談天時是振奮的，因爲面對著的是不同的對象了。雖然師生之別，男女之防，還使我望不清楚，但大概是好的吧，進化論總大概可信的吧！忠

〔註10〕 《胡風全集》第 6 卷第 314 頁。

於後來者，這是不能放棄的東西。除此而外，『學術』，『藝術』，『文化』之類，就都於我如浮雲，而且力圖攻倒之而後快了。」他的態度非常堅決，一邊是「不能放棄」的「忠於後來者」的教育工作，一邊是「力圖攻倒之而後快」的「學術」、「藝術」和「文化」之類。這位青年學者生造出了這麼個兩難處境！究其實，他仍是在學院環境（學術）與政治生活（現實問題）之間徘徊，傾心於前者，而企圖淡化後者。

1 月 24 日胡風覆信，他沒有對舒蕪所提到的兩難處境進行剖析，只是曉以大義，促其自省，竭力地要把他拉回疾馳的戰車上。他寫道：「就我說，近來就被那些堂皇的大旗下的污穢塞得快要窒息似的苦惱，有時想，中國人民的命運就眞地會這樣慘麼？但其實是不然的罷，上帝創造宇宙也要七天，人民要站起來了，而他們也確實是血肉的生命。這裡就一定會出現你的『進化論』。進化論也決不會是和平的東西。」

其後，由於中共南方局文委舉行的討論會及周恩來主持的內部會議都涉及到《希望》，胡風和舒蕪的注意力都被吸引了過去，遂暫時中止關於「小康之境」的爭辯。

兩個多月後，形勢緩和，報刊上也未見批判《論主觀》的文章，《希望》第 2 期的稿件已經到了印刷廠，胡風開始著手爲第 3 期籌稿。

4 月 13 日他給舒蕪去信，此信是對舒蕪 1 月 8 日信的正式答覆。他嚴肅地批評對方「被一些具體的對象吸住」了，這個批評意味深長，很有刺激性；他還指責對方有「逃遁」之意，這是繼陳家康事件後又一次對舒蕪「怯」戰情緒的批評，語氣非常嚴厲；信中措辭似有憤火，對舒蕪年少輕狂情態的刺戟毫不留情。

舒蕪閱信後，深感「震憾」和「惶慮」。他在覆信（4 月 30 日）中盡力地作了一番強辯。他這樣寫道：

> 想來想去，所謂「具體的對象」者，只有三類：一是無可討論，也無從設法的，因移了家來而多出來的要提的熱水，要趕的場，要劈的柴，要吵架力爭而總難借到的傢俱，等等。一是雖可討論，也不易設法的十一個鐘點的課，一百本左右川流不息的作文卷，必須預備的教材，等等。還有，就是問題之所在了：就是一些確在饑渴追求響往中的學生，一個在這裡算是開新風氣，力求尖銳反映實生活，而出了之後也頗有一點好收成的壁報，一個關於中國思想史和

一個關於中國新文學的國文學會的研究組，一些課外送來看而亦出
於努力的寫作，一些還可以讓我說說的演講，等等。我是──當然
大約還只是自以爲──覺得應如你所說的「忠於後來者」，就把差不
多大部分的時間用在這上面的。但自你指出「小康」之後，我就想，
恐怕你所謂「具體的對象」，也就是指這些。如果是的，我又想，你
大約是看到什麼，所以才又認爲這些還不是眞正的「後來者」。不知
是不是？但我想，我若就此放開手，這些大約也即將隨之萎黃。但
若我以爲這還是合於墨子的「害之中取小」的原則，那麼，我當然
也就可以「斷指以存腕」，從此不管的。但在我孤獨的思索中，又實
在決不定：究竟是注意目前的呢，還是放開它呢？實在決不定，所
以極盼望你的意見了。

當然，舒蕪也知道，胡風所謂「具體的對象」大概不是指上述具體的事務，
而是另外有所含蘊。於是，在同信中，他有點賭氣地寫道：「你也許會以爲我
在戀愛，但這是沒有的。我想，現在不能再多這些麻煩，那就更要精疲力竭
了。但究竟也難說，在這裡繼續下去，總難逃的吧！現在我是不希望的。」

舒蕪的來信咄咄逼人，胡風不能不回答，但卻不太容易回答。於是他在
覆信（5月22日）中先對「小康」的說法一筆帶過，幾近搪塞：所謂「小康」
云云，話是說了，但要解釋也不易。如果是沉於一個世界，不再感到大世界
的重壓，即令是做著「忠於後來者」的工作罷，恐怕也就是一種小康之境了。

此說難以令舒蕪信服，從哲學家的角度來看，「大世界」是由「小世界」
組成的，忽略「小世界」者，縱然懷抱有「以天下爲己任」的雄心，也終竟
得不到「大世界」的。胡風也知道進一步的說明實在「不易」，於是他便就舒
蕪急切索要的關於教學和課外活動的「意見」，慎重地提出了一些「辦法」，
這些「辦法」從基本原則上看倒是非常符合現代教學法的。他寫道：

關於具體的工作，當然應該做的，不過，如種樹，給以適當的
水份和養料，任其吸收、成長，間或爲它拔去侵來的毒草。這中間，
有它本身的主動作用和主動作用的發展在。但如果把養料之類用秤
子稱好，注入進去，或者還要拔出來看看，忠固然忠矣，但恐怕不
是辦法罷。研究組，就想把所有的問題都整好了完整地送給她們，
壁報，就替她們弄得整整齊齊，文藝，就希望給她們一套整然的理
論……，於你於她們，恐怕都會要殆矣罷。不是你自己已經覺得弄

得模模糊糊了麼？讓她們帶著錯誤打滾，帶著迷惑打滾，你只給以稿紙，給以暗示，給以態度上的影響，試試看如何？

　　妄言多罪，望你和高足們指正。這種修養之類的談話，老實說，我自己也是說得模模糊糊的。而且，多年來，我自己也正犯了這毛病。

「辦法」都是好的，然而又寫出「妄言多罪，望你和高足們指正」這樣的話，就有了生分的感覺。而對於舒蕪關於「戀愛」的賭氣話，胡風就只能順水推舟了，他口不應心地寫道：「至於戀愛，不敢反對，當然也不敢勸進。願命運之神祐你！」

舒蕪閱信時，正處在又一次的「震動」之中。但這「震動」並不來自胡風的這封客氣得接近生分的信，而來自於「更其光輝炫目」處的一部著作。他在覆信（5 月 27 日）中寫道：

　　信所說的，正是「實際的情形」，的確就是那樣的「弄得模模糊糊了」的。但這信，如果早看到兩三天，一定還要大作一番討論，現在卻不，因爲看到別一方面的「實際的情形」了。我不想說它。不過，你的那些「也許是隔靴抓癢」，「我自己也正犯了這毛病」之類的沖淡方法也都不必要了。我現在正要加濃，越濃越好，受得住的。

　　但「妄言多罪」云云，「請你和高足們指正」云云卻使我惶惑。我以爲，無論怎樣說，好像都說不上這個的。」

　　間或看到，一些有關大局的東西。感想，一般的說，當然是隨著中國而在歧路上徘徊；特殊的說，則反倒看見通路，因爲已有眞的「主觀」在運行，奔突。似乎是，一個大意志貫串了中國。迅速廣泛，是可驚的。對照於這個，我的一些喊叫，就不免灰白，可憐相。

　　我近來忽然覺得這些東西都很難說，瞭解起來並不易。而我自己，又急於尋求一個方式，以便向環繞著的一切實際的碰上去也。

引文前兩段是對胡風來信的答覆，他突然決定不再糾纏於「小康」之類的問題了，他突然對胡風「沖淡」的勸說方式感到厭倦了，他突然對自己有了更高的理論要求了。引文的後兩段是閱讀過那部著作後得到的感悟，他突然覺得自己過去的理論探索完全失去了意義，他突然覺得已有「眞的主觀」正在

化爲全中國人民的共同意志，他突然覺得很有必要另闢途徑以解決新的現實問題了。他正處在一個思想轉變的關口之上，那部給予他決定性影響的著作就是中共領袖毛澤東在七大所作的政治報告《論聯合政府》。

然而，胡風似乎沒有太看重舒蕪的表述，對他的驚悚也不以爲然，仍催促他趕緊修改「答文」，說是要在《希望》第4期上刊出〔註11〕。遺憾的是，不管胡風如何催促，舒蕪都沒能很快地恢復到過去的寫作狀態，他長久地陶醉於「眞的主觀」之中，未能及時地按胡風的要求修改好「答文」。

在《希望》第4期上，阿壟的《我們今天需要政治內容，不是技巧》取代了舒蕪「答文」的位置，阿壟文立論頗爲奇怪，在此不議。舒蕪只爲這一期寫出三篇雜文和一篇散文，遠遜於爲《希望》前3期所作的貢獻。

---

〔註11〕 胡風5月29日致舒蕪，信中寫道：「回答文，要用在四期（在著手中），望即『撥冗』爲之。」

# 18 眞的「主觀」在運行

　　《希望》第 3 期出版於 1945 年 10 月，舒蕪在其上發表文章 7 篇，其中論文 1 篇（《思想建設和思想鬥爭的途徑》），雜文 6 篇（本期共發雜文 9 篇），約占刊物篇幅七分之二弱。

　　《思想建設和思想鬥爭的途徑》（以下簡爲《思想建設》）寫訖於 1945 年 2 月 7 日〔註1〕。舒蕪 2 月 11 日給胡風去信，說明該文題旨是「關於老人（指魯迅）和體系的」。實際上，該文是爲胡風的「戰鬥要求」、「自我鬥爭」等觀念作哲學詮釋，而以魯迅的雜文創作爲例進行論證的。

　　1940 年前後，胡風對抗戰作家的「主觀精神」最佳狀態的表述通常是「自我燃燒的戰鬥要求」或「主觀精神作用的燃燒」〔註2〕；1944 年 4 月，他對抗戰文壇「歪向」的批評是「主觀戰鬥精神的衰落」，補救的辦法則是「提高」、「擁抱」和「保衛」文藝家的「人格力量或戰鬥要求」〔註3〕，類似於循環論證；同年他在與舒蕪的《論主觀》「呼應」的文章中，又提出提高文藝家「人格力量或戰鬥要求」的惟一途徑是創作過程中的「自我鬥爭」，甚至將這一途徑說成是「藝術創造的源泉」〔註4〕。

　　前文已經述及，胡風此時提出作家「自我鬥爭」的課題，並不是單純地爲了描述作家創作過程的特殊規律，而是如舒蕪的《論主觀》一樣，是針對著政黨提出的「與人民結合」、「從人民學習」及「思想改造」等政治口號而發的。

---

〔註 1〕　該文收入《舒蕪集》第 4～5 合卷第 3～16 頁。下不另注。
〔註 2〕　《胡風全集》第 2 卷第 623 頁、635 頁。
〔註 3〕　《胡風全集》第 3 卷第 180 頁。
〔註 4〕　《胡風全集》第 3 卷第 188～189 頁。

《思想建設》一文努力地在魯迅的創作生涯中尋覓與胡風的「戰鬥要求」對應的觀念。文章開頭便提出一個發人深思的問題：五四新文化運動中的「那些先覺者先驅者」，除了魯迅等「極少數而外」，差不多都未能堅持下來，為什麼？他提供的「答案」是：

> 魯迅先生憑著什麼堅持過來的？就憑著他的《狂人日記》，就憑著他所獨創的雜文。《狂人日記》，不是普通的一篇小說，是新思想與現實的人生要求，在中國的第一次的結合，有機的結合。雜文，不是普通的一種新文體，是從現實人生要求中隨處發掘出一切新思想的鋒利的鋤頭。能在自己的生命燃燒之中，把新思想和現實人生要求化學地結合起來，又從現實人生要求的每一根纖維裏提煉出新思想：這就是魯迅先生之所以能堅持戰鬥到底的緣故。

魯迅能夠堅持下去的憑依也許並不只是「他的《狂人日記》」和「他所獨創的雜文」，而更可能是「新思想和現實人生要求」的「有機的結合」。舒蕪的思路在這裡出現了某些窒礙，但這無關緊要，更重要的是其表述特點上的新的變化，就在這短短的幾行文字中，「人生要求」出現了 4 次之多，而「化學地結合」及「燃燒」等語分明是胡風所慣用的。

值得注意的是，舒蕪在該文中並沒有直接使用胡風的術語「戰鬥要求」，也許他認為「人生要求」較之它更具有哲學的普遍意義吧。附帶說一句，胡風接受了他的這種新的表述方式，他在同年 3 月 16 日為論文集《在混亂裏面》作序及 3 月 23 日為《希望》第 2 期撰寫「編後記」時，在原本應該使用「戰鬥要求」的地方都改用了「人生要求」。

《思想建設》一文也努力地在魯迅的創作生涯中尋覓與胡風的「自我鬥爭」對應的觀念。文中寫道：

> 魯迅先生，用他的雜文的創作，指示後來的思想家以一條全新的途徑：這就是要在現實人生中對那作為思想的主體的自我作嚴格的批判，又發展迫切的人生要求來作為思想的靈魂。

> （發展現實人生要求）和對自己的批判，是一件事的兩面。因為，所謂人生要求，並不是空泛的一般的東西，也必須是通過了自己的精神感應，受過自己的精神燃燒的鍛鍊，成了自己對於人生的要求的這樣的要求。另一方面，一切崇高的理想與目標，本來都是人類的——人民的生活立場上的本然的要求：必須站到

　　這樣的廣泛的立場上才能把握到，但一站到這樣的廣泛的立場上
也就能把握到。

魯迅曾說過「我從別國裏盜得火來，本意卻在煮自己的肉」這樣的話，胡風
曾表述過「意志」必須「能伸入到現實生活的深處發酵、燃燒」的意思〔註5〕，
舒蕪則說成一切新思想都必須經過「作爲思想的主體的自我」的「感應」或
「燃燒」才可能成爲自己的所有。從這裡，可以看出魯迅及胡風思想觀念對
他的交互影響。不過，檢驗眞理的標準應是階級群體的社會實踐，並不決定
於某位「主體」的是否「感應」或「燃燒」，過份地強調「自我」是不妥當的。

　　值得注意的是，舒蕪在該文中也沒有直接使用胡風的術語「自我鬥爭」，
也許他認爲「對自己的批判」較之更具有哲學的普遍意義吧。胡風 1944 年 10
月撰寫《置身在爲民主的鬥爭裏面》提出「自我鬥爭」的概念，以後再未重
提，而改用「自我批判」，這也許可視爲他們在理論探討上有過相互影響的一
個例證。

　　《思想建設》從「尤尊魯迅」的基點出發，把魯迅「獨創的雜文」推崇
到了很高的地位。他寫道：

　　　　雜文的意義，是無可估價的。不僅中國的思想史，而且全人類
　　的思想史，都由於雜文的出現，而進入了一個全新的勝利的階段。
　　　　在雜文既已出現之後，如果還用舊的方式做著思想建設與思想鬥爭
　　的工作，那就不僅錯誤，而且非失敗不可了。

其實，「雜文」只是一種文體，其本身並不具有任何「思想建設」的意義。瞿
秋白曾指出「魯迅的雜感其實是一種社會論文──戰鬥的阜利通」。「阜利通
「（feuilleton）的英文含義指的是包括「小品文」在內的一種文體。魯迅運用
「阜利通」進行白刃搏鬥，林語堂也曾運用「阜利通」譏諷世事，但他們在
「中國的思想史」上的地位顯然是有所區別的。

　　《思想建設》從獨尊雜文的基點出發，轉而發揮《論中庸》中的「非體
系」觀念，並把「體系」與「理想」綁在一起批判。文章寫道：

　　　　在思想建設方面，應當注意，不可再建設什麼架空的「體系」。
　　思想的「體系」，即使就其中最好的說，也都是由於雖然感受到廣大
　　人生的迫切要求，卻還不能在現實人生裏面發現未來的潛在，因而
　　只好憑空繪構出關於未來的圖案。其實，人類的未來，不管究竟是

〔註 5〕　《胡風全集》第 3 卷第 7 頁。

怎樣的場面，自然只有一個場面；對於這只有一個的場面的推測，在那麼多的思想體系之中，竟作出那麼多的互不相同的圖案來：看了這一點，則於思想體系的價值，就不能不懷疑了。

應該指出，舒蕪的「非體系」觀念，部分來自他對魯迅思想的個性化理解，同時也受到胡風的深刻影響。他深知魯迅從來沒有自詡要創造或創造了什麼「體系」，儘管某些文人以此鄙薄之；胡風則始終認爲魯迅的偉大在於其戰鬥的實踐性品格，與是否「創造出一個思想體系」無關，他甚至這樣說過，「他（魯迅）沒有想到過創造任何『思想體系』，更看不起任何東方式的『思想體系』。〔註6〕」舒蕪「非體系」觀念是其反「主觀完成」論的合乎邏輯的延續，在他看來，「體系」是「主觀完成」者壓制「個性解放」所恃的法寶，也是「教條主義者」所由產生的根源。而胡風的「非體系」觀念則多少出於對「東方式的『思想體系』」的輕視。附帶說一句，舒蕪的「非理想」觀念完全是他自己的，後來他更發揮了這一觀念，陸續寫出《說「方向」》《辭「理想」》《逃「集體」》《斥說教者》等文章；胡風則沒有「非理想」的觀念，他是從「先天不足的理想主義者」、「戰敗了的理想主義者」走過來的，仍樂於做一個「理想主義者」〔註7〕。從這個角度來看，舒蕪1951年底決定檢查個人思想時向魯煤表示，「胡先生在過去和現在無產階級思想當然要比他（我）多得多的」〔註8〕，並不是虛情的恭維。

7月27日胡風爲《希望》第3期撰寫「編後記」，對《思想建設》一文進行了評說。他寫道：

關於《思想建設和思想鬥爭的途徑》，有幾句解釋。這裡的所謂思想，是指理論形式上的思想而言，其他像藝術創作裡的思想內容是並不包括在內的。其實，雜文的特徵應該是把思想化成了方法，也就是化成了作者自己的血肉要求的，對於現實的具體的批評，社會批評、思想批評、文藝批評之類，使思想成爲突入現實的力量而不是反覆背誦的抽象原則，使現實內容不斷地豐富思想，發展思想，因而也就是不斷地豐富作者自己，發展自己。作者從這裡得到思想

---

〔註6〕 《作爲思想家的魯迅》（1941年10月），《胡風全集》第2卷第680頁。
〔註7〕 胡風在《死人復活的時候》寫道：「和這個活的世界的四方八面的觸手（我只是就文化園地這一個範圍說的）接觸了以後，忽然發現了我還依然是一個——一個什麼呢？姑且叫做理想主義者罷。」《胡風全集》第3卷第127頁。
〔註8〕 魯煤1951年12月28日給胡風信，轉引自《舒蕪集》第8卷第364頁。

> 和人生的深切結合，得到對於教條主義的反抗。服爾德，高爾基，
> 魯迅，就是光輝的例子。一些偉大的批評家也是光輝的例子。這樣
> 看來，問題的內容還可以是更深更廣的。沒有這樣著重地把握問題，
> 所以作者沒有能夠究明魯迅的雜文和他的創作的深刻的內的關聯，
> 同時也就不覺得有必要指出：雜文可能是帶著深刻思想彈力的匕
> 首，也可能是安於浮面現象的拼拼湊湊的空談，可能是發自深沉願
> 望的控訴，也可能是自扮丑角的插科打諢。〔註9〕

他的針砭不無道理，但也有自我矛盾處：一方面他承認「雜文」只是一種文
體，並不天生地具有戰鬥性，另一方面他又將其提升為「作者自己的血肉要
求」的表達形式，及「反抗」教條主義的「思想方法」；這樣，便使得作者及
讀者無所適從了。

　　由於出版商的延誤，《希望》第 3 期拖到 10 月才出版〔註 10〕，舒蕪該文
的「非體系」觀念於是被時事政治賦予了另外的針對性。明確地說，這年 6
月中共七大勝利閉幕，會議具有歷史意義的重大成果之一便是確立了「以馬
克思列寧主義的理論與中國革命的實踐之統一的思想——毛澤東思想，作為
我們黨一切工作的指標。〔註 11〕」在先進政黨和更前進的人們看來，這個思
想「體系」來之不易，是容不得任何人隨意侮慢的。所幸的是，他們當時似
乎無暇繼續給予《希望》以特別的關注。

　　如果國內政治形勢沒有發生根本性的變化，如果先進政黨的政治理想和
政治號召仍如十年前一樣像「幽靈」一樣在中國「徘徊」（借用《共產黨宣言》
的表述），「思想建設」和「思想鬥爭」的途徑也許仍能如舒蕪文中所述，沿
著魯迅開創的知識分子獨立的思想探索道路前進即可。然而，時代畢竟不同
了，新的「『東方式』的思想體系」已經基本形成，新的政治「理想」已經高
懸在人民面前；先進政黨且對知識分子的「思想建設」和「思想鬥爭」途徑
已經提出了明確的政治要求：「與人民結合」以「完成思想改造」。這裡，以
魯迅為代表的知識分子的獨立的思想探索道路便遭遇到了政黨政治智慧、政
治策略及政治抉擇的嚴重挑戰。魯迅的時代是否已經過去，這便成了其時和
其後胡風、舒蕪等與政黨主管意識形態的人們不斷發生衝突的爭論焦點之一。

---

〔註 9〕　《胡風全集》第 3 卷第 297 頁。
〔註 10〕　《希望》第 3 期原定在當年 5 月 1 日出版，全部稿件 4 月中旬已經籌齊，然
　　　　而由於出版商的延誤，延至當年 10 月才面世。
〔註 11〕　引自劉少奇為七大所作的《關於修改黨章的報告》。

　　1944 年底至 1945 年初，中國政治環境發生了具有劃時代意義的深刻震盪，全社會的注意力都被中共提出的「兩個中國之命運」的歷史性選擇吸引住了。1944 年 9 月中共代表林伯渠根據中共中央的指示，在國民參政會上正式提出「廢除一黨專政、建立民主聯合政府」的主張，在國內外引起強烈反響，獲得各民主黨派、廣大民主人士的讚同和擁護，擴大了中共的政治影響，推動了國民黨統治區民主運動的發展。1945 年 2 月有三百多著名文化人在郭沫若起草的《文化界時局進言》上簽名，要求召開臨時緊急會議，商討戰時政治綱領，組織戰時全國聯合政府。

　　1945 年 3 月 31 日毛澤東在中共六屆七中全會上作《對《論聯合政府》的說明》的演講，他談到：「聯合政府是具體綱領，它是統一戰線政權的具體形式。這個口號好久沒有想出來，可見找一個口號、一個形式之不易。這個口號是由於國民黨在軍事上的大潰退、歐洲一些國家建立聯合政府、國民黨說我們講民主不著邊際這三點而來的。這個口號一提出，重慶的同志如獲至寶，人民如此廣泛擁護，我是沒有料到的。」

　　中共七大於 4 月 23 日在延安召開，毛澤東在會上致《兩個中國之命運》的開幕辭，並作了《論聯合政府》的政治報告。當月，《論聯合政府》印成小冊子廣泛散發，僅在重慶就發行了三萬冊。國統區民主運動隨即持續高漲，4 月底成都文化界 126 人聯名發表對時局宣言，提出建立聯合政府的要求，5 月 4 日昆明兩萬學生示威，要求結束一黨專政。國民黨六大於 5 月 5 日在重慶開幕，竟決議拒絕成立聯合政府，仍堅持獨裁統治。

　　當年 5 月間，舒蕪讀到了《論聯合政府》這本小冊子，驚歎「已有真的『主觀』在運行，奔突。似乎是，一個大意志貫串了中國」，並感慨於「對照於這個，我的一些喊叫，就不免灰白，可憐相」。對於政黨順應時代趨勢和人民願望所發出的黃鐘大呂般的政治號召，舒蕪稱之為「真的主觀」和「大意志」，這絲毫也不過份；而他在澎湃奔突的群眾性的民主大潮中有所自省，有所深思，甚至有所自慚形穢，也不能說是誇張其詞。他前此對「體系」的鄙薄，對「權威」的蔑視，對「完成者」的非難，對「理想」的譏諷，都是在「個性解放」的崇高追求下進行的。然而，「對照」一下先進政黨的以實現「幾萬萬人民的個性的解放和個性的發展」為歸宿的宏偉目標，誰還能「懷疑中國共產黨人不贊成發展個性」（毛澤東《論聯合政府》）。他忽然覺得自己賴以立論的理論資源似乎一下子被掏空了，於是霎時便產生了自我懷疑。

　　應該指出，舒蕪的自我懷疑並不是突兀地產生的，他有志於「發展馬克思主義」，一直在憤怒地批判「主觀完成者」壓制思想自由探索的傾向，忽然間當他發現所批判的「主觀完成者」並未滿足於「完成」，他們也在「發展馬克思主義」，且能迅速地將「主觀」化爲變革中國的實踐力量，這當然是一個巨大的刺激。換句話說，他所夢寐以求的理論探索結果已被批判對象們以「體系」的形式在某種程度上實現了，他的欣喜，他的感佩，也都是發自內心的。

　　5 月 31 日胡風覆信舒蕪，表示有同感，並囑其根據新的政治觀念調整關於《論主觀》的反批評文章（「答文」）的觀點及措辭。他寫道：

　　　　感到了眞的主觀在運行，一個大的意志貫穿了中國，這只能說
　　你已把認識化成了實感。以前，何嘗不是肯定了它的？所以，主觀、
　　中庸二文沒有被這實感所充溢，恐怕這才是缺點。權威之類不必說
　　了，而有的老實人也總覺得有點異樣者，未始不是由於這一點。最
　　明顯的一點是，要求先解放了個性以後再形成集體主義的階段論。

　　　　在答文中，可以展開這樣的心情的。——此信專爲這一點寫的。

較之舒蕪的張惶，胡風顯然要冷靜得多。「以前，何嘗不是肯定了它的」，從階級立場和政治態度進行考察，這當然是事實；關注「現實問題」（實感），強調哲學研究的實踐品格，這是胡風的一貫主張；「個性解放」與「集體主義」的關係問題，胡風在這裡是第一次明確提到，好在並不算太晚。

　　在「眞的主觀在運行」的新的政治環境中，舒蕪與胡風的反應不盡相同。在舒蕪看來，「眞的主觀」是一個新的理論參照系，他須得不斷地調整自己以適應變動的社會現實和理論走向；而在胡風看來，「眞的主觀」與他提倡的「主觀戰鬥精神」是相通的，沿著既定的方向走下去，這就是結論。

　　於是，胡風仍催促舒蕪趕緊修訂完成關於《論主觀》的反批評文章（「答文」），而舒蕪則對繼續張揚「小主觀」有所疑慮，雙方之間的裂隙開始擴大了。

# 19　舒蕪心中忽起「大洶湧」

　　1945 年 5 月，舒蕪同時被幾樁事情所煩惱著：首先是因看到了「真的主觀」的運行而引發的對「小主觀」的「疑慮」，其次是因有了戀愛對象後而發生的「家庭生活問題」的煎熬，再次則是因國文系教授們的傾軋而殃及他的一場「飯碗」危機。

　　思想上的「疑慮」、戀愛婚姻的煎熬、「飯碗」的危機，對時年 23 歲的副教授舒蕪是三重的折磨。這些，他是不能也無法向相依為命的母親傾訴的，於是轉而向誼兼師友的胡風傾泄。然而，出於「舊知識人」的癖性，他在通信中未能如實相告，反而將這三重矛盾纏裹著，囫圇地託給對方，讓對方去猜謎，遂引起了一些誤解。胡風始則不解，接著便產生猜疑，後來甚至有點惱怒，說了一些傷人的話。這番由誤解而生嫌隙的插曲雖然很快就消除了，卻可以從中透視出他們兩位在思想觀念上隱藏已久的裂痕。

　　「真的主觀」指的是毛澤東的《論聯合政府》問世後引起的政治震盪，前文已述，從此舒蕪便對「小主觀」發生懷疑，經常在通信中給「主觀」加上引號來自嘲，並對胡風一再催促的撰寫回應《論主觀》批評者的「答文」缺乏熱情。

　　「戀愛婚姻問題」是年初剛剛迫上眉睫的。舒蕪在女師院教大一國文，而「她」是高年級班的，本無結識的機會。後來「她」由臺靜農教授之介紹來向舒蕪借書，借去路翎小說《飢餓的郭素娥》，讀後大加贊賞，成為知音。舒蕪乃通過「她」指導國文系的學生們組織文藝團體「野火社」，出版壁報，並替她們看稿改稿，與「她」交往漸密而生愛慕之情。「她」是個「才女」，

又有「風度氣質」，身邊的追求者不少，與他若即若離，這一度使他的「情緒變得很壞很壞」〔註1〕。

「飯碗」危機是因國立女子師範學院國文系教授間的一場傾軋引起的。舒蕪是由黃淬伯先生薦舉受聘爲國立女子師範學院國文系副教授的。半年後，黃淬伯先生與某教授產生矛盾，某教授把舒蕪看作是黃先生的「私人」，於是遷怒之；又有某人從中央政治學校搞到教職員名冊，查到方管（舒蕪本名）只擔任過「助教」的記錄，便將黃越級拔擢、任用私人的事情告到了教育部。教育部責令學校查辦，幾乎造成要把舒蕪從副教授降爲講師的嚴重後果。

這三重煩惱一起逼上來，讓年青的舒蕪如何承受得了。一霎時，他頗有點無所措手足。

6月1日他給胡風去信，原本想傾吐委屈的，卻支吾著不肯明說。他寫道：

> 附上一篇關於「春潮」的書評，是攻擊。但由這攻擊，想到羅亭，怕我們已成了中國的羅亭了。需要生活上的實踐的性格，需要見「之」於生活，按照「自己的」方式而生活。但這又是多麼難啊！首先，自己就還沒有什麼「方式」。
>
> 學校同事中，充滿了一些出於無聊而又使人無聊的鬥爭糾纏，副教授兩年就可「升」正教授，兩年零一個月是否就可算三年，某人與我同時畢業，他是正教授，我亦當爲正教授；某人算什麼東西，居然也作「特別講座」，等等，等等，諸如此類。我怕見此輩的嘴臉，只有閉門家中靜坐，惟與學生談談尚是僅有的樂事耳。間或看到一些東西，知道一點大局，又特別窒息，窒息。

《春潮》是屠格涅夫的一部愛情小說，成功地塑造了一位「從外表到內心都美的少女形象」傑瑪和一位具有「青年貴族的多餘人性格」的薩寧。「羅亭」是屠格涅夫同名小說的主人公，也可歸於「多餘人」之列，但更具有「語言的巨人和行動的侏儒」的性格特徵。舒蕪所謂「需要生活上的實踐的性格」，談的似乎不僅是閱讀感受，而更是自己的戀愛體驗吧。「出於無聊而又使人無聊的鬥爭糾纏」，暗示的卻是他面臨著的「飯碗」危機。他沒有明說，胡風當然什麼也看不明白，於是沒有回信。

---

〔註1〕 《舒蕪口述自傳》第 146 頁。

　　6 月 2 日他又給胡風去信，依舊把幾種煩惱裹夾不清地向對方傾訴。他寫道：

　　　　下午接到你和嗣興的信，讀完之後，即去看「森林恩仇記」。那其實是「原野」，學生演來歡送畢業生，學校干涉，改了這麼一個名稱才准演的。但看完第一幕之後，我就逃了出來，我不能忍受這樣的歡樂了。精神上一向有這樣的病態……我是為了憎惡那些蠢然的笑和顰，蠢然的議論，才這麼做。但憎惡時也覺得，真的堅強的人，應該也能夠與眾同作歡笑，不應該弄出那樣的「孤高」，就又勉強著自己也在大家嘩笑時做出「笑」的表情，把嘴張大。但這樣一來，就有矛盾，就成了痛苦不堪的事情，所以終於還是支持不住了。我想，這大約即是「感情教育」的對象，即是「有『希望』的人們」之一吧！而且，大約也就是美諦克之類。

　　　　不過，問題還在別的地方，近些時日中都糾纏得很。是「家庭生活」的問題。我密切注視著嗣興的「榜樣」，自己也探索。但結果，都無所得。

「美諦克」是蘇俄小說《毀滅》中的一個知識分子典型，他是走進了革命隊伍而又落荒逃走的「薩寧」或「羅亭」，他看不起「未受教育」的游擊隊員，也看不起「受了舊式的壞教育」的自己，遂流於空虛的「高尚」或「孤獨」。念念不忘以這些文學典型來自喻，本是舒蕪精神危機到了相當程度的表現，但他的筆鋒一轉，又扯到「家庭生活」問題，思緒飄來蕩去，讓人實難把握。胡風於是仍然沒有覆信。

　　6 月 11 日舒蕪再次致信胡風，家事、國事、天下事，依舊裹夾不清，傷感、憤怒、猜疑，依然纏繞在一起。由於這封信曾引起過胡風的強烈反應，故全錄如下：

　　谷兄：

　　　　前信當已到。但所寄來之稿，迄今未見，不知何故。

　　　　來此以後，一直沒有意思作舊詩。最近兩天，心中卻忽起大洶湧，剛才就作了這麼一首：《夜起》。

　　　　三月以來，山居寧寂，太平成象。竹籬小院，徜徉其間，儼如王者。然而，變亂方興，朕位不保，爰作是章。

人天難一夢，生死兩無聊。烈焰催嬌萼，輕脂暈怒潮。

愛隨仇俱老，魔共佛相撩。夜起聽蚊唱，宮商恨未調。

這潮湧，蓋甚難言。看近來的種種，中國更是走到歧路口上，而且似乎已舉足要跨上泥濘阻絕的路了。花旗帝國的情形，亦頗可怕。爲此，更覺得自己是在「清談誤國」。的確，老是說說寫寫，寫寫說說，怎麼一回事呢？說得是否太多，寫得是否太多了呢？你以爲如何？

快放暑假了，有兩個月，很愁它怎麼過。因爲，住的「汗雨齋」，簡直是「煉獄」，前兩天就熱病了。想擇機到重慶會會你們，但又沒有那些錢，沒有住食之處，還是不敢。但又非常需要和你們談談呢！

我想，我的勞作，較之別的朋友們的，恐怕更少意義。我並不能說得更多更好，只會說得更抽象，這有什麼必要呢？而且，還是上回說的，這一切又並不能實現於我的實生活。

我想，我們先前都致力於孤獨的個人的生活，這用力是強的。但眞正解決的，恐怕還是集體主義的方式吧！但這集體，又不知何在。

寫了一篇短論，附上。

即頌

平安！

管頓首拜

（1945 年）六月十一日上午

詩爲「變亂方興，朕位不保」而作，暗示「飯碗」危機；其中「嬌萼」、「輕脂」、「愛仇」、「魔佛」等語，似與戀愛中的煩惱有關；下面突然轉向對過去「勞作」的懷疑，這是「眞的主觀」留下的後遺症；而對「孤獨的個人生活」的質疑，則是有感於「希望派」自我孤立的處境。他的思緒飄來蕩去，行文還略有詼諧的風致，但令人很難把握他要訴說的重點是什麼。胡風閱信時特別關注到了「我們先前都致力於孤獨的個人的生活」這一句，並在後來的覆信中進行了激情的反詰。

舒蕪在這封信中對「孤獨的個人生活」的質疑及對「集體主義」方式的嚮往，本是無可厚非的。「希望派」諸人無不一度輾轉掙扎於「孤獨」的陰影

之下，翻閱他們的通信集，可以清楚地發現他們都曾痛切地咀嚼過這種苦況，也都曾嚮往過異地「集體主義」生活〔註2〕。他們之間的區別只在於，胡風把「孤獨」當成「精神界之戰士」應受的罪來承受〔註3〕，而路翎則比較善於自我排解，他有一顆抒情的心和一支抒情的筆。舒蕪的憂慮和嚮往雖與路翎相通，但他將「致力於孤獨的個人的生活」之前冠上了「我們」，而將「集體主義的方式」視為渺茫的存在，並對先前所作的理論探討工作提出嚴重的自我懷疑，這樣就引起了胡風的反感吧！

　　胡風閱信後，不太理解舒蕪的頹喪情緒由何產生，懷疑對方也許在戀愛婚姻（家庭生活）上出現了問題，於是在 6 月 13 日的覆信中，含糊地勸誡道：

> 看情形，似乎你很不安。但一些問題，真不知從何談起。但總之，四不像的處境，四不像的生活，也就只能有這四不像的生活方式。像「家庭生活」，不要則已，如要，當然只能是四不像的。

> 像「主觀」，對抽象的意識形態作戰也就是一種。且戰且走，且打滾且作戰，也只好算是一種生活方式或實踐罷。集體主義，是的，但它也不能把四不像的生活方式除外的，否則，它不是成了和這現實脫節的天堂麼？

> 為了執著，有些另外的地方就不能執著。因而，假面也是不得已。偽裝成一棵樹，但並非甘心變為樹，實不過為了射擊森林外的敵人而已。所以，也只好把自己割出一部分來做職業人，也就是把自己割出一部分來鬼混唐朝。如果過「家庭生活」，恐怕還會弄得只好把自己割出一部分來做家庭人。當然也可以「統一」起來的，但很不易，我們很難看到這樣的例子。不過，在大勇者，雖不一定能夠統一，但卻總不致弄到失去重心，也就是能夠「主觀」地控制住局勢。否則，將無一可住之地，也無一自信之日了。

信末，他仍叮囑舒蕪趕緊將關於《論主觀》的「答文」修改好，說是《希望》第 4 期等著要發。

　　6 月 18 日上午舒蕪再致胡風，他覺察到對方有所誤會，但仍未將「飯碗」

---

〔註 2〕　路翎 1940 年 2 月 21 日致胡風信：「在艱苦落下來的時候，在荒涼的路上的時候，自己就覺得『寂寞』與『孤獨』……」
〔註 3〕　胡風 1945 年 5 月 1 日致路翎信：「一匹獸，在荒野中總比在市場上更合適些。」

危機的實情如實相告，只是含糊地作了一點（！）說明，並提出另謀職業以
擺脫目前困境的設想。他寫道：

> 愈來愈發覺不能在「學術界」蹲下去，根本上與他們合不來。
> 學校裏，近來又有些討厭的人事糾紛的萌芽——魏建功與黃淬伯之
> 間。原因無非是，黃介紹我來當「副教授」，下半年又介紹一個他的
> 學生來當「正教授」；而魏認爲那人只能當「副教授」，認爲我只能
> 當「講師」，等等，之類。現在是爲了那「正教授」而有暗中矛盾，
> 倘展開，就將牽引到我，就將使我雖欲置身事外而不可得。你想，
> 混在他們一起已夠無聊，倘更被牽引於這種無聊的糾紛，不是更無
> 聊——而且簡直無恥了嗎？
>
> 因此，想逃脫了。逃到哪裏？倒有點想上「壇」上去看看，看
> 看人家和自己，究竟怎麼一回事。

當天下午他又給胡風寫了一信，還是談「上壇」問題。不知什麼原因，胡風
收信後並沒有馬上覆信。

6 月 21 日舒蕪再致胡風，信中談到「答文」已經改竣，並對初稿的不足
之處作了一番自我批評，說是「第一次的，再看一遍，確乎很彆扭，像大少
奶奶與二少奶奶隔屋吵架，細翻舊賬一樣」。信末卻又提出一個新的問題，他
這樣寫道：「（我們）總難甘心於中國羅亭。說是意識改造，但若凡被改造的
人都與其環境『和光同塵』，則改造又有何用呢？」這是舒蕪第二次在致胡風
的信中提到「羅亭」了。屠格涅夫筆下的這個典型人物在上世紀 40 年代中國
追求進步的青年人心目中是脫離人民的「小資產階級」的代名詞。翻譯家徐
振亞在該書中文版「譯序」中寫道：「羅亭身上集中了 40 年代俄國進步貴族
知識分子的優點和缺點，是這些人的一個典型。他受過良好教育，接受了當
時哲學思想中最主要思潮的影響，有很高的美學修養；他信仰科學，關心重
大社會問題，追求崇高的人生目標並有爲理想而奮鬥的決心；他熱情洋溢，
才思敏捷，口才出眾，能感染人、吸引人。但是他徒有過人的天賦和才智，
卻不會正確將其運用、付諸鬥爭實踐，成爲『語言的巨人和行動的侏儒』。羅
亭式人物的不幸在於脫離人民，得不到人民的支持，因而注定一事無成。」
按照當年先進政黨對知識分子的政治要求，「羅亭」們只能走進人民中間才能
得到「意識改造」（即「思想改造」）。舒蕪在此信中流露的不甘心被「主觀完
成者」、「中庸主義者」、「精神創傷者」同化的意願，實質上是表達了對中共

知識分子改造政策的懷疑，這種思想情緒在國統區的知識分子中有著相當大的代表性的，他們讚同中共提出的「爲人民服務」的方針，卻對其知識分子改造政策持有異議。

胡風接連收到舒蕪的這幾封信，先讀到「致力於孤獨的個人的生活」，心生反感，沒有覆信；又讀到「想到『壇』上看看去」，心生疑慮，沒有覆信；這次讀到關於「羅亭」的說法，反感更甚，但卻不能不認眞地回覆了。

6 月 26 日胡風覆舒蕪，這封信寫得很長，口氣非常嚴厲。起首便寫道：

前得要進京（指重慶）的信，不知怎樣回你。後來嗣興兄和梅兄來玩了兩天。嗣興兄昨天回去。今天又得兩信，都提到要進京的事。

我不知道怎樣回答你才好。回想起過去你偶而露出的和我的想法相反的事情時，更不知道怎樣回答才好。

長信的內容分爲兩個部分，第一部分談的不是「原則上的問題」，僅答覆舒蕪提出的「想到『壇』去看看」的要求。他似乎誤解了舒蕪的想法，以爲對方想到重慶來「賣文」或進入《希望》編輯部工作。於是，他在信中詳細地鋪陳著在重慶生活的艱辛及《希望》所面臨的經濟窘境，想讓對方知難而退。這當然只是個誤會，然而卻並不是無前因的，一旦說開，可能會嚴重地傷害彼此的友誼，此爲後話，在此不贅。長信的第二部分才是對舒蕪提出的「羅亭」這個「原則問題」的答覆。胡風語帶冷峭地寫道：

嗣興兄（指路翎）看過你的信，說你好像慌張了起來，急著想找教條救命似的。我覺得，不僅是向教條，還有一些出我意外的幻想似的。

你說我們過去只看到一面，云云。這大概也包括了我的。但我從未覺得你是在學術界，只是把那當作「職業」，盡可能做一點事而已。

那麼，集體生活，不做羅亭的問題，依你所定的集體主義，只有到希臘去。這是可能的，但得等機會。再次，到我敝省去，這馬上可以做到。否則，依然是羅亭罷，我就是例子。而且，老人（指魯迅）也依然是羅亭了。

信中的「教條」指的是舒蕪所謂「眞的主觀」，「幻想」指的是舒蕪的不合時宜的要求，「希臘」指的是抗日民主根據地，「敝省」指的是胡風的家鄉

湖北省，那裏有李先念開關的抗日游擊區。胡風取笑他「找教條救命」，是
嘲笑他念念不忘毛澤東《論聯合政府》中的一些政治號召。毛澤東在該文
中提出：

> 中國廣大的革命知識分子應該覺悟到將自己和農民結合起來的
> 必要。農民正需要他們，等待他們的援助。他們應該熱情地跑到農
> 村中去，脫下學生裝，穿起粗布衣，不惜從任何小事情做起，在那
> 裏瞭解農民的要求，幫助農民覺悟起來，組織起來，為著完成中國
> 民主革命中一項極其重要的工作，即農村民主革命而奮鬥。

舒蕪「幻想」著能過這樣的生活，而胡風卻認為國統區知識分子還不可能實
踐這樣的道路，各有各的道理。一年前，舒蕪在《論主觀》中也曾論及知識
分子應「以深入民間為首要」，只是認為在國統區沒有實現的條件，所以才附
和了喬冠華「哪裏都有生活」的觀點。由於他曾經有過這樣的認識，所以才
能在「大的主觀」到來時產生相應的「幻想」。然而，胡風卻斷定他只是心血
來潮。究其實，胡風對於在「落後的地區」獨立自主地進行思想鬥爭，一向
是以老人（魯迅）為楷模的；在他看來，舒蕪否定此時此地的思想鬥爭，便
是否定魯迅，當然也是否定他，這是萬難容忍的。

接著，胡風「再進一點」地批評道：

> 你說我們過去只是孤獨地作戰云。這話怎麼說？對讀者說，在
> 主觀立場上說，是孤獨作戰麼？至於對壇上說，如果不孤獨作戰，
> 就（一）聯絡人，（二）爭取人。那麼，你以為有哪一些對象呢？十
> 多年了，我只是在陌生者裏面尋求，但接著又要分手。這決不是愉
> 快的事情，但也實在無法可想，老實說，已經倦透了，只落得成為
> 一個眾矢之的而已。

> 但也決不以為現在的辦法是好的。只想打出一道縫來，才可以
> 走得出去，與真的東西匯合。如果想取一個對自己有利的姿式，那
> 時隨時都可以順利地做到的。

> 詩文，詩文，我何嘗不疲倦之至？然而，如果是真的詩文，當
> 又不同罷？我自己，半年來什麼也不能寫，但還沒有想到是羅亭，
> 因為還相信真說即等於做。你說寫多了，我看不然的。還不過敲住
> 了釘子而已，還沒有深深地敲進去。在中國，非持久地敲不可，敲
> 了幾下就覺得手酸，其實還不過剛碰著表皮而已。

舒蕪在前信中質疑的是「孤獨的個人生活」，並不是「孤獨地作戰」，或許帶有對胡風「自我孤立」及「宗派主義」傾向的針砭，也未可知。胡風非常敏感地聯想到了此類竊竊私語，遂反唇相譏道：你以為我們在主觀意圖上有「自我孤立」的傾向麼？你以為還有人值得去「聯絡」或「爭取」麼？還略帶警告之意地說，你可別把我們看作是鐵板一塊的宗派，「尋求」和「分手」的事情是隨時都可能發生的！這裡有久戰後疲憊的渲瀉，也有恨鐵不成鋼情緒的爆發，還有久存於心的對他的「怯」、「自我懷疑」及缺乏「韌性」不滿的吐露。附帶說一句，在胡風的青年朋友中，最早看出胡風有「自我孤立」傾向的是何劍熏，他還曾讓路翎去勸勸胡風，結果當然不會好〔註4〕。隨便提一句，此時何劍熏已漸漸疏遠了「胡風派」。

　　6 月 30 日舒蕪給胡風回覆了一封長信，詳細地說明了「飯碗」危機的由來、發展和現狀，解釋當初提出「上壇」時的所思所想。他寫道：

　　　　昨接來書後，匆匆即覆一函。後來想起，還有一些話可說，這不是「辯解」，但我以為現在是應該「辯解」的，因是對於你之故。

　　　　事情的發生是這樣：黃君（黃淬伯）告訴我一些事，足見魏君（魏建功）對於我是在嫉妒排斥。我聽了沒有說什麼。而黃君即說：「我偏要支持你和他們鬥一鬥。」這樣，我就寫了給你的第一信。

　　　　又過幾天，臺君（臺靜農）來通知黃君，說我送審的東西被教部駁下來了，很難回答；而校中又有人搜得了政校名冊，上面印著「助教方管」，將以之為證據，向教部告發，說我冒充「講師」。黃君轉告我時又說：「你不要急，我在這裡一天，總要照顧你一天的。」這樣，我就寫了給你的第二信。（現在，教部駁文已見，很難堪的。）

　　　　後來，又有幾個人來問，表面同情，但顯然含有「啊！我這才看透你的把戲了。不過，為了黃君的面子，我現在就庇護你吧」之意。這樣，我就寫了給你的第三信。

　　　　實在受不了這些「庇護」與「照顧」，就想走，「拂袖而去」。去到哪裏呢？當時想，機關職員太苦，中學教員較之現在也苦，且難維持生活，想起去年顧君（顧頡剛）要我去文史社的事，就想找什麼書店的事試試看。至於所以含渾稱之為「上文壇」者，倒實在由

〔註 4〕路翎《我與胡風》（代序），《胡風路翎文學書簡》第 3 頁。

於一種「機心」：即怕這打算犯有「上文壇」之嫌，故反而索性說出，以避嫌疑也。

　　當時的打算是：仍以方管之名，「國學」之資格，作爲一種「用新方法整理國故」之「專家」，鑽進什麼較有昏氣之書店看看。只我一人入京，母親則仍設法留白沙。如此如此。

朋友之間，本是應該互相信任的；如果要靠「辯解」來維持，便發生了「信任」危機。在此信中，舒蕪還表示說，如果對別人，原不必「辯解」，「對於你」，卻非「辯解」不可了，可見他把與胡風的友誼關係仍看得很重。同信以下部分仍是「辯解」，卻流露出頗不馴順的態度，有些語句近於反詰，這種狀況在路翎與胡風的交往中是絕不可能發生的，但在舒蕪與其交往中卻不鮮見。他寫道：

　　接你信，才知道我那三封信都很使你痛心，溢於言表。我不能說你所說者皆非，但可以說：我還不至於壞到那樣的。

　　首先，想憑著「國學」之類的資本，保持一個較好的職業地位，這種心理我是有的。

　　其次，由於急功近利，在無近功可見時，遂幻想出什麼「羅亭」的話來作逃避的口實，這種失敗主義我也是有的。（現在說這話，好像事後有先見之明似的，但實在是，那幾天發了一通牢騷之後，自己也就憬然覺悟了。那於是動手想寫「論苦茶主義」，針砭士大夫之「潔癖」。但什麼「照顧」的問題一發生，就又丟開了。）

　　其三，也就由於士大夫之「孤高」，所以才會爲了這「照顧」的問題而鬧著求去，這也是有的。（不過，我現在還是想走，見前信。）

　　至於「在壇上被注意」之「幻想」，「賣文爲生」之計劃，「在壇上進行聯絡」之打算，這一類的，我自以爲都沒有，並且敢於要求你的信任。

　　還有想問的：（一）所謂「過去你偶而露出的和我底想法相反的事情」，不知可否舉一二例？（二）所謂「孤獨作戰」，我是怎麼說的？很想知道。

他發現胡風對他的失望已達「痛心」的程度，但自以爲「還不至壞到那樣」的地步；他檢討了「急功近利」及「士大夫之孤高」等「舊讀書人」的毛病，

但發誓絕沒有自立門戶、馳騁文壇的「幻想」，爲此懇求對方予以重新「信任」；然而，他在信末卻拋出了兩個問題：一是要求胡風坦誠相待，有意見就說，不用藏藏掖掖；二是要求胡風查查「孤獨作戰」的出處，他的原信不是這樣寫的，不好強加於人。

胡風 7 月 5 日給舒蕪寄出一封「快信」，承認先前沒有看懂他信中所說的情況及他當時的心境，並熱心地爲他設想另謀職業的途徑，但沒有正面回答舒蕪信中所提出的那兩個問題。在胡風看來，這應該可以說是道歉了；而在舒蕪看來，問題似乎並沒有徹底解決，7 月 8 日他在覆信中這樣寫道：「快信接到。我想說『感謝』，但不知可好這麼說，只得說『想說』，如上。」

彼此心中的「芥蒂」似乎並沒有完全化解，友誼關係已經出現了深深的裂隙。裂隙的產生不僅由於舒蕪因「眞的主觀」的澎湃而產生的對「小主觀」的自我懷疑，不僅由於舒蕪因「集體主義」的感召而產生的對「我們先前都致力於孤獨的個人的生活」（「羅亭」式的生活）的疑慮，還有更爲現實的因素，且待下述。

# 20　胡風懷疑舒蕪想進《希望》編輯部

　　如前所述，1945 年 6 月舒蕪因女子師範學院國文系教授們之間的傾軋而遭遇到空前的「飯碗」危機。6 月 18 日他致信胡風，表述了想避開矛盾、另謀職業的念頭，信中寫道：「因此，想逃脫了。逃到哪裏？倒有點想上『壇』上去看看，看看人家和自己，究竟怎麼一回事。」「壇」本是泛指，既可認為是文藝界，也可視為學術界。舒蕪本意是想託胡風幫忙找個書店的職業做做，也想過要到顧頡剛的《文史雜誌》去覓得一份差使，但他不好意思對胡風明說，只得籠統地稱為「上壇」。不料，卻引起了胡風的嚴重誤解，以為他決定了要到重慶來賣文或進入《希望》雜誌社工作，並不禁產生了一種難以言說的恐慌情緒。

　　6 月 26 日胡風回覆了舒蕪一封長信，信中鋪陳了重慶生活的艱辛及《希望》所面臨的經濟窘境，想讓對方知難而退。他寫道：

　　　　撇開一切，先談事實的情形罷。目前在重慶住，極普通的伙食費，每人每月至少一萬。房子呢？一間，大概要萬元左右罷，而且要押租之類四五萬元，而且不會好。還有伙食之外的雜用。還有，找房子，就我的情形說，想找兩間房子，動員了許多社會關係，直到現在未找到。你可就這幾項推想其他的問題。

　　　　那麼，收入問題。你的意思當然是賣文。就一般的情形說，現在重慶沒有一個純粹靠賣文為生的人，極少數的人（不出二三個）有版稅補助，但還是有另外騙錢的辦法。就你說，平均每月寫五萬字。但是：（一）長文章沒有地方敢發表，（二）不管性質立場，短文章可以有幾個兜售的地方，但幾乎沒有一個刊物是按期的，有的

幾個月出一次,(三)稿費,四百元,最高者也不過六百元,但《希望》弄到現在,還只二百多到三百元。但要注意,文章拿出後,也許三四個月後才能得到稿費。而且,稿費並不能跟著物價漲的。

其次是《希望》。我何嘗不想有兩三個,至少一個朋友來共弄?但是,第一期總共只三萬三千元,我還貼了錢發稿費的。二三兩期各六萬元,除稿費雜用,還能有多少?而且,四個月才出一次。而且,四期起怎樣辦,能否不死,要過些(時)進城去奔走。到現在為止,《希望》最有讀者,但為什麼最困難呢?這不是幾句話說得清的,我想你也可以想像到一點。

前文已述,胡風此時手頭有兩個出版社(南天社和希望社)和一個刊物,除南天社由伍禾和一名會計打點之外,其餘事務都是他和妻子梅志料理。當時國統區米珠薪桂,胡風並無其他的職業收入保障〔註1〕,全家的生存全靠這兩社一刊,因而對他人「分一杯羹」的企圖有著病態的敏感。前文已經談過伍禾曾經向胡風提出加薪的要求,被胡風斷然拒絕,聶紺弩於是介紹伍到《客觀》雜誌當校對,「月入五萬」。經濟學的鐵則撕去了人際間溫情脈脈的面紗。信中提到的「三萬」「六萬」,指的是書店老闆給《希望》的編輯費(包括稿費),數目不大,胡風當然不敢讓他人染指。出於對舒蕪上「壇」目的的誤解和錯覺,胡風在同信中還寫道:

總之,先說明實情,供你參考。如果來京(指重慶),我能做的是共弄《希望》。其餘的辦法,因為是孤獨的,毫無門路。看了這實情以後,你再考慮一下罷。

再,小冊子(指《人的哲學》)頂好能趕著修訂好。出了以後,名義上總算是有了可收入的數目,必要時可得點,也可以當作上壇的準備。

6月29日舒蕪得信,因「馬上就要上課」,便草草地寫了幾段話,匆匆地寄出了。信中寫道:

我認為可以「是」之者,即「是」之,可以「非」之者,即「非」之。

首先,上壇云云,是想換一種職業方式。你所說的「幻想」,我

---

〔註1〕 此時,胡風供職的文化工作委員會已被國民黨撤銷。

自己以爲沒有。我的原意是指書店編輯之類，並且當初想到還是用方管之名。

其次，所以如此想者，就由於太看到這「界」一些無聊而又可痛心的事。並在職業上，下學期岌岌可危，要賴庇護而苟安的賴下去。（具體的說，即全繫乎黃君一人。）

第三，你似乎以爲我的幻想就是「在壇上被注意」，這其實沒有。我起初之想「上壇」，還是想以「無錫國專畢業生，女師院副教授」等資格。……

他「草草」地寫了 6 點，用意全在於「是是」而「非非」。「是是」是剖白：我並不想用已有了點小名氣的筆名「舒蕪」上文壇，而是想用本名「方管」在書店裏當個古典文史方面的編輯；「非非」是駁難：你不瞭解我的實際困境，誤會我會憑藉在《希望》創下的小名氣，在文壇中另立門戶，你完全想錯了。

次日，他又給胡風寄去一信，賭氣地說，以後寫文章既不用「舒蕪」也不用「方管」好了，「另行署名」，不沾《希望》的光，也不沾《文史雜誌》的光，並略帶挑釁意味地問道：「以後一切文也皆另行署名，如何？」

當舒蕪的這兩封很不客氣的信還在路上走時，胡風於 7 月 1 日給路翎寫了一封信。他想託這位最可信賴的青年朋友，也是舒蕪最要好的朋友，在中間起點轉寰的作用。於是，他在此信中仍循著錯誤的思路，一味地叫苦，希望能通過路翎傳達到舒蕪的耳邊去。他寫道：

附上管兄一信。這已不止是急於向教條求救命了。我回信，不敢談基本問題，只把市場情形和刊的經濟情形告訴了他。他「上」（壇）來，我能做的是把刊的稿費以外的（如果有）歸他（沒有明說）。

人的想法會差得這樣遠，是只有吃驚的。我今年碰到了三次「上」「壇」的問題，盧君、駱才子（爲呂君呼冤）以及管兄。覺得可怕得很，恐怕非開跳舞會不可了。如果把刊交出去或去掉，也許好點，但前法無力行，後法又不願行，眞不知如何是好。

信中提到的「刊的稿費以外的」收入的指的是書店給胡風的編輯費，這筆錢本來就不多，能省下多少並無把握，因此他在信中並未對舒蕪「明說」。信中提到想託他「上壇」的有三人，「盧君」未詳何人，「呂君」指的是呂熒，管

兄指的是舒蕪。胡風以爲舒蕪與其他兩人一樣，看中了《希望》雜誌的編輯位置，立意要來「分一杯羹」，竟不由得產生了「可怕得很」的念頭，馬上便想到了「交」刊或「丟」刊這兩種可能性。從這裡，固然可以看出胡風絕不願任何人插手編輯事務的心理，也可以看出當年國統區貧乏的生活狀況給知識分子的精神世界帶來的沉重壓力。聶紺弩雖然也辦過刊物，但他似乎不太理解胡風經營出版社和期刊時的艱辛，曾對伍禾說「胡（風）有一個智者頭腦和庸人的心」，還曾對人說「他也是王倫（白衣秀士）」〔註2〕。此說是否妥當，筆者不欲置評。

路翎7月3日覆信胡風，替朋友舒蕪作了一些解釋，他寫道：

> 信到。同時接管兄（舒蕪）來信，他已接到你的信了，他說原是只想託你向什麼書店設法，但怕有「上壇」的嫌疑，所以索性公開説出。他想，在什麼書店裏用方管之名，做「國學」的事情。此刻他那裏黃教授又與人大吵一架，辭了，所以看來蹲不下去，又想到文史社去。

> 一面雖然是現實的情形，一面卻是精神的問題。人活在這個世上，只要不在或某一點上嬌生慣養，是不會謀到「生」的。他就是在某些點上嬌慣了的。但正因了這樣的情形，現在看來是愈益痛苦了。他原不該把那個地方看成「學界」的。

從此信可以讀出，舒蕪並沒有要進入《希望》編輯部的打算，倒是胡風十分忌諱他們有「上壇」的念頭。舒蕪、路翎當時在「壇上」都算是有點名氣的青年作家了，但胡風從不介紹他們參加進步文藝界的活動，也不介紹他們結識其他進步作家，文壇上知道他們名字，但誰也沒有見過他們。舒蕪曾好奇地問起「壇上」的情況，胡風的回答是：「關心「壇」上麼？——狗打架而已。當然，並不眞打。〔註3〕」胡風如此糟蹋鄙薄「文壇」，當然是不想讓他們進去；他們聽胡風如此說，自然也不好意思非要「同流合污」不可。聶紺弩曾疑心胡風這樣做是想把這批青年作家藏在「口袋」裏，恐怕並不是事出無因罷。

從此信中還可以讀出，胡風和路翎對舒蕪的「精神」狀態有所批評，認爲他有點「嬌慣」（依賴他人），因而謀「生」不易；他們且對舒蕪在女子師

---

〔註2〕　《聶紺弩全集》第9卷第418頁。
〔註3〕　胡風1945年5月22日覆舒蕪信。

院裏爲「後來者」盡心盡力的做法也有微辭，認爲他不應該把那裏看成是教書育人的場所，而只應看成是職業「飯碗」。當年，他們這一群人在「事業」和「職業」間劃了一條界限，爲《希望》雜誌寫文章是「事業」，在單位做事拿薪則是「職業」。就胡風而言，他的「事業」和「職業」是統一的，而舒蕪、路翎等則須經常爲「職業」煩惱。

7 月初，舒蕪的「飯碗」危機越來越嚴重了。快放暑假了，女子師範學院照例向教育部送報下學期聘請教師的名單，擬繼續聘方管（舒蕪）爲副教授。教育部批駁下來，指出方管與副教授資格不符，不准。學院內一時沸沸揚揚，舒蕪度日如年。

胡風終於發現自己錯怪了舒蕪，鬆了一口氣，且頗有歉疚感。於是趕緊寫了一信，以「快信」（7 月 3 日）的方式寄出，權當非正式的賠禮道歉。信中替舒蕪設想找新職業的門徑，說是聽說顧頡剛接受了復旦大學的敦聘將就任該校史學系主任，他那裏也許比較有辦法。又於 7 月 5 日去信，稱：先前「沒有看懂你底情形和你所說的『心情』」，「但你底情形實在迫急得很。我看，主要由於 x x，他不但嫉妒，而且也由於害怕吧」，「當然，像現在，由副教授改爲講師，那是太難看了。〔註 4〕」

說來也有意思，經過了這麼一番誤會和解釋，舒蕪倒是對「飯碗」危機問題不再那麼看重了。7 月 8 日他在致胡風的信中寫道，「校局在混沌中」，續聘事「現在看不出一點徵象，但大約一個星期，也就會揭曉了。無從揣測，無從打聽，更無從設法，所以，倒變得很安然。」

8 月初，日本帝國主義投降的消息傳來，全中國沸騰了起來，戰時內遷重慶的人們紛紛作「一棹東還」之計。不久，國立女子師院發生了因「遷院」問題反對教育部的風潮，師生一致投入。這時，再也沒有誰來計較舒蕪的「副教授」是否稱職的問題了。

「飯碗」危機就這樣稀裏糊塗地過去了。然而，他們此期說過的傷害對方的言語，並沒有很快被忘卻，有些是誤會，有些卻不是，它在彼此心出的裂隙裏扎下了根，隨著時光的流逝，不知會長出什麼樣的枝葉來。

---

〔註 4〕 胡風的這兩封信未收入《胡風全集》，轉引自《舒蕪致胡風信》之注釋。

# 21　舒蕪論「魯迅的中國」

　　1945 年 8 月 10 日，日本政府通過中立國瑞士、瑞典向美、中、英、蘇四國政府遞交照會，表示願意接受《波茨坦公告》。這天，當年曾被認作是日本宣佈無條件投降的日子。

　　消息於當天晚上傳到山城重慶，這座飽受戰火蹂躪的戰時首都頓時沉浸在狂歡的海洋之中。胡風當時正在中華文協所在地張家花園，他有幸目睹了軍民慶祝勝利的動人情景。他在回憶錄中寫道：

> 　　（8 月）10 日夜，消息傳來，日本投降了。當時，我和宋之的正在文協樓下會議室下象棋，王蘋激動地跑來告訴我們。我興奮地跑上觀音岩去看了一會，只見市民非常激動，很多人在放鞭炮，街上擠滿了人，美軍的吉普車流水似地向城裏鬧市開去。全市在狂歡中……後來，到文協樓上各家串門，談話充滿了從心裏發出的喜悅。到處都在舉杯慶賀，我幾乎喝醉。一連兩三天都安靜不下來，好像八年亡國之痛的沉重壓力，一下子都卸了下來似的。

舒蕪第二天（8 月 11 日）上午才聽到這個消息，白沙距離重慶還有百十里的水程。他在致胡風信（8 月 12 日）中描繪了所見所聞及所思所想：

> 　　現在是已經「最後勝利」了。昨天上午消息傳來，歡聲雷動，紛紛作「一棹東還」之計；亦有哭者，則無家可歸者也。今天上午，先說那是謠言，於是或反涕為笑，或反笑為涕；旋有人歸自重慶，帶來時事新報號外，才又證實，於是又來一次哭與笑的轉換。……我不笑也不哭，只是有些惘然。照中國算法，這是九年了。回首前塵，幾如一夢。我的成績，是由小孩子變成了大人，由「束髮小生」而成了「人之師表」，並且有了機會來遊「蜀中山水」。……

　　　　不過，生活總還要繼續，歷史也還要進行，這如果就是一個結
　　束，前路當然茫茫，但如果是一個開端，未來事也就歷歷分明了。
　　人類總有記憶，而血與苦難與死亡又究竟不等於空無，歷史會向人
　　類負債，人類也會向歷史負債，那麼，出於意外者又未嘗不會入於
　　意中吧！

誠如舒蕪概括的那樣，抗戰勝利，是「一個結束」，又是「一個開端」。「八年
的亡國之痛」是卸下來了，但「茫茫前路」仍橫亘在每個人面前。毛澤東在
抗戰勝利的前夜曾指出：「在中國人民面前擺著兩條路，光明的路和黑暗的
路。有兩種中國之命運，光明的中國之命運和黑暗的中國之命運。現在日本
帝國主義還沒有被打敗。即使把日本帝國主義打敗了，也還是有這樣兩個前
途。或者是一個獨立、自由、民主、統一、富強的中國，就是說，光明的中
國，中國人民得到解放的新中國；或者是另一個中國，半殖民地半封建的、
分裂的、貧弱的中國，就是說，一個老中國。〔註1〕」歷史還要前行，思想者
仍須思考。

　　9月初，重慶進步文化人開始籌備魯迅先生逝世9週年（10月19日）紀
念活動。「王師北定中原日，家祭勿忘告乃翁」，在歡慶民族勝利的時刻祭奠
「民族魂」，更具有特別的意義。

　　舒蕪於9月8日寫成紀念文《魯迅的中國與魯迅的道路》（下簡為《魯迅
的中國》）〔註2〕。胡風似乎對這篇文章不太滿意，沒有及時推薦發表，後載
於《希望》1946年10月第2卷第4期〔註3〕。

　　《魯迅的中國》的一個中心論點是對「做戲的虛無黨」的批判。文中認
為，「舊社會憑藉著它的堅固根柢，就可以放心大膽地做任何戲」，而「不管
任何戲，不管怎樣畢肖新運動，都無損於舊社會的堅固的根柢之毫末」。在「魯
迅的中國」，「做戲的虛無黨」無所不在，因而文化思想領域「誰戰勝了誰」
及「誰俘虜了誰」的問題還沒有真正得到解決。然而，什麼是虛無黨？舒蕪
解釋道：

---

〔註1〕　《兩個中國之命運》，《毛澤東選集》第3卷，人民出版社1991年版，第1025
　　　　～1026頁。
〔註2〕　收入《舒蕪集》第4～5合卷第17～34頁。下不另注。
〔註3〕　胡風在《希望》第2集第4期「編後記」中寫道：「在這一個月裏面，臨到了
　　　　魯迅先生逝世十週年。應該認真紀念的，但由於困難，由於我們的無力，沒
　　　　有法子做到。兩篇文字，而且還有一篇是舊作的重載，是不能滿足我們以及
　　　　讀者的願望的。」

　　　　　所謂做戲的虛無黨，就是社會鬥爭中舊社會方面的優秀的選
　　手。他們之所以能在妥協的外形之下決不妥協，並且能使新勢力反
　　而妥協，這種好辦法的全部祕密，就在於做戲，就在於那種做得越
　　逼眞就越是虛僞的做戲。不知多少新運動已在這裡被消滅；更不知
　　多少新運動已在，正在，將在這裡被削弱，傷損，阻滯。

魯迅在《華蓋集・馬上支日記》中曾勾勒過「做戲的虛無黨」的嘴臉，瞿秋
白在《魯迅雜感選集・序言》中也曾借用來批評某些在文化潮流中沉浮的無
特操的人物。胡風在前年紀念魯迅的文章中曾翻新使用過這個術語，把「教
條專利者、知識販賣者、急功好利者、看勢立論者」統稱爲「一切種種的新
舊戲子們」〔註4〕。舒蕪接受了胡風的影響，進而給予這類人物在新的政治形
勢下以新的定性，稱其爲「裝成人民的樣子」的「打著進步文化的招牌的市
儈和捐客們」，或「客觀上的反眞實的虛僞者」及「客觀上的反魯迅主義者」，
等等。附帶提一句，1948 年「港派」曾將舒蕪的這一觀點與胡風思想聯繫起
來進行了批判〔註5〕。

　　胡風自 1942 年香港脫險抵達桂林之後，就習慣地用「混亂」這個詞來形
容大後方文壇，並把這種狀況歸咎於「文藝市儈們」的作祟。其後五、六年
間，他先後賦予「市儈」以名目繁多的各種稱謂，如「市儈的『抒情主義』
或公式主義」、「市儈的『現實主義』或客觀主義」、「市儈的『唯物主義』」、「市
儈色情主義」、「市儈投機主義」、「市儈滑稽劇」，等等。當然，這還只是在公
開發表的文章中的比較客氣的表述，而在私人通信中，他就索性將所鄙視的
那些文藝人及文藝事稱之爲「馬褂」、「蛆蟲」、「政客」、「狗打架」及「開跳
舞會」。

　　舒蕪其時雖然已在《希望》上發表過數十篇文章，但對抗戰文壇的實際
狀況非常缺乏瞭解。由於胡風從不介紹他們參加進步文藝界的活動，也不介
紹他們結識其他進步作家，他們對「壇上」具有一種莫名奇妙的恐懼，以爲
那裏要麼是一群「抬頭的」和「抬腳的」的「捐客」，要麼是一群「掛羊頭賣
狗肉」的「打夥求財」者，「幾乎無一有人氣者」〔註6〕。這不禁令人聯想起

---

〔註 4〕　《胡風全集》第 3 卷第 57 頁。
〔註 5〕　邵荃麟在《論主觀問題》中指出：「主觀論者則是從主觀要求出發，所以他們
　　　　　便提出了『主觀精神』、『戰鬥要求』和『人格力量』三個口號，作爲文藝的
　　　　　根本問題……否則一切都是虛無黨的作戲。」
〔註 6〕　胡風 1945 年 6 月 13 日致舒蕪信。

那則老而又老的「姑娘──老虎」的故事，老和尚取譬失當，小和尚昧於人事，只是苦了那些被妄指為「老虎」的「姑娘」們。

從某種意義上說，舒蕪當年就是通過如此狹隘而曲折的途徑來理解抗戰文壇的。他不甚清楚抗戰文壇的革命統一戰線性質，不甚清楚其領導中堅是中共南方局的文化機構，不甚清楚胡風在談話和通信中以輕蔑的口吻提到的大多數作家都是接近中共的進步人士，而真以為如胡風所說，抗戰文壇上「戰鬥的東西被市儈的東西所淹沒，人民的要求被敵方的影響所淹沒」〔註7〕，於是忙不迭地要挺身捍衛魯迅開闢、胡風繼承的「現實主義」道路，而向「做戲的虛無黨」宣戰了。

《魯迅的中國》另一個中心論點是：由於「黑暗與虛無」仍為「實有」，魯迅的時代沒有過去；因此，魯迅的鬥爭「形式」仍是今天進行思想文化鬥爭的有效方式。文中寫道：

> 在這條道路上，是需要善良的，然而它的具體形式只能是惡毒；
> 是需要和愛的，然而它的具體形式只能是憎恨。
>
> 在這條道路上，信任的心要存在，反而必得借助於懷疑；公平的心要存在，反而必得借助於偏狹。
>
> 在這條道路上，必須通過自衛，才能實現犧牲；必須通過冷酷，才能實現熱情。
>
> 在這條道路上，追求光明的心，不能不依靠正視黑暗的眼。
>
> 在這條道路上，籠罩著全人類全世界的大的高的思想情感和精神，就不能不變為對於區區「小我」的一切苦樂恩仇視聽云為的毒蛇似的糾纏與怨鬼似的執著。

從上面浩浩蕩蕩的排句中可以看出，舒蕪對魯迅精神的理解是多麼的獨特，他認為諸如「惡毒、憎恨、懷疑、偏狹、自衛、冷酷」等等方式，都是魯迅為實現「良善、和愛、信任、公平、犧牲、熱情」等崇高目的而不得已採取的「具體形式」。他甚至這樣分析道：

> 總之，在這個一向是惟「黑暗與虛無」為「實有」，而此「實有」的「虛無」又善於做種種戲的中國，在由魯迅底光芒的逼射而顯現出來的這樣的中國，一切為了光明和真實的，也只有在光明之下和

---

〔註7〕 《胡風全集》第3卷第4頁。

　　　真實之中才能以其原形而存在而作用的東西，在這裡都不得不要求
　　　著種種與原形相反的形式，不得不變形。魯迅的道路上，大抵都是
　　　經歷了這種偉大的變形的東西，引導向眞實與光明去。到了那裏，
　　　這些變形當然不必再繼續，也自然地不會繼續；而這些東西在自己
　　　的解放了的形式之下，回顧先前的苦痛的形式，或者也將發一聲苦
　　　痛的大笑，然後掉頭逕自走去吧！

在以上強有力的表述中，看得到胡風的思想觀念對作者的深刻影響。

　　胡風 1943 年 10 月 26 日致路翎，寫道：「熱情是可愛的，誰也不願它失
去天然的狀態，但在這社會裏，有的人不得不把它凝成冰，熱得發冷的熱情
之所以神聖，那不外說明了這人世的悲哀。」那時，舒蕪和路翎住在一起，
這封信也可看作是寫給他的。

　　胡風 1944 年 5 月 25 日致舒蕪，寫道：「無論我們用怎樣最大的分析力去
突擊，也決不會把世界想像得比它的眞相更壞些的，這就需要一種勇氣以及
由這勇氣出生的能力。但這勇氣這能力一般地非用很多的靈魂的創傷和疤痕
作代價不可。」

　　舒蕪在《魯迅的中國》 ·文中，爲論證魯迅的「偉大的變形」，化用了胡
風信中「靈魂的創傷和疤痕」的說法。他寫道：

　　　　魯迅的道路，要通過廣漠的荊棘叢，所以要求人們用憎恨、用
　　　懷疑、用嚴刻來鍛鍊自己，來踏倒荊棘。這些憎恨懷疑與嚴刻，其
　　　就是結成「皮甲」的淤血與傷疤，當然不會對精神的正常發展提供
　　　什麼助益。然而，我們正生活在、戰鬥在就這麼不正常的國度裏，
　　　我們根本沒有正常發展的那一份福氣，有什麼辦法呢？

值得注意的是，舒蕪對魯迅戰鬥「方式」的總結雖然參考了胡風的「皮甲」
之說，但與之仍有區別。胡風認爲「靈魂的創傷和疤痕」有助於戰鬥者「勇
氣」和「力量」的養成，「疤痕」越多越厚則越好；而舒蕪的意見卻有所不同，
他認爲「疤痕」的形成是「不正常」的社會環境所造成的，在現實的文化鬥
爭中有一定的作用，但「不會對精神的正常發展提供什麼助益」。

　　抗戰後期，胡風曾倡導發動了一場「整肅」文壇的運動，以討伐他所
謂的「主觀公式主義」及「客觀主義」傾向，北碚的許多青年學生都曾被
卷了進來，沙汀、嚴文井、臧克家、姚雪垠、碧野、蕭紅等一批在社會上
頗有影響的進步作家的作品受到酷評，冰心、徐訏、無名氏等自由派（或

民主派）作家的「生活態度」受到了嚴重的非難，除了「新現實主義」以外的各創作流派均遭到誤解。他們把郭沫若、茅盾等當成「墮落的和反動的文藝傾向」的罪魁禍首，把沙汀的《困獸記》稱作「禽獸記」，把臧克家的《感情的野馬》說成「色情的瘦馬」，把姚雪垠的《春暖花開的時候》稱作「抗戰紅樓夢」，等等。曾有那麼一段時間，「清算」、「整肅」文壇的呼聲壓倒了文藝界反對國民黨獨裁統治的民主鬥爭的主流，從而引起了中共南方局文委的高度注意。近年來，有文學史家指出，這場「整肅」運動的基本特徵是「無原則的」或「近於謾罵的」，其惡劣影響一直延續到 1948年，最終導致了中共文化人在香港集體亮相，以正統馬克思主義的身份扯旗叫陣，公開地與「冒牌」的胡風諸人從政治觀、文藝觀上徹底劃清界線。此說不無道理。

舒蕪並沒有直接參與胡風倡導的「整肅」運動，但他的理論主張對於上述那些參與「無原則的」或「近於謾罵的」批評者來說，在精神上是起到了支持作用的。換言之，他們為什麼都樂於採用以「惡毒、憎恨、懷疑、偏狹、自衛、冷酷」為突出特徵的「文藝批評」方式呢，大概因為他們都自信是出於「良善、和愛、信任、公平、犧牲、熱情」等崇高目的吧。他們以此寬恕自己，不管別人怎麼想。

繼《魯迅的中國》之後，舒蕪又一口氣寫下了總題為《更向前》的一組雜文（《說「方向」》、《辭「理想」》、《逃「集體」》、《斥說教者》），其基本特徵都是正話反說，正因為視「方向」、「理想」、「集體」和「理論」為非常寶貴的事物，所以偏偏要「說」、要「辭」、要「逃」、要「斥」。

這組文章寫得很隨意，大概是趕寫的。同年 12 月 1 日他在一篇題為《「政治雜感」雜感》中寫道：

> 接到一封信，在「匆匆祝好」之後，又有一句附言：「能寫點短的政治雜感麼？……」看了這封信之後，立刻想：這是專為出題目要文章，才來信的吧！……既然（自己）並非文豪作家之流，對於朋友的真誠的期望，就不能管它寫在信上什麼地方，總得拿出一點實績去才是——就是說，要做文章。既沒有文豪作家的本領，不能妙筆生花，又面對著朋友的真誠的期望，更不忍推脫敷衍，——就是說，要搜盡枯腸。〔註8〕

---

〔註 8〕 《舒蕪集》第 7 卷第 73～77 頁。

約稿者命題作文，撰寫者便作筆墨遊戲。這組文章後來惹出了不小的麻煩。

胡風收到這組雜文後，拿去交給喬冠華看，喬認爲寫得不錯，又轉交給主管《新華日報》副刊的胡繩。胡風 1945 年 10 月 17 日致舒蕪，提到他們對這批稿件的處理意見：

> 《凝煉》、《逃集體》交南喬，問可否刊報紙，他看了說很好，交胡四，胡四把第一篇交四版（他確定第二篇不能刊出），但過了這久，依然不見影子。我看不會登出來的。對那些爬上了小官地位的人，不能有什麼可希望的罷。

信中「南喬」指喬冠華，「胡四」指胡繩。看來，胡風對這組雜文也是頗爲滿意的，他對胡繩不發稿有很大的意見。

順便說一句，這一組雜文後來既未見於《新華日報》，也未在《希望》上發表，而是載於次年方然、阿壠在成都創辦的《呼吸》雜誌創刊號。1948 年香港《大眾文化叢刊》同人展開對「胡風派」的反批評時，有文章點名批駁了《逃「集體」》〔註9〕。胡風於 1948 年 4 月 15 日致信舒蕪，稱：

> 今天，與魯氏（指魯迅）處境大不相同，應該把心情和態度推進一步，使任何問題成爲自己的問題，即，不是站在對抗的地位，要自己覺得是自己的事情負責提起來。即如對於這「公意」都應如此。像《逃集體》之類，實際上是不好的。

舒蕪的這組雜文與同期撰寫的《魯迅的中國》立論的基點是相同的，堅信魯迅的時代並未過去，今天的中國仍是「魯迅的中國」，因而鬥爭「方式」也應是魯迅的。胡風在這裡卻指出，時代已「大不相同」了，方式也不應取「對抗」的形式，等等。這些意見應該說都是正確的，只是晚說了三年。

---

〔註 9〕 林默涵在《略論個性解放》中寫道：「他們把自己幻想成英雄，而把群眾看成落後、愚昧、滿身瘡疤的東西。於是，他們要『逃集體』了，他們譏笑知識分子爲了共同的鬥爭目的而結合起來，他們說這種結合只是『瞎子加上跛子，聾子加上啞子』，他們要逃開這樣的集體，而『寧願去尋找孤獨』。」原載 1948 年 10 月 6 日香港《文匯報》，收入《文學運動史料選》第 5 卷，上海教育出版社 1979 年。

# 22 「你還不覺得他們是權貴麼？」

1945 年 8 月 28 日，中共領袖毛澤東和周恩來、王若飛從延安飛抵重慶，與國民黨政府商談戰後中國的諸問題，史稱「重慶談判」的重大事件揭開了序幕。談判從 8 月 29 日開始，10 月 10 日結束，歷時 43 天。

毛澤東的秘書、中共理論權威胡喬木也同機來到了重慶。公務忙碌之餘，他曾兩次約請胡風談話，以瞭解大後方文化思想界的動態。長談中，他曾提到舒蕪的《論主觀》和《論中庸》，說是這兩篇文章「值得一讀再讀」，但「沒有脫掉唯心論」。胡風當然不會同意他的看法，爭論是免不了的；為了說服胡喬木，胡風把還未公開發表的舒蕪的「答文」（《關於〈論主觀〉》）也拿去給他看了。談話中，胡喬木表示想約舒蕪見面談談。

胡風 10 月 9 日致信舒蕪，寫道：

> （我）和你談過北喬南喬的麼？與北喬作過長談，也提到《主觀》等二文，說是值得一讀再讀，但也沒有脫掉唯心論云。於是把答辯文給他看了，問意見，則說是想見面交換意見云。但不必急，稍空也不遲云。人比較誠懇，但理解力也有限，而且膽小得很。〔註 1〕

「北喬」指胡喬木，「南喬」指喬冠華。胡風信中既說見面事「不必急」，舒蕪也就沒有太當一回事。

胡喬木此次出面過問《論主觀》問題，顯示了中共意識形態主管部門對大後方文化界思想異動的特別關注。如前所述，中共南方局文委年初已經組織過內部會議，批評《論主觀》，周恩來也曾為此和胡風「單獨談話」，

---

〔註 1〕 轉引自舒蕪《〈回歸五四〉後序》修訂稿。

勸誡他「要改變對黨的態度」及不要有悖於「毛主席的教導」。但胡風一直以爲問題不在《論主觀》本身，而在他的「反客觀主義」理論，與周恩來單獨談話後，他更誤以爲周「批准了」他的理論，於是接著在《希望》第2期上發表了《論中庸》，並鼓勵舒蕪「再接再厲」地寫出反駁《論主觀》批評者的「答文」。此時胡喬木重提《論主觀》問題，適足以證實這個問題並未如胡風想像的那樣已經解決或已經得到「批准」，而是更嚴重了。胡風曾多次表示，他發表《論主觀》和《論中庸》，目的都是爲了配合中共的「整風」運動，利用爭鳴來擴大延安「反教條主義」的影響。此時胡喬木重提《論主觀》問題，似乎說明他並不同意胡風的解釋，並不認爲胡風的倡導對「整風」有益，而是相反。因此，胡風對他的評價是「理解力也有限」，「而且膽小得很」。

　　然而，話卻要說回來。胡喬木對中共「整風」運動的宗旨眞不如胡風「理解」得透徹嗎？事實恐怕並不是這樣。1942年6月延安成立主管整風的最高機構「總學委」，毛澤東任主任，康生任副主任，他任秘書；1943年3月中共政治局成立中央宣傳委員會，毛澤東任書記，王稼祥任副書記，他還是任秘書。「總學委」和「中宣委」都是「整風」期間負責全黨意識形態工作的。此外，說胡喬木對一般哲學問題的「理解力也有限」，也是不甚妥當的。

　　10月11日中共代表團結束了談判事務，胡喬木隨代表團一行飛返延安，當天又同機返回。關於胡氏這次的匆匆往返，黎之在《回憶與思考——關於「胡風事件」的補充》中寫道：「胡喬木在重慶談判期間多次同胡風、舒蕪談《論主觀》問題。他隨毛回延安後，又立即返渝找胡風、舒蕪繼續談《論主觀》。這顯然不是胡喬木個人的行動，（熊復告訴我，那是毛主席特意派他去的）。毛澤東這時對胡風等人和《論主觀》有沒有看法，有哪些看法……至今不清楚。〔註2〕」第一句中的「多次同胡風、舒蕪談」，有誤。實際情況是，重慶談判期間，胡喬木只與胡風「長談」過，還未見到舒蕪。至於「毛主席特意派他去的」說法，未見有更爲權威的史料證實。

　　胡喬木返回重慶後，又曾兩次與胡風長談，仍主要圍繞著《論主觀》問題。胡風對「現代哲學」素無研究，又堅持發表該文是「爲了引起討論」，談話自然很難深入。再說，胡風此時正忙著操辦魯迅逝世九週年紀念會，也無

---

〔註2〕黎之《回憶與思考——關於「胡風事件」的補充》，載《新文學史料》1999年第4期。下不另注。

心與對方細細剖辯哲學理論。胡喬木於是再次要求胡風帶信給舒蕪，希望能
與作者直接交換意見。

　　胡風 10 月 16 日致信舒蕪，轉達了對方的誠意。他寫道：

　　　　北喬（胡喬木）隨長官去了一次，但第二天就回來了。後來又
　　談了兩次，總之，距離不小，尤其涉及文藝的時候。他説你好學深
　　思，向上心甚強，但那三文還脱不了唯心論，言外之意還是那個「小
　　布爾」。要他們多懂一點，似乎難得很。他也許來月初隨另一長官同
　　去，所以希望兩週之內能見面談談，想交一個朋友云。你看怎樣？
　　至於住處，我也沒有辦法。託明英（路翎夫人）在社會處先期定一
　　鋪位，如何？〔註3〕

信末有一個附言，寫得非常奇怪，說是「後天有紀念會，但這照例對我是災
難，與那些諸公合夥紀念死人，無聊之至。」這個附言，多年後被政治人物
穿鑿、曲解、上綱到了可怕的高度。胡風後來解釋說，當年他是耽心國民黨
特務（「那些諸公」）或許又要乘機「合夥」搞亂，並不是針對中共人士和進
步作家說的。

　　10 月 19 日，紀念魯迅逝世九週年大會在白象街西南實業大廈內隆重舉
行，會議開得非常成功。當天晚上，胡風赴天官府郭沫若寓所參加了文藝座
談會，「漫談過去的文藝活動，總結經驗並討論今後的工作怎樣開展」。第二
天又出席了中華文協理事會，會議決定將「中華全國文藝界抗敵協會」中的
「抗敵」二字取消，改名為「中華全國文藝界協會」。

　　胡風剛把這邊的事情忙妥，又要替那邊的胡喬木落實約舒蕪來重慶面談
事。10 月 16 日他給舒蕪去信，未收到覆信。10 月 27 日他再次給舒蕪去信，
寫道：

　　　　北君（胡喬木）欲和你談談事，上信說過情形，可惜沒有收到。
　　他也許一週內或十天內要走，也許還有些時逗留，但如能來，總以
　　愈快愈好。談談也不會談通的，但見了面就可以減少一點神秘性，
　　好處在這裡。住處，怕只有住小旅館了。來或不來，請即決定通知
　　我為禱。

這兩封信舒蕪都收到了，但沒有及時覆信。當時他任教的女子師範學院正在
為遷址問題鬧風潮，示威請願無日無之，一度鬧到了「教育部」；他且且夕在

〔註 3〕 轉引自舒蕪《〈回歸五四〉後序》。

－175－

為奉母出川事憂心，母親離開桐城老家已逾九年，歸心似箭，無奈出川的船票全被政府各部門包下了，私人一點門路都沒有。

11 月 1 日胡風又有短信來，說是「北喬先生」又在催促，讓他趕快到重慶來。舒蕪收到了這第三封信後，才匆忙安排好教學工作，請假趕來重慶。此時（10 月底）胡風全家已從賴家橋鄉下搬到中華文協所在地張家花園，住在天井內新蓋的一間房子裏，一心等待著返回上海的時機。舒蕪則找到一家小旅館住下了。

11 月 8 日下午胡喬木來到胡風住所與舒蕪長談。這是中共理論權威胡喬木與大學副教授舒蕪在哲學問題上的第一次交鋒。

舒蕪在《〈回歸五四〉後序》中記述了這次談話的內容，他寫道：「第一天下午在重慶張家花園中華全國文藝界抗敵協會會址內胡風所住的房間內談，胡喬木說我的《論主觀》《論中庸》是唯心論，我說不是，彼此往復爭辯。胡風、梅志旁聽未發言。」

《胡風回憶錄》中也有相關的記載：「（十一月）八日下午，胡喬木到我的小屋來與舒蕪長談。M 和曉谷都到外面去了，我在一旁坐著，並沒參加談話。問題沒談完，約定第二天早晨在胡喬木住地再談。」

兩人的回憶基本相同，除了梅志是否在場之外，當然這是無關緊要的細事。

11 月 9 日上午舒蕪在胡風的陪同下來到「周公館」再次與胡喬木面談。這是中共理論界權威與大學副教授在哲學問題上的第二次交鋒。

舒蕪在《〈回歸五四〉後序》中也記述了這次談話的內容：「次日上午在重慶曾家岩五十號『周公館』（第十八集團軍辦事處）接著談，胡風陪我同去，在座旁聽的還有馮乃超、邵荃麟，又是我同胡喬木往復爭辯，胡、馮、邵皆未發言。辯到中午，胡喬木激動起來，站起來拍桌說：『你這簡直是荒謬！』正談不下去，通訊員來通知吃午飯。胡喬木留大家一起午餐，說是下午接著談。但午餐之後，胡喬木得到通知，下午周恩來要舉行記者招待會，他得去參加，於是他說我們下午無法談了。我與胡風便告辭而出。」

《胡風回憶錄》中也有相關的記載：「舒蕪懇請我，要我陪他去（解放後，我才懂得他當時是有點膽怯了，因為那裏是鄧穎超同志也住在那裏的黨的機關），而他又是我約來的，我只好陪同前往。實際上，我坐在一旁，一言未發，因為這種哲學方面的專門性問題，我並不感興趣，自己也覺得是惹了麻煩。

我昏昏沉沉地聽著，幾乎要睡著。大約談了兩、三小時，雙方爭論得很激烈，舒蕪簡直是臉紅耳赤了。最後，不歡而散。我和他回到住處時，他憤憤地對我說：『他設了一個個陷阱，要我跳下去！』我也以為真是如此，所以就同情了他。」

舒蕪的記述比較細膩，他提到旁聽者有三人，描寫了胡喬木「激動」的神態，復述了胡喬木的憤激之語。胡風記述的側重點卻不同，他寫到了舒蕪事前的「膽怯」，描寫了舒蕪爭辯時的情急之態，復述了舒蕪的不平之語。當然，這也是無關緊要的細事。重要的是，胡風竟說他在這火藥味十足的戰場上「幾乎要睡著」，還提到因偏信舒蕪的陳述而產生了「同情」。彷彿在此之前他並沒有與胡喬木有過爭議似的，彷彿他並沒有在前此給舒蕪的信中曾對胡喬木有過「要他們多懂一點，似乎難得很」及「談談也不會談通的」之類的評語。

兩次理論交鋒，中共理論權威胡喬木給大學副教授舒蕪留下的印象只是兩句「總結性的判斷」：第一句是，「毛澤東同志對於中國革命的偉大貢獻之一，是把小資產階級革命性同無產階級革命性區別開來，而你恰恰是把兩種革命性混淆起來。」第二句是，「毛澤東同志說過：唯物論就是客觀，辯證法就是全面。而你的《論主觀》恰好是反對客觀，《論中庸》恰好是反對全面。」以政黨領袖的言論作為衡量理論是非的標準，這是有志於「發展馬克思主義」的舒蕪當時所不能接受的。年初，周恩來曾以「理論問題只有毛主席的教導才是正確的」來勸誡胡風，胡風也不理解。這裡，舒蕪遭遇的是同樣的問題。

事後，胡喬木自忖爭辯中對黨外朋友發了脾氣，覺得不安。於是寫了一紙表示歉意的短信，託喬冠華送交舒蕪。當年，中共高層人士對待持不同意見的民主人士尚能有這種雅量，並非是故作姿態。順便說一句，延安整風初期，王實味的《野百合花》和《政治家·藝術家》曾引起中央震動，胡喬木曾受毛澤東委託帶話給王實味，勸其承認錯誤。1943 年春蕭軍曾負氣下鄉務農，胡喬木也曾奉毛澤東命專程上門軟語相勸，才使得事態不致於發展到不可收拾的地步。胡喬木此次來重慶，身負的使命大致相同，其結果也參差相似。

舒蕪對胡喬木的謙恭有良好的印象，他在《〈回歸五四〉後序》中寫道：「晚間到胡風寓處閒談。忽然喬冠華來了，他開玩笑說『我是代表我來的』，

意思是『南喬』代表『北喬』來的，並且把胡喬木寫給我的一張字條交給我。胡喬木的字條說：他上午的態度太不對了，他很抱歉，『心裏好像壓了一塊大石頭』，他希望我留在重慶不要走，再談談，還說陳伯達最近也要來重慶，他也很關心這個問題，也想找我談談。」

續後的事，胡風在「萬言書」中也有記述：「（我）勸他（舒蕪）給胡喬木同志寫一封信。他要我轉交，我叫他寫了就放在《新華日報》門市部（他當時寄住在那附近）。後來胡喬木同志對我說他自己對舒蕪的態度也不好，我也去信委婉地告訴了他，是想對他的感情起一點定安作用的。」

舒蕪的回憶仍比胡風清晰得多，他提到了中共黨內另一理論權威陳伯達對《論主觀》的關注，這在《胡風全集》中找不到相關記載。陳伯達要親自過問此事，也許能證實胡喬木對胡風派理論傾向的批評並不是個人行為。用胡風的話來說：「國統區的潘梓年，尤其是郭沫若，延安的周揚，尤其是陳伯達、艾思奇，當時在一般文化界以至一般社會界，都是有代表共產黨的權威信譽的。〔註4〕」

黎辛曾在回憶文章中談到過延安當年對「胡風派」理論傾向的關注情況。文中寫到周恩來 1943 年冬返回延安後，曾在陝甘寧邊區大禮堂東北角的會議室裏向文化界作報告，在談及大後方文藝現象時曾嚴厲批評了胡風：

> （周恩來說）胡風在《新華日報》轉載毛澤東主席《在延安文藝座談會上的講話》後，有些不同意見。胡風主張主觀戰鬥精神與到處都有生活，不贊成文藝家深入生活與工農兵相結合、改造思想的原則，在胡風主編的《七月》雜誌上發表作品的有些「七月派」作家也有類似的看法。〔註5〕

第一句「《新華日報》轉載」事，有誤。毛澤東的《在延安文藝座談會上的講話》被介紹到國統區的準確時間為 1944 年元旦，《新華日報》以《毛澤東同志對文藝問題的意見》為題用整版的篇幅分三部分摘要發表了《講話》的內容，小標題為「文藝上的為群眾和如何為群眾的問題」、「文藝的普及和提高」和「文藝和政治」。第二句所說《七月》事，也有誤。其時，《七月》停刊已有兩年，文壇只有「希望派」之說。

---

〔註4〕 《胡風全集》第 6 卷第 620 頁。
〔註5〕 黎辛《關於「胡風反革命集團」案件》，載《新文學史料》2001 年第 2 期。下不另注。

　　黎辛同文中還寫道，周恩來後來特意選派了劉白羽與何其芳到重慶加強
黨對文藝工作的領導，劉白羽編《新華日報》副刊，「何其芳的任務主要是調
查研究文藝思想與活動情況」。當時，艾思奇「兼任中央文委的秘書長，他把
何其芳等人自重慶陸續送來的關於重慶文藝界思想與活動，主要是座談和幫
助胡風與《七月》派文學家文藝思想情況的書面報告，胡風編輯的《希望》
等刊物也拿到辦公室給大家看。幾位同志感到舒蕪先生在《希望》上發表的
《論主觀》難懂，艾思奇說：是難懂，文章說來說去，引用哲學名著；無非
是宣傳個性解放，宣傳主觀戰鬥精神，不提深入生活與改造思想，是唯心論
的。」這些，因無旁證，暫宜存疑。

　　舒蕪與胡喬木談過之後，還在重慶盤桓了兩天。他在胡風住所與馮雪峰
聊過一次。馮滿口浙江方言，他聽了一陣，不得要領，只聽清楚了馮雪峰對
《論主觀》的這麼一句評價：「你的意思是，每一個人都要把自己煉成銅筋鐵
骨，這是對的。但是，只有在戰鬥裏在群眾裏才煉得成銅筋鐵骨，你沒有強
調這一點，是你的缺點。」當時他並不以為然，心中暗想：「我說的主要是國
民黨統治區的進步知識分子，他們不可能到群眾鬥爭中去，難道就不能煉成
銅筋鐵骨麼？」

　　舒蕪於 11 月 12 日凌晨乘船離開重慶，當天抵達白沙。第二天（11 月 13
日）致信胡風，感慨萬端地談到此次重慶之行的感觸。全信如下：

　　谷兄：

　　　　本來買的是到江津的票，碼頭上才知道民生公司已復航，有船
　　直開白沙，臨時又多出了幾個錢換了黑票，因此昨天就到校了。否
　　則，此刻還要在船上。

　　　　想了一想，更其覺得困難。當此大家都已低頭唯唯之際，而猶
　　那麼調兵遣將，如臨大敵，則其所「臨」者，豈不是正是我們麼？
　　而在我們，又衝得太遠，後面並無緊接著的多人，此其所以甚為討
　　厭也。現在要稍稍退回來一點，只能是：原則決不動搖，方式卻須
　　靈巧，正如你所說，從具體問題出發，使他們摸不著頭腦，或者比
　　較好一點罷。

　　　　但不知你們昨天又談了一些什麼？情形怎樣？老爺又說了什
　　麼？我想，他的關於「態度」的道歉，主要的還是對他自己，蓋謂：
　　我本來可以說服他，只可惜態度不對，所以不成了也。

　　然而，昨天上午四點多鐘船離駛碼頭，剛一開動，心裏就有了隱然的變化。山城的凌亂的黑影，淒苦的燈光，送著我們在黑暗流水中行走，這情景有些滑稽。江流是長的，山城卻是短的，人世雖不渺小，但人世裏的某一部分，卻又小得多麼可憐啊！一離開它，自然就有了「天正長，路正長」之感。眞的，繞來繞去，算什麼呢？彷彿幾天在重慶都是繞來繞去，所以覺得「無出路」，一走上浩蕩奔流之中，就覺得可走之路甚多了。

　　匆匆，即頌

　　平安。

管頓首拜

這封中蘊藏著許多珍貴的原始信息！

　　信中第二段明白地道出了他們對政黨中人如此關注《論主觀》而感到的困惑，及商議好的應對之策：胡喬木來談過了，陳伯達還要來談，如此鄭重其事，令人不無惶惑；《論主觀》的核心問題聲援在黨內受到批評的陳家康等人，此事不好談，因此只能「從具體問題出發」，即就哲學而談哲學，「使他們摸不著頭腦」。

　　信中第三段明白地道出 11 月 12 日胡喬木還會找胡風談話，舒蕪很想知道具體的談話內容。信中第三段是緣情生情，景是眞切的，情也是眞切的，「繞來繞去」非常恰當地形容了他對胡喬木談話的總體印象，「無出路」非常恰當地表露了「小」的個人在「大」的組織面前的孤立無助情緒。

　　胡風 1954 年在「萬言書」中描述了當時胡喬木是怎樣「繞來繞去」，企圖說服舒蕪的。他寫道：

　　　　一九四五年在重慶胡喬木同志要我約舒蕪來談話，事先並沒有告訴我他的看法和想法，也沒有向我問舒蕪的情況。十一月八日和九日他和舒蕪作了兩次長談。第一次我陪舒蕪去，第二次我要舒蕪自己去，但我不去他就不去，我只好又陪著他。兩次我坐在旁邊沒有說一句話。胡喬木同志想從黨的思想原則去說服他，但舒蕪卻在邏輯觀點上反駁，愈談愈激烈，我聽了覺得很爲難。

「萬言書」失實處甚多，僅就此事而言：胡喬木明明事先找他長談過多次，他卻說不知道胡喬木對《論主觀》的看法；他明明指教過舒蕪「從具體問題出發，使他們摸不著頭腦」，卻又說爭端起來時「他覺得很爲難」。爲何如此，

暫且不論。在如何「繞來繞去」的問題上，胡風倒是一語道破，即，胡喬木從「黨的原則」說服，舒蕪從「邏輯觀點」反駁。簡言之，雞說雞話，鴨說鴨語，永遠談不到一起去。

11 月 17 日晚，胡喬木到胡風家辭行。他奉命於次日返回延安。此次未能說服對方，有負中央重託，不知他作何感想。胡風的基本態度卻不因胡喬木的謙恭下士而有任何改變，他仍只服膺政黨管政治的原則及堅持文化人管思想文化的本位，且唯魯迅的戰法為圭臬。

當晚，胡風覆信舒蕪，也因有感於政黨理論要人的專程來訪，信中感觸也很多。他寫道：

> 本來可走的路是很多的。不過，我們雖從來沒有希望得到批准之心，但無奈他們總要來審定，因而從此多事了。而時代又是這樣的時代，所以要考慮做法，而且也只有在這一意義上考慮做法。而其次，要加強實力，非大大地加強實力不可。這一點就有些感到痛苦了。

> 那第二天，我說了幾句話，用意是，我從來沒有打過什麼旗號，看他們怎樣瞭解罷。還有，另一位何爺（指何其芳），攻擊嗣興（指路翎）是宣傳盲動主義的云。天下就有這樣可笑的法官。

> 喬君（指胡喬木）明天回任所，今天上午特來了一次。說是信還沒有寫，很不安，回去後較閒，一定寫了帶來云。

信中「批准」云云，涉及到胡風對中共領導文藝（文化）的方式的看法。他並不一概拒絕中共對文藝運動的領導，譬如當年年初，他曾為誤以為反「客觀主義」得到了周恩來的「批准」而向朋友們報過喜訊；但他也不因得不到中共的支持而過份煩惱。此刻他分明清楚延安理論權威對《論主觀》的態度，卻偏要指使舒蕪頂著幹。說穿了，在他看來，「批准」也罷，不「批准」也罷，順風行船，逆風也行船，胡風只聽自己的。

信中「旗號」云云，涉及到中共文藝領導層對胡風等人基本政治傾向的看法。舒蕪在《論主觀》一文中打出的是「約瑟夫」（斯大林）的旗號，胡喬木在這裡質疑「旗號」，似與該文有關。胡風表白，「我從來沒有打過什麼旗號」，似乎無意與其他人爭奪這面旗幟。這個信息很重要，1948 年「港方」討伐「胡風派」時，批判的重點之一就是說胡風不該「自居」為馬克思主義者〔註 6〕。胡喬木此時與胡風談到「旗號」，這是一個有意味的信號。

---

〔註 6〕 邵荃麟《論主觀問題》。

舒蕪收信後，頗感震動。當年他們這批進步青年，從來也不懷疑無產階級政治革命的勝利，但卻對未來世紀思想文化的發展前景有所憂慮，這與他們讀到過的西方民主人士的訪蘇觀感（如紀德、羅曼羅蘭等的訪蘇紀實作品）不無關係。以前，他們總還覺得這樣的事情在中國還很遙遠，但此刻已經切身地體會到了政黨要求思想統一的滋味了。胡風信中說，「無奈他們總要來審定，因而從此多事了」。敏感的舒蕪也因此想得更多。他畢竟是個「書生」，情緒上的任何波動都會首先化為文字。他沒有急於回信，而是關起門來寫文章。幾天後（12月1日）文章寫好，才覆信胡風，寫道：

> 寫完了這篇東西以後，聽窗外雨聲，看盆中殘火，就仍然興奮得很，只好給你寫信。這見解大約是不對的，事實上大約也尚未至於真那麼「聲聞路絕，言語道斷」的時候吧？但憑藉直覺，總覺得如此。而且，恐怕又會挨罵的吧？所以我也不想發表它，只請你看看就是了。

「聲聞路絕，言語道斷」，是佛教用語，寓諸法「不可說」之意，一涉言詮，即為虛妄。舒蕪取其意作雜感，表述的是他此時的「直覺」，可惜原文已佚，無法深論。但從信中「恐怕又會挨罵」之語來推斷，所論似乎與對未來時代文化政策的預測有關。他「直覺」到將來也許會如胡風所說的「多事」，但內心卻不希望真會出現那麼一個萬馬齊瘖的時期。

胡風此時的心情卻與舒蕪有所不同，他是實幹家，沒有工夫耽於空談，他的計劃非常實際，即信中所說，「要加強實力，非大大地加強實力不可。」他期盼著早日離開四川，趕赴遙遠的東海之濱，那裏是他理想中的新的文化戰場。早在10月間，他就與上海海燕書店經理俞鴻模恢復了通信，並妥善地安排好了《希望》第一卷（共4期）在上海的重印事宜。這是他為實現「加強實力」戰略計劃的重要一步。

以下是胡風致俞鴻模部分書信的摘錄：

> （11月1日）我在離此之前，想籌點款，上海的局面，完全委託你盡一切可能先打開。第一期出後，我想，情形會好起來的罷。經濟情形好，可津貼一個可靠的人幫你的忙。

> （11月24日）取得後馬上付印，盡可能爭取盡快出版，因為，已有兩種刊物這兩三天前飛滬翻印，我們能搶著先出才對讀者有更大影響。至於印數，如果市場吃得消，起碼要有四千以上才好。

（12 月 3 日）此刊望盡力先打出去。預計籌股很有希望，將來一定可以和海燕並肩作戰的。……

（12 月 18 日）別的刊物能銷六七千份，《希望》無論如何可銷四千左右的罷。無論如何，現在第一步是盡先把刊物送到讀者面前，愈廣愈好，打下基礎，以後再談印書的問題……

胡風的心思已飛到了上海，他對舒蕪在雜感中所抒發的對於未來的憂慮雖有同感，卻不怎麼在意。他於 12 月 8 日晨致信舒蕪，寫道：

雜感看了。當然也只能看看而已。

那種時期，不能說不會有，我自己就預定了有一個時期，如果還未死就譯「希臘」兒童讀物的。但我想，也可以使它沒有，至少是不至那樣「道斷」的。不斷地把東西堆到他們面前去，那就不是他們一腳兩腳可以踩得無蹤無影的……

弄到這樣，當然有些無聊，但問題不僅在老爺們，而在於老爺們也是一大群讀者的代表。我想，以後得在下筆前先變成老爺們，再來和變成了老爺們的自己作戰。一面防止他們不懂，一面防止他們構成罪案。這當然也無聊，但也只好做做能和無聊作戰的大勇者。

他對未來作了兩種打算：最壞的打算，萬一將來的時代出現「道斷」的狀況，諸事皆「不可說」，他就去翻譯蘇聯（「希臘」）兒童讀物；最好的打算，現在幹出成績來，站穩自己的位置，使他人欲抹煞也不能。而要達到最好的結果，就得要相應地改變策略的鬥爭方法：使用「老爺們」的話語系統，這是基本的要求；以「大勇」與「無聊」作戰，這是韌性的主觀戰鬥精神在新形勢下的運用。

舒蕪得信後，有所領悟，也有所不解。改換話語體系，他是完全理解的；但對於如何變化身份，對於如何作個能和「無聊」作戰的「大勇者」，卻摸不著頭緒。他於 1945 年 12 月 13 日覆信胡風，稱：

看到來信說要根本的變換方法，「和無聊作戰」云云，就更加飄渺迷茫了。究竟怎麼樣呢？現在真難想像。

但因此，我不想就用《生活唯物論》的原稿，想另外換一個方式，「正正經經」的寫了。因為這次回來看了以後，覺得到處都是老爺們要罵的，到處都是讀者要誤解的，而那方式又不容易說清楚，所以想另寫。你以為如何？

> 我也是把離川看作一個辦法的。然而，又有什麼辦法呢？學生
> 罷課，要求遷校，結果還不知如何。此事，前一信說過，務請代告
> 喬胡（指喬冠華和胡繩）諸兄，不另寫了。

胡風得信後，覺得舒蕪的上述理解仍然有不少的偏差，缺乏強烈的主觀戰鬥
精神，總是怯生生的怕挨「罵」，更為嚴重的是還對「喬胡諸兄」抱有不切實
際的幻想。他趕緊於 1945 年 12 月 17 日覆信舒蕪，寫道：

> 我想，還是要沉著一點的好。我說變換方法，只是說的要在戰
> 略上加些防衛而已。沒有什麼飄渺迷茫的。他們的戰法不是已經領
> 教過了麼？而你卻想根本不要生活唯物論的稿子，這卻使我糊塗
> 了。如果在你主觀上的要求上覺得非改寫不可，那是應該的，否則，
> 只要站得堅實，又怕什麼呢？

> 兩次信都提到喬胡二位。其實，胡（指胡喬木）早走了，喬（指
> 喬冠華）則那次後沒有單獨見面談過話。我不知道要告訴他們什麼。
> 你還不覺得他們是權貴麼？不過，喬君好作微服出行而已。我覺得
> 暫時沉著一點的好。集中在工作上，人會廣闊起來的。

> 我這裡因為經常受煩擾，所以想早走。而你那裏，沒有這類的
> 糾纏。犯不著為想早走而煩惱的。

如果說在此之前，胡風一直主張主動「進攻」；那麼現在，他已決定「變換方
法」，提倡積極的「防衛」戰略。一個最明顯的表現便是取消了原定在《希望》
第 1 卷第 4 期（1946 年 1 月出版）上發表的舒蕪「答文」（《關於〈論主觀〉》）。
前面已經提到，胡喬木讀過「答文」的原稿並提出過批評，胡風撤出此稿，
也算是給了對方一個面子。

可惜他的許多青年朋友並不太理解這個經過深思熟慮的戰略，譬如成都
的方然，他和阿壟於次年創辦了《呼吸》雜誌，四處出擊，放言無忌，給他
增添了許多不必要的麻煩，此是後話，在此不贅。

舒蕪當然要比方然穩重一些，但胡風對他也從來沒有完全放心過，甚至
可以說一直懷有猜疑之心。這次他看到舒蕪兩信均提及「務請代告喬胡諸兄」
之語，胸中油然騰起無名之火，措辭便頗失長者風度——

> 我不知道要告訴他們什麼。你還不覺得他們是權貴麼？

他們之間的裂隙在擴大，在延伸。如果今後若干年中他們還能像此時般經常
有晤面的機會，如果他們今後若干年還能保持此際頻繁的通信聯繫，也許他

們腳下冰川的裂隙會縮小，儘管不會完全彌合，但也許不會很快分裂成造成泰坦尼克號沉沒的游離的冰山。遺憾的是，歷史沒有再次提供這樣的機會。

# 23 「用反教條主義掩蓋反馬克思主義」

　　1945 年 11 月 18 日胡喬木奉命返回延安。離渝的前一週（11 月 10 日），他出席了《新華日報》召開的一個小型座談會，討論最近在重慶演出的兩部話劇，一部是茅盾作的《清明前後》，另一部是夏衍作的《芳草天涯》，他在會議上作了重要的發言。該座談會的「紀要」於 11 月 28 日刊登在《新華日報》上，隨即引發了大後方文壇上史稱「批判『主觀論』」的一場論爭。

　　《新華日報》副刊刊載該座談會「紀要」時，正文前有一則編者「按語」，寫道：

> 　　11 月 10 日，本刊召集了一個小小的座談會，座談重慶最近演出的《清明前後》和《芳草天涯》兩個話劇。因為都是門外漢，意見當然很幼稚，而且彼此也並不一致，但為了表示一部分觀眾的反應，現在仍將座談紀錄擇要發表，希望得到戲劇界各位先進與各位讀者的指教。

「按語」謙稱參加座談會的「都是門外漢」，大致可以判斷為基本上都是中共南方局文委成員。參會者（發言者）8 人，名字皆以英文字母代替，按其發言順序排列是：H、J、S、M、R、W、L、C、H、R、S、L、S。其中發言三次者僅 S 君一人，發言兩次者為 H、L、R 君等三人，發言一次者為 C、W、J、M 君等四人。C 君雖然只作了一次發言，但他的地位似乎最高，發言也最長，所談到的問題也最重要。在後來「批判『主觀論』」的論爭中，他的發言也被正反兩方引用得最多。據說，這個 C 君就是胡喬木。

　　1950 年初何其芳曾在《關於現實主義・序》中重提當年的這次小型座談會，明確地將其作為「批判『主觀論』」運動的前奏，並大段地引用了 C 君的發言，見如下：

這大半箇舊中國所要反對的主要傾向究竟是標語口號的傾向，還是非政治的傾向。有人以為主要的傾向是標語口號，公式主義。我以為這種批評本身就是一種標語口號或公式主義的批評，因為它只知道反公式主義的公式，而不知道今天嚴重地普遍地氾濫文藝界的傾向乃是更有害的非政治傾向（這是常識的說法，當然它根本上還是一種政治傾向）。有一些人正在用反公式主義掩蓋反政治主義，用反客觀主義掩蓋反理性主義，用反教條主義掩蓋反馬克思主義——反馬克思主義成了合法的，馬克思主義成了非法的。這個非法的思想已此調不彈久矣！有些人說生活就是政治，自然，廣義的說，一切生活都離不了政治，但因此就把政治降低為非政治的日常瑣事，把階級鬥爭降低為個人對個人的冷熱親疏，否則就派定為公式主義，客觀主義，教條主義，卻是非常危險的。假如說《清明前後》是公式主義，我們寧可多有一些這種所謂「公式主義」，而不願有所謂「非公式主義」的《芳草天涯》或其他莫名奇妙的讓人糊塗而不讓人清醒的東西。〔註1〕

開口便是「這大半箇舊中國」，氣魄不可謂不大；而「此調不彈久矣」，則頗有「毛派」的風格。除了胡喬木，其他人大概說不出如此大氣磅礡的話來。前文已述，胡喬木時任毛澤東的秘書，還兼任著延安「總學委」秘書及中央宣傳委員會的秘書，在「整風」運動中負有很大的責任。他以在那「半個」新中國參與領導「整風」的經驗，來指導這「大半個」舊中國的思想文化運動，突然鄭重其事地提出「有一些人」正在利用「整風」之機販賣其「反馬克思主義」私貨的問題，這番話對國統區思想文化界的震憾絕對不可低估。

是誰正在國統區大力宣導反對「整風」運動中的「教條主義」呢？前文已述，1943年初至1944年底，喬冠華、陳家康、胡繩及胡風曾有感於「整風」運動中出現了用「教條主義」反對「教條主義」的現象，於是轉而提倡「生活態度」、「人道主義」及「哪裏都有生活」等思想觀念。未久，便受到來自延安中宣部的嚴厲批評。

是誰正在國統區大力宣導「反公式主義」和「反客觀主義」呢？這當然指的是胡風。前文已述，胡風自1942年從香港脫險來到桂林後，便把抗戰文

---

〔註 1〕 《「清明前後」與「芳草天涯」兩個話劇的座談》，載 1945 年 11 月 28 日《新華日報》副刊。

壇看成一片「混亂」，並將其歸咎於「主觀公式主義」和「客觀主義」的氾濫，並號召加以撻伐。1945 年前後，他更倡導在抗戰文壇內部開展「整肅」運動，「清算」了大批進步作家和民主作家。

是誰提出「生活就是政治」呢？也是胡風。1942 年 11 月胡風在《關於抽骨留皮的文學論》中寫道：「文學作品與現實人生的關聯儘管有經過曲折的路徑的，但絕不能不產生自現實的人生，而現實的人生卻正是政治。」現實生活是「萬華撩亂」的，有的帶有政治因素，有的並無政治色彩，將現實生活等同於政治，這不符合政治學的原理，有絕對化的傾向。順便說一句，阿壟後來將此說進行了發揮，提出「文藝即政治」的觀點，如「歎息也是政治的；蘋果樹也是政治的；海燕也是政治的；瑪律沙克也是政治的」〔註 2〕。似乎走得更遠。

又是誰「把政治降低為非政治的日常瑣事」呢？這裡指的似乎是舒蕪。舒蕪在剛出版的《希望》第 3 期上發表了一篇論文，題為《思想建設與思想鬥爭的途徑》，其中寫道：「更重要的，還是自己的現實生活。如果能在自己的現實生活裏進行毫不怠忽的戰鬥，從自己的每一個生活節目裏發現新思想的靈魂，那麼，即使自己平常所抱持的思想與現實世界的發展不合，也能隨時糾正自己；或者，在發現表面的確不合而實際上卻不錯的時候，也能堅定自己的信心。反過來，如果抱住了一個思想體系，就自以為得到了一切，在錯誤的生活基礎上推演著思想的方程序，那結果無非加深錯誤而已。」

必須強調指出，胡喬木此時對胡風等「反教條主義」、「反主觀主義」及「反客觀主義」理論的嚴厲批判，與兩年前中共南方局文委對陳家康、喬冠華等人思想傾向的批評有承繼關係。此時，胡喬木斷然地將他們的錯誤上綱為「用反教條主義掩蓋反馬克思主義」，這個判斷與他幾天前與舒蕪談話時所作的結論相同：「毛澤東同志說過：唯物論就是客觀，辯證法就是全面。而你的《論主觀》恰好是反對客觀，《論中庸》恰好是反對全面。」若干年後，舒蕪才感覺到頭上壓著的這頂「反馬克思主義」的帽子是何其沉重，而胡風更絕望地掙扎在這個永遠不能擺脫的夢魘之中。

文化人似乎永遠不能與政治家在平等的地位上對話，尤其對於胡風、舒蕪這一代既「尊五四」且「尤尊魯迅」而又自以為在某些方面能夠「發展馬

〔註 2〕 亦門《詩與現實》第一分冊《論形式》，北京五十年代出版社，第 41 頁。

克思主義」的進步文化人來說，情況更是如此。如果要窮究他們悲劇命運的根源，也許應該從這裡更深入地掘進下去。

胡風、舒蕪等的回憶文章中都未提到曾看過 11 月 28 日《新華日報》副刊上登載的這個「座談會紀要」，也沒有任何直接的原始資料可供深入探討他們對 C 君發言的反應。當然，蛛絲馬蹟還是有的。譬如——

舒蕪在《〈回歸五四〉後序》中曾寫道：

> 但是還有一點餘波。一九四六年一月，中國政治協商會議（舊政協）在重慶舉行，我從報上知道中共代表團的工作人員中有陳家康，便到重慶去找了他。我說了胡喬木找我談話的情況，他表示對胡喬木的論點很不同意，對胡喬木也批判到他很不服氣，他說：「他們是反對主觀主義，連主觀也反對！提倡客觀，連客觀主義也不許反對！」我們談得很暢快，但看得出他已完全忙於和平談判的具體工作，沒有餘暇及於思想文化，暢談一次也就罷了。

這裡提到的「胡喬木也批判到他」，是指胡喬木在和他的兩次談話中曾提到黨內有一些人執有與《論主觀》相同的觀念，批評他們不積極地「反對主觀主義」，卻提倡「反教條主義」及「反客觀主義」。舒蕪把胡喬木批評轉告給陳家康，引起陳的強烈不滿〔註3〕。當時舒蕪和陳家康似乎還不知道「C 君」在座談會上還有這麼一個激烈的發言，如果得知他把問題上升到了「用反教條主義掩蓋反馬克思主義」的程度，還不知道會有多麼氣憤呢？

胡風在《關於喬冠華》中也曾寫道：「胡喬木和舒蕪談兩次話沒有結果，我不記得和喬冠華談過什麼。只記得在一次集會上和陳家康談了幾句，陳家康只覺得胡喬木做得急躁了一點。」胡喬木和舒蕪的談話發生在 11 月 8～9 日，胡喬木在座談會上的發言發生在次日（11 月 10 日）。胡風與陳家康的對話只可能發生在這兩件事之後，陳批評胡喬木「急躁了一些」，似應包括在這次座談會上的發言。

---

〔註 3〕 《舒蕪口述自傳》第 155 頁，寫道：「舊政協在重慶開會，我從報紙上看到中共代表團工作人員中有陳家康，就特意去看了他一次。他很忙，我們還是擠時間交談了一點情況。我介紹了與胡喬木談話的情況，他的態度和喬冠華不一樣，當即表示出對胡喬木不以爲然。胡喬木曾說像我那樣的錯誤不是個別的，指名道姓說在陳家康的文章中就發現有類似問題。陳家康說：『我們是穿開檔褲一塊長大的，誰還不知道誰的底細呀！想騎到我的脖子上拉尿可不行。』」

胡喬木此次重慶之行，收效似乎不大。從他對胡風、舒蕪的批評效果的角度來分析，非但沒有把他們拉到「毛主席」的道路上來，反而把他們在原有的道路上推得更遠了。從胡風、舒蕪的接受效果來分析，他們非但沒有接受「黨的思想原則」，反而使他們更加深了對方只是個「理解力也有限」的「權貴」的印象。不過，胡喬木此行也並非一無所獲，他的批評和勸誡在胡風、舒蕪的腦海中留下了拂之不去的陰影，其效果或後果將在幾年後逐漸顯現出來。

如果說，當年胡風、舒蕪等並未認真地考慮過胡喬木的批評，也許沒有說錯。且以胡喬木講話中的一個觀點而論——「（反對）把政治降低為非政治的日常瑣事，把階級鬥爭降低為個人對個人的冷熱親疏」——看看他們的接受效果。

舒蕪於1946年6月16日寫成《生活唯物論》第一講《論「實事求是」》（載《希望》1946年7月2集3期），文中大談「飯菜、吵架和求愛，也是生活」，也是「政治」。他寫道：

> 在今天的中國，人民是在蒙昧之中，不大知道什麼別的東西，但卻知道老老實實的、清清楚楚的生活。他們只在他們的地方，固執地、卑微地、慘澹地經營著自己的生活，而民族的命運與國家的道路，就都產生在、決定在這個中間。

> 在沉酣的中國，人民是這樣生活過來的；在覺醒的中國，人民也還是這樣地生活著。誰曾向這中間學習得最多，誰就曾經成為民族的優秀的掌舵手。一切真正的人民的領袖，都是具備這種樸素平凡、清明切實的人民的生活精神的。不論最機動的政治，不論最複雜的經濟，不論最精微的文化，都只在被處理得像人民處理他們自己的生活一樣的時候，只在具備了人民那種樸素清明的作風的時候，才是於民族於人民為有用，能得到光輝的成果的。

他就是這樣從「飯菜、吵架和求愛」這般「非政治的日常瑣事」中發現了「政治」，發現了「民族的命運與國家的道路」，而敦請「民族的優秀的掌舵手」、「人民的領袖」也站在這個基點上，從事對「政治」、「經濟」和「文化」的管理。當然，他如上的若干提法也許並不一定針對胡喬木的批評，但文中將「瑣事」與「政治」緊密地掛鉤，卻不由人不產生如此的聯想。

　　路翎則在創作上對舒蕪的理論作出積極的呼應，他索性將這一時期所作的短篇小說結集爲《求愛》（1947）；阿壟走得更遠，他在《呼吸》第 3 期（1947年 3 月 1 日）上發表論文《略論「吵架」與「求愛」》，其命意直接取自於舒蕪的《論「實事求是」》，更把一切「瑣事」都歸於「政治」的範疇。1950 年他更在《論傾向性》一文中明確地提出「藝術即政治」的命題。他的用意也許是好的，以爲可以糾正在文藝作品中復述政治理論的偏向；但效果卻不能說好，既然「文藝即政治」，這就給政治家們從政治上絞殺文藝提供了理論依據。順便說一句，胡風早年接受日本「納普」的機械論影響，曾提出過類似的觀點。1932 年他在《粉飾，歪曲，鐵一般的事實》（1932 年）中這樣寫道：「藝術的內容一定是鐵一般的現實。因爲，藝術的內容就是歷史的內容，和政治的差別是，它是形象的表現而已。……政治的正確就是藝術的正確，不能代表政治的正確的作品，是不會有完全的藝術的眞實的。新興文藝的優越性，是被藝術的要求所規定，同時是被政治的要求所規定，關於藝術和政治的二元論的看法是不能存在的。」胡風 40 年代以後沒有明確地重申這個觀點，而將其轉化爲「主觀精神」、「戰鬥要求」、「人格力量」及由此派生的強烈的「反客觀主義」的態度。但，「文藝即政治」的觀念一直是他的理論體系的靈魂，他把自己所撰的文章及組織他人撰寫的文章都視爲「作戰」，也是其思維政治化的形象表述。阿壟的理論是粗線條的，他缺乏胡風的思辨色彩，也沒有舒蕪的邏輯力量。經他提煉的「藝術即政治」，儘管入骨三分地揭示了胡風理論的精義，卻不僅糾正不了文藝界公式化概念化的傾向，反而將政治人物的警覺性喚醒，使整個流派置入極其不利的地位。這也是後話，在此不贅。

　　再說胡風對「日常瑣事」與「政治」關係的理解。1954 年 1 月他在中央文學研究所講演《關於魯迅的雜文》，談到：

　　　　魯迅曾說他所評論的多是小問題。我們要在這個問題上思考一下，不要因爲他自己這樣說，我們就忽略了這句話。其實對付小東西這一點，正是魯迅先生的基本戰鬥方法。他正是通過小事情、小問題揭示大的問題來。從日常瑣事、普通生活指出原則問題和思想問題來。

按照瞿秋白的說法，魯迅雜文是從高爾基的「社會論文」發展來的「文藝性的論文」，其特點是「迅速的反應社會上的日常事變」，後期雜文更具有「經過私人問題去照耀社會思想和社會現象的筆調」。他的概括與胡風所說的「日

常瑣事、普通生活」還是有所區別的。當然，胡風那時已認為，「瞿說在今天已不足說明什麼了。〔註4〕」

1946 年初，大後方文壇上開始湧現出不少討論「主觀論」的文章。很多知名的作家和評論家都對胡風派的這一理論觀點發表了意見，並進而探討現實主義的諸問題，尤其是關於文藝與政治的關係問題。

1 月 23 日馮雪峰（畫室）在《新華日報》上發表《題外的話》，反對將「政治性」或「藝術性」分開來作為評判文藝作品的標準，而主張「統一」。他說：「因為文藝上到達了多少，在這裡就是說從文藝上到達了政治多少」。

2 月 13 日何其芳在《新華日報》發表《關於現實主義》，文章最後一節題為「批評一個作品是否可以從政治性與藝術性這兩方面來考察」，批評了馮雪峰的上述觀點，文中雖然沒有直接引用毛澤東關於「政治標準第一，藝術標準第二」的說法，但提到，「毛澤東同志在講文藝批評的標準問題時，把馬克思、恩格斯的這種精神和方法更發展了」。

1 月 20 日馮雪峰的長篇論文《論民主革命的文藝運動》開始連載〔註5〕，文中若干觀點與胡風理論大同小異。當年延安陳湧只讀出了馮文與胡風的「異」，便說馮文「是反對胡風的」，當即被一位讀出了「同」的某領導同志駁斥道：「這是反對毛主席的。」〔註6〕

胡風和舒蕪當時都沒有直接介入這場論爭。

舒蕪任教的國立女子師範學院自 1945 年 8 月一直在鬧風潮，學校師生起初是抵制教育部將該校遷到重慶近郊九龍坡的決定，1946 年 3 月後又拒絕教育部繼解散令後成立的「院務整理委員會」。一邊態度堅決，一邊手段強硬，長期僵持不下。舒蕪站在臺靜農等教授一邊，不接受「院務整理委員會」換發的新聘書。當年夏末，臺靜農教授應聘臺灣大學，舒蕪本也想同去，因有人掣肘未果，遂奉母出川返回故鄉安徽桐城故宅。當此紛亂時刻，他無暇與聞文壇上的理論是非。

胡風則從年初起就度日如年地等待著飛往上海的機票，上海的攤子已經鋪開，《希望》第 1 集已按計劃重印，而人卻過不去，他非常煩躁。他的《離

〔註4〕 胡風 1945 年 10 月 16 日致舒蕪信。
〔註5〕 連載於 1946 年 1 月 20 日至 2 月 20 日《〈中原〉〈希望〉〈文藝雜誌〉〈文哨〉聯合特刊》第 1 卷第 1～3 期。
〔註6〕 陳湧《雪峰同志》，載《北京文藝》1980 年第 4 期。

渝前 X 日記》〔註7〕，起筆於 1946 年 2 月 17 日，止筆於 2 月 25 日，詳細記錄了這段時間的心情、見聞和交往情況。2 月 21 日他曾與何其芳有過一次簡短的談話。他寫道：

> 正在清理東西，企香（何其芳）來了。照例是一臉的微笑，問了行期以後就提到他最近發表的一篇長文章，要我說意見，說他自己有些地方不放心云。這真是一個老實人，整個局勢是兵慌馬亂，我自己的心情也是兵慌馬亂，怎樣有時間來做這樣不急之務的討論呢？而且，就是擱下幾個月再談，未必文藝的「政治性」就睡覺了麼？但還是裝著極其關心的樣子，一面支吾著抵住他，一面還是清理東西。

何其芳請胡風談看法的是哪篇文章，從文中諷刺地提到的「政治性」來看，正是剛在《新華日報》上面世的長篇論文《關於現實主義》。

2 月 25 日淩晨，胡風全家登上飛機。他兩眼「注視著地面」，留戀地喊道：「別了，重慶！」他的心已穿過了雲海，向遠方發出呼喚：「上海，你好，我就要來了。」

---

〔註 7〕 《離渝前 X 日記》即《出西土記》，《胡風全集》第 4 卷第 121 頁。

# 24 「寂寞與復仇」

胡風全家於 1946 年 2 月 25 日飛到了上海。

舒蕪母子仍困在江津白沙的「空山」裏不得出川。

1946 年 3 月 21 日舒蕪給胡風去信，流露出對女師學院未來去向的擔憂：「學校的事，還在僵持中，不知下文如何。弄到不好，就要滾蛋了，實在有點傷腦筋。輿論方面，想找胡四他們幫幫忙，但又不想找。」

年前，國立女子師範學院因「遷校」問題鬧風潮。師生們要求把學校遷出四川，而教育部卻堅持將學校遷往重慶九龍坡。舒蕪信中提到想找「胡四他們」幫忙，指的是曾想請求《新華日報》出面主持公道，又說「不想找」，似乎是覺得自己不便出面，有請胡風轉達的意思。

3 月 30 日舒蕪再次致信胡風，仍是通報有關「遷校」的消息。寫道：「今晚，剛才，正是失敗消息傳來，看來是最後崩潰的前夜了……學校的情形，是那邊極端強硬，連這邊的最低限度的條件都不接受，所以無法可談，只有看著瓦解了……這回爭的失敗，完全因為沒有『輿論』幫助的緣故，一般人都視為朱陳之爭。雖然確實也是有這因素，但憑良心說，決定的大多數的力量，確實還是『純潔』的。」

所謂「失敗的消息」指的是教育部下令解散女師學院，把院長、教授們統統解聘，成立所謂「院務整理委員會」，學生重新登記，教師重發聘書。這一著果然厲害，「學生立刻分為兩派，登記派、反登記派；教師有應聘的，也有拒絕應聘的。〔註1〕」女子師院的這次風潮鬧了大半年，終以失敗告終！舒

〔註 1〕 《舒蕪口述自傳》第 154 頁。

蕪說，失敗的主要原因是沒能得到「輿論」的聲援。究其原因，大致是：此次風潮無關乎政治，因而未能引起各派政治勢力及社會的嚴重關注；抗戰勝利後原內遷各校出川可稱之為「復校」，而戰時新建的女師學院出川則只能稱為「遷校」，情況有所不同。

4月初女師院「院務整理委員會」為教員頒發新聘書，臺靜農先生拒聘，舒蕪也拒聘，他們以此表示對教育部和「院務整理委員會」高壓政策的強烈不滿。

風潮平息了，學校遷走了，學生們離去了，教師們也搬走了。不久，解聘、拒聘的其他教師們也陸續離開了白沙，偌大的校園裏只剩下他和臺教授兩家，寂寞、茫然、蒼涼。舒蕪曾在 6 月 4 日致胡風的信中描畫了當時的情況，他寫道：

> 所謂冷寂的環境，具體的說，就是一座空山。先前住了七百多人，現在卻只有臺先生和我兩家。荊榛蔓草，長蛇野狗，就在我們周圍拔扈。這個鎮距重慶巳三百里，這座空山距鎮又還有五里的樣子，那一向學校最後崩潰，我又值開水燙傷甚重，就整整有二十天沒有看到一張報紙。

寂寞、茫然、蒼涼的環境和心境，對舒蕪來說，也許還不算是最大的困擾，他面臨的最大問題是──經濟問題。拒聘意味著失業，失業則沒有收入，沒有路費如何出川？他的母親十分想念桐城老家，「總是吵著要走」，令他「實在煩得很，煩得很」。

處在這種困境下，他惟一能做的事情就是「求職」和「等待」。他曾託成都的倪子明、方然，重慶的陳家康，上海的胡風，已出川的黃淬伯教授等幫助尋找職業；他四處拜託親戚、朋友、同事、熟人，想找到不花錢或少花錢便能出川的交通工具。

「求職」過程是困難的。成都的朋友倪子明曾幫他在社會大學找到了一個教職，但他卻不願去。重慶沒有回音；上海沒有指望；黃淬伯先生那裏倒是音訊不輟，年前他曾有意邀舒蕪同赴上海大夏大學，5 月底又有信來約往安徽大學，6 月底又來信約往徐州江蘇學院，並且，「盼兄於七月下旬到，以協助招考事宜。」然而，不能出川，就什麼也談不上。

「等待」出川也是夠煩心的。5 月間，他曾拜託一位擔任保育院院長的親戚，讓他們母子以該院員工家屬的名義，搭乘他們的船出川，可是等了兩個

月，還沒有準確的消息。7 月初，他又拜託女師附屬師範學校的校長，對方允准搭乘他們的船走，但等到月底，仍無船訊。他還曾寫信拜託「八辦」的朋友陳家康，想搭乘《新華日報》的船出川，不料這信被誤轉到了南京，陳家康答應設法幫忙，但承諾的時間卻在兩個月後。

胡風早已搭乘飛機出川了，路翎也從陸路輾轉出川了，陳家康等朋友也離去了，舒蕪四顧茫茫，爲寂寞和孤獨所苦。此時，他實際上止處在人生的一個重要的歧路口上，能否出川及何時出川只是表面上的問題，實質性的問題是以後能否繼續與胡風等人保持密切的聯繫。他一直處於兩個人際關係圈子的拉扯之中：一個是比較狹小而穩固的學術圈子，圈內人物大致有黃淬伯、臺靜農、顧頡剛等教育界名流，及一群求知若渴的學子；一個是比較闊大而鬆散的文化圈子，圈內人物主要是胡風、路翎、阿壟這些朋友，及接近的中共文化人士。在抗戰勝利後的「復員」狂潮中，兩個圈子中人各顯其能，乘機、包船、坐車，紛紛東下。胡風走得較早，他是飛走的；路翎、化鐵剛剛離渝，他們是輾轉陸路出川的；舒蕪當然算不上是最倒楣的一個，他畢竟還有一些得力的親戚，後來還是在他們的幫助下乘船東下。

此後，舒蕪仍只能寄希望於黃淬伯先生的照顧在教育界謀取職位，他與胡風等朋友們的空間距離越來越遠了，而且從此之後，物理距離也未能再縮短過。「職業」與「事業」不能統一的矛盾越來越嚴重地困擾著他，無形之下成爲隔離他與胡風等心靈的不能克服的阻礙。後來，舒蕪對這種處境和心境有過分析，他在一篇文章中寫道：「我那時暗自劃分了『職業』與『事業』的界限，認爲教國文，弄舊的東西，只是掙飯吃的『職業』，而『事業』另有所在，是在新文學新文化方面。〔註2〕」

話雖是這樣說，但他當年卻始終未能把這兩種關係處理好，至少在胡風看來，他不是將「職業」等同於「事業」，便是在「職業」上傾注了過多的精力，始終未能找到其中的平衡點。如前文已述，1945 年舒蕪任職女子師範學院後，在培育「後來者」的工作上與胡風有過爭執，他要全力投入，胡風卻勸他適度放手。1946 年初他曾因女師的飯碗發生危機，向胡風提出想「上壇」的要求，胡風卻對他有過非常嚴屬的批評：「我從未覺得你是在學術界，只是把那當作『職業』，盡可能做一點事而已。」在胡風看來，「職業」只是保證形而下「物質生活」的手段，「事業」才是形而上安身立命的根本，沒有經濟

---

〔註 2〕 《憶臺靜農先生》，《舒蕪集》第 8 卷第 9 頁。

上的保障，什麼也談不上，這是他從魯迅的經歷中學到的很珍貴的教訓。他對舒蕪的批評非常鋒利，他是不怕傷害對方的自尊心的，「我從未覺得你是在學術界」，這句話含蘊深遠，幾乎與「我從未認為你從事過學術研究」同義。胡風的批評沉重地打擊了舒蕪在學術研究上的自信心，動搖了他尚有的對於學術研究的嚮往。

從某種角度而言，舒蕪與胡風交往的這幾年，是一個不斷的在「學術」與「政治」之間痛苦掙扎的過程。他本是個沒有學歷、沒有師承的自學成才的知識青年，靠著頑強的努力從墨學研究起步，進而在現代文化哲學研究上略有小成，黃淬伯先生發現了他的潛力，顧頡剛先生讚賞他的才華，並為他提供了登堂入室的機會，但學術地位的取得需要積年累月的科研成果的堆砌，絕非一部墨學專著和幾篇論文所能獲取，加之研究成果遲遲未得到面世的機會，使他在學術研究的道路上時有舉步維艱之感。1943 年初結識胡風之後，情況馬上有了改觀，對方不僅很快地為他的舊稿找到了發表的出路，並引導他關注更為切實的「現實問題」，給他指點了一條更為快捷的實現自我的途徑。胡風的出現適時地滿足了這位青年學者強烈的發表欲望，激發了青年人渴望戰鬥的激情，使他由然產生得遇「知己」之感。但是，舒蕪不久便發現，胡風帶他走的是一條與政黨政治、文壇主流分庭抗禮的道路，在這條道路上沒有同盟者，沒有同路人，只有「孤獨」，只有「孤立」，他開始產生了嚴重的懷疑。然而，每當他一流露出這種懷疑，便被友人毫不留情地給擋了回去，或取笑他「舊式文人」的習性滌蕩未盡，或嗤笑他乞靈於「教條」，不容他有折返的念頭。

就這樣，在胡風的不斷的「挈」、「掖」、「教」、「望」之下，舒蕪的一隻腳終於從「學術界」中縮了回來，登上了為政治服役的「現實問題」的戰車，充當著一部有求必應的寫稿機器。晚年，當舒蕪清點一生的筆耕所得，不無遺憾地寫道：「這是我五十多年來關於文化、思想、哲學的論文的選集，不專一門，不名一家，有連有斷，有反有覆。」（《〈回歸五四〉後序》）五十餘年的辛勤筆耕，何至於「不專一門，不名一家」呢？這當然與「有連有斷，有反有覆」有著密切的關係！然而，何以「有連有斷，有反有覆」，這當然又與早年接受的胡風影響不無關係！

不過，此時（1945 年 8 月至 1946 年 8 月），舒蕪倒是非常想請胡風幫忙在上海謀一份「職業」，以便能在他的指導下從事「事業」。如果不算太穿鑿

的話，他的動機也許可以析爲「公私兼顧」：上海是人文薈萃之地，文化人在那裏可以得到許多發展的機會，這是私心；胡風的出版社和編輯部都在上海，他可以就近幫忙做點事或受點教益，這是公心。況且從舒蕪胡風關係的全過程來進行分析，如果歷史此後能給予他們更多的接近和交流思想的機會，也許彼此間的裂隙會逐漸消弭於無形。然而，儘管舒蕪此期曾多次在信中娓婉地表達想來上海的意願，胡風始終未給出明確的答覆。摘錄舒蕪信件相關內容如下——

（1945 年 8 月 20 日）：大夏找黃淬伯去主持文學院及中文系，他來信與我商量，我勸他去，用意是想到上海，並且拉劍兄及王世煥兄以「校友」資格都進去，現在他還沒有覆信，也不知究竟如何。

（8 月 27 日）：戰後倘容我任意選擇，我是願往上海，不往北平的。

（1946 年 2 月 8 日）：到上海以後，無論如何，非有人幫忙弄事務方面的事不可；一時付不起生活費，也必須找一兩個可以義務幫忙的人，無論如何，重慶的這種狀態決不能再延續下去。

（2 月 14 日）：我現在找職業的目標，第一是上海，但現在連「毫無頭緒」四字都還談不到，所以非常討厭了。……我總希望能在上海，也許總還能給你幫助一點點吧！惟有祈求「天從人願」而已。

（5 月 20 日）：出川回家以後，實在很成問題，我是想到上海，也覺得應到上海的，但上海無職業就討厭，而且無職業就無處可住。聽說黃淬伯當了安徽大學的中文系主任，而且要找去。如上海無法，只好就在他那裏且混些時再說。

（6 月 4 日）：「現在，不能出川，就不但上海談不到，安大（指安徽大學）也談不到了。倒是在這裡做了『隱士』或『寓公』起來，嗚呼！」

（7 月 1 日）：「總是你一個人忙，怎麼得了？打算到上海給你分一點勞，但飯碗不在那裏。」「離開上海更遠，也是更爲討厭的事。」

他頻繁地向胡風表白：想到上海，願到上海，可以義務幫忙，打算爲你分勞。敏感的胡風難道讀不出，看不懂嗎？但，胡風卻一直置若罔聞，仍然採取 1945年對付舒蕪要求「上壇」時的策略——「叫苦」——讓對方知難而退。

　　胡風 1946 年 3 月 10 日致舒蕪，極言上海「物質環境」之惡劣。舒蕪讀信後，歎道：「竟是那樣，很想不到……這些眞都是大費思索的事。」〔註3〕

　　胡風 6 月 17 日致舒蕪，極言《希望》生存之困難。除了「大的壓迫和小的包圍」之外，讀者較之重慶也「相差太遠」，「只要輕鬆的東西，不知要怎樣才能打動他們。」舒蕪讀信後，信以爲眞，建議改版，提出由「自己們來弄」，等等。〔註4〕

　　胡風 7 月 17 日信，極言上海之「燥熱」。舒蕪覆信，也是將信將疑：「想來上海的確會如此。重慶怎樣，我不知道。至於這裡，也是熱……」

　　一邊在堅持不懈的請求，一邊是持之以恆的婉拒。舒蕪與胡風的關係發展到這種程度，這是局外人無論如何也想像不到的。

　　在「被『命運』拋落在川南的一座空山裏」的這段時期裏，舒蕪開始信手把每天的零星感觸記在朋友送來的每頁三百字的稿紙上，「一回總不超過一頁」，這組「隨筆」後來總題爲《寂寞與復仇》〔註5〕。

　　「寂寞」是其時困擾他最甚的環境和心境。他開筆的第一篇便題爲《寂寞》（5 月 31 日）。文中寫道：

　　　　費爾巴哈說，一個人若是離開人群，長期獨處大沙漠中，接觸不到同類，就會忘卻自己是人，成了簡單的動物。可見寂寞是很可怕的。

　　　　但人也需要學習著忍受寂寞，在寂寞之中沉默，在沉默之中走自己的路，做自己的事。

　　　　忍受不了寂寞的，往往會降格以求慰安；降之不過，小則隕身，大則償事了。

　　　　寂寞中的生命，難免陰沉灰暗的吧！然而，這畢竟是生命。在彌天的死亡的窺視之旁，有些人連這陰沉灰暗的生命都不能保有，更有些人則不得不拋卻生命以保衛生命。

在無可依傍的困境中，舒蕪嘗夠了「寂寞」，學會了「沉默」，他變得「陰沉灰暗」，立誓要「走自己的路」了。

---

〔註 3〕　舒蕪 1946 年 3 月 21 日覆胡風信。
〔註 4〕　舒蕪 1946 年 7 月 1 日覆胡風信。
〔註 5〕　《舒蕪集》第 7 卷第 234～247 頁。

「復仇」也是不時湧上心頭的情緒。他開筆的第二篇題名爲《復仇唯物論》（5 月 31 日）。文中寫道：

> 對於一個尚有人心的人的打擊和復仇，落在精神上的是最重的了。
>
> 然而，對於一個流氓混蛋，講什麼精神上的打擊呢？他根本就沒有什麼「精神」。那麼——
>
> 與其「呸」他一下，不如給他一拳；
>
> 與其給他「最高的輕蔑」，不如把他推下糞坑去；
>
> 與其撕破他的假面，又不如撕破他的幾件衣服，或者幾張鈔票了。
>
> 總之，要看清對手；否則，就是蠢貨，活該遭殃。

這位 24 歲的副教授被生活打磨得粗糲起來了，拿筆的手，一向致力於精神，如今竟想施行於肉體。這是生活對他的啓示，是好是壞，是福是禍，會導向哪個方向，會引出什麼結果，目前尚不可知。舒蕪就這樣帶著人生給他的新的提示，孤獨地日復一日地生活在思想的「空山」中。

間或也有朋友來看望他。

1946 年 3 月阿壠妻張瑞因感情糾葛自殺，阿壠痛不欲生。所有的朋友都十分關心阿壠，以各種方式勸慰，生怕他會出意外。路翎接連給上海的胡風寫了好幾封信，胡風覆信叮囑道：「守梅能來你那裏，那就好。總得使他好好地渡過難關才好。」（4 月 19 日）「你的原則要做到，大家設法做到，讓守梅活著！」（5 月 3 日）舒蕪得知朋友遭遇不幸的消息後也十分擔心。他接連給上海的胡風寫了兩信。信中寫道：

> （1946 年 4 月 18 日）：守梅事，卻使我認識了許多事情。
>
> （1946 年 5 月 20 日）：梅有信否？我昨接信，精神狀態很可怕了。對那詩人，我也痛恨的，我主張「整」他，痛痛快快的，用流氓方法「整」他。

阿壠的不幸遭遇使他「認識」到了人生的險惡，還是人心的難測，或是生命的無常，不得而知。不過，這種種「認識」在《寂寞與復仇》中都有反映，他主張對「命運」復仇，甚至建議不擇手段，其思想基點在這組隨感中也可以找到解答。

信中提到的「那詩人」，指的是成都名詩人杜谷，他一直是阿壟與張瑞愛情中的障礙。早在 1944 年 3 月間，熱戀中的阿壟曾有信給舒蕪，不無憂慮地寫到三人間的微妙關係。舒蕪把信轉給胡風看，胡風 1944 年 3 月 21 日回信稱：

> 轉來的梅兄的信，我大略猜出了是什麼一回事。使他的朋友（一個詩人，善良的詩人）受苦的女子現在在追求他，他在明白之前已經向她表示了愛。這一下可苦壞了這一個真誠的熱血男子。

1944 年 4 月間，阿壟在與張瑞結婚前夕，又有信給舒蕪，談到：

> 至於我這方面的事，除掉對杜谷有不安之苦外，是很幸福了的。她（張瑞）將和我一同回渝。但現在還糾結在家庭的一部的阻礙裏。她懂得多而且深，愛好紀德，和我有很多接近處，也有彼此陌生——彼此需要之處。曉谷先生處便請轉告。〔註6〕

感情的問題是複雜的，破碎的愛情更是一筆糊塗賬，友誼較之愛情也許更脆弱。但在阿壟及他的朋友看來，張瑞的自殺與胡風所說的這位「善良的詩人」是有著直接的關係的。

1946 年 7 月初，阿壟帶著一顆滴血的心來到白沙，在舒蕪的竹籬茅舍裏住了五天。他們談了很多，當然也談到了「復仇」。不過，情緒漸趨平靜的阿壟並沒有考慮運用「流氓方法」，而是著眼於文化思想的角度而進行打擊，並且從軍事戰略的高度提出了具體的建議。舒蕪在 1946 年 7 月 11 日致胡風信中，詳細講述了他們商議的結果：

> 守梅來玩了五天，今早才走，情形已很好。我們談到許多問題，尤其集中於「成都文化」上。嗣興曾說那是野蠻而又假扮文明，守梅說是比以前上海的更低能的才子加更惡劣的流氓，我說是虛偽浮誇的浪漫主義；總之，就是發源於成都的，以什麼「平原詩社」之流為代表，實在禍國殃民。因此，守梅想到成都，就在那裏建立一個小據點，打擊和突破。他說，可以找方然當「方面軍總司令」，他就近輔助，大家來策應。他並且建議推廣這個「方面軍總司令」的制度。我很同意。不知你以為如何？事實上又如何？這個，似乎很可以從長計議一番。

這裏有幾方面的重要內容：一，對「成都文化」的總體評價。舒蕪說它是「虛偽浮誇的浪漫主義」，路翎概括為「野蠻而又假扮文明」，阿壟痛斥其是「比

---

〔註 6〕 轉引自舒蕪 1944 年 4 月 14 日致胡風信。

以前上海的更低能的才子加更惡劣的流氓」；二，認定成都「平原詩社」是這種惡俗文化的代表，罪孽深重，必須給予嚴厲打擊；三，阿壟提議建立「方面軍總司令」制度，在各地「推廣」，以擴大本流派的影響。

阿壟等對「成都文化」的總體評價帶有很多的個人情緒，對「平原詩社」的評價是否也帶有相當大的偏見呢？這是個必須探討的問題。「平原詩社」曾出版過頗有影響的詩刊《平原》，詩社主要成員（杜谷、方然、蘆甸、白堤、孫躍冬、葛珍、左琴嵐、許伽等）同時也在重慶《詩墾地》上發表詩作。《詩墾地》主編鄒荻帆甚至認為，重慶的「詩墾地社」與成都的「平原詩社」實際上「是未分彼此的」〔註7〕。阿壟和路翎都曾為《詩墾地》供稿，應對「平原詩社」成員的創作傾向有所瞭解，但為何如此鄙夷他們呢？看來，當年「胡風派」的骨幹成員並不視「平原詩社」諸人與「七月派」為同調。

胡風對杜谷的態度也相當耐人尋味。1942 年他編選《七月詩叢》第一輯時曾擬收入杜谷的詩集《泥土的夢》，並親自撰寫廣告辭，曰：「深深的沒入了地母的呼吸、氣息、希望、歡喜，以及憂傷與痛苦，詩人才能夠唱出了這樣深沉的大地的歌。這樣的歌，只有深愛祖國的詩人，善良到像土地一樣善良的詩人，坦白到像土地一樣坦白的詩人才能夠唱出來。」詩集送審時未獲通過。1946 年胡風開始編選詩叢第二輯，那時送審制度已經取消，但他沒有考慮重新收入杜谷的詩集，也許這便是將其逐出「七月派」的信號吧。

對於阿壟提出的有計劃地在各地建立互相回應的「據點」的建議，胡風當然是十分讚同的。早在 1941 年避居香港期間，他就曾在致路翎的信中（8月 13 日）提出過在全國建立「編輯聯絡站」的想法，寫道：

> 我現在著手在全國組織七八個編輯聯絡站，每一站算一個中心，每個站，自動地按期寄稿來，並積極在青年朋友裏面去發現新的作者。自己的稿件或徵得的稿件，頂好先選定一下，再寄來最後決定。……重慶方面，大概有三個站。你們是一個，由你、守梅、何、張元松組成。這不一定要有集合的形式，彼此經常通信催促討論就可以的。我太忙，應付不來，所以每個站要不等我催促也經常來信，經常來稿，把對於我個人的友誼化為對於工作的關心。

後來，由於《七月》的被迫停刊，「聯絡站」的計劃未能實現。《希望》創刊後，胡風又產生過建立互相響應的「據點」的想法。1946 年 2 月他受託為《新

---

〔註 7〕 鄒荻帆：憶《詩墾地》，載《新文學史料》1983 年第 1 期。

蜀報》編輯副刊，認爲這是「戰略上得一配合的小據點」的機會，於是推薦
何劍熏承擔，不料何「花頭」太多，令他無法應付，只得取消了這個打算〔註
8〕。此時，阿壟又明確地提出了這樣的建議，胡風當然是不會反對的。路翎
曾回憶道：

> 這期間（指胡風返回上海後），胡風提議，如有條件可以辦一些
> 小的不定期的刊物。於是，方然在成都辦了《呼吸》；我認識的歐陽
> 莊、吳人雄在南京辦了《螞蟻小集》，後在上海繼續出版，有化鐵、
> 梅志參加。〔註9〕

阿壟從白沙返回成都後，很快便與方然聯手，籌辦《呼吸》雜誌，方然任主
編，承擔起了「方面軍總司令」的責任。幾天後，舒蕪便接到了方然爲《呼
吸》籌稿的信件。7 月 14 日舒蕪致信胡風，通報了這個消息，還寫道：

> 方然在成都辦雜誌，出了一個「記路翎」的題目要我做，當然
> 做不出來，只寫了一篇一千多字的空論去，題爲《什麼是「人生戰
> 鬥」──理解路翎的關鍵》，略說現實主義的批判意義。又將「方向」，
> 「集體」等幾篇找出寄他。但加一個條件，就是那雜誌上若有成都
> 詩人的東西，則決不與之爲伍。

《呼吸》創刊號於 1946 年 11 月 1 日面世，幾乎是後來被稱爲「胡風派」成員
的集體亮相（作者爲方然、阿壟、路翎、舒蕪、冀汸、化鐵、羅洛、綠原等），
果然未見那位「善良的詩人」（杜谷）的蹤影；而被當作「成都文化」打擊的
有沙汀的《困獸記》和臧克家的《感情的野馬》及演「八卦」的詩人們。舒
蕪在《呼吸》創刊號上發表了論文（《什麼是「人生戰鬥」──理解路翎的關
鍵》）和總題爲《更向前》的 4 篇雜文（《說「方向」》、《辭「理想」》、《逃「集
體」》和《斥說教者》）。

　　《什麼是「人生戰鬥」──理解路翎的關鍵》是舒蕪解放前撰寫的唯一
一篇當代文學評論，由於該文是對他的親密朋友路翎小說創作藝術特徵的理
論剖析，持論點又放在對胡風「主觀戰鬥精神」的闡揚及對「客觀主義」的
批判之上，因而具有特別重要的意義。舒蕪在該文中指出：

> 在路翎的小説裏，最觸目的特點是，作者的分析的詳細，和故
> 事的平常。那些分析就是戰鬥，那些平常的故事就是人生。

---

〔註 8〕　胡風 1946 年 2 月 10 日致舒蕪信。
〔註 9〕　路翎《我與胡風》（代序），《胡風路翎文學書簡》第 23 頁。

> 　　路翎的分析，都是一種批判。人物的某一個行動，思想，情緒，
> 或感覺，在他自己不覺得有什麼意義的，經過批判，出現了重大的
> 意義；在他自己以爲大有意義的，經過批判，卻並沒有什麼意義；
> 他自己認定是出於某一種根源的，經過批判，卻是出於完全不同的，
> 乃至相反的根源；在他自己認定具有某種價值的，經過批判，卻是
> 具有完全不同的，乃至相反的價值，等等。人物所不能自知自見的，
> 都顯露於他的批判之光下面。〔註10〕

以上理論分析，很明顯是以長篇小說《財主底兒女們》爲例證的。他沒有
分析小說人物的性格，沒有分析小說人物的語言，沒有涉及小說人物之間
的關係，也沒有涉及小說情節與社會生活的聯繫；他只提到了作者對小說
人物「行動」、「思想」、「情緒」或「感覺」的「分析」（「批判」），並高度
評價其「批判之光」的意義。從某種角度而言，他倒是敏銳地揭示了路翎
這部名作的缺陷所在，思想大於形象，無處不在的「分析」，及並非恰到好
處的議論。

　　當然，這些都不是最重要的。我們注意到，該文如下兩個段落在詮釋胡
風的「主觀戰鬥精神」時，突然出現了非常古怪的表述方式。他寫道：

> 　　第一，人生戰鬥的目的，就是要認識自己，主宰自己，認識生
> 活，主宰生活；不是以自己意想中的情況爲目的，而是以實際上的
> 情況爲目的──這就是唯物論。

> 　　第二，人生戰鬥的方法，就是要全面地照顧到個人生活和社會
> 生活，掌握到系列和錯綜的規律，確定每一個生活事項在這系列與
> 錯綜中的位置，因而確定它的意義與價值──這個，就是辯證法。

上文已述，1945 年 10 月間延安來的胡喬木曾批評舒蕪道：「毛澤東同志說過：
唯物論就是客觀，辯證法就是全面。而你的《論主觀》恰好是反對客觀，《論
中庸》恰好是反對全面。」舒蕪對其如此「提綱挈領地」把他的兩篇文章判
斷爲「與毛澤東的思想針鋒相對」極爲不滿，在該文中，他特別強調「這就
是唯物論」，「這個，就是辯證法」，有故意唱反調的意思。

　　發表在《呼吸》創刊號上的總題爲《更向前》的 4 篇雜文原作於 1945 年
8～9 月間，曾由胡風送交《新華日報》，未被採用。此時，舒蕪將它們找出來

---

〔註10〕 舒蕪《什麼是人生戰鬥──理解路翎的關鍵》。張環、魏麟、李志遠、楊義編
　　　　《路翎研究資料》，北京十月出版社 1993 年版。下不另注。

送給《呼吸》發表倒是頗有針對性，不僅能充分表達出他此刻的「寂寞與復仇」情緒，而且更能渲泄他對「成都文化」的強烈義憤了——

《說「方向」》，可視爲對「成都詩人」的政治宣判。他寫道：「在現實的行動上，就是首先把『大的方向相同』的判斷，從那些掛著招牌的市儈主義者中庸主義者們那裏收回；對於他們，即使最客氣，也認定爲『非友人』。」

《辭「理想」》，可視爲對「成都詩人」的道德判決。他寫道：「以眼還眼，以牙還牙；抗暴力以暴力，予打擊以打擊：因此，對於只爲自己的人，也把一切都收起，只留給他們以自私。——在仇恨的道德，戰鬥的道德上，就是這樣。」

《逃「集體」》，可視爲對「成都詩人」的價值判斷。他寫道：「瞎子加上跛子，聾子加上啞子，⋯⋯這才湊成一個完整的人；一面好像五官俱全，一面也就是五官無一具備。而瞎子因爲有了跛子，也就安心於瞎；跛子因爲有了瞎子，也就安心於跛⋯⋯這就是這麼一種『集體』，這麼一種『集體力量』。」

《斥說教者》，則是對「成都詩人」的人格裁定。他寫道：「愈怯的人就愈凶，正因其出於急不可耐的逃避之心，其爲說教者就愈是驕橫蠻悍，臭穢不可向邇，悖謬荒唐，昏昧不可理喻了。」

話又要說回來，舒蕪何以對「成都文化」、「成都詩人」及「平原詩社」有如此大的仇恨呢？難道僅僅是由於阿壟、張瑞與杜谷的關係，及由此而釀成的悲劇嗎？不僅如此，這裡還牽涉到舒蕪自己的失敗的初戀，他那位頗有風度的「才女」與他確定戀愛關係後不久，就被深受「成都文化」薰陶的一位小文人吸引去了，這個變故使得他的情緒曾變得「很壞很壞」〔註11〕。

---

〔註11〕 參看《舒蕪口述自傳》第 146 頁。

# 25 舒蕪放言「即將到來的歷史的大清洗」

　　胡風後來曾致信（1948 年 4 月 15 日）舒蕪，批評說：「像《逃集體》之類，實際上是不好的。」

　　舒蕪後來也曾覆信（1948 年 4 月 27 日）解釋道：「《逃集體》之類，記得那時正在自己的某些遭遇之中，有些像貴兼（陳家康）所說的『自居於捱打的地位』，所以有那樣的態度。現在想來，那真的是『落荒而逃』的模樣，其實不會生什麼效果；並且，再『逃』下去，就要變成唐伯虎、徐文長，或者『準尼采』了。」

　　信裏提到的「某些遭遇」，不只是指 1946 年 4 月的拒聘失業事，也是指其後三個月困居「空山」時的生活，或許還與失戀事有關；信裏提到的「就要變成唐伯虎、徐文長」，當然不是指他那時有條件仿傚這兩位風流才子，而是指他曾陶醉於某種脫離現實的情感之中；這裏提到的「準尼采」，當然也不是指他對「掊物質而張靈明，任個人而排眾數」的尼采主義曾產生懷疑，而是指他的精神曾如尼采一樣瀕臨崩潰的邊緣。

　　在困居「空山」的寂寞歲月裏，舒蕪如果身邊沒有臺靜農這位可敬又可親的師長，也許他真會「落荒而逃」，在沉重的生活和精神壓力下崩潰掉。

　　女師學院遷往重慶九龍坡後，偌大的校園裏一時變得空空蕩蕩了。不久，校園裏只剩下他與臺靜農教授兩家人。也許是為了互相照應，也許是為了排解寂寞，兩家人一起搬到遷空的校舍裏毗鄰而居。從此，朝夕相處，有了更多的交流切磋的機會，溫馨的友誼建立起來且延續了一輩子。

　　舒蕪讀初中時就從魯迅的著作中知道臺靜農的名字，熟知魯迅在《〈中國新文學大系〉小說二集序》中對臺靜農作品的評價。1944 年 9 月 31 日他來到

國立女子師範學院的第一天，黃淬伯先生向他介紹學校的情況，說到這裡的
教授中有三位是魯迅的弟子，並提到臺靜農就在國文專修科，他當時「真是
喜出望外」。而後，他便有意接近這位魯迅的弟子，為此還曾引起胡風的不少
責怪。

　　1944 年 11 月 2 日，他剛到女師學院的第三天，就有信致胡風，急不可耐
地問道：「臺靜農，此人如何？你和他熟不熟？」11 月 10 日又寫信給胡風：「今
天下午無課，跑到臺靜農那裏談了半天……你與他熟識麼？」過了上十天，
胡風才有信來（1944 年 11 月 20 日），字斟句酌地寫道：「臺君見過幾次，不
能說熟，但因為舊關係，像是朋友似的。此人不壞，但因為生活艱難，且受
挫折，已無朝氣了吧。近幾年未見亦未通信，不大明白。你最好以同事關係
接近，且不露真相，這一則可以免無謂麻煩，一則可以看到真情。人苦不能
變為第三者，常常被困於點頭稱讚的和氣陣中，也是怪膩的。當然，只暫時
如此，不久時世變遷，以會心一笑破之可也。但不知你能自甘寂寞地韜晦否
耶？」

　　國統區政治環境險惡，人心難測，胡風對「舊關係」中人存戒備之心，
也許是有必要的；他告舒蕪以「不露真相」的韜晦之法，是提醒他不要在他
人面前暴露「舒蕪」的筆名，《希望》立場峻激，可能會招致政治上的麻煩。
當然，他並不反對舒蕪以「方管」之名在同事間進行交際。

　　此期，舒蕪曾作詩贈臺靜農先生，詩曰：

　　　問姓已心驚，稱名憶未名。淵源從越國，肝膽變秦聲。

　　　建塔功長在，銜泥志待成。寒山詎獨往？迢遞只神京。

由於「尊魯」，進而仰慕「魯迅弟子」，這對於舒蕪來說，是很自然的事情。
然而，他卻有意無意地向另一位「魯迅弟子」（胡風）隱瞞著與臺先生的交往，
這卻非常耐人尋味。胡風對臺先生有所猜疑，因此舒蕪也不敢直接談到臺先
生。他通常採取迂迴的方式，婉轉地透露出對臺先生的好感，似乎想以此感
化胡風——

　　1944 年 11 月 30 日舒蕪致信胡風，稱：「臺君，生氣過少，倒無太多的話
可談。」這當然只是一句敷衍話，因為接著他又寫道：「昨晚與臺君談，他對
喬君登在中原三期的那篇文章大為稱賞，問我可知道為何許人。我約略告訴
他一些，他更大為歡賞，頗有『不圖彼中亦有此人』之意。由這一點，亦可
見到他的一斑了。」信中提到的「喬君」的文章指的是于潮（喬冠華）的《方

生未死之間》，舒蕪知道胡風非常欣賞此文中提出的「到處都有生活」的觀點，於是馳函以告。

　　1945 年 1 月 8 日舒蕪又致信胡風，寫道：「臺君屢次稱贊你，前天又盛讚七月；乘那形勢，我就說明了……說明之後，相見遂更坦率，尚無麻煩，可以告慰。」他向臺先生「說明」了什麼？除了筆名「舒蕪」之外，當然還有與胡風等人的關係。這叫做「先斬後奏」，顯然違背了胡風「不露真相」的告誡。

　　他一再爲臺先生說好話，無非是想讓胡風允許他繼續與臺先生交往下去，或者還有想促使這兩位「魯迅的弟子」攜手的美好動機。然而，胡風對他的善意並不太領情，覆信中總是無可無不可地敷衍，或是「不知說什麼好」〔註1〕，或是「無話可說」〔註2〕。然而，舒蕪卻總也不能理解胡風的意思，仍在其後的信中不時地提及臺先生。如，1945 年 1 月 28 日的信中寫道臺先生「盛讚」胡風的「舊詩」，1945 年 3 月 14 日的信中提到臺先生讀《論主觀》後認爲「痛快」。胡風的惱怒情緒在積累著，終於在 1945 年 6 月 26 日的信中作了一次大的爆發，當時他誤會舒蕪想「上壇」分得《希望》一杯羹，雷霆急火地怒斥道：「我不知道怎樣回答你才好。」胡風的憤怒如果不從更寬廣的視域裏進行觀察和分析，也許會覺得有點突而其來。其實，這裡面就包含著對舒蕪一再漠視他的警告，始終堅持與圈外人士交往的強烈不滿。

　　出於「自我保護」的需要，胡風主張周圍的朋友們在職業環境中「韜晦」，儘量縮小交際圈子，避免不必要的麻煩，這自然是有必要的；不過，「自我保護」過甚，懷疑一切，也容易導向「自我孤立」。

　　當年，胡風的許多青年朋友都對「自我孤立」的做法表示過懷疑。

　　早在 1940 年，何劍熏就曾私下裏與路翎議論過：「胡風在文壇上有一些孤立……不大和人結伴……性情也似乎有一些孤立，這樣下去會困難的。〔註3〕」

　　舒蕪也曾婉轉地規勸過他，僅提了一句「我們先前都致力於孤獨的個人的生活」，結果就遭來了胡風的一頓痛斥。

〔註1〕　胡風 1945 年 1 月 18 日致舒蕪信。
〔註2〕　胡風 1945 年 6 月 13 日致舒蕪信。
〔註3〕　路翎《我與胡風》（代序），《胡風路翎文學書簡》第 3 頁。

在那次事件後，胡風對舒蕪的態度一度降到了冰點。日本宣佈投降後，舒蕪曾去重慶看望胡風，呆了好幾天，卻沒能得到與胡風推心置腹交談的機會，只得悵然而返。胡風卻在致路翎的信（1945 年 9 月 22 日）中感情複雜地寫道：

> 16 日，管兄匆匆趕來了，昨天走的。說是過些時再來也不會落伍的，但他還是趕來了。當天談了幾小時空話，前天晚上在疲乏中再談了一點，如此而已。可以說是毫無所得地回去了。

顯然，這並不是對待朋友的正常態度。幸好幾個月後胡喬木來重慶解決《論主觀》問題，外部的政治壓力重新把他們壓合，瀕臨破裂的私人關係也就此得到了緩解。

如今，胡風已遠在上海，他不能再對舒蕪與臺靜農的交往說些什麼了；如今，舒蕪獨居「空山」，也不介意胡風還能再說什麼了。在近三個月的時間裏，他與臺先生朝夕相處，得到了許多精神上的慰藉。這段刻骨銘心的經歷對於舒蕪思想的發展也許具有相當重要的意義。

自從結識臺先生以後，舒蕪從這位「魯迅的弟子」身上學到了許多新的東西，系統的文學史知識及文學史觀念是「幸得靜農先生的教益才補足了」的〔註4〕；同時，他也體會到了另一類五四知識分子所具備的品質，平易的態度、平等的作風、儒雅的氣質及愛人以德的情操，等等。也許可以這樣說，他看到了五四新型知識分子中間還有這麼一批與胡風大不相同的人物，由於時代的變易、環境的壓迫、經歷的坎坷、憂憤的深廣等主客觀環境的制約，從表面上看，他們似乎「已無朝氣」，而從骨子裏看，他們卻是那麼的「鬱怒深沉」、「冷寂森寒」。這種原本得之於魯翁真傳而後有所變形的人生態度，時常令他感到驚駭。他不時地從臺先生「溫潤寬和的風貌」之下讀出「內心世界的矛盾」，覺得這彷彿也「象徵著一種人生道路」〔註5〕。

臺先生在女師學院風潮中貞廉自守的品質，也不能不令舒蕪刮目相看。臺先生本是女師學院國文系的臺柱，為抗議教育部的亂作為而毅然拒聘，後來竟困窘到靠變賣衣物來維持生計；而在與舒蕪談論起撤校事時，往往比之於當年魯翁支持北京女師大，說北京女師復校取得了勝利，而白沙女師卻遭解散，流露出深深的愧意。這些，都不能不讓舒蕪為之感動。

---

〔註 4〕 《舒蕪集》第 8 卷第 16 頁。
〔註 5〕 《舒蕪集》第 8 卷第 11～12 頁。

　　也許有了這番人生閱歷，舒蕪逐漸對臺先生所選擇的人生道路多了一點
體會，多了一點理解。當年 6 月 16 日他將舊稿《人的哲學》部分內容改寫成
論文《論「實事求是」》〔註6〕，文中對知識分子的分析便呈現出另樣的景觀。
主題雖一如曁往的踔厲飛揚，所針貶的對象卻有所不同。他寫道：「我們知識
分子中，形成了一種虛矯的、浮誇的、豪奢的生活精神。這是往日的書生的
傳統，加上民族革命戰爭的際遇，這樣形成的『新』的東西。怎樣批判它，
消滅它，就是問題之一。」

　　這是一個全新的論題，從某種意義上說，甚至超過了政黨提倡的「知識
分子改造」。前文已經述及，胡風最不耐煩舒蕪的就是「書生」的氣質，多次
敦促其矯正；而在這裡，舒蕪將自己擺了進去，把它作爲了要「批判」及要
「消滅」的對象。論題的轉變固然不能排除所受胡風的影響，也不能排除對
魯翁「革自己命」的仿傚，但主要還是因時局的變化而引起的。他在文中意
味深長地提到：

　　　　即將到來的歷史的大清洗，將證明給我們看，容許存留下來的，

　　　以及必須消滅的，究竟是些什麼東西。

知識分子在未來「人民的世紀」中的命運，這是當時國統區進步文化界時常
討論的話題，但直截了當地稱之爲「即將到來的歷史的大清洗」，卻是未之有
過的，這很容易使人聯想起蘇俄曾發生過的事情。在一般情況下，進步文化
界一向對此諱莫如深。但胡風和朋友們私下裏是議論過的，1945 年年底舒蕪
赴重慶與胡喬木討論《論主觀》返回白沙後，曾寫了一篇短文，文中對政黨
箝制思想自由的前景不無微辭，他把文章寄給胡風審閱，並在信中（12 月 1
日）寫道：「這見解大約是不對的，事實上大約也尚未至於眞那麼『聲聞路絕，
言語道斷』的時候吧？」胡風覆信（12 月 8 日）道：「那種時期，不能說不會
有，我自己就預定了有一個時期，如果還未死就譯『希臘』兒童讀物的。但
我想，也可以使它沒有，至少是不至那樣『道斷』的。」舒蕪此時放言「大
清洗」，其實是舊論重提。

　　雖是舊論重提，但表述中出現了不少新的東西。首先，該文中大量引述《整
風文獻》中的論述，彷彿要站在政黨的角度和立場上探索知識分子未來可能有
的生存空間；其次，該文根據毛澤東關於「知識只有兩門」（階級鬥爭和生產

────────────
〔註 6〕 該文原載《希望》第 2 集第 3 期。收入《舒蕪集》第 1 卷第 190～204 頁，下
　　　　不另注。

鬥爭）的論述，依據是否「有用」的原則把知識分子分為三種類型：第一類是「以資本主義社會為基礎」而產生出來的「知識分子」，他們的知識在未來是「有用的」，需要改造的只是與無產階級有著「一定對抗」的「情緒與思維」；第二類是封建文化薰陶出來的「書生」，他們的學問「高出於一切有用之上」，在未來是絕然「無用的」；第三類是「帶著書生傳統的知識分子」，他們儘管學得了一肚子的新理論，卻沒有「生活實感」，張口閉口「為了人民我怎麼怎麼」。文中提出，「現在所要批判，所要消滅的」就是這第三類的「半知識分子」。

　　該文的新意其實並不體現於對於第三類「半知識分子」的批判，而在於對第一類「知識分子」的同情，這類「知識分子」就是舒蕪越來越感到親近，而被胡風、路翎所愈來愈瞧不起的臺先生這類「學界」人物。

　　舒蕪於6月20日前後將文章寄給胡風。胡風1946年7月17日覆信稱：「《實事求是》，看過覺得似無問題（但也熱力不夠），就發排了，現在連內容也完全忘記。」一句褒獎的話也不肯給，反而流露出很不屑的態度，頗有意味。

　　當年7月前後，臺先生接到了臺灣大學的聘書，舒蕪也將應江蘇學院之聘東下。臨行之際，兩人依依惜別。

　　8月3日，舒蕪將偕老母赴重慶候船東下。臺靜農先生以手抄的魯迅舊體詩卷相贈。舒蕪年前曾見過這個寶物，表示過非常喜愛，還在致胡風的信中提到「他有他手寫的且介遺詩的長卷，甚有趣」云云。臺先生特地撿出來相贈，並題「跋」。錄如下：

> 一九三七年七月四日，余自青島到平，寓魏建功兄處之獨後來堂。又三日，蘆溝橋事變起，余遂困居危城，不得南歸。時建功兄方輯魯迅師遺詩，抄寫成卷。余因過錄兩卷，此一卷抄成於八月七日，明日敵軍進城，有所謂敵軍入城司令者，公然布告安民。又三日，余乘車去天津，由津海道南行。回憶爾時流離道途之情，曷勝感喟。今勝利將及一年，內戰四起，流民欲歸不得，其困苦之狀，實倍於曩昔，此又何耶？今檢斯卷贈重禹兄，追尋往事，隨筆及之。禹兄與余同辭國立女師學院講席，後復同寓舊院兩月有餘，次日東歸，此別不知何年再得詩酒之樂，得不同此惘惘耶。

> 　　　　　　　　靜農記於白蒼山莊，一九四六年八月二日。
> 　　　　　　　　　　（長方篆文朱印：「歇腳盦」）〔註7〕

―――――――――――――
〔註7〕　《舒蕪集》第8卷第27～28頁。

臺先生又取出珍藏的魯迅手稿《娜拉走後怎樣》長卷，請舒蕪在卷尾題跋。
舒蕪感到非常惶恐，再三推辭。但臺先生說：「我不是隨便找人題的。」他便
不敢推辭了，題了兩首七律，並附以簡短的「跋語」。錄如下：

　　　一九四六年春，女子師範學院橫被解散，撐拒數月，入夏而潰。
　　白蒼山既空廢，管與靜農先生猶共羈居，晨夕過從，爰假所藏魯迅
　　先生曩在女子師範大學講演手稿卷子敬觀，泰山梁木，方深感愴，
　　且緣馬幼漁先生跋文，念狐鼠縱橫，今昔如一，而力微莫禦，復愧
　　往哲。成二律以誌此懷……

靜農先生命書卷末　　　方管敬題〔註8〕

　　8 月 3 日舒蕪奉母親在重慶候船，船票是他的堂伯母（時任某保育院院長）
幫忙弄到的，他們將以保育院「家屬」的名義登船。當晚，他的「前」女友
從市郊九龍坡趕來送行。他們漫步到重慶江邊的一個可以俯瞰長江的公園
裏，並排坐在「江山一覽軒」茶館的臺階上，對著長江話別……

---

〔註 8〕　舒蕪《關於魯迅〈娜拉走後怎樣〉手稿卷子上我的題跋》，載《魯迅研究月刊》
　　　　2002 年第 2 期。

# 26 「是不是你已經覺得我正逐漸遠去」

　　1946 年 8 月底，舒蕪奉母親回到了闊別數年的家鄉安徽桐城。將母親安置在桐城勺園故宅後，便準備赴徐州江蘇學院任教。

　　他的這個教職也是黃淬伯教授推薦的。1944 年下半年，黃淬伯教授曾舉薦他任國立女子師範學院副教授。不久後，黃先生與某教授發生爭執，某教授指責黃先生「引用私人」，「私人」之一指的就是他。在最困難的時候，黃先生曾向他保證：「我偏要支持你和他們鬥一鬥。」還說，「你不要急，我在這裡一天，總要照顧你一天的。」黃先生始終十分看重舒蕪，其中有私誼，也有公德，在此難以釐清。抗戰勝利後，他早於舒蕪出川，曾先後有去大夏大學、安徽大學之議，都曾約舒蕪同去，後來他決定到位於徐州的江蘇學院任中文系教授兼系主任，又為舒蕪爭取到了副教授的聘書。舒蕪儘管更願意在上海求職，但胡風始終不給明確的答覆，他只得繼續在黃先生的「庇護」下謀得一個飯碗。

　　此期，舒蕪的心情相當壓抑，除了飯碗問題，還有失戀的折磨。如前所述，他的初戀對象已離他而去。對於一個 20 來歲的年青人來說，失戀的痛苦也許更能折磨人。他沒有把失戀事告訴胡風，而只向路翎、阿壟等年齡相當的朋友訴說。

　　舒蕪在桐城呆了不到一個月，便要啟程赴徐州任教了。他於 10 月 9 日致信胡風，稱：

　　　　六七天後赴徐，由此赴合肥，由合肥赴蚌埠，這麼走。本來預
　　備取道南京的，順帶或赴滬，現因經濟，不行了。

　　　　《希望》）四期不知何時可到。但這地方，恐怕會收不到的。

　　　　三期我沒有，只是在渝時見到過，請留一份。俟到徐，如那裏可寄

　　　　可收到，再函告。

處於諸般苦惱之中的舒蕪仍十分關切《希望》雜誌的情況，但他不知道雜誌
正面臨著空前的生存危機。

　　胡風曾對在上海出版《希望》抱有很大的希望，早在未出川時，就已委
託海燕書店老闆俞鴻模翻印《希望》第 1 集的各期，指望搶在所有左翼刊物
的前頭率先佔領上海市場，擴大本流派的影響，並爲《希望》第 2 集的出版
及「希望」出版社的出書打下基礎。然而，《希望》第 1 集翻印後的銷售情況
並不理想，據梅志回憶，《希望》第 1 集是託海燕書店老闆俞鴻模重印的，「算
下來，不但沒有餘款，還賠了一點。〔註1〕」《希望》第 2 集是交中國文化投
資公司印刷出版的，該公司的投資者是著名民主人士、錦江飯店老闆董竹君，
該公司爲胡風提供了若干優惠條件，無奈《希望》的發行情況仍不好。胡風
在「萬言書」中曾抱怨道：

　　　　當時半殖民地的上海是讀者被「勝利」弄虛浮了的蔣家天下，
　　黃色刊物就有二百種之多……作爲「進步」的「時尚」，「頂頂吃香
　　的也就是美國的大腿電影和美國的發鬆小品」。再其次，南京暗探范
　　泉主編《文藝春秋》，何其芳同志的朋友，剛剛弄掉了國民黨上海市
　　黨部審查科長位子的李健吾主編《文藝復興》，幹著何其芳沒有引出
　　來的、羅丹所說的「爲引誘群眾而皺眉扮臉，裝腔作勢」的文藝事
　　業。……至於「進步」刊物，少到幾乎沒有，我編的《希望》，被扣
　　不能發到外地，在上海三千冊都銷不了〔註2〕。

引文中所說的「進步刊物」「少到幾乎沒有」，當然不是事實；正如范泉不是
「南京暗探」，李健吾沒有那麼惡劣，何其芳並非矯揉做作之輩，上海的讀者
也並不像胡風估計的那麼低能。然而，《希望》「在上海三千冊都銷不了」，這
卻是事實。胡風不去檢討主觀原因，不去檢討刊物由於作者面窄，風格單一，
話語陳舊，意氣用事等等不足，而只是一味抱怨。

　　舒蕪對這一切毫無所知，他一直想到上海來協助胡風做點事情，但胡風

〔註 1〕　梅志《胡風傳》第 528 頁。
〔註 2〕　錄自《新文學史料》1989 年第 4 期。收入《胡風全集》時，刪掉了「南京暗
　　　　探」四字。詳見《胡風全集》第 6 卷第 207～208 頁。

始終沒有給他以積極的回應。他對此並不放在心上。在某些事情上，他有些
遲鈍。

舒蕪於1946年11月17日到達徐州。一切安排妥當後，於11月24日致
信胡風，稱：「到徐州已一星期，但房子直到今天才住定，所以今天才能寫信。
學校校舍甚好，住得還舒服。也還有可談之人。」

由於各種原因，《希望》出過第2集第4期（10月18日）後已無形停刊。
該期雜誌封底有兩個「啟事」：一是編輯部的《緊要啟事》，稱：「本刊因出版
關係發生困難，以致拖期，本期出版後，能否下一期接著出版、如何出版，
尚不能確定。」一是出版發行商「中國文化投資總公司」的《啟事》，稱：「本
公司發行《希望》月刊以來，承蒙各地讀者之愛戴助勉，殊深感激；茲本公
司以書報部之結束，致《希望》發行亦無法繼續，實為惋惜，而對讀者尤覺
遺憾！」

胡風於11月27日覆舒蕪信，囑咐道：

> 能住得好就是幸福，但對可談之人還是談得「文藝」一點的好。
>
> 刊在停頓中，沒有精力籌備了。此處已是荊天棘地，頗有無法
> 開一個視窗之苦。我自己的情形也一點沒有能夠改善，什麼也不能
> 做。

信中傳遞了兩層意思：第一層表述了對舒蕪社會交往情況的耽心，他深知對
方是個好交際之人，當年剛進入國立女子師範學院後便與臺靜農等教授唱
和，不僅告訴對方自己就是撰寫《論主觀》的「舒蕪」，還把與《希望》同人
的交往全都洩露了出去。此時剛到江蘇學院，又找到了「可談之人」，他對此
非常擔心。第二層通知對方《希望》已經停刊，上海方面無事可做，不要再
對到上海來抱有企望。

此時，舒蕪並不十分介意胡風的警告和暗示，他覆信解釋道：

> 所謂可談之人，請你放心，因為所「可談」的不過是儒家如何
> 錯誤，唐宋八家如何蠻悍虛驕，桐城派如何鄙陋，戴震思想如何好，
> 等等，而已。這是，不但是「文藝」，而且是「學術」呢！

不管胡風如何叮囑，也是鞭長莫及，無法限制舒蕪的社會交往；更何況前例
在先，舒蕪對他的警示一貫執「姑且聽之」的態度。反過來說，胡風越是限
制舒蕪的社會交往，舒蕪越是不跟他講真實情況，彼此間的心理距離也越遠。
當年，在女子師範學院執教時，舒蕪能夠將與諸教授的交往瞞過胡風，此時

他當然更能無視胡風的嘮叨而自由地進行交際了。順便提一句，1948 年他到南寧師院任教後，追隨譚丕模等進步教授投入爭民主反專制的鬥爭，乾脆就連半點風聲也不再透露給胡風了，他似乎認爲胡風根本瞧不起這類鬥爭。此是後話，在此不贅。

《希望》的停刊，對舒蕪的震動似乎也並不算太大。這一年裏，他寫稿不多，對《希望》第 2 集的貢獻遠遜於第 1 集。

《希望》第 2 集共出了 4 期，舒蕪在第 1 期（1946 年 5 月）上發表雜文 4 篇，論文 1 篇〔註3〕；在第 2 期（1946 年 6 月）上發表雜文 3 篇，小論文 2 篇〔註4〕；在第 3 期（1946 年 7 月）上發表雜文 4 篇，論文一篇〔註5〕；在第 4 期（1946 年 10 月）上發表雜文 1 篇，論文 1 篇〔註6〕。數量遞減，這還只是現象，如果深究起來，還可以發現，他在第 2 集上發表的三篇重要論文，均作於居留四川期間：《個人、歷史與人民》作於 1945 年 8 月，《魯迅的中國與魯迅的道路》作於 1945 年 9 月，而《論「實事求是」》是 1945 年舊稿的改寫。換言之，這些稿件幾乎都是失去「時效」的作品。對於習慣於追新的上海讀者來說，這些文章的論題已經過時，話語體系也相當陳舊，很難引起閱讀興趣。胡風對此並非一無所知，他之所以繼續採用這些稿件，大約出於撰稿人過少，缺乏稿件，不得已而爲之罷。

其時，舒蕪在胡風刊物中的地位已經明顯下降，換言之，他在胡風心目中的地位及在「胡風派」中的地位已經下降。他對此並非看不清楚，曾在《〈回歸五四〉後序》中寫道：

> 在江蘇學院和南寧師範學院共約三年間，我除了寫短篇的雜文散文而外，長的論文發表得很少。客觀原因是《希望》在重慶出完第一集，轉到上海出第二集，中間停了一段；第二集剛出完一至四

〔註3〕 雜文《乾隆皇帝聖慮發微》（鄭達夫）、《學生與政治》（宗珪父）、《「政治雜感」雜感》（竺夷之）、《忘掉》（郭畹），論文《個人、歷史與人民》（作於 1945 年 8 月）。

〔註4〕 雜文《性與革命與統一》（竺夷之）、《鄧肯女士與中國》（鄭達夫）、《尊理性》（宗珪父），總題爲《關於思想與思想的人》的兩篇小論文（《論文的風格》和《過程與結論》（作於 1946 年 2 月）。

〔註5〕 雜文《雨夜讀龍》（白君勺）、《關於幾個女人的是是非非》（鄭達夫）、《談「婦言」》（孫子野）、《我的聰明》（舒蕪），論文《論「實事求是」》（作於 1946 年 6 月）。

〔註6〕 雜文《女作家》（白君勺），論文《魯迅的中國與魯迅的道路》（作於 1945 年 9 月）。

期，又被國民黨政府查禁了。此外我能夠投稿的刊物，只有成都出
的《呼吸》，北平出的《泥土》。《呼吸》只出了四期。《泥土》是幾
個大學生湊錢辦的薄薄的小刊物，容不下較長之文。更重要的還是
主觀原因。

主觀原因是什麼呢？在此暫且不論，且看胡風此期對他的批評，可略窺一斑。
胡風批評他的《啓蒙論綱》，說是「心境太弱了」〔註7〕；批評他的《論「實
事求是」》，說是「熱力不夠」〔註8〕。所謂「心境」和「熱力」都只能說是主
觀狀態的外在表現，而內在的原因，舒蕪自認爲是：「那時我確實因爲《論主
觀》剛一出來，就受到權威方面那樣的打擊，加上個人生活上的一些煩惱，
寫作心態很不好。〔註9〕」「權威方面」的「打擊」，已見於前述他與胡喬木在
《論主觀》問題上的爭執；「個人生活」的「煩惱」，在前述困居「空山」所
作《寂寞與復仇》中也曾有過披露，指的是失戀及失業的雙重折磨，尤其是
前者。重慶臨江公園裏與初戀女友的訣別，仍令他不時懷想，「心中隱隱作痛」
〔註10〕。

　　1946 年 10 月，《希望》第 2 集第 4 期出版後即停刊。其後，胡風便一心
爲「希望」社的業務奔走，他策劃重印《七月詩叢》及繼續編輯《七月文叢》。
舒蕪當時至少有四本書可收入「文叢」：一本論文集，一本近代思想文化文選，
一本雜文集，一本哲學專著。這四本集子基本上都完成於困居白沙「空山」
時期（1946 年 3～7 月）。最先編成的是雜文集，於 1946 年 3 月寄胡風，並囑
其寫序；接著編成文化哲學論文集，收入《論主觀》《論中庸》《思想建設與
思想鬥爭的途徑》《個人·歷史與人民》《魯迅的中國與魯迅的道路》等五篇
文章；同時編成的還有《近代文選》，選錄了晚清以來思想史的重要文章；哲
學專著《生活唯物論》構思最早，寫成卻最晚。

　　起初，胡風選中了舒蕪的雜文集〔註11〕。1946 年 3 月 10 日他致信舒蕪，
稱：上海讀者的程度和要求低到出乎意外……雜文集可以弄好寄來……至於
長論文集絕對沒有人肯出的。接著，他與舒蕪商討該雜文集的題名，其過程
卻使得雙方都頗不愉快。

---

〔註7〕　胡風 1946 年 5 月 27 日致舒蕪信。
〔註8〕　胡風 1946 年 7 月 17 日致舒蕪信。
〔註9〕　《〈回歸五四〉後序》。
〔註10〕　《舒蕪口述自傳》第 160 頁。
〔註11〕　舒蕪著《掛劍集》，爲《七月文叢》之一，上海海燕書店 1947 年出版。

舒蕪 1946 年 10 月 9 日致胡風：「想起雜文集，你從前說要換名字，現在似就題為『某某雜文集』。當然現在未必有出版之望，但且改了再說。」

胡風卻認為這個題名不好，於 11 月 27 日去信批評：「為什麼這樣急地用大排場的書名呢？這對己對讀者都沒有生氣的。XX 論著或文集之類，將來再用吧。」

舒蕪閱信後覺得十分委屈，12 月 1 日覆信辯白道：「原來想的『XX 樓雜文集』和『XX 雜文集』之類，是以為簡單質樸一點，為了省點事的緣故。藉此表示『大排場』的意思，實在未曾有過；而且就是現在，也不覺得有那樣的表示。」

無論有沒有那樣的「意思」，胡風此時對舒蕪的敲打大致仍是出自好意。當然，他是不會以這種態度來對待路翎的。他對路翎一向勉勵有加，路翎寫出《飢餓的郭素娥》後，他當晚就寫出「序」（《一個女人和一個世界》），讓路翎讀後「興奮」之餘覺得「實在有些著慌」；路翎寫出《財主底兒女們》後，他馬上為其寫出「帶點恐駭性」的「序」（《青春的詩》），令路翎「激動」得「各處亂跑一陣才回來」。我們說胡風此時對舒蕪仍充滿著善意，不是指信中的措辭，而是指其時他對舒蕪的學術水準的公開評價，這年他為舒蕪未寫成的哲學專著《生活唯物論》擬就的廣告可為佐證。胡風是這樣寫的——

> 青年哲學家舒蕪的出現，在後方讀者社會中造成了一個驚奇。他的每一篇論文都深深刺入了現代中國的思想狀況的要害，因而引起了廣泛的討論。本書是為青年讀者寫的一本哲學講話，但卻是用全力把最高的原則揭示了出來。因為是從現實生活要求提出問題的，所以毫無難懂之處。用小說式的對話體，活潑而生動，有很高的獨創性。每章附有討論題目，書後附有詳細索引。〔註12〕

可惜舒蕪當年沒有讀到這個廣告。

他們之間的關係就這樣不冷不熱地拖到了 1947 年。開年以後，胡風忽然不來信了，舒蕪有些疑惑，不斷地去信詢問。

（1 月 11 日）「在這之前彷彿有兩三封信，不知都收到沒有？」

（1 月 28 日）「久不接信了。」

---

〔註12〕 《〈七月文叢〉介紹九則》，《胡風全集》第 5 卷第 383 頁。

（1 月 31 日）「很久不曾接到過你的詳談問題的信了；缺乏了這種養份，生命已漸枯萎。不知最近能撥冗就這問題較詳細的寫些意見給我麼？」

（2 月 8 日）「迭寄信稿，均不知到否？又久不得來信，亦不知可有什麼事故？念甚。」

（2 月 12 日）「今天又過去了，而你的信還是沒有。原因，我想最可能的當然還是心緒的忙亂。可是，我的親切的朋友和引路人，請許我問一句：是不是你已經覺得我正逐漸遠去，因而無話可說，無信可寫了呢？」

期盼之情溢於言表，但「親切的朋友和引路人」仍沒有信來。他猜測對方不來信的原因「當然還是心緒的忙亂」，這倒是猜對了。原來，這年年初胡風的大哥張名山在家鄉蘄春突然遇害。梅志回憶道：「春節過後不久，忽然收到大侄張恩的來信，說大哥被方姓人殺害了。這突然的變故使他十分震驚，但白紙黑字又使他不能不信，痛哭一場後，即寫信給家裏詢問詳情。〔註 13〕」這年春節為西曆 1 月 22 日，胡風的大哥遇害時間在 2 月初。其後一段時間，胡風忙於為大哥申訴和呼冤。他寫信給湖北省黨部主任方覺慧，要求他主持公道緝拿兇手；他投書武漢各報社，希望他們主持正義；他拜訪寓居上海的湖北耆宿，請他們出面說話。在這段身心俱疲的時日裏，他根本沒有心思回答舒蕪提出的「幼稚」問題。

說舒蕪所提的問題「幼稚」，並非無因。請看他 2 月 12 日寫給胡風的信。在這封信中，他第一次向胡風坦白了失戀之事，並檢討了近幾個月來「怠工」的主觀原因：

你大約已經知道，去年四月，我有過一次所謂「失戀」的事。當時，除了把信件之類寄寧（指路翎）保存，無須自己敘述，又與梅（指阿壟）面談，較易說清而外，不曾用通信告訴過任何朋友，覺得無從說清。但現在，從「呼吸」，從「寂寞與復仇」，從方然的「論生存」，從梅兄（指阿壟）代我告訴你（我託他寫的）的信上，你大約知道了。而自出川以來，直到去年十二月，這整整四個月，我是幾乎已被擊倒，在掙扎之中表現得非常頹唐，這個你大約也已

〔註 13〕梅志《胡風傳》第 530 頁。

感到。那麼，這是否不應該有的呢？今年起，我可以充分自信的說，總算戰勝了自己了，力量和關心，都已經回來。然而，曾經發生的事，究竟是什麼意義？我做的是否對？我又應該或能夠從那中間汲取些什麼？這些問題，雖然僅僅關涉於過去的事，但一直糾纏著我，我也渴望著得到一個解答。我的親切的朋友和引路人，就趁此，也請幫我解答一下吧！

信中提的這些問題，任何人都無法回答。當初熱戀的時候，他並未向對方透露信息；如今失戀了，卻急切地求教於對方；愛情本無對錯，失戀更無須追究「意義」；對方並不是戀愛專家，又能提供什麼建議呢？更何況胡風當時正處在失去長兄的痛苦之中，肝膽欲裂，怒氣填胸，哪有心情為他「解答」呢？

舒蕪沒有得到回音，納悶地寫信給其他朋友詢問，才得知胡風家裏出了這麼件大事。他深悔自己的孟浪，趕緊馳信（2 月 14 日）道歉。信末誠懇地表示：「請原諒昨信的愚蠢與自私。」

# 27  完全非「進步女性」一流

1947 年春節過後，舒蕪將返回家鄉度假，他計劃從徐州經南京，再從水路到安慶。

2 月 8 日他從徐州致信胡風，稱：「十五號左右離校返家，決過嗣興兄（路翎）處一聚，或即赴滬一行，俟在京決定後，再函告。」

抗戰勝利後路翎隨其妻余明英「復員」來到南京，當時在「京」的朋友還有冀汸和化鐵等人。舒蕪大約有一年多沒見到他們了，非常盼望能在南京重逢。南京離上海並不遠，水路、鐵路、公路均可達，他也計劃去上海看望胡風，一連給胡風寫了三封信，卻沒有收到回信，後來才知道胡風家裏發生了大事，於是取消了赴滬的計劃。

2 月 19 日舒蕪從徐州抵達南京，與久別的朋友路翎、冀汸、化鐵等歡聚，玩了四天。2 月 23 日他致信胡風道：「在家中大約住二十天，擬（下月）十號動身，安慶如有直達上海船，就來滬看你。」

3 月 10 日他度完春假返校，卻沒有繞道上海去看望胡風。到校一個月後，他才給胡風寫去一封道歉信（4 月 19 日），說是：「本來想由桐城返徐州後，即刻到上海來一趟的，一面談談，一面找幾個家人商量一點家事。但因為沒有這筆錢，直到現在不能實行，可恨得很！現在還是在極力想著法子。」

「錢」，真是個法力無邊的東西！有錢，天涯成比鄰；無錢，咫尺變天涯。但在當年舒蕪的處境和心境下，沒「錢」，似乎只是一個非常不錯的籍口。也許他不知道該如何安慰這位剛剛喪失親人的友人，也許他不知道該如何向對方解釋近年來寫作成績不佳的原因。在這種情況下，經濟上的困窘於是成為了掩飾某種心理的託辭。

在同信中，他還提及此前曾給對方寄去兩篇文稿，似乎想以此告慰對方：我雖然沒能來上海看望你，但我仍在努力寫作，我並未離去！其中一篇文稿題名爲《論五四精神》（作於 1947 年 3 月 29 日），後刊於阿壟主編的某叢書﹝註1﹞。細讀該文，可以發現舒蕪近年來新的理論探索及新的思想趨向。

《論五四精神》開篇第一句便從反面提出論題：

> 把中國的五四運動比擬爲歐洲的文藝復興，這是錯誤的比擬，從形式一直錯到內容。形式上，很顯然的，那時根本沒有「復興」什麼古代的文藝，倒是提倡了「引車賣漿者流」的白話文，而這裡面就有深刻的內容：白話文的提倡，正是不恥淺薄，不諱幼稚，英勇地走向了今天。

接下來，他對比分析了上述兩個運動不同的階級屬性。他認爲，歐洲文藝復興的大師們所代表的是「狹隘庸俗的銀行家和工廠主」；而五四運動則不然，文中引用了「哲人」（毛澤東）的一段文字來論證：「五四運動，在其開始，是共產主義的知識分子，革命的小資產階級知識分子和資產階級知識分子（他們是當時的右翼）三部分人的統一戰線的革命運動。﹝註2﹞」

再接著，他又對比分析了上述兩個運動不同的政治屬性。他認爲，歐洲文藝復興大師之所以「穿戴古衣冠上陣」，是因爲他們「是用來掩蓋自己的狹隘庸俗的本質，藉此昇華到美，到詩」；而五四運動的先驅者則不然，「在他們面前，響著世界革命運動的號召，俄國革命的號召。這聲音，是人類世界中一切可能的詩和美中的最詩最美的聲音，號召他們向前走，而不是向後看。這樣，他們就不需要借助於化裝，只需要簡簡單單地向前走去，而感到這簡簡單單的行進中本來就有著美和詩。」

我們注意到，舒蕪用以論證五四運動階級屬性的那段文字直接錄自毛澤東的《新民主主義論》（1940 年 1 月），而用以論證五四運動政治屬性的話語，也脫胎於毛澤東同文中「五四運動是在當時世界革命號召之下，是在俄國革命號召之下，是在列寧號召之下發生的。五四運動是當時無產階級世界革命的一部分」的論斷。

應該指出的是，舒蕪此時對五四運動的看法，至少在階級屬性（領導權）的分析上，已與胡風有了一定的距離。幾年前，他就讀過《論民族形式問題》

---

﹝註 1﹞ 收入《舒蕪集》第 1 卷第 211～218 頁。下不另注。
﹝註 2﹞ 《新民主主義論》，《毛澤東選集》第 2 卷，人民出版社 1986 版第 693 頁。

（1940 年 12 月），對胡風的觀點應該不陌生。胡風在文中這樣寫過：「以市民
爲盟主的中國人民大衆底『五四』文藝革命運動，正是市民社會突起了以後
的、累積了幾百年的、世界進步文藝傳統底一個新拓的支流。」按照舒蕪此
文中表達的觀點，「以市民爲盟主」——「狹隘庸俗的銀行家和工廠主」——
恰恰是歐洲文藝復興運動的階級屬性，而五四運動卻斷然不同。換言之，他
在該文中批駁的反方實際上不是別人，而是以胡風爲代表的國統區一批左翼
知識分子。當然，他在寫這一節時，也許沒有清楚地意識到是在和胡風唱對
臺戲。他是從《整風文獻》中讀到毛澤東的相關論述的，該著作曾廣泛流行
於國統區。他於 1946 年初購得這本書，當時他困居在「空山」中，有充足的
時間認眞研讀。其間，他撰寫了好幾篇文章，如《關於思想與思想的人》（1946
年 2 月 28 日作）和《論「實事求是」》（1946 年 6 月 16 日改寫）等等，行文
中都大量引用了《整風文獻》中的語句。

　　胡風對舒蕪近作中表露出來這種理論傾向是否有所察覺呢？答案是肯定
的。他在覆信中饒有深意地說，最近腦子不好使，對《論五四精神》幾篇文
章「沒看懂」〔註3〕。

　　所謂「沒看懂」，顯然是託辭。舒蕪十分不滿，又去信（5 月 19 日）追問
道：

> 你的情形，我看乃是疲勞過度之故，還需盡可能休息。但說腦
> 子完全動不了，我看也未必；就所見到的最近諸文而論，仍是深刻
> 充沛而有力的。至於看我的短文不懂，那大概是文字本身太隱晦了
> 吧。

舒蕪自承該文「文字本身太隱晦」，他的這個表述也頗有深意。該文借政黨領
袖言論爲「五四精神」張目，放言五四運動是無產階級所領導，意在反對一
切貶斥五四精神（包括個性解放）之論，其中也許包括瞿秋白貶斥「五四」
爲「資產階級的」的相關觀點。前此，胡風雖然已明確地告誡過他：「在我看，
瞿說在今天已不足說明什麼了。」不過，以毛澤東的言論來批駁瞿秋白的觀
點，這種手法畢竟過於「隱晦」。然而，應該能看懂的胡風卻聲稱「沒看懂」，
這就有點奇怪了。也許，舒蕪文中的表述引起了他的猜疑；也許，他並不主
張文中過多地直接引述或化用「哲人」的觀點，以爲這會帶來「找教條來救
命」之嫌。他是否這樣想過，目前尙不可知。

---

〔註 3〕 胡風 1947 年 5 月 16 日致舒蕪信，轉引自《〈回歸五四〉後序》。

　　類似的情況在舒蕪與胡風的交往過程中已經發生過一次。1945 年初，舒蕪讀過毛澤東的《論聯合政府》後，曾在致胡風信中感慨地評曰：「感到了眞的主觀在運行，一個大的意志貫穿了中國。」流露出對這位政治偉人的無限敬仰；胡風在覆信（1945 年 5 月 31 日）中卻不以爲然地糾正說：「以前，（我們）何嘗不是肯定了它的。」言語間有取笑對方的意思；後來胡風又在信（1945 年 6 月 26 日）中批評他的行文有「出我意外的幻想」。

　　「救命」也罷，「幻想」也罷，在致力於文化哲學研究的小青年舒蕪看來，毛澤東這位政治偉人畢竟比胡風要高明得多。如果打個不太恰當的比喻，在他探索「發展馬克思主義」的道路上，胡風之於他曾經是黑暗中的一柱燭光，而毛澤東之於他就如同黎明時那一輪噴薄而出的朝陽了。朝陽已出，燭光自然就失去了光彩。舒蕪思想的變化並不是孤立的個案，幾年前中共南方局的幾位才子們努力推動「廣義的啓蒙運動」，其初衷何嘗不是企圖在文化思想領域獨立地「發展馬克思主義」，未久，便紛紛「統一」於毛澤東思想。當年，在信奉無產階級革命的進步知識分子中，能把馬克思主義與中國革命實踐結合得更好的，能提出一整套完備的具有可操作性的理論體系的，有誰能超過毛澤東呢！

　　這裡且說一段閒話。胡風在《關於喬冠華》中曾憶及 1946 年初返回上海後與喬冠華的兩次對話，其中涉及到他的獨立地在文藝領域「發展馬克思主義」的雄心。文中有如下一段：

　　　　黨的辦事處在馬思南路，他（指喬冠華）和陳家康、徐冰當都住在那裏。我去過那裏多次，但沒有和他見面的具體記憶。只記得他到我家來過一次，談話也扯到文藝問題。他說，文藝上只老茅提出了一些問題，但也沒有把創作方法問題解決。我以爲「老茅」是說的茅盾，當即說：「他對問題的理解庸俗得很；創作方法，他不是愛談技巧技巧的麼！」他沒有再說什麼。後來我想，他怎麼那樣肯定茅盾呢？這才想到，他一定是說的毛主席（我從來沒有聽見誰稱毛主席爲「老毛」）。第二次見面時問他，果然他是說毛主席。我當即說：「如果創作方法問題也要毛主席解決，那要我們這些人幹什麼呢？」但也沒有把話談下去。〔註4〕

<hr />

〔註 4〕 《胡風全集》第 6 卷第 510 頁。

在胡風看來，毛澤東並沒有窮盡馬克思主義的中國化，至少在文藝「創作方法」上尚給他人留下了充分的發展空間。他的看法雖然不無道理，但在當年，這也是肇禍的思想根源之一。

舒蕪寄出了《論五四精神》後，又突然中止了寫作。其原因也有主觀和客觀兩個方面。客觀原因是再次被動地捲入學院內宗派爭鬥的漩渦，主觀原因是又有了戀愛的對象。他於 1947 年 4 月 15 日致信胡風，寫道：

> 想來上海，不知有處住否？如可能擠著住一兩天，請即回信見告，並告我京滬站下車後如何走法，我就來了。徐州產酒甚美，當帶一兩瓶來喝，其味頗近於四川大麴也。

> 想你已知道，我現在又算是在戀愛了。既然愛了起來，就總會沉重，不會甜蜜蜜的。而人又遠在北平。因此，暑後一定進行去平津工作，不知可能實現。情緒頗亂，力自鎮壓，近正詳讀貝多芬傳，極有益。加之學校內部糟了起來，被校當局認爲「黃派」，認爲有擁黃淬伯以篡位之圖，言行常被窺伺，日處嫌疑之中，無聊已極。由於人事關係，他們不能對我們如何，要留下去還是可以，但又何必呢？

從重慶南溫泉的中央政治學校的助教，到白沙的國立女子師範學院的副教授，再到徐州的江蘇學院的副教授，舒蕪在教育界走過的每一步都曾得到黃先生的「提攜」，這是事實；他有才華，肯鑽研，負責任，甚至得到了學生們的愛戴，這也是事實。當年教育界派別森嚴，時有傾軋，舒蕪因此被劃入「黃派」而受到歧視，此事也不足爲怪。1945 年在女師學院，舒蕪也曾被人劃入「黃派」，飽受派別爭鬥之累，差點被教育部抹去了「副教授」的桂冠。這一次的情況雖稍有不同，但仍起於派別鬥爭。

不過，舒蕪這次並沒有因飯碗問題而產生恐慌感，大概黃先生的「人事關係」牢靠，「我們」的地位不可動搖罷。當然，這只是揣測。實際上，沉浸在新的戀愛中的舒蕪並不太介意職業問題，在他的眼中，這個醜惡的世界已被他的「主觀」抹上了一層淡淡的玫瑰色：酒是美的，戀愛是甜的，想到未來可能到平津任教，更不能不興奮！

他這次的戀愛對象是未來的妻子陳沅芷，原來也是女師學院的學生，抗戰勝利後轉入北平師範學院繼續求學。他們原來就相熟，確定戀愛關係後，很快就進入到談婚論嫁的階段。這年舒蕪 25 歲，陳沅芷 23 歲，在當時也算是大齡青年了。

胡風閱信，得知舒蕪想到上海來住幾天，甚感爲難。當時，他正爲房子問題鬧得焦頭爛額。抗戰前他一家獨住上海永康路文安坊六號一幢三層樓的房子，抗戰時岳母留在上海照看，迫於生計將底樓和三樓出租。此時胡風想用這住房辦出版社，就必須讓房客遷走。爲了達到目的，他曾求助於「有幫會關係的」人物，還曾請出「社會局」工作人員出面調解，事態一度鬧得相當大，甚至驚動了周恩來發話：「爲房子的事，千萬不要惹出麻煩。〔註5〕」最後，他拿出了一筆「在當時可以買到十多兩黃金」的錢，請房客另覓住處，此事才算解決〔註6〕。

舒蕪此次想來上海，大概是想與師友們分享戀愛的喜悅，處於熱戀中的小青年有時是會有這番突而其來的想法的。然而，胡風覆信卻表示住處有困難，他只得打消赴滬的計劃。

4月28日舒蕪又致信胡風，通知對方說：「五月一日飛平一行，擬勾留一週，上海不能來了。」

5月16日胡風覆信，意頗懶懶：「不知從北平回來了否？」

5月19日舒蕪致信胡風，報告婚事進展：「一日飛平，十七日返徐，在平訂婚。北平『學風士氣』極好，見見聞聞，令人欣慰。我暑後十分之七八是去平津教書，並把母親也接去。」不知爲何，胡風這次沒有覆信。

6月4日舒蕪再次致信胡風，再次報告北平之行情況，並略述未婚妻情況：

> 從北平回來後兩天，或是三天，就寄上一信，直至現刻未得回覆，不知是到了還是掉了？念念。
>
> 那信上說些什麼，已不完全記得，但關於訂婚的話，總是有的。就是說：去北平，和陳沅芷女士訂了婚；而她，是素樸切實的，並且獨自流浪過，在桂林一家工廠裏做過職員與工人之間的工，沉重的生活過，「知稼穡之艱難」。也完全非「進步女性」一流。湖南醴陵人。我已要她加洗一張我們的合照，寄給你們。

6月19日胡風終於有信來，稱：「祝賀你們。」

在最近幾年裏，胡風的青年朋友們相繼組成家庭。阿壠於1944年4月結婚，路翎於1944年8月結婚，舒蕪比路翎還大一歲，步入婚姻的殿堂卻晚了數年。

---

〔註5〕 參看梅志《胡風傳》第526～527頁。
〔註6〕 參看《胡風回憶錄》，收入《胡風全集》第7卷第676頁。

　　胡風不太樂意介入青年朋友的私生活，他的一貫態度就像對舒蕪曾表述的那樣：「不敢反對，當然也不敢勸進」。他甚至勸說過路翎在結婚家庭問題上不要循規蹈矩，建議採取一種全新的方式，1943 年 8 月 31 日致路翎信中有云：

> 　　關於你那件事（指婚事），實在很難說話。我擔心你的精神是否受得起家庭生活的拖累。據我所看到的，在精神上，幾乎沒有成功的結婚。這裡面有許多問題。我想，頂好的方式是朋友結婚，不住在一起，也不必取合法關係，這就要看雙方的自信和互信。而那樣，生活上雙方不彼此拖累，且精神上可以競走。當然，還有一重要的事情：不能生孩子。

上世紀 40 年代，胡風在婚姻問題上竟有如此的觀念，其見識不可謂不超前。他的建議類似於今日「丁克一族」的生活方式（「丁克」是英文「Double income and no kids」的縮寫「DINK」，即「雙收入無子女」）。「丁克一族」，近年來才在國內流行，且毀譽不一。胡風建議青年朋友們把創作生活放在家庭生活之上，其參照系也許是西方社會現實，或個人的家庭生活體驗，不得而知。然而，「丁克」的婚姻模式在當年的中國畢竟過於超前，提倡者也未能率先垂範，路翎等雖有照此辦理之心，折騰過一陣，終究不能免俗，依舊走的是先「訂婚」後「結婚」的老路。

　　鑒於過去的經驗，胡風在舒蕪的婚姻問題上便不好再多說些什麼了。不過，從舒蕪信中對陳沅芷情況的介紹，尤其是「知稼穡之艱難」及「完全非『進步女性』一流」之語，卻可以折射出他們這群反傳統的人們心中的擇偶標準。

　　1947 年 4～7 月間，路翎創作了生平第一部話劇《雲雀》。這部話劇，借用胡風的話來表達，是通過婚姻生活表現的「知識分子性格矛盾的悲劇」。劇中有四個主要人物，面目較為清晰的只有三位：李立人（丈夫）、陳芝慶（妻子）和王品群（第三者）。據識者言，該劇主要情節借鑒於阿壟的愛情悲劇。

　　細讀劇木，不難發現在李立人身上確實有著阿壟的影子，阿壟是當過兵的，路翎在劇本中不厭其繁地點明他的這個經歷，在一節臺詞中他讓李立人這麼說道：

> 　　（灑脫地）老王，我真的不說笑話。（把外衣拋在肩上）你知道嗎？我是一個兵。（滑稽地），嗯，我當過壯丁的！（向內）芝慶，我出去一下。（愉快地）真的，我是一個兵！

李立人在外大聲而愉快地笑著說：「我是一個兵！」，靜場。

〔註7〕

阿壟是參加過上海「一二八」抗戰的，路翎便特意設計了如下一段臺詞：

周望海：你曾經作過戰麼？

李立人：一二八的時候，牽進了複雜的政治關係，……後來，我就脫離了。

阿壟的妻子張瑞在婚前曾經與詩人杜谷有過感情糾葛，路翎在劇本中寫到王品群與陳芝慶的關係時，專門提及這段往事：

周望海：你和芝慶是怎樣認識的呢？

李立人：我們是在桂林認識的。那時候她剛失戀……很悲慘。她被什麼一個詩人騙了，那個詩人騙她到重慶去結婚，臨時卻又躲開。她底心情差不多要瘋狂……〔註8〕

路翎知道朋友們對郭沫若、田漢的觀感不佳，便有意在劇本中有所表現，為此在人物對話中有特殊設計：

陳芝慶：瓊妹來了一封信，她說，她要在上海辦一個雜誌，她說她最近認識了幾個作家，郭沫若、田漢、李健吾，她都認識，要我們跟她寫文章呢？你看怎麼辦？

李立人：（笑笑）我不會寫。我不高興那些所謂作家！〔註9〕

對於劇本中的細節，也許沒有繼續穿鑿的必要。在這裡我們只想強調指出，胡風、路翎等在見證了阿壟的愛情悲劇後，似乎把責任更多地歸咎於女方，通過這一劇本明確表達出了他們當時對「進步女性」所持的某些觀念。

胡風在《為〈雲雀〉上演寫的》（1947年5月作）短評中，未及對劇中人物進行細緻的品評；而在《我讀路翎的劇本》（1984年4月作）一文中，則明確將陳立人規定為「堅定而紮實」，把陳芝慶規定為「多感而迷惘」，把王品群規定為「虛浮而偽善」。〔註10〕

---

〔註7〕　《路翎劇作選》，中國戲劇出版社1986年版，第24頁。下不另注。
〔註8〕　《路翎劇作選》第41頁。
〔註9〕　《雲雀》公演後，這句臺詞受到批評。胡風建議修改，路翎於是將李立人的臺詞改為：「李：（笑笑）我不會寫。」中國戲劇出版社1986年出版的《路翎劇作選》所收的是修改後的劇本。
〔註10〕　胡風《路翎劇作選·代序》，《路翎劇作選》第1頁。

　　路翎在作於 1948 年 5 月的《雲雀・後記》中對上述三個人物均有詳盡的分析，在此僅選取關於「進步女性」陳芝慶的分析：

　　　　陳芝慶是這樣的一種女性的形象：她們出生在小康的或富有的家庭，由於社會性質底變化和前一代的鬥爭，這些家庭組織已經變得脆弱了，所以她們就很容易地取得了自由。她們沒有經受過嚴酷的鬥爭，在溫暖中長大，在浪漫的熱情中享受著光榮，從不知道嚴酷的現實和理想，卻從西洋藝術得來了豐富的幻想，那革命色彩實在只是從對於自由資產階級的生活享受——它在中國不存在——的渴望來的。她們在生活中沒有真實的地位，因為，任何地位都是從鬥爭實踐中得來的，又不甘於任何安排給她們的地位。不能是一個母親、妻子，也不能是一個職業婦女，也不能成為實際的工作者。是在想望成為女政治家、女藝術家的吧——主要的是渴望熱情的生活和那種光榮——卻又幾乎永遠得不到這樣的條件，不能付出應付的勞動。她們是騷動、神經質、真純而虛幻、浮華而樸實，虛榮而又痛苦的。她們之中有的一些，由於現實的逼迫，就成為政治交際花、文藝交際花的那一類了，這差不多是她們能夠實現她們底熱情的唯一的地盤。而另一類，就在痛苦中煎熬，玩弄幻想又被幻想玩弄，如果不能衝出去爭取新的發展，那就會常常被自己底幻想燒死。
　　〔註11〕

陳芝慶也許是當年社會生活中「新女性」中的一種典型，但也僅僅是路翎所能在周圍看到的「一種」典型而已。

　　舒蕪則不僅看到了阿壟愛情悲劇的始末，而且也經歷過與阿壟類似的痛苦。他的初戀對象是一位類似於陳芝慶式的「進步女性」，也曾長期動搖於「堅定而紮實」的他與「虛浮而偽善」的一位詩人之間。由於有過這番親身體驗，舒蕪在向胡風介紹未婚妻情況時，特別地突出其「知稼穡之艱難」及「完全非『進步女性』一流」，這當是他們這群人當年一致認可的擇偶標準。

　　1947 年 6 月 21 日，《雲雀》由南京戲劇專科學校附屬劇團公演。胡風特意從上海趕來，而且接連觀看了四場，抑制不住由衷的喜愛。公演期間，還組織了幾次座談，胡風、路翎、化鐵、冀汸等與劇團有關人員黃若海、孫堅白、路曦、洗群等交換意見，都認為觀眾「對這劇本感到親切能接受」，「演

---

　〔註11〕　《路翎劇作選》第 95 頁。

員也已深入角色領會人物的性格感到創造人物的愉快心情了」〔註12〕。

舒蕪未能恭逢其盛，他從北平返回江蘇學院後，正值學生運動狂飆怒起，學生們要求將「江蘇學院」改為「江蘇大學」，通電罷課，還組織人員要到南京去請願。這下事情鬧大了，當時蔣介石政權剛剛頒佈禁令，絕對不允許罷課請願。徐州綏靖公署主任顧祝同出來干預，派軍隊把學生從徐州車站押回學院，荷槍實彈的士兵據守學院各處。教師宿舍在學院後門外，舒蕪等被困住了，既進不得學校，也不能隨意外出。可以想見，即便他此時想到南京去觀看《雲雀》的首演，也是沒有可能的。

然而，多年後卻有人在回憶文章中寫到舒蕪當年出席過《雲雀》的首演，此文寫道：

> 1947年《雲雀》在南京首演。他們（指胡風和舒蕪）在路翎處見面時，舒蕪表現了一種清高的、不屑與談的態度，曾使我大為驚訝！所謂裂痕，並不是到了1955年，而是一開始，1945年就存在。那天夜裏，在座的人們為《雲雀》的劇本與演出提出了些意見。但舒蕪是一言不發，與夫人一起冷冷地坐在遠離人群的地方，鯁直的胡風並沒有覺察，倒是路翎注意到了。
>
> 「你看！」他對我說：「那兩口子在角落裏談戀愛呢！」〔註13〕

時間、地點、人物、事件，樣樣俱全；甚至描寫了在場者的表情及對話，可謂繪聲繪色！其實，全是揣測！回憶錄之靠不住，由此可見一斑。

當年7月初，徐州綏靖公署的機關報上突然刊載出一條消息，說是江蘇學院此次學潮，「據聞有該院某系主任等四教授從中煽動」，並警告道，「顧（祝同）長官正密切注意中……」。「某系主任等四教授」指的是中文系主任黃淬伯、中文系管勁丞、方管（舒蕪）和英文系楊先鑫。他們四位的關係比較密切，在學院裏同被視為「黃派」。迫於反動政府的淫威和校內的派系鬥爭，黃淬伯、舒蕪等四教授只得倉皇離開。

〔註12〕　《胡風全集》第7卷第684頁。
〔註13〕　化鐵《逆溫層下》，《我與胡風——胡風事件三十七人回憶》第708～709頁。

# 28 「桐城陷落，不知管兄如何？」

1947 年 7 月初，江蘇學院的「四教授」於同一天搭乘同一輛車離開徐州，有些師生聞訊趕來送行，場面倒不甚淒清。

舒蕪對離開江蘇學院並不感到特別惋惜。如前文所述，他一直被學院中的某些人視為「黃派」，早萌去意；5 月間他去北平與陳沅芷訂婚，對那兒的「學風士氣」頗有好感〔註1〕，曾有「去平津教書」的打算。行前，他考慮到臨近暑假，便與未婚妻陳沅芷商量好，一同返回桐城度假。當時中原已有零星戰火，陸路交通不便。他們於是約定，在上海會合後再溯長江同去桐城。

舒蕪順利來到上海，這是座對他來說完全陌生的城市，也是他嚮往已久的文化聖地。這裡是魯迅曾經生活戰鬥過的地方，也是師友數人的住家所在。啟程前，他曾致信胡風，希望能在胡風家裡借宿幾天，重慶一別後，已有兩年未曾見面，他很想趁此機會與這位師長暢述心曲。

此時，胡風已經將文安坊六號三層樓的房子全部收回，本來是能很容易地滿足舒蕪這個小小的請求的。只是他剛經歷了一場驚嚇，前幾天他聽地下黨同志說國民黨要抓人，遂被迫在虹口賈植芳家裡住了兩個晚上。鑒於此時「抓人」的風聲並未平息，他不敢承擔讓舒蕪住在他家裡可能遭受的風險。

胡風在回憶錄中寫道：「植芳陪舒蕪和黃若海來我家。舒蕪是去北平相親

---

〔註 1〕 《舒蕪口述自傳》第 177 頁，云：「我帶著這種壓抑、沉悶的心情來到北平，聽說馬上要開展更大規模的反飢餓、反內戰的鬥爭，自然有種在悶熱之中吹來一陣涼風、預示將有暴風雨來臨一洗人間的快感。」「學風士氣」即暗指蓬勃興起的民主運動。

後來上海親迎未婚妻同去老家結婚，本想住我處，我將這裡惡劣的政治情況告訴了他，他就住到植芳處去了。」

這裡有誤記。舒蕪此前並不認識賈植芳，是胡風介紹他到賈家借宿後才認識的。賈植芳對胡風介紹來的朋友非常熱情，他們相處得很愉快。陳沅芷因事耽誤，未能及時趕到上海來，舒蕪不得不在賈家住了半個月。在這漫長等待的日子裏，他似乎沒有找到能與胡風傾心交談的機會。

不過，據胡風自述，他曾去賈植芳處看望過舒蕪，還曾在家中接待過他一次，至少在待客禮節上來說還是很周全的。他寫道：

> 舒蕪住在植芳處已好幾天了。我到那裏去看望時，常遇見很多客人，十分熱鬧嘈雜。舒蕪無所事事很無聊的樣子。他說未婚妻不會來了，準備回去。帶他回家住了一夜後，他就回桐城去了。〔註2〕

實際情況是，舒蕪接到了未婚妻陳沅芷，他們還一同去看望過胡風夫婦，只是對方不記得了。胡風的回憶錄是晚年寫的，記憶有可能模糊，情緒也有可能扭曲事實。梅志在回憶錄中也沒有提到舒蕪的這次來訪，這也是無可如何的事情。當然，這只是舒蕪與胡風交往史中的又一件不經意的小事，無數件的小事彙聚起來便成了大事。友誼的中斷往往起於小小的不經意，如果一方無意於彌補，破裂是或遲或早會發生的。

舒蕪偕未婚妻陳沅芷返回桐城時路經南京，上岸看望了朋友路翎，相處似乎也並不很愉快。路翎一俟他們離去後，便給胡風寄出一封信（1947 年 7月 26 日），寫道：

> 管兄（指舒蕪）已去，但卻弄得我們有些神經過敏！即使是他的一些有明顯的話和動作，也要想到不相干的地方去。回此後，慌慌張張地戀愛，一方面又大談其工作，使我們很不滿，所以一直到現在還在談論他，大約你對他談過你信上說的被「選中」了之類的話罷，看他的語氣，他卻覺得這是你給他的一個新發現，幫助了他的「自滿自足」的味道。那就是「我們被人依靠了，你看有多了不起！」的味道，聽起來，是有點戰慄的，所以我就拼命地跟他「胡說」了一通，也希望一直「胡說」下去，不談任何「問題」了。
>
> 我不大接觸你所說的「選中」的人們，這以前也不十分注意，但自你提及，我才想到一些事。有一些交往，北方登泰們，是以個

人朋友來看的。這回演戲，想到一封信，你是看了的：通了來信之
後，他們幾個人就要見面，前個星期天來了，談了一個鐘點的樣子。
沒有增加什麼瞭解，但又好像能夠談通的，大約就是你所說的這種
心情罷。〔註3〕

此信的口吻非常古怪，措辭非常奇特，所談之事也似乎另有深意。路翎與舒
蕪本是無話不談的好朋友，去年年初各自出川，這年2月剛歡聚過一次，似
乎並無芥蒂，如今對方是「雙雙」地來，理應「不亦悅乎」，然而，路翎卻突
然覺得對方成了陌生人。他對舒蕪的來訪感到「神經過敏」，指責對方「慌慌
張張地戀愛」，指責對方「大談其工作」，還說只能與他言不及義地「胡說」，
不敢再與之深談任何「問題」。尤為重要的是，路翎此信中突然談及「選中」
事，這應是胡風前信中的用語，大概指的是被他發現並確認的「友人」罷〔註
4〕。舒蕪是早就被胡風「選中」的人，路翎並不是不知道，為何聽舒蕪說破
後會感到「戰慄」呢？除非這兩個月發生過什麼大事，他和胡風此時已相約
把舒蕪視為「非友人」了。信中第二段提到的「登泰們」，指的是袁伯康、逯
登泰等，他們是路翎的筆友；而「他們幾個人」，指的是南京的歐陽莊、吳人
雄、許京鯨等，他們看過《雲雀》後給路翎寫了一封表示仰慕的信，路翎把
這信轉給胡風看過，胡風大概因此也把他們「選中」了。

師友們的態度發生了這麼大的變化，沉浸在甜蜜愛情生活中的舒蕪卻對
此似無覺察，也許有所覺察也並不十分介意罷。

他偕未婚妻返回桐城，原來打算只是在家度假，根本未想到要結婚。「到
家一看大吃一驚，母親把家裏早已布置一新，結婚的東西都準備好了。」他
倆商量了一下，只得服從老人的安排，在家鄉舉行了一個「新舊合璧」的婚
禮。據《舒蕪口述自傳》所述：「所謂新舊合璧，也就是找一個飯館，布置一
個禮堂，有主持人、證婚人、介紹人，新婚夫婦向他們鞠躬，聽他們致詞，
大家在婚書上簽名蓋章，新婚夫婦相互鞠躬、交換戒指，等等。」說來也有
趣，舒蕪這一代年青人向來標榜「反傳統」，在別人的婚姻大事上往往能有脫
俗的見解，而當事情臨到自己身上時，則通常不能免俗。當年路翎結婚時是
如此，他們原想悄悄地同居就算了，無奈家裏的老人極力反對，後來不得不

---

〔註3〕 張以英編《路翎書信選》第98頁。
〔註4〕 1952年舒蕪在《給路翎的公開信》中寫道：「我們把我們的少數讀者，視為『上
帝的選民』，只要聽到他們的贊美，就心滿意足。」似與該信中的「選中」之
說有關。

去補辦了個「合法的手續」，還在報紙上發了「訂婚」啓事，這事還曾被舒蕪、阿壟等朋友指為「平凡」，譏其為「公式主義」〔註5〕。

婚後，舒蕪曾向胡風報喜，全信如下：

> 曉谷兄：
>
> 　　別來一月了。我們八月四日結了婚，所以這一向總是無事忙，昨天才第一次提筆寫信。天氣熱，雖然住在家裏比較好些，但也就昏倦得很。下期工作尚無消息，焦人！不知你們近況如何，想也還就是那麼樣的吧！
>
> 　　過安慶時，寓朱兄（方然）家，情況眞如信上所說，寂寞之至。工作亦並無頭緒。看來，我們這些朋友，今年下半年都交了厄運，都要失業餓肚子了。我現已負債數百萬元，一塌糊塗，但眞如俗語所謂「虱多不癢，債多不愁」，倒也並不著急。
>
> 匆此，即頌
>
> 平安。
>
> 管頓首拜
> 八月廿五日
>
> 　　　屠先生（指梅志）好！植芳兄不另。

此信一如既往地表達了對胡風的敬意，無論是生活細事，或是所見所聞，都如實訴說，沒有半點生分的跡象。信中談到因結婚而負債的困窘，談到因失業而將要「餓肚子」的惶恐。這些私事，一般是不會輕易對外人說的。

信中還提到了方然，他原在成都主編刊物《呼吸》，前不久因與《新華日報》張友漁通信被國民黨逮捕，他的伯父在國民政府中有一些老關係，託人把他保釋出來，送回安慶老家「嚴加管束」。他與舒蕪原是中學同學，彼此相當熟悉。

舒蕪離開江蘇學院後，已是失業，四處發信求職，頗費周折，卻無結果。黃淬伯先生鴻蹤不定，無法替舒蕪救急，蓋因抗戰勝利後內地大批教育界人士出川，東部各大學均人滿為患罷。到了 8 月底，時在臺北臺灣大學執教的臺靜農先生處傳來了好消息，他的好友李何林先生當時在臺灣師範學院任教，不久前接到桂林師範學院的聘書，李先生原來決定好了要離臺應聘的，後來因故不能去。臺教授得知此事後，便向李先生介紹了舒蕪的有關情況，

---

〔註5〕路翎 1943 年 9 月 2 日致胡風信。

並請李先生致函桂林師院爲舒蕪謀職。桂林師院十分信任李先生，爽快地給舒蕪寄來了聘書，讓他接替李先生國文系正教授的職位。舒蕪接到聘書後，喜出望外，這眞是因禍得福的美事。

正待束裝上道，突然遭遇了一件意想不到的事情，行程於是被延誤。其時，劉鄧大軍千里挺進大別山，從山東解放區兼程南下，一路攻城拔寨，進逼皖西。二野第三縱隊陳錫聯部於 9 月中旬佔領桐城，解放軍一部住進了舒蕪家老屋。革命軍隊的階級觀念甚是分明，在他們看來，勺園是地主家的宅院，而舒蕪只是這家地主新結婚的少爺；解放軍軍紀嚴明，戰士們對舒蕪一家尙屬客氣，基本上做到了秋毫無犯。舒蕪當時也曾閃過隨軍的念頭，但考慮到未曾與當地中共地下組織有過聯繫，無法使人相信自己的政治態度和文化身份，最終決定不能以「地主少爺」的身份參軍。

舒蕪因戰事困居桐城期間，許多朋友都耽心他的安危，紛紛致信胡風打聽他的消息，由於當年的政治環境和郵電檢查制度，通信中不得已地使用了一些隱語，今天的讀者重讀時想必不會產生誤解。節錄若干相關書信如下：

9 月 15 日路翎給胡風信（自南京）：桐城陷落，不知管兄如何？但大約沒有能夠出來，這眞是頗狼狽的事情。

9 月 10 日方然給胡風信（自安慶）：這兩天，這個小城紛亂至極，匪軍行將迫近。我們是束手於混亂之中的，聽天由命。〔註6〕

9 月 26 日方然給胡風信（自安慶）：近日此間，因國軍頻頻收復，人心已定。管兄那裏已成拉鋸，不知其下落如何？先生處有訊否？念甚。〔註7〕

朋友們的關懷都是眞誠的，南京的路翎擔心舒蕪會因此不能「出來」，安慶的方然抱著聽其自然之念。但，他們都不約而同地把探詢的目光投向胡風，他們相信，不管形勢如何變化，舒蕪總會想方設法地與胡風取得聯繫的。

9 月 16 日上海的胡風給杭州的阿壟去信，信中也擔憂地寫道：

管兄如僅僅在陶醉中突然被陷，那還沒有什麼，但我很擔心，因爲以自己的書贈故人，加上結婚，鬧開了，被陷前遭到了什麼，那就頗可慮。

---

〔註 6〕 轉引自《關於胡風反革命集團的第三批材料》，載 1955 年 6 月 10 日《人民日報》。下不另注。

〔註 7〕 轉引自《關於胡風反革命集團的第三批材料》。

出於同樣的原因，胡風此信也寫得相當隱晦。他似乎是在說：如果解放軍佔領桐城後，舒蕪的政治態度和文化身份不為人所知，則他的人身安全是有保障的；反之，如果在解放軍進駐桐城之前，舒蕪的政治身份已經暴露，又因婚事的鋪排引人注目，則可能遭到國民黨潰軍的襲擾和打劫，這才令人擔心。胡風的分析顯然高出他人一籌，既洞察世事，又深諳人情，所慮無隙可乘。信中提到「自己的書」，指的是舒蕪剛出版的雜文集《掛劍集》。胡風猜測他返鄉後必定會以此書廣贈親友，暴露了左派文人「舒蕪」的身份，從而惹來禍事。

9 月 25 日路翎致胡風信，寫道：「桐城情況還不明白，管兄不知怎樣。你給梅兄信，耽心他在敵人那裏遭到什麼，我們想還不至於。那裏大約沒有什麼敵人。此外，他與當地上流人們有些來往，是以『名流』的身份回去的。離此前曾接到『安徽省文物保管委員會』的公函，要他寄自傳和照片去。」路翎此信中的措辭與胡風類似，也含蘊著對舒蕪某種作派的不滿，看來，他們此時對他確實已有了某種成見。

不久，解放軍陳錫聯部按照既定的戰略計劃撤出桐城，轉戰大別山，開闢根據地。舒蕪於 10 月 3 日致信胡風，告之近況及行期，全信如下：

> 谷兄：
>
> 　　共軍入城半月，日前退去。半月之間，也不知你們有信來否？下期決去南寧，在桂林師範學院教書，現等旅費動身。一切雜亂無章，不能多寫信，京滬諸友處，請便中代告平安，為荷。不二，即頌
> 平安。
>
> 管頓首拜（1947）十月三日

這半個月的經歷只是舒蕪漫長人生旅程中的一個小插曲，在當年似乎算不上什麼大事，卻不料幾年後竟成了既影響自身前途且關係朋友命運的一件歷史公案。1952 年 5 月 25 日舒蕪在《長江日報》發表《從頭學習〈在延安文藝座談會上的講話〉》，6 月 8 日該文被《人民日報》轉載，胡風為此非常惱火，多次致信路翎，讓他「揭露」舒蕪，罪狀之一便是：「他在故鄉不參軍而跑出來依然當教授，我們就給了他不客氣的批評」，云云〔註 8〕。1952

---

〔註 8〕 參看胡風 1952 年 6 月 9 日和 6 月 13 日致路翎信。

年下半年胡風來北京參加中宣部內部召開的「胡風文藝思想討論會」，會議召開之前聽說舒蕪應《人民日報》約請又寫了一篇文章，更是氣憤，便於 7 月 6 日致信路翎，讓他「就『小集團』及舒蕪文寫一正式的報告」給中央。路翎不久便寫出了「和舒蕪的關係的報告」，揭露對方的種種「惡行」，送呈中央宣傳部文藝處。1955 年 5 月胡風派被錯誤地打成反革命集團，6 月 10 日發表的「第三批材料」中摘引了舒蕪被困桐城時朋友們掛念他的書信，「編者按」上綱為：

> 胡風和胡風集團分子同國民黨特務機關早就有密切聯繫，胡風
> 阿壟等是蔣介石國民黨的忠實走狗，他們衷心擁護或者積極參與了
> 蔣匪發動的反人民的內戰，他們妄想「肅清」中國人民解放軍，對
> 中國人民革命的勝利表現了強烈的仇恨和恐懼。

就這樣，舒蕪當年應否從軍的一閃念，便陰差陽錯地被昔日的朋友及政權機關演繹成政治上的大問題。

胡風晚年撰寫回憶錄時，對當年同時困居皖中的方然、舒蕪有幾句議論，如下：「他（方然）從安慶來信不得不用『國軍』、『匪軍』這樣的反話，『聽天由命』也是等待解放軍來解放的意思。記得在解放軍進到桐城以後，為了祝賀舒蕪被解放（方然以為舒蕪會隨解放軍去的），他還寫了舊詩寄賀舒蕪。〔註9〕」實際上，當時桐城與安慶的通訊已經中斷，方然不可能將寫成的詩「寄賀」舒蕪，胡風的「記得」當只是揣測。胡風在此似乎想拿方然與舒蕪的政治態度作一對比，言外之意彷彿方然欲從軍而不得，而舒蕪能從軍而不去，品格之高下立判。值得玩味的是，在解放後的歷次政治運動中，舒蕪接受過無數次的政治審查，組織上從未追究過「從軍」一事。

10 月 16 日舒蕪取道安慶赴滬，其妻陳沅芷同行，曾到安慶方然家落腳。據舒蕪回憶，方然不僅沒有提過「寄贈」賀詩之事，更沒有對他沒有從軍表示過詫異，而是殷切問候，並把他們送上東去的航船，依依惜別。路經南京時，他們照例上岸去看望了朋友路翎。

10 月 18 日舒蕪夫婦順利地抵達上海，起初在胡風家裏借宿。幾天後，舒蕪變賣了家傳的一點股票，買到了船票和機票，陳沅芷欲乘船北上轉天津赴北平繼續求學，舒蕪欲搭乘飛機轉廣州赴南寧任教。他們曾在胡風家盤桓，據《胡風回憶錄》所述：

〔註 9〕 《胡風全集》第 7 卷第 684 頁。

舒蕪偕他的新婚妻子來，說要住在我家。這次主要是向在上海做寓公的父親要錢，同時在上海玩玩度蜜月。我只好將三樓的書房讓出來，將日記本拿下來，與 M 及曉谷住在一起。當天，M 爲招待他們做了幾個菜。

舒蕪已從他父親那裏拿到一部分股票，馬上換成了現鈔。M 和他們夫婦尤其是他夫人沒有什麼話可交談，他們這幾天總是吃了早點就出門，晚上很晚才回來。我就抓空子寫些信，別的事是無法幹的。

最初，M 還儘量爲他們買上海的早點，後來，也只好讓他們和我們家人一樣吃泡飯和用救濟粉攤的麵餅了。……後來，M 又學著做黃梅醬，甜酸味，抹在餅上孩子們都很愛吃，就連舒蕪也表示欣賞，這使 M 很高興。

舒蕪夫婦住了九天後才回桐城。幸好他們走了，因爲當天晚上 M 就見了紅。第二天一早將她送到醫院……下午五時，生了一個男孩，重七磅半。

梅志也是東道主，她的《胡風傳》除復述胡風回憶錄的有關內容外，還略有增補。她寫道：「M 雖已臨產，但還得爲客人做早餐，買早餐太貴，只得讓他們和自己家人一起吃泡飯和用救濟粉攤的麵餅……」〔註10〕

胡風是師長輩，住房又比較寬鬆，路經上海的青年朋友們大都落腳他家，一般也都能得到熱情的接待。阿壟、路翎等都是他家的常客，胡風回憶錄中從來沒有提到過因他們來暫住，而導致「別的事是無法幹的」及「沒有什麼話可交談」之類的不耐煩的話。舒蕪夫婦此來也許對胡風家的正常生活有所打擾，更不巧的是適逢梅志待產，但這是他們事前所考慮不到的。

讀了胡風、梅志這兩位當事者的回憶之後，無論是誰，大概都會油然產生「舒蕪眞是不懂人情世故」之類的印象！其實，舒蕪夫婦此次上海之行只在胡風家裏住過兩夜。胡風抱怨「別的事是無法幹的」，是由於其他原因造成的。舒蕪夫婦於 10 月 18 日抵達上海，當晚住在胡風家，第二天是魯迅逝世 11 週年祭日，他倆隨同胡風夫婦參加了上海文化界紀念在虹口公園舉行的祭奠活動，當晚也住在胡風家。第三天傍晚（10 月 20 日）突然有意外的事情發生，《舒蕪口述自傳》中有記載：

〔註10〕 梅志《胡風傳》第 538 頁。

　　大約就在當天晚上（或者是第二天晚上），我們和胡風一家正圍
在桌上吃晚飯，許廣平匆匆忙忙地趕來了。她一進門，就好像有什
麼話要講的樣子。胡風立刻放下飯碗，和她上樓講話。過了一會，
許廣平急急地走了，胡風把情況告訴大家，說南京的民盟總部已經
被包圍控制起來了，情況比較緊急，許廣平挨家通知，要大家從當
晚起，不要在家住。白天可以回家看看。胡風要求我們都走，他自
己也離開住處另找地方安頓一下。他問我們有沒有地方可去，很不
放心。我說可以想想辦法，地方還是能找到的。於是他讓大家立刻
行動，暫時疏散。

據葉篤義《雖九死其猶未悔》一書所述，自 1947 年 3 月中共代表團被迫從國
統區撤走之後，民盟（中國民主同盟）便成為國民黨的主要壓迫對象。7 月 1
日蔣介石發佈《動員戡亂令》，國民黨控制的宣傳機器聯合起來向民盟進攻，
謾罵民盟為「奸盟」，盟員為「奸匪」，「為中共操縱指使之工具」。10 月初國
民黨捏造罪名逮捕了民盟西北總支部主任委員杜斌丞，10 月 7 日蔣介石竟悍
然下令將其公開槍決。10 月中旬以後白色恐怖甚囂塵上，國民黨御用團體開
始在報上叫囂要求解散民盟。「10 月 20 日，民盟南京梅園新村總部突然被包
圍，民盟人員的行動被跟蹤監視，對羅隆基的監視尤其厲害。當時民盟領導
人都住在上海，羅隆基一人坐鎮南京，代表民盟同各方交涉，他一連從南京
打來幾次電話到上海，向張瀾告急，請示辦法。」

　　順便提一句，許廣平不是民盟的成員，而是民進（中國民主促進會）的
創始人之一。她得知這一緊急消息後，便「挨家通知」所熟悉的左翼文化人
士。

　　正是由於這個突發事件，舒蕪夫婦不得不於 10 月 20 日晚離開胡風家，
另在堂兄方琯德（話劇演員）處寄宿。此後，舒蕪有時在白天與胡風相會，
晚上仍「各自到臨時住處宿夜」〔註 11〕。幾天後陳沅芷搭乘海輪取道天津返
回北平，舒蕪拿到飛機票後，取道廣州赴廣西。

　　舒蕪前腳剛走，路翎給胡風的信（1947 年 10 月 30 日）便寄到了上海，
信中談到舒蕪路經南京見面交談的情況，寫道：

　　　　管兄過京時僅見一面，坐二十分鐘的樣子，而且那是一頗為奇

---

〔註11〕《舒蕪口述自傳》第 181 頁。

特的會面，只是譏嘲似地談了他經歷的和聽來的一點故事。好像是
對於我有頗大的戒備和怨痛似的。〔註12〕

舒蕪因何事對路翎有「戒備和怨痛」，路翎因何產生這種想法，不可考。

---

〔註12〕 張以英編《路翎書信集》第 104 頁。

# 29 「若不要，以後就不能怪我不寫了」

　　舒蕪於 10 月 28 日離開上海，11 月 4 日抵達廣西南寧，路上走了一個星期。

　　他在 1947 年 11 月 11 日致胡風信中，略述了從上海到南寧的行程。信中寫道：

> 別後廿八日中午離滬，當天到廣州，快總算是快的。但這以後可就很難走，坐船，坐汽車，轉來轉去，轉到本月四日方抵南寧，次日搬進學校。現所教的，還是墨子，讀書指導，詩選之類，並非先前告訴你的那些；好些課是王西彥教，他也是本期才來的。

王西彥（1914～1999），浙江義烏人，現代著名作家，18 歲發表處女作《殘夢》，抗戰時期曾任中華文協桂林分會候補理事及贛州分會理事，主編過大型文藝刊物《文藝雜誌》，著有長篇小說《古屋》、《神的失落》、《尋夢者》、《村野的愛情》和《微賤的人》等。舒蕪接受桂林師院聘書時，曾以爲他將頂替李何林教授所授的「中國新文學史」和「新文學思想史」等課程，路經上海時告訴了胡風，不料師院另邀請了王西彥來承擔，他只得在此信中加以更正。由於這件事，舒蕪曾對王先生有所誤解，到校後又聽到他對胡風、路翎有所批評，更加不滿，曾在致胡風信中說他「看來是個很無聊的人」〔註1〕，相處一段時間後卻發現對方並不如此，久之，便成了無話不談的好友，此是後話。

　　舒蕪一邁進校門，便被捲入蓬勃興起的群眾性的愛國民主運動的浪潮之中。當時南寧師院正掀起兩大運動：一是「復院暨挽留曾院長運動」，一是「營救楊榮國、張畢來兩教授運動」。這兩個運動都有鮮明的政治色彩——

---

〔註1〕 舒蕪 1947 年 11 月 29 日致胡風信。

前一個運動（「復院暨挽留曾院長運動」）的宗旨是抗議國民黨政府摧殘民主運動。南寧師院的前身是抗戰期間創建於廣西省會桂林的國立桂林師範學院，曾有大批進步文化人在此校執教，師生積極參與反獨裁爭民主的鬥爭，被時人譽爲西南「民主堡壘」。抗戰勝利後，國民黨政府爲推行專制主義，強令其從省會桂林遷到較爲偏僻的南寧，企圖將其孤立起來，切斷它在中心城市的影響。當時各省的師範學院無不設在省會，桂林師範學院全院師生因之一致反對，儘管後來不能不遷到了南寧，但院名卻沒有遵命改變。遷校後，院長曾作忠辭職表示抗議，教育部知道曾的抗議性質背後有群眾擁護，不敢批准。師生們發起的挽留運動其實就是支持抗議，使教育部更加不好貿然批准，院長仍掛曾的名義虛懸，校務工作由師院的「四老」——謝厚藩（理化系主任）、譚丕模（國文系主任）、陳竺同（史地系主任）及汪士楷（史地系教授）——共同主持。

後一個運動（「營救楊榮國、張畢來兩教授運動」〔註 2〕，則是直接抗議國民黨對民盟的迫害。楊、張是中國民主同盟廣西省的負責人，他們與中共站在一條政治戰線上，倡言民主政治，主張聯合政府，在社會上享有崇高的威望。如上節所述，1947 年 10 月國民黨政府悍然包圍南京民盟總部，不久廣西軍警便逮捕楊、張二教授，把他們關進了南寧第一監獄。國民黨政府的倒行逆施引爆了群眾性的抗議運動，師院的師生們通過請願、宣言、通電等各種方式向全國傳遞出反抗暴政爭取民主的信息，並派出代表去監獄聲援被囚禁的兩位教授。

舒蕪參與了中共地下黨暗中推動的集體探監活動，跟隨謝、譚、陳、汪「四老」出入南寧第一監獄，面對面地與反動政權的代表人物周旋。他利用能寫作舊體詩詞的條件，與附庸風雅的典獄長談詩論文，並與被囚禁的兩位教授互通心曲。這番經歷，使他切身地體驗到了人生鬥爭的奇妙。

他曾有一首七律詩贈被囚禁的楊榮國先生，前半云：

相識此何地，平生豈易經？

匆匆談往事，默默度心音。

---

〔註 2〕 楊榮國（1907～1978）湖南長沙人。筆名楊天錫。早年入上海群治大學學習，1929 年畢業。1938 年加入中國共產黨，1946 年加入中國民主同盟。時任南寧桂林師範學院教授。張畢來（1914～1991）原名張啓權，貴州凱里人。1937 年肄業於浙江大學文理學院教育系。中共地下黨支部書記，民盟會員，時任桂林師範學院講師。當時，泛稱爲「楊張兩教授」。

他也曾有長詩贈被囚禁的張畢來先生，有句云：

座中齊默默，不是傷離別；春訊到南天，還飛六月雪。

雪裏自無春，春深雪更深；迎春春不到，都是雪中人。

嚴峻的現實，嚴峻的鬥爭，逐漸蛻去了舒蕪「書生」的外衣，漸而賦予其以新的內質。

奇怪的是，他在與胡風的通信中卻隻字不提積極參與社會活動事。

1947 年 11 月 11 日致胡風信：這裡很靜，可以隱居，那麼，且就隱一下吧！

1947 年 11 月 29 日致胡風信：這裡比徐州是要算好得多的。首先是生活較有規律，無謂的應酬較少（簡直沒有），可以自己多寫讀，不像在徐州時那樣整天都忙於奉陪談話。

1948 年 1 月 17 日致胡風信：南寧雖暖，而別的地方總是沉重的冬天，大家都在這沉重之中，活得很艱難，未必盡如我之如此有著閒情逸致。

如前所述，胡風一向不主張舒蕪混淆「職業」與「事業」的區別，在他看來，職業只是謀生的「飯碗」，而爲《希望》雜誌撰稿才是應全力投入的「事業」。他尤其反對舒蕪在與教育界同人交往時暴露其爲《希望》等刊物撰稿人的眞實身份，曾爲此不止一次地訓誡過他。舒蕪當然非常清楚胡風的苦心，但此刻他卻無法按胡風所要求的那樣做了。其原因在於，李何林先生向譚丕模先生推薦他來頂職時，曾將他的政治態度和文化身份如實相告〔註 3〕；原因之二，他原本具有積極參與群眾性社會活動的思想基礎，前幾年他就在《論主觀》一文中提出，如果客觀條件允許便應該去接近「具體的人民」，這是「主觀」不致於「偏枯」的最佳途徑。綜觀舒蕪前此的生活經歷，可以發現，一旦客觀上存在著「深入民間」的可能性，一旦生活中具備著參與社會實踐活動的空間，他便會毫不猶豫地投身於其中。

如前所述，舒蕪參與過 1945 年國立女子師範的遷校風潮，還曾與臺靜農等先生站在一起，拒絕接受「院務整理委員會」頒發的聘書，寧願困守「空山」也不妥協。有了前此參加社會實踐活動的實踐經驗，又來到南寧師院這

---

〔註 3〕 舒蕪 1948 年 1 月 17 日致胡風信：「又，因爲李何林的介紹，所以關於我的寫文字之類的事，譚（丕模）和王（西彥）是都知道的。現在很熟，但只談閒天，毫不談什麼問題。」

個「是非之地」，舒蕪骨子裏那個叛逆的靈魂便愈加不安份了，「書生」的舊稱謂實不足形容此時的他。這裡還要提及一個書面資料，他剛到南寧師院後不久（1947 年 11 月 15 日），便撰寫了一篇題為《論溫情》的短文，該文主題雖是對胡風宣導的「戰鬥的道德」的演繹，同時也浸透了對墨子精神的深刻理解。節錄一段以饗讀者：

> 倘使問：人生的道德的內容是什麼？充實人生，推動人生，使人生發光發熱的力量是什麼？可以極肯定地說：就是愛與憎，友與敵，恩與仇。強烈的愛，以及由於強烈的愛而對於一切足以損害所愛者的強烈的憎；為強烈的愛所強烈地肯定的友，以及為強烈的憎所強烈地否定的敵；向著所愛毅然獻身的報恩，以及對著所憎斷然打擊的報仇：這一切，就是人類生活中全部的道德的存在與道德的力量。而道德的存在也就於人生一切存在中為最高，道德的力量也就於人生一切力量中為最強：這就是已經被無數的血肉所證明了的戰鬥的倫理學。〔註 4〕

此文標榜的「戰鬥的倫理學」，如果用最簡單的話來概括，實質上是古語所說的「恩怨分明」四個字。這種「最高」的「戰鬥道德」，當然也並非無可議之處。如果舒蕪沒有更多的參與社會實踐活動的機會，他也許會耽於胡風「戰鬥道德」之類的理論中更為長久地自我陶醉下去。然而，歷史卻給了他在群體中生活的機緣，給了他更為廣泛的社會交往，也給了他能看到更多歷史底蘊的機遇，不管他願意還是不願意，「客觀」或遲或早將重鑄他的「主觀」。

他在南寧師院裏有幸結識了譚丕模、謝厚藩、陳竺同、汪士楷、王西彥、楊榮國等知名教授，他們都是學有所長、德有攸歸的人士；更為重要的是，他們都與胡風不同，不是尼采式「力量是在孤獨中養成的」的信奉者，而是群眾性民主運動的積極參與者。

譚丕模先生給他留下的印象極深。舒蕪曾感慨地回憶道：「在我平生師友裏面，像他那樣樸素、平易、誠摯，特別是平等待人，可以說沒有第二人。〔註 5〕」反觀他對胡風的回憶，卻找不到類似的評價。

王西彥先生也在他的腦海裏留下不滅的美好形象。舒蕪曾回憶道：「他比我大十歲左右，是同事裏面和我相處得最密切的一個。我們的政治思想

---

〔註 4〕 《舒蕪集》第 1 卷第 208～209 頁。
〔註 5〕 《舒蕪口述自傳》第 185 頁。

和文藝思想基本一致那是不用說了，當時他三十多，我二十多，都還是青
年，所以有許多共同語言，在一起閒談自然最多。〔註6〕」其實，王西彥的
文藝思想與巴金、范泉等更爲接近，舒蕪卻認作與己「基本一致」，蓋因相
交日久，心無流派之芥蒂也。奇怪的是，他也沒有把這些眞實的想法告訴
胡風。

　　舒蕪在這些新結交的師友中間感到非常自在，他的授課也得到了進步學
生們的好評。《舒蕪口述自傳》中曾寫到這樣一個細節：譚丕模先生曾向學生
們瞭解他上課的情況，有學生當即表示贊賞，說他具有進步傾向。譚先生馬
上爲他打掩護，說，他呀，桐城派嘛，老夫子嘛。說著，與學生們會心一笑。
在解放前夕的嚴峻政治氣候下，在桂系軍閥盤根錯節的南寧，舒蕪得到了進
步師生們的信任，無異於爲他進行了一番精神上的洗禮。

　　在此同時，他有幸結識了一位更具傳奇經歷的人物──汪澤楷。《勞人‧
汪澤楷》一書中介紹了他的生平梗概：

　　　　從留法勤工儉學（1920）起頭，經過加入法國共產黨（1920），
　　參加籌建中國旅歐少年共產黨（與蕭樸生一道介紹鄧小平加入中國
　　旅歐少年共產黨）（1922），到前蘇聯莫斯科東方勞動大學學習
　　（1923），歸國擔任中共安源地委書記（1924），中共豫陝區委書記
　　（1926），中共湖北區委組織部長（1926），中共第五次全國代表大
　　會正式代表（1927），南昌起義時期的江西省委書記（1927），中共
　　第六次全國代表大會正式代表（1928），因爲陳獨秀派的緣故被開除
　　黨籍（1929），又參與陳獨秀、彭述之等 81 人向中共中央呈交《我
　　們的政治意見書》（1929）。〔註7〕

汪先生時任史地系教授，就住在舒蕪的隔壁。他是湖南醴陵人，與舒蕪的妻
子陳沅芷同鄉，又與陳沅芷的哥哥陳乃一是老朋友。有此「鄉誼」和「世誼」，
加之兩家是近鄰，他們很快就熟悉了起來。舒蕪在《汪澤楷教授點滴》一文
中回憶了與這位傳奇人物的交往，起初他聽到學生們議論汪先生爲「托派」，
便不禁向譚丕模先生打聽。譚丕模答覆道：「他的歷史，我不大清楚，但是在
北平的左翼文教活動裏面，我們一向是在一起的。」有了譚丕模這樣的政治
保證，他也就放心地與他相處。

---

〔註6〕　《舒蕪口述自傳》第 186 頁。
〔註7〕　轉引自舒蕪《汪澤楷教授點滴》，載《傳記文學》2004 年第 10 期。

在交往中，汪先生也偶而向他透露過去的一些經歷，曾談到早年在長沙第一中學與毛澤東同學時的往事，還談到赴蘇出席中共六大時與周恩來的交往。當時，舒蕪對汪先生的所談並不能完全理解，有時還持懷疑的態度。譬如——

> 有一次，汪澤楷先生對我說：「今天到教室去輔導學生自習，看見學生在看《聯共黨史》，津津有味。我心想：這些學生娃娃可憐啊！他們哪裏知道這麼一本書是多少血寫出來的啊！」我立刻敏感到，這可能是「托派」觀點吧。當時我對斯大林還是沒有絲毫懷疑，對汪澤楷先生的話不知道該怎樣理解，沒有接話，只好深藏心裏，沒有對任何人說。

又譬如，一次散步時，汪先生談到他在蘇聯的經歷，說到：

> 1928年他到莫斯科參加中共第六次全國代表大會，散會後，周恩來安排他暫時留在前蘇聯，他說：「恩來，我的骨頭要埋，埋在中國，不能埋在外國。」這才回國來。我問他，如果留在前蘇聯會怎樣？他說：「那現在不知道在西伯利亞什麼地方服苦役，或者早已埋掉了。」

再譬如，他曾向舒蕪借閱《魯迅全集》。讀完之後，他竟對舒蕪說道：「魯迅真是了不起！只是晚年有那麼一點偏見。」當時舒蕪便敏感到，汪先生可能是對魯迅那篇《答中國托洛斯基派的信》有不同看法，但他沒有接話。

舒蕪是「尤尊魯迅」的，他從來沒有懷疑過魯迅也會有片面性。魯迅晚年作《答中國托洛斯基派的信》，寫作背景相當複雜。此文後來被政黨利用，傷害了一些有志救國的人士，卻也是事實。至於胡風多次被誣為托派事，舒蕪當年也許並不清楚。抗戰勝利後郭沫若用顏色論文藝，暗示胡風派是「通紅的」托派文藝，他當然知道的。1941年10月，胡風在紀念魯迅逝世五週年之際發表《如果現在他還活著》，文中大罵托派。如果不算誅心之論，他的寫作動機或許與澄清流言有關。

舒蕪與汪先生結交時，倒沒有過多地從政治利害的角度考慮。面對這位真正的托派，他非但沒有感到對方的反動和可怖，而隱然產生藹然可親之感。他奇怪於自己怎麼會產生這種情緒，也許這是另一面的真實，被歷史塵埃掩蓋著的不見於《聯共黨史》的另一面真實吧。他不敢多想，不敢多問，只是把這些都深深地埋在心底。

　　親身參加民主鬥爭的經歷，與更廣泛的人群接觸，使他的眼界大開，心路大開，思路大開。當然，這些因素此時還不足以動搖他對本流派（胡風派）的信心，儘管他還不斷地聽到了來自學生們的不同聲音，但仍以略帶鄙薄的態度對待之。

　　1947 年 11 月 29 日舒蕪致信胡風，介紹了南寧師院「開明的風氣」，信中寫道：

> （本校）素來有一個可以說是開明的風氣，故講起書來還比較有興趣，「詩選」、「墨子」二課因爲可以稱心發揮之故，旁聽的人倒相當多了。可是，此其中的情形自然也頗難言。例如，我曾引過阿壠的「哨」，前天就有兩個學生來，一個問：「阿壠是什麼人呢？」另一個據說新從上海來，看來「文學青年」氣十足的，立刻搶著答：「是個軍官。哦，我知道，那無非都是 XX 派的。」接著便滔滔不絕的講起海上文壇的「行情」，說是 XX 與楊晦兩人講演羅蘭，而 XX 的瞭解則淺薄得很云。你看，就是這樣！

信中 XX 指的便是「胡風」。當年，在「文學青年」的眼中，胡風及「胡風派」竟是如此形象，這當然並不是一個好消息。也許，舒蕪也只把這些議論視爲另一面的眞實，轉告給胡風，以爲談資罷。然而，如果此類說法不斷地襲擾他的視聽，也是會影響他對本流派的信心的！

　　不久，他在學生中間發現了更加不容忽略的思想動向。他於 1948 年 3 月 5 日致信胡風，寫道：

> 這裡的學生，似乎都很關心什麼「五四傳統與非五四傳統」的問題，而且受了宋陽那些論文的影響，覺得他的話當然是對的，於是大抵群趨於馬凡陀了。常有人來和我談，我大抵避不置答，說是未曾研究云云。你看這樣好麼？

「宋陽」是瞿秋白的筆名之一，「那些論文」大都作於 30 年代初期，代表著「革命文學」運動的最高成就。「馬凡陀」是作家袁水拍的筆名，當時他的「馬凡陀山歌」正風靡全國。從瞿秋白投身的革命文學運動，到袁水拍以大眾語言創作的政治詩，二者之間倒是眞有千絲萬縷的聯繫。學生們由受瞿秋白文藝思想的影響而群趨於政治性的文藝潮流，舒蕪在這裡看得非常準確，概括得也非常準確。然而，在此同時，胡風正在遙遠的上海指導阿壠等批判以「馬凡陀山歌」爲代表的「反現實主義」傾向呢——

（1948年3月30日胡風致阿壟）：例如馬凡陀，對於現實要求的反映（歪曲的反映）才是要點。

（1948年3月31日胡風致朱谷懷）：例如對馬凡陀，批評本身本無問題。然而，他（指阿壟）沒有強調一點：不管馬本人如何，但那創作現象客觀上是對於政治要求的反映，但卻是歪曲的虛僞的反映。

學生們找舒蕪交換對於胡風派批評「馬凡陀」的看法，舒蕪卻採取「避不置答」的態度。其實，這並不是能從根本上解決問題的辦法。

1948年開頭的幾個月裏，舒蕪依然沒有給胡風派刊物提供多少稿件。他雖然也時常在信中向胡風彙報寫作計劃，實際上卻怠於動筆。在1948年3月5日致胡風的信中，他寫道：

生活論，根據你的提示，擬了一個綱要，尚未開手。但因爲教詩選之故，又想先著手把幾個較偉大的舊詩人各寫一篇「作家論」式的東西：這意思，你看怎樣呢？

寫了一篇論庸俗，一篇論溫情，都很短，各寄一份給泥土和交大薳君了。又寫了一篇白眼書，是先前那致瞭解者和致不瞭解者一類的，逕寄復旦章君。我想他是未必會要的，但當面他既約過，我就寄這麼一篇，若不要，以後就不能怪我不寫了。過幾天鈔一份寄上。

京中諸友皆無信來，不知怎樣了？樹藩兄（指綠原）在漢地址盼告我，因爲走時說不定會從漢口過的。

「生活論」指的是《生活唯物論》，構思於初識胡風的1943年，是應胡風要求撰寫的擬用以替代艾思奇《大衆哲學》的普及性哲學讀物。其中第一節《論「實事求是」》改寫於1946年6月，載於1946年《希望》2集3期。後續諸篇寫過多次，均不滿意。現在又重擬綱要，然而還未開筆。信中提到的《論溫情》作於1947年11月15日，前文已經談到，並不是最近的作品。至於信中提到的「白眼書」及「致瞭解者和致不瞭解者」諸篇，因未見公開發表，其寫作時間只能存疑。「京中諸友」指的是南京的路翎、冀汸等，「皆無信來」，關係已形疏遠。

當此之時，胡風正指導著其他幾位青年朋友們在各地積極討伐「主觀公式主義」、「客觀主義」、「市儈主義」等「反現實主義」傾向，阿壟痛斥馬凡

陀，路翎揭露姚雪垠，耿庸糾纏著郭沫若，方然把臧克家、劉盛亞、碧野、徐遲都拖到了祭壇上，朱谷懷在北平張起了《泥土》的大旗，儼然有向「九葉派」宣戰之勢。一時，狼煙四起，文壇譁然。然而，舒蕪並沒有參戰的表示，卻在信中聲稱想為幾位「舊詩人」（古典詩人）寫「作家論」，還詢問胡風「你看怎樣呢」？他甚至還抱怨說，「若不要，以後就不能怪我不寫了」。此語貌似對「復旦章君」而言，卻似乎是針對胡風的，話語間流露出強烈的失群感。

他真的將就此離胡風而去嗎？

# 30 「通紅的文藝，托派的文藝」

　　前文已述，1947 年 10 月下旬，國民黨政府以「民盟參加匪方叛亂組織」的罪名，宣佈民盟為「非法團體」。11 月 6 日民盟總部被迫發表「解散」聲明，次日民盟主席張瀾又以個人名義發表了一個史稱「停止活動」的聲明，鬱憤之意溢於言表。全文如下：

> 余迫不得已，忍痛於 11 月 6 日通告全體民主同盟盟員，停止政治活動，並宣告民盟總部解散。但我個人對國家之和平民主、統一團結之信念及為此而努力之決心，絕不變更。我希望以往之全體盟員，站在忠誠國民之立場，謹守法律範圍，繼續為國家之和平民主統一團結而努力，以求達到其目的。〔註1〕

據茅盾回憶錄《我走過的道路》所述，上述聲明見報後，「民盟中以沈鈞儒為代表的左派，決定出走香港，繼續鬥爭。我們這些無黨派民主人士也得到了中共方面的通知，陸續轉移到解放區去。第一步先到香港，作為過渡。」〔註2〕

　　國民黨迫害民盟的直接後果之一，便是把一大批進步文化人逼到了香港。郭沫若於 11 月中旬赴港，茅盾於 12 月上旬赴港，而參與組織這批進步文化人赴港的聯絡人是葉以群。附帶提一句，胡風接到中共地下組織布置疏散的通知要晚一些，據《胡風回憶錄》所述，他是在次年（1948 年）11 月才收到「香港的友人」催促赴港的來信的〔註3〕。胡風比郭、茅等晚赴港近一年，

---

〔註 1〕 轉引自葉篤義《雖九死其猶未悔》，北京十月文藝出版社 1999 年。

〔註 2〕 茅盾回憶錄《我走過的道路》（下），人民文學出版社 1988 年，第 449 頁。下不另注。

〔註 3〕 《胡風全集》第 7 卷第 709 頁。

當時誰也沒有料到，這個「時間差」竟演變爲「政治差」，先赴港的竟與後赴港的隔海打起筆仗來，餘波蕩漾，至今未絕。

如前所述，遠在南寧的舒蕪當年積極投身於因民盟事件而爆發的爭民主運動之中，他曾追隨桂林師院「四老」，積極參與了營救楊榮國、張畢來二教授的上層活動。其間，曾作長詩一首贈張畢來先生，其結尾之吟詠頗能見出作者當年的義憤：

> 我曾追隨但丁之後遊地獄，
> 獄門高榜見之心戰慄；
> 「凡來此者一切希望皆必擲棄之。」
> 俊傑英豪總無力。
> 又隨我佛坐華蓋，聞說人間大苦海；
> 若非靈山雪嶺遁虛空，
> 孽鎖綠枷總難解。
> 獄中獄外既一例，我便爲君陳妙諦：
> 絕望何如竟作希望看，
> 千夫所指橫眉嗔目偏相對。
> 我歌到此燈乍滅，大宙沉沉萬聲歇；
> 如磐夜氣壓重樓，我亦休歌迎碧月。

此詩，極言國民黨統治的黑暗，亟盼人民革命的勝利。被民主運動推上潮頭的舒蕪，在「此時此地」的社會生活中找到了施展身手的機會。然而，他畢竟未能忘懷東海之濱的師友們，未能忘懷曾參與過的思想文化建設，他依然掛念著胡風所發動的方興未艾的討伐「反現實主義」運動的進程。自從離開四川之後，他雖然不再有以往那種心情和餘裕來撰寫更多的文章，但他還是極盡所能地維護師友的聲譽及流派的利益。

1947 年 5 月他在北平與陳沅芷訂婚期間，偶而在《雪風》雜誌上讀到姚雪垠的《論胡風的宗派主義》，便馬上通報了胡風。胡風得知消息後，迅速組織阿壟撰寫文章反擊，幾把姚雪垠做成了國民黨文化特務〔註4〕。

1948 年 2 月他在一家福建報紙上讀到一則郭沫若在港演講的消息，其中一段涉及對胡風派的評論，便剪下來寄給胡風。該文題爲《郭沫若在港

---

〔註 4〕 參看拙著《隔膜與猜忌：胡風與姚雪垠的世紀紛爭》，河南大學出版社 2006年 10 月出版。

總結一年來文藝運動》，文中批判了四種「反人民的文藝」，要點如下：

第一種是茶色文藝。搞這種文藝的有錢有地盤，更有厚的臉皮。

第二種是黃色文藝，這是反民主的別動隊。要消滅他們，不光是文藝方面的問題，還得靠政治上的努力。

第三種是無所謂的文藝，這是文藝上的所謂中間路線。政治上已無中間路線，但文藝上的中間路線還沒有人去清算。這是客氣過份。另一部分人是思想不搞通，自以為既非國，也非共，很清高，其實所寫的東西是反人民的。對於這些人，可能時應開導，爭取，否則即予以揭穿。

第四種是通紅的文藝，托派的文藝。他們罵《李有才板話》，他們罵陳白塵的《陞官圖》。

郭沫若指出，「第四種」文藝的主要罪狀是攻擊趙樹理的《李有才板話》和陳白塵的《陞官圖》。

《李有才板話》作於1943年，是「延座講話」後的作品。「在1947年7、8月召開的晉冀魯豫邊區文聯文藝座談會上正式確認『趙樹理的創作精神及其成果，實質為邊區文藝工作者實踐毛澤東文藝思想的具體方向』，趙樹理成了解放區文藝的一面旗幟。〔註5〕」解放戰爭時期香港進步文化人還將其編入《北方文叢》〔註6〕，影響及於海內外。北平的大學教授們也對其十分關注，沈從文認為其與「蘆焚、廢名、沙汀、艾蕪諸先生」表現農村生活的作品「同屬一型，而稍近變格」〔註7〕，朱自清先生委婉地批評其不能「重讀」，但又說：「即使沒有人想重讀一遍，也不減少它的價值，它的好。〔註8〕」

胡風沒有公開發表過直接批評趙樹理這部作品的文字，但他曾將個人看法以其他的方式轉達給北平《泥土》的編輯者們。1948年3月31日他致信朱谷懷，答覆他提出的幾個問題，如何評價趙樹理作品也是問題之一，他的回答如下：

〔註5〕 錢理群《1948：天地玄黃》，山東教育出版社1998年版。

〔註6〕 《北方文叢》共出3輯，收有趙樹理的《李家莊的變遷》、《李有才板話》、孫犁《荷花澱》、康濯《我的兩家房東》、李季《王貴與李香香》、賀敬之和丁毅《白毛女》等25種。

〔註7〕 沈從文1947年9月10日致張白信，收《新廢郵存底》。《沈從文全集》第17卷，北嶽文藝出版社2002年11月版。

〔註8〕 朱自清《論百讀不厭》，載1947年11月15日《文訊》月刊第7卷第5期。

　　對《北方文叢》，我是肯定的，因爲它反映了改革的事件，内容
佔領了形式（如我在《民族形式》裏面所理解的），它有救急的功勞。
但它只是現象的反映，沒有豐富的生活眞實和思想性，形式和理論
都束縛了作者們。這是一方面的努力，絕不能代替整個鬥爭，弄到
解除武裝。

「内容佔領了形式」、「救急的功勞」、「現象的反映」，這是抗戰初期胡風對「大
鼓」、「說唱」等通俗文藝宣傳形式的習慣性評價，似乎並不能完全概括《李
有才板話》脫胎於民間而有所「變格」的文藝特質。《泥土》的編者們是能夠
理解胡風的言外之意的，胡風的評說使他們更加明確了對待此類作品的批判
態度。

　　《陞官圖》是陳白塵的作品，作於 1945 年，是一部揭露、嘲罵國民黨黑
暗統治的鬧劇。在重慶首演時，反響極其熱烈，後被各地劇團搬上舞臺，轟
動一時。胡風從來不隱瞞對這部劇作的反感，他在回憶錄中曾寫到 1947 年在
上海觀看這部劇作時的情景：

　　　　《陞官圖》這個戲，我和雪峰一起去看的。記得夏衍當時也在
　　場，他懇切地對我說：「說來一定會使你失望。不要看有這麽多觀眾，
　　他們許多人是做投機生意賺了錢，一買就是二、三十張戲票，送給
　　親戚朋友，男女老少都來開開心。」我相信這是眞實情況。在爭取
　　觀眾方面它是成功的，但這事也使我對中國的話劇開始了思索和研
　　究。〔註9〕

夏衍也許說過這番話，但那畢竟不是對該劇的正式評價。胡風習慣於借他人
的話以表達自己的意見，這是應該注意到的。胡風還曾提到，方然撰寫的批
評陳白塵的《陞官圖》的文章曾引起軒然大波〔註10〕。查《泥土》第 4 期（1947
年 9 月 17 日）上有《墮落的戲，墮落的人——看〈陞官圖〉演出以後》一文，
尚不詳其作者「杜古仇」是否方然（朱聲）的另一筆名。該文是如何進行「批
評」的呢？錄其一段如下：

　　　　去年上海演出《陞官圖》後，繼續演出過《裙帶風》《女人與和
　　平》，於是爆發了非常激烈的關於清算李健吾等的市儈主義作風的鬥
　　爭，打彩求財的市儈們著了慌，忙抬出郭沫若先生來把幕布一關，

〔註 9〕　《胡風全集》第 7 卷第 681～682 頁。
〔註 10〕　《胡風全集》第 6 卷第 630 頁。

於是鬥爭就被迫得不得不結束。是被迫而結束，也就自然的更加深
了人們對市儈李健吾們的憎恨和郭沫若先生的憤懣……我覺得我不
是走進了一個可以激發對現實人生的熱情，可以教育人們真實地去
感受去思索去更深的生活的劇場，而是花了五千塊錢和四個半鐘
頭，泡進了一個作者陳白塵君把自己把他的人物以及觀眾當做傀儡
當做傻瓜的玩具館，也是讓他自己，讓他的人物以及觀眾狂嫖一通
的亂淫窟……使我們懷疑作者是在拼命迎合觀眾的性欲要求和挑撥
觀眾的卑下的感官而寫作。

胡風本人也曾擬撰文參與批判，當年下半年他撰寫長篇論文《論現實主義
的路》，反擊香港友人的批評，「雖然只寫了兩節，預定要解剖幾隻大麻雀
名牌傑作（如《馬凡陀山歌》、《陞官圖》、《腐蝕》之類），沒有來得及寫。
〔註11〕」

　　舒蕪寄去剪報時，曾揣測胡風有可能從其他管道已經得知了郭沫若的這
個演講（「你或已看到吧」），這倒沒有說錯。郭沫若的演講剛剛見報，阿壟便
及時地通報胡風。胡風 1948 年 1 月 19 日自上海覆阿壟，寫道：

所謂郭（沫若）的話，不知是否香港報上的？我還沒有見到，
但那裏已有人來信。說是「有資格」人士並不同意，郭自己也覺得
不妥云。說些什麼還不知道（日內當可以見到），但大約總是那一套。
早在上海，茅、葉、陳、臧之流就想把他煽動起來，現在當還是由
葉等挑起的。此公誇大狂，容易上葉等圈套，雖然實際上也有根源。
我只想慢慢能有心情寫，站出來看他們怎樣。

信中「茅、葉、陳、臧」，指的是茅盾、葉以群、陳白塵和臧克家。胡風與這
幾位作家都有宿怨，在此信中他寧願把郭沫若說成是受蒙蔽者，這倒不無意
味。信中還提到「有資格人士」所持觀點與郭氏不同，而郭氏因而有所更正
云，並不是空穴來風。就在胡風致阿壟的這封信之後，1 月 26 日郭沫若作《當
前的文藝諸問題》〔註12〕，雖對胡風派的批判更加具體，但取消了「通紅」、
「托派」之類的定語。其文第三節「關於批評建立的問題」，完全是對胡風派
的針貶：

〔註11〕《胡風全集》第 6 卷第 653 頁。
〔註12〕原載 1948 年 2 月《文藝生活》海外版第 1 期。收入《郭沫若佚文集》下冊，
　　　　四川大學出版社，第 212～214 頁。

　　在這兒我提出了一個既存的批評界的偏向。有一批批評家似乎形成著一種小俱樂部的組織，他們有共同的態度。一是全面武裝，火氣十足。用極生硬的術語或極煽情的文字，像穿山甲一樣裝飾成一個目空一切，極前進的外貌。他們有時稱之為「雄獅搏兔」。二是專打尖端，對敵消極。凡是在不自由的天地裏比較能替人民泄洩憤怒，因而頗受歡迎的作家和作品必在被打之列。馬凡陀挨罵，《陞官圖》、《麗人行》受攻擊，而解放區文藝卻又受冷視。一句話歸宗，便是「你左，我比你更左」。三是文章自己好，別人惹不得。集體捧自己人，假如一受批評，便群起反攻，為了一個特創的形容詞之爭可以鬧他幾年。

　　這一批批評家是主觀主義作祟，人數並不多，但在我認為，卻發生了不小的影響。首先是對青年。年青的朋友們有好些人認為這是批評的正宗，於是便從而效法。嬉笑怒罵、感情用事，在文字上隨隨便便要處人以「絞刑」。其次是對於中間作家或同路人。我在上海時便有一位朋友告訴我：「有很多人在這樣說，你們還沒有執掌政權呢；假如一旦執掌了政權，不是要殺人嗎？」

上面的文字中雖然取消了「通紅」、「托派」之類的定語，但緊接其下的文字中卻有要「警惕偽裝下的敵人」的號召。郭氏接著寫道：「敵人而隱蔽者最值得我們注意。他可以偽裝為中間姿態，偽裝為同路人，甚至偽裝為自己人。這種敵人比諸顯明的更要可怕。他可以混淆我們的陣營，爭奪我們的群眾，以致打破我們的任務。」由此可見，至少在此時，郭氏的基本態度並沒有改變。稍遲（1948 年 2 月 10 日）在撰寫《斥反動文藝》時，他才將「反動文藝」重新進行了歸類，正式地把胡風派剔了出去。文中提到「紅黃藍白黑」，五色紛陳，卻沒有「通紅」，只有「桃紅色的紅」，但他把這色彩冤枉地塗在了沈從文的身上。

　　平心而論，郭沫若在香港中大師生舉行的新年團拜會上的演講確有定性失當之處；但胡風派諸人於更早的時候在各種刊物上的率性為文，其加諸於進步文化陣營（包括對郭沫若）的傷害，所產生的反作用同樣也未可低估。

　　早在 1944 年 4 月胡風為文協理事會起草、在第六屆年會上宣讀的論文《文藝工作的發展及其努力方向》中，就曾為橫掃「混亂」的文壇、戰勝「逆流」的形勢開出了藥方。他提出：

要勝利就得發動鬥爭，發動在明確的鬥爭形式上的文藝批評。

只有通過批評，才有可能追索到生活世界和藝術世界的深的聯
繫，只有通過批評，才有可能揭開而且解剖一切病態傾向底真相，
保衛而且培養一切健康力量底生機。

新的作家，因爲對於生活鬥爭的執著，也因爲沒有受到文壇風
氣的腐蝕，能夠帶來思想力的真樸和感應力的新鮮，給文藝傳統輸
入新的血素……在這個混亂期正期待著強壯的新兵，正期待著勇敢
的闖將。

在胡風的鼓勵下，重慶北碚的一些青年學生，如石懷池等，便成了討伐進
步文壇所謂「客觀主義」傾向的「勇敢的闖將」。在不到一年的時間裏，沙
汀、嚴文井、姚雪垠、碧野、冰心和蕭紅等著名作家都遭受到了最爲嚴厲
的批判。

1946 年底方然、阿壟主編的《呼吸》在成都面世，主編者在創刊號「小
結」中更是公然打出「清算」文壇的旗號，文中寫道：

清算似是而非的參謀部，清算似己而敵的戰列部隊、戰鬥人員，
清算自己一次，再清算自己一次。不把自己血液中潛伏的病原菌認
爲己，不把自己身上生根的毒瘤認爲己，不把自己肚皮上爬得癢蘇
蘇引得笑迷迷的蝨子認爲己，不能夠爲了簡單的血緣關係；要求的
是戰勝……

一霎時，國統區文藝界突然興起了「清算」的狂潮，一批青年作者競相以最
爲粗鄙的語言醜化抗戰文壇，以最爲不堪的形象來醜化進步作家，文壇風氣
頓時變得令人窒息。署名「秋隱」的作者在《呼吸》創刊號上發表《讀〈色
情的瘦馬〉》，挖苦臧克家的長詩《感情的野馬》，譏諷他的詩作「真令人想起
一個性欲衝動的堂吉訶德」。方然在《呼吸》第 2 期發表《文化風貌錄》，把
抗戰文壇描畫成「要性交，有的是；要手淫，有的是；要弔膀子，有的是。
嫖，男嫖女，女嫖男，都有；要打情罵俏，賣關子，有的是；要「革命」，有
的是……」語言暴力氾濫，粗鄙被視爲時髦。

胡風繼續爲「清算」鬥爭提供理論支持，1947 年 1 月 5 日他爲論文集《逆
流的日子》作序時，更將「自己的陣營裏面」的所謂「主觀主義」、「客觀主
義」傾向視爲與政治上的「大的逆流緊緊地互相呼應的」的文藝上的「逆流」，
進而疾呼道：

這就急迫地要求著戰鬥，急迫地要求著首先「整肅」自己的隊
伍，使文藝成爲能夠有武器性能的武器。有武器性能的武器才能夠
執行血肉的鬥爭，是血肉的鬥爭才能夠和廣大人民的血肉的鬥爭匯
合，使廣大人民的血肉的鬥爭前進，削弱以至擊潰那個大逆流的攻
勢。

其後，北平的《泥土》雜誌在「整肅」的喧囂聲中脫穎而出，其鋒芒始終對
準著「自己的隊伍」，它像黑旋風般拿著板斧亂砍，不僅傷害了許多同路人，
更嚴重地損害了「胡風派」在文壇上的形象。

如果對胡風發動的「整肅」（「清算」）運動的歷史背景有所瞭解，就能領
會到 1948 年初郭沫若對「胡風派」的激烈批評並不完全是受人「煽動」，也
不是「誇大狂」，而是如胡風所說「有根源」的。

舒蕪沒有直接參與胡風發動的文壇「清算」或「整肅」運動。他的學術
興趣始終在思想文化領域，而不在文藝批評，這是原因之一〔註13〕；自從《希
望》停刊以後，他的長篇論文失去了發表陣地，這是原因之二。但這並不意
味著他不支持「整肅」運動，至少在1948年之前，他對文壇的基本看法仍深
受胡風的影響。在此期間，他雖然也爲《呼吸》和《泥土》寫稿，但多限於
思想文化方面的雜感，與胡風等欲「清算」或「整肅」的焦點問題尚有距離。

舒蕪 1948 年 4 月 27 日致胡風的信中，曾指出過本流派失去發表陣地後
所面臨的困難。寫道：

我們自己一年多以來誠然太散漫，這原因是很多的。可是，沒
有一個集中的地方說話，這卻是實際原因中較切近的之一。我，就
是因爲沒有了外的督促，於是內的懶散乘機作用起來。當然這在物
質條件限制下很難設法，也只好多著重「主觀」一點。近來，我是
拖泥帶水的竭力作一點的。

此時（1947～1948）胡風派的處境非常類似於《七月》停刊以後、《希望》創
刊之前（1942～1944）的那種狀況。前文已有敘述，那時胡風曾精心組織舒
蕪撰寫了好幾篇重頭文章，都因爲手中沒有刊物而流產。但那時的沒有刊物，

---

〔註13〕 舒蕪當年曾計劃進行系統的文化批判。他在 1945 年 2 月 27 日致胡風信中曾
寫到：「曾蒐集了馮友蘭的『新世訓』，姜蘊剛的『生命的歌頌』，與『歷史藝
術論』，李長之的『迎中國的文藝復興』，錢穆的『文化與教育』，胡秋原的『中
西文化與文化復興』，還有『時代之波』，預備展開一個總批判。」後來沒有
實現。

可以責之檢查制度的嚴苛；而現在的失去發表陣地，卻只能怪罪於當事者過多的經濟考慮（怕「虧本」）。其二，由於手頭沒有直接掌控刊物，胡風組織的稿件只能零星地發給幾家有關係的報刊，如上海《時代日報》副刊（樓適夷）、《時事新報》副刊（賈植芳）、北平《泥土》（朱谷懷等）、成都《呼吸》（方然）、《荒雞小集》（滿濤等）、《螞蟻小集》（冀汸等），等等。由於主編者另有其人，胡風只能諮詢和建議，無法即時地導向，於是他親自組織的文章與一些他並不讚同的文章同時出現在同一報刊，而給人造成了無不是胡風指使的客觀印象。

舒蕪當年曾對這些同人刊物的文風不無微詞——

（1948 年 1 月 17 日致胡風信）：「《泥土》來信，說五輯還要出，我回了一封信，大意是勿以文壇為對象，勿去對罵，只為了警惕老實人，有時不免要指出壇上的污穢，但切不可去『鬥個三百回合』云。」

（1948 年 4 月 27 日致胡風信）：「《泥土》之類，氣是旺盛的，可是不知怎樣，總有令人覺得是壇上相爭之處。我以為，梅兄（阿壟）近來的論文，如特別置重於李廣田等，並且常有過份的憤憤，也不大好。或者是我不大熟悉這方面的事吧，總覺得今天重要的問題，並不在那裏似的。昨天偶然看到《橫眉小輯》（不知這是些什麼人辦的），曾想到，具體的批評是好的，可是還要展開，加深，提高，總之，還要有更強更豐富的思想性才好；那然後才不會被認為壇上相爭。又，對於自己朋友們的東西，似乎今後最好也要展開檢討（這希望你能做一做）；這也許更有積極意義的。這些意見，拉雜得很，看來信，有要『檢查過去』的話，就也拉雜寫出，不知你以為如何？」

這些信件都非常重要，可以看出：其一，舒蕪當時已覺察到胡風派諸人在各地報刊上所發表的文章給世人留下的印象並不太好；其二，他指出阿壟對「李廣田等」的批判有意氣用事之嫌；其三，他認為《橫眉小輯》所載文章不夠深刻〔註14〕；其四，也是最重要的一點，他提請胡風也要對「朋友們」進行

---

〔註14〕 王元化（方典）在《橫眉小輯》（1948 年 2 月）發表文章《論香粉鋪之類》，該文批評了錢鍾書的小說《圍城》，稱：「這部小說裏看不到人生，看到的只是像萬牲園裏野獸般的那種盲目騷動著的低級的欲望。」話語風格類似於《呼吸》諸人所為，曾引起文壇對胡風派的新的誤會和責難。

批評。這些都是出於維護流派威望而提出的建設性意見，胡風是否能坦然承受，舒蕪似乎並沒有信心。

問題還在於，舒蕪當年並不知道阿壟對「李廣田等」的批判，都是在胡風的指導下進行的，他貿然指責阿壟，有可能引起胡風對他的不滿——

> （胡風 1947 年 8 月 31 日致阿壟信）「朱光潛、朱自清、李廣田、穆木天的一本詩歌做法，艾青等，要看一看，把他們的問題找出來。他們是有了影響的。」

> （胡風 1947 年 11 月 2 日致阿壟信）「弄朱光潛，很好。我們就和正面敵人對一對給他們看看罷。」

> （胡風 1947 年 11 月 13 日致阿壟信）「關於克君（指臧克家），可以弄的，但切要以他的所謂進步民主的地位來衡量他的所作，這樣才不但可以避去副作用，而且可以真正解消他的姿勢的。」

阿壟隨後寫出了《內容別論》（批朱光潛）、《語言續論》（針對蔣天佐）、《馬凡陀片論》（批馬凡陀）、《形式主義片論》（批李廣田）、《田園詩片論》（批臧克家）等文章，胡風審閱過原稿，曾多次提出具體的批評意見。附帶說一句，這些文章在文壇上的口碑並不佳。

問題還在於，舒蕪當年也並不清楚胡風已對阿壟、方然、綠原等人的文風提出過批評，甚至認為他們的作派有損於「胡風派」的聲譽。如以下胡風1947 年 9 月 9 日致阿壟的信：

> 我看，朱與周，行文都有聊以快意的成份，一種好像矯飾的成份，這會產生很大的害處。對自己，我們要求莊嚴，對戰略，非有聚中的目標不可。像你的紮海斯、夜壺等等，都是玩弄敵人的東西。對熱情，對憎恨，我們決不能偶存驕縱之心的，一驕縱，它們就變質了。一開始，我提議《呼吸》要弄小些，就是擔心這些，現在的《地板》，更是烏合之眾，現出了輕敵之至的氣概，完全忘記我們是在「群眾」之中了。現在是，無論在哪裏，無論是什麼東西，只要參有我們朋友的名字在內，人家就決不當作隨喜的頑皮看，事實上也確實不是頑皮的意義而已的。什麼派，今天，一方面成了一些人極大的威脅，另一方面，成了許多好感者的注意中心。兩方面都是神經尖銳的，我們非嚴肅地尊重戰略的要求不可，否則，現在蒙著什麼派的那個大的要求就不能取勝的。

此信中批評的「朱與周」，指的是方然（朱聲）和綠原（周遂凡）。「什麼派」，當然指的是「胡風派」。他在此信中非常鄭重地告誡朋友們要從流派的「戰略的要求」著眼，慎重地寫好每一篇文章，他已痛切地感受到某些青年朋友行文時的意氣用事，可能產生「變質」的客觀效果。信中提到的「《地板》……烏合之眾」之語，係由綠原的近作《天堂的地板》而生發，進而連帶著批評了《呼吸》同人。

阿壠閱信後有過辯解。他是《呼吸》的始作俑者。1946 年 7 月初他提議要在成都建立「一個小據點」，並願意擁戴方然為「方面軍總司令」。《呼吸》創刊於當年 11 月 1 日。其後，文壇視《希望》與《呼吸》為一體，胡風派也因此得一別稱曰：「希呼集團」。然而，事實證明，方然難以承當此重任，而阿壠也未盡其責，胡風派因其受累不少〔註15〕。

胡風不為阿壠的辯解所動，1947 年 9 月 13 日覆信中仍堅稱：

> 關於《呼吸》的話，我只是以為大致似如此，因為《呼吸》我沒有詳看。劉（劉德馨，即化鐵）、徐（徐嗣興，即路翎）當可以有參證的意見的。嚴肅，我還有不相信的？但多少年來，我總感到戰略的要求和戰鬥配合，總不為大家所注意，總脫不了一種恃才的文學青年的氣氛似的，這在朱（朱聲，即方然）、周（周遂凡，即綠原）方面特別明顯。

路翎 1947 年 9 月 15 日致信胡風，也反映了流派中其他成員對《呼吸》同人的意見，他寫道：

> 登泰兄（逄登泰）來信提到北平朱君（朱谷懷）對於《呼吸》的意見，梅兄（阿壠）也談到你曾有信談到這個。我覺得那意見是實際的。看了最近的《天堂的地板》，就有這個感覺；有些東西，比方方兄（方然）的文字，就依然是出氣的做法。出出氣有時自然是痛快的，但卻把自己底存在漏掉了，沒有了廣闊的信念。好像擋住自己底路的只是文壇上的這一批人，好像是他們擋住自己底「文學之路」的。其實這些首先是社會的存在，單是知識分子式的厭惡和高傲的感情不能把握什麼東西的。

---

〔註15〕 賈植芳曾談到：「唐湜說阿壠、方然到處罵人，我們又不惹他們。的確存在這個問題。方然當年寫文章，掃蕩文壇，我不同意發，胡風也不同意。」李輝《搖擺的秋韆──是是非非說周揚》，海天出版社 1998 版。下不另注。

由此可見，胡風諸人早在一年前就對內部有過批評，儘管只是在方式方法的層面上進行的，但畢竟也是批評；批評者及被批評者都是本流派中近年來撰文較多且在文壇上較有影響者；舒蕪沒有與聞其事，主要原因是由於他近年少有所作，已逐漸游離於本流派的核心圈之外。

概而言之，當年「胡風派」諸人在胡風「整肅」的號令下橫掃文壇，傷害了大量進步作家，結下了深重的仇怨。胡風當時對流派中人的某些文章及粗鄙的文風有過批評，但批評不甚得力。更何況，他並沒有覺察到這些偏向從根本上來說是源自他的「反客觀主義」的「整肅」號令，他只是從「戰略」的角度來批評流派中人的某些行為，這當然並不能徹底地解決問題。具有諷刺意味的事實是，就在他批評《呼吸》諸人意氣用事的同時，自己卻意氣用事地指使阿壟撰文把左翼作家姚雪垠打成國民黨文化特務，從而引起文壇的惶恐。

曾是胡風派重要成員的舒蕪當年尚且不甚瞭解文壇內戰的內幕，而避居香港的那一大批進步文化人當然更不會瞭解在大陸文壇內戰中胡風對本流派諸人曾一度有所失控的實際情況。

不久，一場風暴從香港吹向內地，避居香港的進步文化人對「胡風派」的討伐開始了。後人曾評曰：這是以黨人的「清算」回答宗派的「清算」。

# 31 胡風斥喬冠華拿他「洗手」

　　1948 年 3 月，《大眾文藝叢刊》（簡稱「叢刊」）在香港創刊，該刊爲中共華南分局文化工作委員會（簡稱「文委」）領導，「文委」書記馮乃超（前任書記夏衍奉派去新加坡），副書記邵荃麟，委員有胡繩、章泯和周而復等。主要撰稿人都是當年中共南方局文藝領導層中人，如喬冠華、邵荃麟、馮乃超、林默涵、夏衍、郭沫若、胡繩等。據當年參與其事的周而復回憶，「叢刊」創刊宗旨和創辦過程是這樣的：

> 　　爲了宣傳介紹馬克思主義和毛澤東文藝思想，並有計劃澄清和批評一些資產階級文藝思想，乃超、荃麟和我們經常在醞釀準備創辦一個以文藝理論爲主的刊物。……這是文委領導下的叢刊，定名爲《大眾文藝叢刊》，不設主編，每期以主要文章爲刊名，署主要文章的作者名。除文委主要委員參與外，重要文章有關人員開會研究，積極參與其事者有潘漢年、胡繩、喬冠華、林默涵、周而復等。夏衍從新加坡回到香港，也大力支持。實際負責的是乃超和荃麟。
> 〔註 1〕

胡風文藝思想便是將要受到「澄清和批評」的諸思想之一。

　　「叢刊」第一輯《文藝的新方向》上，刊載了邵荃麟執筆的《對當前文藝運動的意見》（以下簡稱爲「邵文」）及胡繩的《評路翎的短篇小說》（以下簡稱爲「胡繩文」）這兩篇重頭文章。邵文是以「本刊同人」的名義發表的，副標題爲「檢討、批判、和今後的方向」，頗具權威性；胡繩文雖以個人名義發表，但論及的對象是國統區最有成就的小說家之一的路翎，其分量也不輕。

---

〔註 1〕　周而復《往事回首錄》，載《新文學史料》1992 年第 1 期。

「邵文」以抗戰時期各階段有代表性的錯誤傾向爲檢討對象。第一節指出文藝現狀不能令人滿意，呈「混亂」狀態（與胡風對此階段的判斷相同），但認爲造成這種狀態的原因「主要是由於個人主義意識和思想代替了群眾的意識和集體主義的思想」（與胡風所認爲的「主觀公式主義」加「客觀主義」不同）；第二節的重點在「對於幾種傾向的檢討」，首先批判的是歐洲「古典文藝」的影響及「過份強調技巧的傾向」（茅盾提倡過），接著批判了「所謂追求主觀戰鬥精神的傾向」（胡風提倡過），以及「強調個人生命力的呼聲」（原重慶才子集團提倡過），並一概定性爲「小資產階級的文藝思想」；第三節則是對未來人民世紀文學運動的展望，論及文藝的服務對象、作家的思想改造、文藝統一戰線、思想鬥爭及文藝大眾化諸問題。簡略地說，該文並不以胡風文藝思想爲主要批判對象。

「胡繩文」起首便提出路翎的短篇小說「在兩個意義」上「值得重視」，其一爲「反映了這一時期的國民黨統治地區內知識分子思想情緒發展的一種型」，其二爲企圖「更深地寫出中國人民的『精神生活』」。接著，以路翎的短篇小說集《青春的祝福》和其他幾個短篇爲解剖對象。文中剖析了路翎對工人的描寫，結論說：「不管作者所寫的是什麼礦工，但所反映的卻是一種知識分子的心情」；文中也剖析了路翎對知識分子的描寫，結論說：「一面批判著知識分子，一面又用浮誇的自欺來迷糊知識分子眞正向前進的道路。」結尾處否定了批評家們曾給予路翎作品的一切好評，喝道：「夠了，夠了，如果是對於一個並不站在『爲藝術而藝術』的觀點上的作家，這樣的贊美難道不是一種最刻毒的諷刺麼？」但他仍在某種程度上肯定了路翎的政治立場、藝術追求和「顯著的」藝術才能。

1948年初胡風正忙於爲「希望社」編選書籍，路翎的長篇小說《財主底兒女們》及短篇小說集《在鐵鍊中》，他自己的《胡風文集》，等等。爲了出書，他成天跑書店、書局和印廠，忙得不可開交。就在這四處奔波中，他偶然獲知香港要批判他的消息。他在回憶錄中寫到，就在滿濤給他送來《橫眉小輯》（1948年2月出版）之前，他就在作家書局聽到了這個消息——

　　姚蓬子告訴我一個消息，他聽劉百閔（國民黨中國文化服務公司的老闆）說香港在發動批胡風。這消息很使我感到詫異，懷疑它的眞實性。我想，抗戰八年來我一直跟共產黨走，編刊物得罪了一

些人那我是感覺得到的，但怎麼能在這個時候對我進行批判？當
時，我猜測是劉百閔造謠中傷。雪峰也説，恐怕是他瞎編在搞分裂。
胡風的「詫異」可以理解：姚蓬子是中共的變節者，劉百閔是國民黨的立法
委員，而他是「一直跟共產黨走」的；右派們知道的事，左派竟被蒙在鼓裏，
眞是匪夷所思。使他略感安慰的是，不久便收到了馮乃超從香港寄來的信和
刊物第一期的「校樣」〔註2〕。信寫得很客氣，希望他「看後提意見」；刊物
內容卻不太客氣，令他無法忍受：

> 沒看內容，只看目錄就明白了八九。《對於當前文藝活動的意見》
> 是對我而來的，但很多地方誤解了甚至歪曲了我的原意。更使我難
> 以接受的是胡繩對路翎小説的批評。我感到這樣的歪曲，一開始就
> 給路翎定了調子，自然成了一無是處的小資產階級作者。我不好説
> 什麼，也無法給乃超寫回信。

如上所述，「邵文」以抗戰時期各階段有代表性的錯誤傾向爲檢討對象，並非
專爲胡風「而來」，但邵其時已認定胡風「不是馬克思主義者」，這卻是事實〔註
3〕。「胡繩文」起首便提出了路翎的短篇小説「在兩個意義」上「值得重視」，
「一開始」的語調實際上是比較平和的，文中雖然將路翎劃爲「小資產階級
知識分子」，這個定性並不算太出格，何況文末仍寄希望路翎「認眞地從現實
主義的道路來解決他創作過程中的矛盾」。也許正由於此，胡風一時覺得「不
好説什麼」，他還需要時間來思考。〔註4〕

　　4月初胡風致信舒蕪，將新出版的路翎的長篇小説《財主的兒女們》、舒
蕪的雜文集《掛劍集》等打包寄去，並在包中夾進從《大眾文藝叢刊》第1
輯「校樣」中抽出的署名「本刊同人」的那篇重要文章。

　　4月7日舒蕪覆信胡風，寫道：「夾在包裹的木等的『公意』，看了。這個

〔註2〕 胡風在「萬言書」中寫到：「到香港同志們把批評到我的文章的校樣寄來的時
　　　　候，那刊物也已經出版了。」《胡風全集》第6卷第105頁。
〔註3〕 1949年彭燕郊在香港見到邵荃麟，邵對他説：「胡風是以馬克思主義者的面目
　　　　出現的，但我們認爲他不是馬克思主義者，有些人甚至有一種誤會，以爲他
　　　　的理論就是黨的理論，這是必須講清楚的」。彭燕郊《荃麟——共產主義聖
　　　　徒》。
〔註4〕 戴光中寫道：「《大眾文藝叢刊》連續發表邵荃麟、喬冠華、胡繩、林默涵等
　　　　人的文章，點名批評胡風，批評他的文藝觀點與毛澤東《講話》的區別和對
　　　　立時，胡風眞是大吃一驚，一點兒思想準備都沒有。」此説不確。《胡風》，
　　　　中國華僑出版社1998年7月版，第94頁。下不另注。

『才子』眞是『才』得很！」僅此一句評論，似乎有點不在意。「木等的『公意」，指的就是署名「本刊同人荃麟執筆」的那篇文章。

4月15日胡風致信舒蕪，鄭重其事地告誡道：

> 才子們的刊物，嗣興兄（路翎）說託然兄（方然）要港方倪君（倪子明）寄你一冊，如寄到，也可以看一看那後面的東西。把問題那樣胡「整」，眞是出乎「意表之外」，許多讀者都給弄得昏頭昏腦。從這裡，可以感到的，工作是太迫切了。這一年多，我們也太沒有做什麼。檢查一下過去，認眞地開始，是必要的。
>
> 上次似乎提到過，今天，與魯氏（魯迅）處境大不相同，應該把心情和態度推進一步，使任何問題成爲自己的問題，即，不是站在對抗的地位，要自己覺得是自己的事情負責提起來。即如對於這「公意」都應如此。像《逃集體》之類，實際上是不好的。

胡風建議他再認眞讀讀該刊其他的幾篇文章（「那後面的東西」），大概指的是同期所載胡繩的《評路翎的短篇小說》及郭沫若的《斥反動文藝》等；其用意無非是讓他更全面眞切地感受問題的嚴重程度，敦促他改變「失敗者」的「心情和態度」，勉勵他要自信地站在政治的制高點上，「用大氣勢說話」；並強調地指出，他過去寫的幾篇文章已被對方抓住了把柄，他應該負起責來，應該有所行動了。

前文已經述及，「《逃集體》之類」是舒蕪作於1945年8～9月間總題爲《更向前》的一組雜文（《說「方向」》《辭「理想」》《逃「集體」》《斥說教者》），載於1946年11月《呼吸》創刊號，其題旨皆見於其標題。這幾篇文章中多是反語、牢騷、怨憤和辯解，缺少胡風所要求的「萬物皆備於我」的氣派。當年舒蕪被胡喬木的當頭一棒打昏了，總覺得自己被失敗情緒所籠罩，而胡風他們卻都沒有這樣看。此時，「邵文」在批判「所謂追求主觀精神的傾向」時，將它們與《論主觀》、《論中庸》的舊賬放在一起，作了總的清算。文中批判道：

> 他們把問題顚倒過來，把個人主觀精神力量看成是一種先驗的，獨立的存在，一種和歷史，和社會並立的，超越階級的東西，因此，就把它看成一種創造和征服一切的力量。這首先就和歷史唯物主義的原則相背了。從這樣的基礎出發，便自然而然地流向於強調自我，拒絕集體，否定思維的意義，宣佈思想體系的滅亡，抹殺

文藝的黨派性與階級性，反對藝術的直接政治效果；在創作上，就
自然地走向個人主觀感受境界或個人內在精神世界底追求了。

「邵文」可議之處甚多：舒蕪在《論主觀》中有過把「主觀」看成是「獨立
存在」的偏向，但他卻並不認爲它是「超階級的」；舒蕪確信「主觀」是「創
造和征服」客觀的力量，這並沒有說錯，唯物主義的「辯證」就是從闡揚人
的「主觀能動性」開始的；舒蕪在《論中庸》等文章中流露過「非集體」、「非
理想」、「非體系」之類的情緒，但他卻不「否定思維」，恰恰相反，這些都是
他通過獨立的思想探索而得出的結論；至於「邵文」論及胡風文藝思想的幾
句話，那倒是與舒蕪扯不上半點關係。

舒蕪收到胡風的信後，等著香港方面寄書來，過了十餘天還沒收到，便
於 4 月 27 日給胡風覆信，寫道：

> 才子之刊，尚未收到……看「公意」，才子先生似乎在力圖爲自
> 己「洗刷」，所以，「懺悔」之處頗多。我始終不清楚，裏面究竟是
> 什麼一種氣氛？何以一來二去就會把人變得這麼「天地不仁，以萬
> 物爲芻狗」的樣子？即如才子，也就這麼忽而官腔官調起來；雖是
> 本來就沒有對他一流的人多存希望，可是，別樣的人在那氛圍中又
> 會怎樣呢？倘發聲的只是這樣，別樣的就不出聲，我以爲那就眞是
> 如你所說，「工作是太迫切了」。
>
> 你所謂「使任何問題爲成自己的問題」，我想，該是爭取全面的
> 主動的意思，不知是不是？《逃集體》之類，記得那時正在自己的
> 某些遭遇之中，有些像貴兼（陳家康）所說的「自居於捱打的地位」，
> 所以有那樣的態度。

信中所談的還是「邵文」，由於一讀再讀，倒讀出了胡風所未曾指出的另一面。
他與邵荃麟不熟，誤以爲該文出自喬冠華的手筆。既有此誤會，便不禁聯想
當年在重慶共同推進「啓蒙運動」的許多往事。於是從該文「懺悔」的主調
裏，判斷作者有「洗刷」的動機，但卻不知促使他們突然「官腔官調」起來
的客觀因素（「氣氛」）到底是什麼。細讀「邵文」，「懺悔」意確實隨處可見
──

> 首先，是對自己的批判……
> 我們在反對「左」的鬥爭中，忽略了向右傾的鬥爭……
> 我們是被政治天空上的烏雲所震倒了……

這一切都是說明了我們的軟弱無能——對於文藝階級立場的不夠堅定……

我們仍然被那種軟弱無能的右傾統一戰線觀念所束縛著……

舒蕪能從「邵文」中讀出對方的「懺悔」，而胡風卻以爲完全是衝著他來的，這就是他們之間的區別〔註5〕。這區別看起來不算大，後果卻不能說小，它在某種程度上決定了舒蕪和胡風對「邵文」的不同反應程度。換言之，胡風敦促舒蕪重視「邵文」，指出他已被對方抓住了把柄（「逃集體」），催他趕緊寫文章；舒蕪雖也表示非重視不可，但卻理解爲這只是戰略上「爭取全面的主動」的意思，沒有承諾馬上撰文。在同信中，他含糊地對《逃集體》那幾篇引起麻煩的雜文作了幾句解釋，並不認爲有什麼特別大的問題。信末表白自己仍有戰鬥熱情，寫道：「近來，我是拖泥帶水的竭力作一點的。」

舒蕪此時究竟在「拖泥帶水」地忙著些什麼呢？

他確實在「竭力」地寫作著，起筆於 1946 年的《生活唯物論》，原擬第一章題爲《論「實事求是」》，第二章爲《再論「實事求是」》，第三章爲《論創造》……等等；1948 年年初他又改變了構思，從新開始撰寫，第一章爲《論眞理》，第二章《論錯誤》，第三章《論創造》，第四……等等，並「準備假期中把生活論完成」〔註6〕。只不過，這個創作計劃進行得很不「順順流流」，「每天無論如何，就是一兩行也要寫一兩行出來。希望能支持到完成」〔註7〕。顯然，這樣的答覆是不能讓胡風放心和滿意的。

他在南寧師院國文系擔任了好幾門課程，除了繼續開「墨子研究」、「讀書指導」、「歷代詩選」等課而外，又新開了「中國近代思想史」和「歷代詞選」等課。他曾一度滿足於「可以稱心發揮」，「旁聽的人倒相當多了」。他再一次混淆了「職業」與「事業」的區別，這一層也不能讓胡風放心和滿意。

他還要爲小家庭的生活操心。其妻陳沅芷 1948 年 3 月中旬從北平來到南寧，探親並待產。他們初建家庭，將要爲人父母，不免有點興奮和緊張。7 月 9 日淩晨，陳沅芷在南寧小樂園醫院產下長女，他們懸著的心才放下。在這段時間裏（4 月至 7 月），舒蕪沒有餘暇撰文。

---

〔註5〕 胡風在《關於喬冠華》中寫道：「邵荃麟的所謂全面批評，不過是表示不專門攻擊某個對象的表面文章。」

〔註6〕 舒蕪 1948 年 1 月 17 日致胡風信。

〔註7〕 舒蕪 1948 年 2 月 6 日致胡風信。

　　他依然置身於學院裏的反專制爭民主的鬥爭浪潮中。1948 年寒假過後，國民黨政府教育部批准了院長曾作忠的辭呈，另派教育部的督學唐惜分來接替院長，唐很有政治手腕，到任後即以院長的身份出面保釋被囚禁半年之久的楊榮國和張畢來兩位先生，並讓他們繼續回校執教。楊、張二先生於 5 月 20 日出獄，全院師生舉行盛大的歡迎會，舒蕪想必少不了還要忙上幾天。

　　1948 年 5 月，「叢刊」第 2 輯《人民與文藝》出版，刊登了喬木（喬冠華）的《文藝創作與主觀》（以下簡稱「喬文」）。該文有如下幾段對胡風也許頗有刺激性：

　　　　（其一）「例如抗戰初期，就出現過這樣的論調：『到處都有生
　　　　活，不管是前線和後方，當前問題的重心不在於生活在前線和後方，
　　　　而是在於生活態度。』這種思想好像是為了知識分子如何和人民結
　　　　合的課題而提出的，但實際上它取消了和人民結合這一基本命題。」
以上加單引號的一句話，在當年頗有影響，曾被舒蕪在《論主觀》中進行了發揮。其原始出處卻是喬冠華 1944 年的作品《方生未死之間》，儘管「喬文」中沒有點明，文壇中人不會有誰看不明白。

　　　　（其二）「當時的作家，一般地並沒有在實際生活上和勞動人民
　　　　相結合，這種強調主觀生活的態度的論調，在實際上不過是取消了
　　　　作家和人民結合的基本命題，使作家們各自在他們小資產階級的天
　　　　地裏，自以為已經深入了人民而已。」
以上批判似乎針對著胡風論文《置身在為民主的鬥爭裏面》（1944 年作）中有關作家和人民關係問題的敘述，至少很容易使人聯想起胡風的這段話：「即使在最平凡的生活事件或最停滯的生活角落裏面，被這個鬥爭要求所照明，也能夠看出真槍實劍的，帶著血痕或淚痕的人生。」但實際上，這也可以認為是包括自我批評在內的批評，因為「取消」論的源頭仍可追溯到抗戰後期喬冠華首創的「到處都有生活」的觀念。

　　　　（其三）「不承認廣大的工農勞動群眾身上有缺點，是不符合事
　　　　實的；但在本質上，廣大的勞動人民是善良的、優美的、堅強的、
　　　　健康的。健康的是他們的主體；他們的缺點，不論是精神上和生活
　　　　上的，只是缺點……把人民善良、美德、堅強和康健的主體置之不
　　　　顧，而卻去強調那些他們自己不能負責的缺點──這可能在實際上
　　　　產生什麼效果呢？事實上是拒絕乃至反對和人民結合。」

這段文字直接批判了胡風的「精神奴役底創傷」論。前文已經述及，胡風是在受到舒蕪《論主觀》的啓示後才逐漸明晰、進而提出這個觀念的。二十餘年來五四先行者「國民性」的研究及「個性解放」的追求在這個堪稱「警句」的表達方式上結晶，產生使人過目不忘的效果。但由於胡風是在論及作家如何「和人民結合」時提出這一觀念的，因而具有某種特指性。

「喬文」也批判了舒蕪的「逃集體」，他寫道：「隨著那些主觀論者的主觀精神越『擴張』、越『燃燒』，他們卻越脫離人民，越看不起群眾，於是他們就在『個性自由』的口號下，公開喊出要『逃集體』（見《呼吸》創刊號舒蕪的文章）了……這是一些破產的沒落的貴族子弟，他們對於不能使他們過『幸福日子』的現實是懷著不滿的，但他們又濃厚地帶著書香人家的自憐自愛的習氣，他們總覺得『我是這樣美妙、別致、不可重複，然而，不讓我照著自己的意志生活。』他們把自己幻想成英雄，而把群眾看成落後，愚昧，滿身瘡疤的東西（用他們的術語來說，就是滿身帶著『精神奴役的創傷』），於是，他們要『逃集體』，『寧願去尋求孤獨』了。……」

勿庸置疑，「喬文」對胡風的刺激更甚於「邵文」。這不僅因為「邵文」是以自我批評爲主，並非專門針對著胡風文藝思想，而「喬文」則處處圍繞著「唯心主義」，把胡風思想視爲主要的批判目標。

前文已經述及，1943 年至 1944 年間喬冠華、陳家康、胡繩等曾撰寫多篇文章，批判在整風形勢下出現的新的「教條主義」，意在推動一場「廣義的啓蒙運動」，該運動得到了黨外人士胡風的配合，他也曾組織舒蕪撰寫「反郭文」等權當敲邊鼓。未久，延安查覺出他們有偏離毛澤東思想的跡象，指示南方局開展內部批評，並要求他們檢討，胡繩有所改正，陳家康無表示，喬冠華未知如何。胡風爲了表示聲援，又組織舒蕪撰寫《論主觀》等文予以聲援，惹火燒身，引起了延安的嚴重關注，胡風派遂成了左翼文化陣營中鼓吹「唯心論」的代表。

正由於存在著這些歷史恩怨，胡風談到「喬文」時便顯得不太冷靜，他在回憶錄中寫道：

> 看到《大眾文藝叢刊》第二期《人民與文藝》，裏面有喬木（喬冠華）直接批評我的文章。使我不解的是，許多他自己（于潮）曾同意我的觀點，現在卻一起批判，但又不和自己聯繫起來。他能不負責任地忘了過去，我可要向讀者負責，不能今是昨非地亂說一通，我必須慎重嚴肅地想想。

1977 年 7 月他在《關於喬冠華》中又寫道：「原來在重慶時，他成了資產階級唯心主義的重要批判對象，現在他忽然跑出來『找出』了胡風是主觀唯心主義，他自己就成了當然的馬克思主義唯物主義者。他用胡風的名字洗了手。他經過了怎樣的過程呢？完全不知道。」

所謂「洗手」，是江湖上指責「背叛」的用語，胡風後來以此指責舒蕪，阿壟後來以此指責魯藜，路翎後來以此指責魯煤，取意皆相同。然而，胡風認為喬冠華對「唯心主義」的批判沒有思想認識基礎，轉變太突然，指責他背叛。對此，卻要另行分析。

重慶的「整風」已經過去了將近五年，喬冠華的「轉變」有無過程呢？有的。1944 年初喬冠華受到黨內批評後，拒絕在《群眾》上發表舒蕪的「反郭文」，這是「轉變」的跡象之一，胡風是知道的；1944 年底，他向胡風提出「打算約姚雪垠一道談談文藝問題」，以調解他們之間的糾紛，這是「轉變」的跡象之二，胡風也是知道的；1946 年初他與胡風議論毛澤東文藝思想，兩人的觀點已有明顯距離，這是「轉變」的跡象之三，胡風也是知道的；1946 年 10 月喬冠華奉命赴港，在海輪上與林默涵不期而遇，在交談中他對路翎的《飢餓的郭素娥》提出批評，說這部小說內容脫離實際，人物也不真實，主人公不像個真正的勞動者，因此對胡風的文藝思想產生了懷疑。這是「轉變」跡象之四，胡風只是對此事不清楚而已。

綜上所述，既然「轉變」有過程，那麼胡風譏諷喬冠華「立地成佛」的依據是不足的，「洗手」的指控自然也不能成立。

胡風讀過「叢刊」後，在「慎重嚴肅地」思考的同時，也在號召同人，宣佈戰略，鼓勵士氣，組織文章，進行反擊。

3 月 31 日和 4 月 12 日，他在寫給北平《泥土》編者朱谷懷的兩封信中，解答了對方關於「叢刊」所提出的一系列問題，明確指出，「（邵文）是拼湊起來的，對過去對理論都輕率得很。表面上的政治詞句掩遮了內容上的和實際任務脫節」，並提出建議，「討論是可以的，但不要被那些東拼西湊來的說法所束縛住，陷於混亂。頂好從現實的文藝實狀去衡量它。」

3 月 31 日他致信「柏寒（方然）、守梅（阿壟）、嗣興（路翎）」諸人，告誡他們要慎重地面對挑戰，寫道：「我說冷一冷，並非迴避，也非放棄，而是說，不要輕試其鋒，那樣反而有害的。正面討論，非展開全面的分析不可。因為，我們的目的是全運動，並不能是防衛自己。」

4月15日胡風把「邵文」寄給舒蕪，並敦促他「檢查一下過去，認真地開始」。

反擊就這樣展開了。據曾令存的統計，胡風派諸人「陸續在北平的《泥土》（朱谷懷等編輯）、南京的《螞蟻小集》（冀汸、歐陽莊等編輯）、成都的《呼吸》（方然等編輯）等上面發表一系列『反批評』的文章。其中僅在《螞蟻小集》上，便先後發表了《對於大眾化的理解》（冰菱即路翎作，2期）、《略論普及與提高》（懷潮，3期）、《論藝術與政治》（懷潮，4期）等文章，對《叢刊》的批評進行反駁。尤其是路翎以「余林」爲筆名在《泥土》第6期（1948年7月20日出版）發表的《論文藝創作底幾個基本問題》，影響更大。〔註8〕」

說路翎的長篇論文最有份量，並不在於他是否提出了一套與「港派」有別的文藝思想，不是的！他對文藝特質的闡釋與「港派」別無二致，譬如，關於「文藝究竟是什麼」，他寫道：「文藝，是通過精神鬥爭而表現著和推進著特定的時代的特定的人群底社會鬥爭底武器。從而它是階級鬥爭的武器。」當然，也不在於他批駁了對方的多少觀點，而在於他是如何逐一地把對方手中的無產階級革命文學的「大旗」搶奪過來，置對方於一貫「錯誤」、一貫「右傾」、一貫「調和」的被批判的地位上。文末的「附記」最有意思，充分體現了胡風要求於舒蕪的「使任何問題成爲自己的問題」之意。他質問「喬木先生們」：

> 他們更應該記著，他們那個「首先，是對自己的批判」裏面所輕描淡寫地指出來的抗戰期間在文藝底統一戰線問題上，在文藝思想要求的問題上所犯的錯誤，正就是他們自己底縱容……
>
> 他們更應該記著，並且公諸大眾，他們在從前說過怎樣的話，以及他們批判自己的過程是怎樣的……

路翎在這裡，也如胡風一樣，以一貫正確的姿態叩問歷史。他所質疑的「他們」，是中共在國統區的文藝領導者。他所使用的語言，也如爭鳴的對方一樣，是極端政治化的。實際上，「胡風派」中能向重慶「才子」集團提出這種質疑的只有兩人，第一人是胡風，第二人是舒蕪，「胡風派」中只有他們兩人參與過當年的「廣義的啓蒙運動」。然而，此時胡風的反擊長文尚未脫稿，而舒蕪的反擊文章尚未構思呢！

---

〔註8〕 曾令存《1948～1949：〈大眾文藝叢刊〉》，載《中國現代文學研究叢刊》2002年第2輯。

# 32 舒蕪「準備爆炸一下」

1948 年 4 月間，胡風開始布置對「港方」的反擊。在他的整個戰略計劃中，舒蕪似乎並沒有佔據應有的重要位置。

起初，胡風只抓了幾篇重點文章，如路翎撰寫的《論文藝創作的幾個基本問題》，方然撰寫的《略論普及與提高》、《論藝術與政治》，阿壠撰寫的《形式主義片論》等〔註1〕。後來，他親自執筆，撰寫了長達六萬餘字的《論現實主義的路》，原擬寫得更全面一些，後因種種原因未果。

路翎的《論文藝創作的幾個基本問題》寫成於 1948 年 5 月，載北平《泥土》第 6 期（1948 年 7 月 20 日）。胡風審閱了文稿，並提出了一些重要的修改意見。他在 6 月 19 日致路翎的信中寫到：

> 信和稿收到。北平寄了五萬多字去了，等來信，如需要，再寄去。
>
> 論文稿，明後天寄上。如果北平刊用（大概刊用），我想《螞蟻》再下一期用，用轉載的形式。這一期，聲兄（朱聲，即方然）能寫一則，最好。
>
> 這樣，氣氛上好些。對付他們，不能不穿甲胄的。改動處，一爲小資產階級作家的分析，一則刪去黑格爾的話。黑氏的話，有可取處，但基本上是觀念論的，否定了作爲主體的人，即階級性。我

---

〔註 1〕 懷潮（疑是方然的又一筆名）撰寫的《略論普及與提高》，載《螞蟻小集》之三《歌唱》1948 年 8 月出版；《論藝術與政治》，載《螞蟻小集》之三四《中國的肺臟》1948 年 11 月出版）；阿壠的《形式主義片論》，載《泥土》第 5 期。

> 打算從這一點砍過去。其餘的，不過爲了愼重而已。當然還有可以
> 歪纏的地方，不過不要緊。

由此信可知，北平《泥土》和上海《螞蟻小集》當年刊載的與「港方」爭鳴
的文章，基本上都是由胡風組稿的。信中「論文稿」指的是路翎的《論文藝
創作的幾個基本問題》，路翎聽取了胡風的修改意見後，於當月 29 日改竣並
寫了「附記」，交由胡風寄北平《泥土》。順便提一句，《胡風全集》的編輯者
認爲信中「論文稿」指的是胡風的論文《論現實主義的路》，這是不對的。其
時胡風的長文還未開筆。據胡風回憶錄，《論現實主義的路》「時停時寫地花
了近三個月的時間，到中秋節那天才寫成」，那年中秋節爲西曆 9 月 17 日，
如果寫作時間「近三個月」無誤的話，起筆的時間應在當年 6 月下旬，即在
「叢刊」第 2 輯《人民與文藝》（5 月）出版之後及第 3 輯《論文藝統一戰線》
（7 月）出版之前。

關於《論現實主義的路》的起筆時間，胡風回憶錄還有另外一種說法。
他寫道：

> 北京出版的《泥土》第六期寄到……這期登了好幾篇對香港批
> 評的意見。內有余林一篇，那是路翎寫的，我看過。其餘幾篇事前
> 我並沒有看到。……我收到不少新老朋友的來信，都同我提到香港
> 的文章，問我的意見。更多的是同情我，甚至認爲我如不寫文答辯
> 是不負責任。馮雪峰看到第二輯後就曾氣憤地說：「難道又要重演創
> 造社的舊伎？我們在內地的人怎麼做事？」我不好說什麼。我想，
> 這些作者這樣寫自有他們的用意吧，所以一直不想寫文章回答。但
> 現在出現了許多有關這方面的文章，有的說得不清楚，可能對我造
> 成更大的誤解。因此，我就決定自己寫了。

《泥土》第 6 期出版於 7 月 20 日，如果他在其後動筆，離中秋節不到兩個月。
由此可知，胡風所謂讀過《泥土》第 6 期才開筆的說法也是不準確的。

舒蕪遲遲沒有參戰，直到 8 月 2 日始有信致胡風，告之正在撰寫一篇反
擊文章。全信如下：

> 曉谷兄：
>
> 久不得信，甚念。寄兩長稿，想已到，不知可能發表？沅芷上
> 月九日產一女孩，適值物價狂漲，生活弄得支離破碎。在校中做了
> 一通傻子，最近漸漸看清，原來全被僞善者與怯懦者利用而且出賣

了，很有悲憤。現寫一文，答覆你所寄來的那篇才子之文的，準備
爆炸一下。泥土六期已見，很有意思。匆匆，祝

平安。

方管頓首拜

信中所說兩「長稿」，指的是年初重寫的《生活唯物論》的第一章《論眞理》
和第二章《論錯誤》，舒蕪曾承諾寒假期間完成全書，過去了半年，才寫成前
兩章。信中提到在校中爲人「利用而且出賣」，此事未見於他的回憶，不知所
指，大概與某教師的矛盾有關〔註 2〕。「現寫一文……準備爆炸一下」一句，
說的是他正在撰寫的批判「邵文」的文章，題爲《論生活二元論》。有意思的
是，「邵文」問世於當年 3 月，胡風寄給他是在當年 4 月，如今已是 8 月了，
才想起來要「爆炸一下」，是不是晚了一點呢！也許，他是讀過《泥土》第 6
期路翎的論文受到了激勵罷，這篇重頭文章原本應該由搞理論的他來寫的，
卻由搞創作的路翎來操刀，他是不是覺得有點慚愧呢！

　　8 月底舒蕪的「爆炸」文寫訖，立即寄給上海的胡風審閱。該文幾經修改，
後載於年底出版的《螞蟻小集》第 5 輯。

　　9 月 27 日胡風覆信，談到論爭的形勢、審稿意見及若干建議。全信如下：

　　管兄：

　　　　疲乏之後，又病了兩天，所以有些不支了。但信拖了太久，得
　　寫幾句。現在，已經成了全面攻來之勢，由那些公子們一直聯絡到
　　姚（雪垠）、端木（蕻良）之流。主要對象就是幾個人。（黃）若海
　　去南港，囑他把那刊物（指「叢刊」）各寄一本給你，看了就可以明
　　白。看情形，還要愈加猖獗下去。

　　　　你那一篇，看了很躊躇。論點所展開的，當然都是好的，但沒
　　有注意到廣大讀者的心境。他們已經無興趣管那些舊賬，更是處處
　　要求在大氣勢上說話。其次，論點的展開，任何地方都要設想一下
　　可能被歪曲之處。我看過兩遍，梅（陳守梅，即阿壟）、劉（劉德馨，
　　即化鐵）來時也看過。本想寄回你自己改一改，後來怕趕《泥土》
　　不及，就把前二節刪掉，加幾句按語。寄時告訴他們，時間趕得及，

---

〔註 2〕　舒蕪 1948 年 10 月 6 日致胡風信寫到：「前信說的無聊糾紛，那人，因醜德彰
　　　　聞而被學生拒絕選其課了。他更集怨於我，似乎要有所作爲，但其實也作不
　　　　出什麼，無非嘰嘰咕咕。」似乎說的是某位教師。

寄回你改一改。現在想一想，怕還是由你自己再斟酌一下的好，趕不及就遲一期也不要緊。——

那裏面，涉及黃某（黃藥眠）的可以勾去，目標不要一下擴大開去，關於崇拜自發性的經濟主義一點，需要解釋，因爲，他們不是在罵我們崇拜自發性麼？等等。要時時把握住大氣勢，設想到可能被歪曲之處，並顧到讀者的理解力和熱情趨向。戰爭已經發動了，做得好，可以推進一步，否則只好丟開不管，做自己的事情。在你的做法：用「冷靜」的口氣，分別指出每一個在原則上的錯誤和實踐上的不好結果，就好。對於講究「態度」的一般空氣，我以爲最有效果。甚至如孔翔那樣分條寫也可以的。

我寫了一篇約六萬五六千字，現在爭取能夠發表出來。但想一想，要歪纏，還是可以儘量歪纏的。你的做法，不必拉得太開，一點一點抓住他，我以爲最好。

論眞理，前月又看過。心境上，反不如從前似的。例如，「向眞理哀悼」，這就流於「向後看」的心情了。我們所能達到的讀者，都是急於要「向前看」的。那些虛僞的膚淺叫囂，就是抓著了這一點的。階級基礎，雖然成爲機械論的化石化之原因，但我們不能就放開它不談，因爲，（一）還要從這裡抓出根源來，（二）一般讀者並不就瞭解的，還要從這裡去推進實踐問題，（三）這樣才能打擊機械論和主觀主義。這是我的感覺，你可以考慮一下。

乏力，到此爲止。深秋了，隆冬似乎就要來，不知道如何度過它。

匆匆祝

都好

谷

九·廿七日

信中第一段，介紹當時論爭的發展情況，其中指責姚雪垠、端木蕻良參與「港派」圍攻，此事並無根據，無非渲染形勢的嚴峻而已。又說到讓友人把已出的「叢刊」各寄一本給舒蕪，言語間雖無責怪之意，但也可看出他對舒蕪仍只讀過「邵文」頗感詫異。信中第二、三段是對舒蕪《論生活二元論》的意

見，批評其糾纏於「舊賬」（黃藥眠對《論主觀》的批判），「氣勢」不大，論證不夠嚴謹，未顧及讀者的感受，等等。信中並提到，該文擬趕在北平《泥土》第 7 期上刊出，不及寄回，另請《泥土》編輯就修改事直接與他聯繫。信中第四段提到他剛寫完一篇重要文章，當是《論現實主義的路》無疑。第五段對舒蕪《論真理》一文的評價，基本上是否定的。

9 月 30 日胡風給《泥土》的編輯劉天文寫信，寄去為刊物第 7 期組織的幾篇稿件。寫道：

> 兩信收到。忙亂，遲覆了。文藝走到更前面，看情形，是會如此也只能如此的。這裡，能把文藝推進一點，更深入一點才好。但海外諸公那一套，看來是只有害而無益的。他們似乎還要逞一逞雄風，而且把我們看做唯一的眼中釘，最近又在捧李廣田而罵路翎了。
>
> （另卷）寄上的有兩篇，你們斟酌情形，看能發表否？如發表，評朱教授放在前，這兩篇放在最後，中間放作品，是否好一些？舒文，本想寄他自己修改，但怕時間來不及，就寫了幾句前記，可否如此？如時間來得及，由你們寄他改一改，否則不必了。我寫信告訴他。再，舒文中有涉及黃藥眠之處，可以改掉，免得目標分散（疲乏，無力再看）。〔註3〕

信中提到的「舒文」，指的就是舒蕪的《論生活二元論》。信中再次提到要把「涉及黃藥眠之處」全部刪去，大概認為當前主要的論敵是香港「才子」，不願再為其他人分散力量，他的這一戰術思想是可取的。

10 月 6 日舒蕪覆胡風，不願再事修改，寫道：「九月廿七日信，今日接到。文章，我看你那樣刪了就好，我自己來，除了重寫之外，要刪大概也只有這樣刪的。且看他們寄回來否，寄回來就再斟酌一下，否則就由他去。」

10 月 9 日胡風致信舒蕪，對前信中所提意見有所修正。他寫到：

> 那些才子們會在小地方來歪纏，我們也就得在這些地方特別注意。——上次曾想到黃藥眠之流無聊，不必再提他，現在聽說他那大文又印成了書，那就要提還是可以提的。才子們所能影響的一般讀者，有些天真得很，文字稍為曲筆的就看不懂。此點也要注意。他們這一期已著手付印，且急於想刊出這一篇。所以，能一兩日內改好寄出最好。或者仍先寄這裡，我再轉寄。

〔註 3〕　《胡風全集》第 9 卷第 165 頁。

前信說要刪去文中涉及黃藥眠處，此時又說可以保留。總之，經過這麼一番周折，這篇文章沒有趕上《泥土》第 7 期（11 月 1 日出版）。

舒蕪的修改稿大約於 10 月 20 日前後寄出，胡風於 10 月 26 日收到稿件後覆信舒蕪，信中很大一部分談的仍是關於該稿的修改意見、擬發何刊物等等細節問題。他寫到：

> 改稿及四短稿俱收到。平刊已出，不過還未收到，且數日無信，不知會不會遭到特別困難。改稿，好得多，應該用沉著的表情去繳他人之械的。但匆匆看過之後，覺得還有不夠力強的地方（具體批評略去，筆者注）……由於這，也由於兩刊都須二十天以後才能有再籌印的可能，我想，明後天詳看一遍，把覺得應斟酌的說法的地方記出，供你參考，寄回你自己再斟酌一次。我們是要動搖二十年的機械論的統治勢力，多花一點力氣是必要的。這次，兩刊都有文字，他們也有文字，下月大概要大叫一通的。

信中提到的「兩刊」，一指北平的《泥土》，二指上海的《螞蟻小集》，胡風目前能倚重的大概也只有這兩個刊物了。信中說到他將再次詳看，讓舒蕪作好繼續修改的準備，可見他對該文還是比較重視的。1955 年此信被節錄收入《第一批材料》中，「我們是要動搖二十年的機械論的統治勢力……」一句被坐實為對主流文藝思想的抵制。1977 年 12 月胡風在一份材料中解釋道：「我說『多費點力氣』是說我自己在寫的《論現實主義的路》，舒蕪卻故意歪曲成『號召他的集團中的人』這樣做。〔註4〕」如前所述，胡風的長篇論文已於當年中秋節（9 月 17 日）寫成，這裡說的應是舒蕪的《論生活二元論》，沒有什麼疑義。

舒蕪於 11 月 5 日回信，表示接受胡風的批評，並作了一些自我分析。稱：

> 昨接廿六日長信。

> 關於文字的氛圍的不夠，本來不曾覺得，一提起，想想，大概也確乎是那樣。這主要的原因，我想還是在於自己已和「一代熱情……」有些隔膜，而在自己的角度上說來，或者就可以說是反感。這反感當然不好的，可能從此成為中庸。但有時又覺得自己實在很暴烈，不過暴烈得陰沉，主觀上想壓服這個，不要這陰沉，於是往往反而弄得張惶失措，甚至因虛飾之故而無力了。

---

〔註 4〕 《胡風全集》第 9 卷第 534 頁編者注。

　　　　不知是否可以這樣說：在我們的情形之下，倘不使「那浮華或天眞」犧牲掉一些東西，則我們自己就難免要犧牲掉一些東西。或者說：他們在抓讀者的弱點，我們就該多少打擊一下這個弱點。又或者說：要打擊的就連讀者在內，就要把讀者「冷一冷」。

　　　　這樣的意思，我是時常想起的，但又把握不定是不是中庸的表現。谷兄，你看到底是如何的呢？——我的疑惑是：我們是不是也該和讀者戰爭？

　　　　但回到文字本身來，又斟酌一下當然是好的。北平昨日同時有信，說是月尾可出云。

信中所提到的與「一代熱情……」的隔膜，表面上似乎指的是與青年一代讀者的隔膜，實際上也可視爲是他與胡風等人思想認識上的越來越明顯的疏離；而信中反覆提到的「要打擊的就連讀者在內」及「我們是不是也該和讀者戰爭」等語，則寓含著不知「如何是好」的強烈失敗主義情緒，明顯地流露出覺察到己方的理論已不再能征服群眾時的惶惑。如前所述，路翎在《論文藝創作底幾個基本問題》中一再表白讚同政黨提出的「和人民結合」、「向人民學習」、「文藝是階級鬥爭的武器」等基本原則，這應視爲他們的共同的政治態度。既如此，他們在哲學理論和文藝理論上可以騰挪的空間就非常有限，除了在這些基本原則下勉力地作些不同於流俗的闡釋之外，還能再說什麼呢？理論的有力在於它的徹底性，不徹底的理論是沒有力量的。

　　胡風 11 月 17 日致信舒蕪，力圖解除對方的疑惑。信中談到，應認識到讀者的弱點來自一個「龐大的基礎」，如欲戰而勝之，必須要從更眞誠地肯定那個基礎上出發。

　　舒蕪對胡風所說「宏大的基礎」之類的話不甚明白，但揣摸得出，大致還是「以天下爲己任」的意思。胡風以往給他的信中多次提示過這一點，近年來更甚，屢次批評他的寫作「不如以前」、「氛圍不夠」、「氣魄不大」。他琢磨了許久，以爲有所領悟，於 11 月 28 日覆信，信中從「出發」點的角度作了一番自省。他寫到：

　　　　我近年來，對許多問題的考慮，竟都從一個反感出發，這眞是現在想來大可怕的事。因爲對機械家的浮誇的反感，竟至於有意識的專以澆冷水爲事，這是多麼糟糕的呢？我把「看得更遠」如老人的凝煉，竟誤以纏綿傷感實之，結果眞成了向後看，而居然還自以

為深刻，這豈不是又要走上苦雨齋的舊路了麼？於是我又想起貴兼
（指陳家康）在渝時對我的舊詩的批評，他說我是「失敗的美」，是
「先把自己站在挨打的地位再唱歌」，當時還覺得他這話有些可笑，
現在想來，倒是被他不幸而言中了。

以上反省不無道理，從「反感」出發為文，必然糾纏於「態度」之類的皮毛
細事，也許還會發生魯迅批評過的姑嫂鬥法的流弊。1945 年初他因「反感」
於政黨中人對《論主觀》的批評，於當年 8～9 月間寫了一組雜文《說「方向」》
《辭「理想」》《逃「集體」》《斥說教者》，有意嘲弄被時人看作神聖的事物，
最終被「港方」抓住了把柄；後來他還寫過《謝「光明」》之類的雜文〔註5〕，
更深地沉浸（或「陶醉」）在「失敗的美」及「寂寞與復仇」之類的「纏綿傷
感」之中。但這只是問題的一個方面，更重要的問題是，自從《論主觀》受
到政黨中人的批判之後，他就被「失敗主義」的情緒籠罩著，逐漸不自信，
從而被「真的主觀」所吸引；逐漸有怯意，理論創新精神也隨之減弱。於是，
在他與胡風的通信中出現得越來越多的是「書生」、「舊文人」之類的自責，
他的長篇論文引證於「哲人」的名言雋句也越來越多。從這個意義上分析，
當年胡風對他企望教條主義來「救命」之類的批評，實質上是指責他尚不能
自覺地從「宏大的基礎」（指佔據馬克思主義理論制高點，或堅信自己是馬克
思主義者，等等）出發來考慮問題。

　　也許由於胡風在信中表述得不太清楚，舒蕪此時尚不能充分理解他的深
意；也許由於在這場與「港方」的理論大戰中，己方的路翎、方然諸人明顯
處於「招架」（辯解）的下風，舒蕪此時尚體會不到胡風諸人的自信心由何而
來。但，他已經明確地感受到與師友們之間的距離越來越大，同信中便不禁
地從各個方面尋找原因。他寫到：

　　　　我又想起，《故事新編》裏也就說過：「我久已不投在變化中了，
　　怎能變化人呢？」是的，自己不衝上去，是無力引人來衝的。侈談
　　新的萌芽，倘自己不先就猛撲向那裏，是沒有絲毫意義的。一個勝
　　利的精神，真是非常必要。倘不能如江河直下，先把對象捲進來卷
　　向前去再說話，是沒有誰來聽的。而況還不是別人聽不聽的問題，
　　而是自己的發展和危機的問題。近年來，已自覺得漸漸開口不得，
　　有暗啞之勢，倘長此以往，真不堪設想。我先前居然還謬談到有一

〔註 5〕 舒蕪 1947 年 4 月 28 日致胡風信。

種暗想：暗自責備時代的浮誇。現在想來，才知道，時代永不會錯
誤，錯誤永不在時代。凡覺得時代有錯者，一定自己已是相當之糟
了。這些話，你和寧兄都早向我說過，可是不知怎麼，總感不到切
實的意義。但又不知怎麼，今天突然一觸發，於是有了鮮明的感覺，
於是並且懂得了，這一兩年來，你和寧兄對我的一切批評，原來都
是在這一點上貫通的。

兩年多了！從 1946 年初困居川西「空山」時算起，他已經有兩年多沒有站在
理論戰線的前沿與師友們並肩作戰了。「我久已不投在變化中了，怎能變化人
呢？」一句，眞切地描述了他此時的處境和心境。該句原引自魯迅的《出關》，
描寫了老子與孔子間師生的一番對話：

「請……」老子照例只說了這一個字。

「先生，您好嗎？」孔子極恭敬的行著禮，一面說。

「我總是這樣子，」老子答道。「長久不看見了，一定是躲在寓
裏用功罷？」

「那裏那裏，」孔子謙虛的說。「沒有出門，在想著。想通了一
點：鴉鵲親嘴；魚兒塗口水；細腰蜂兒化別個；懷了弟弟，做哥哥
的就哭。我自己久不投在變化裏了，這怎麼能夠變化別人呢！……」

「對對！」老子道。「您想通了！」

相傳孔子是老子的學生，久未開悟，一旦得道。他來見老子，話中暗藏機鋒。
魯迅在《〈出關〉的「關」》中解釋過題旨，指出「老子的西出函谷」是「爲
了孔子的幾句話」。孔子上述的幾句話裏，尤其是「我自己久不投在變化裏了，
這怎麼能夠變化別人呢」這一句，貌似自指，實則喻他，老子知會於心，遂
不得不走。舒蕪借用孔子的這句話，也許並沒有向胡風挑戰或告別的意思，
只是想表達出近兩年來沒有積極參與師友們「變化別人」工作的歉意而已。

　　兩年多了！他畢竟與胡風派諸師友睽違得太久，他們之間所剩下的聯
繫，與其說是思想上的共鳴，不如說是感情上的牽掛。遙想當年，洋洋萬言
的《論主觀》、《論中庸》無不一揮而就，儘管不無瑕疵，但都得到過流派中
人的充分肯定；注目如今，一篇《論生活二元論》，竟寫得如此不爭氣，一改
而再改，心盡了，力竭了，仍被師友批評爲「還有不夠力強的地方」。他愼重
地思考著如何改變自我，如何重新投入師友們正在從事著的「變化人」的工

作，他忽然覺得找到了解決癥結的途徑，以為一切都是由於缺乏「勝利的精神」所致。他以為只要具有這種精神，便可以振作起來，克服「自己的發展和危機的問題」。為了表達繼續追隨胡風等前行的決心，他甚至違心地讚同對方所曾給予的「一切批評」，並將對方所未曾有過的思想也都慷慨地贈予。所謂「時代永不會錯誤，錯誤永不在時代。凡覺得時代有錯者，一定自己已是相當之糟了」，胡風、路翎似乎從未如此表述過，他們一向敢於把抗戰文藝主潮視為「逆流」，把抗戰文壇視為「混亂」，並以唐·吉訶德式的挑戰時代的行徑為自豪。說穿了，舒蕪在此恍然有所悟的「勝利的精神」不是別的，而是真正的無依憑的「主觀戰鬥精神」。

舒蕪的這封信寫於 11 月 28 日，卻遲至 12 月 20 日才寄出。因何事耽擱如何之久，他在信末解釋道：

> 此信寫成於上月底，未發；後又接十七日信，未覆。所以寫了信而不發，接了信而不覆之故，你恐怕無法想像到的，是因為買郵票的錢一直沒有。這幾十天來，薪水分文未發，每天幾毛錢買菜，都是東拉西扯的借來的，故一封航空信的錢已成巨額支出了。直到昨天，才發下本月薪水之一部分。

大學教授竟困窘到連寄一封航空信的錢也拿不出來，這當然是任何人也「無法想像得到的」。由於這個意外的耽擱，胡風未能及時地收到這封信，他已於 12 月 9 日離滬赴香港，即將「投身到主流裏面」〔註6〕。

此次分別，即是永訣；即使再見，已無復舊觀。

---

〔註 6〕 《浮南海記》，《胡風全集》第 4 卷第 138 頁。

# 33 「在行動與鬥爭當中」

　　胡風於 1948 年 12 月 14 日抵達香港，1949 年 1 月 6 日乘海輪離港赴東北解放區，總共在香港呆了二十來天。在這二十來天裏，他見到了「島球」[註1] 上《大眾文藝叢刊》的幾乎所有的主要撰稿者（除了胡繩和林默涵），也曾嘗試著交換意見，然而效果都不好。

　　他見到的第一位是時任中共南方局文化工委委員和副書記的周而復。他覺得對方很冷淡，於是「腦子裏掠過了一個想法：這大約是我抗拒了批評的報應。」他見到的第二位是時任中共華南局香港工作委員會委員及文委書記的馮乃超。馮乃超與他談到路翎的創作，因一語不合而引起了胡風的反感，認為：「他對路翎的理解是遠遠不及一個感情樸實的青年讀者。」接著，他又見到了中共在文化界的聯絡人葉以群。他一向不喜歡葉，1945 年曾譏諷他是「抬腳的」，月前因《中國作家》拒絕發表他的《論現實主義的路》而痛斥他為「小棍子」。由於嫌惡，他對葉轉達中共華南局領導潘漢年的「談談」的邀請不當回事，「沒有做什麼積極的具體表示。」過了三、四天，他在一次「特別設計的友誼聚會」上見到了最想見的兩位批評者：喬冠華（時任中共香港工委委員）和邵荃麟（時任香港工委副書記、文委委員），他在與喬冠華交談時發生了爭執。不久，中共華南局領導潘漢年親自登門拜訪，談話內容見於胡風回憶：

> 　　他（潘漢年）說，他是不贊成那樣發表文章的，要他們等我和
> 馮雪峰來談了以後再說，但他們一定要那樣幹。我沒有說什麼。……

---

[註 1]　胡風以「島球」喻香港，「地球」指內地。見於《論現實主義的路》，《胡風全集》第 3 卷第 543 頁。

> 潘漢年終於出面來談話，可能和喬冠華商量過，希望我進解放區之
> 前關於我們的論爭取得一個解決，例如我們分別寫個什麼表態文
> 章，都承認自己有錯誤，要用黨的文藝路線來改正錯誤之類吧。但
> 我當時完全沒有朝這方面想，以爲文藝理論問題沒有可能也沒有必
> 要急於求得什麼解決。〔註2〕

如果回憶無誤，可以看出，當時中共香港文化機構對胡風文藝思想的批判，
其用意並不在於一棒子把胡風打死，而是要把他「拉」過來，統一於「黨的
文藝路線」。然而，當時胡風卻不願這麼想，他不肯作任何讓步，大概認爲「退
一步就會退十步，最後非成爲影子不可」罷。樓適夷在回憶文章中也談及奉
命「拉」胡風的往事，他是胡風的老朋友，結交於左聯時期，年前在上海主
編《時代日報》的「文化版」，刊發了胡風派的不少稿件，曾引起過激烈的論
爭。他在《記胡風》一文中寫道：

> 　在香港工委管文藝工作的邵荃麟同志把我叫去，告訴我：「全
> 國快解放了，今後文藝界在黨領導下，團結一致，同心協力十分重
> 要，可胡風還搞自己一套，跟大家格格不入，這回掀起對他文藝思
> 想論爭，目的就是要團結他和我們共同鬥爭。你同胡風熟悉，你應
> 該同他談談！」這是一個重要使命，我當然是堅決執行，保證完成。
> 我特地把胡風請到九龍郊外的我的寓所裏，和他談了整整半夜……
> 這一晚的談話，大部分是我談的多，他說得少。我談得很懇切，很
> 激動，他看著我一股真誠的樣子，只是微微的笑，很少答腔。看來
> 我的話其實沒有觸到點子上，當然說服不了他，使命算是失敗了。
> 〔註3〕

樓的回憶應該是可信的，其傳達邵荃麟的話也應是事實。邵荃麟剛在大眾文
藝叢刊上發表了《論主觀問題》，批評胡風等「處處以馬列主義與毛澤東文藝
思想者自居」。當然，樓不可能據邵說來說服胡風，因爲他深知胡風一向認爲
自己是抗戰文壇上左的代表，在「統一戰線」及「創作思想」犯有「右傾」
錯誤的不是他，而是對方諸公。就這樣，樓適夷黯然而返。胡風拒絕了「島
球」諸人對他的又一次「團結」。

　1949年1月6日胡風一行九人乘坐挪威「大利華輪」北上赴解放區。

---

〔註2〕　《胡風全集》第6卷第521～522頁。
〔註3〕　樓適夷《記胡風》，曉風編《我與胡風——胡風事件三十七人回憶》第8頁。

　　胡風離滬赴港，行色匆匆，事前並未通知各地朋友。在抵港的當天下午（1948 年 12 月 14 日），他曾給武漢的綠原寫了一封信。信中寫到：

遂凡吾兄：

　　弟因料理生意南來，今晨抵此。行前過於匆匆，未及函告。但在此亦不至久住，因公司欲弟去產區一行，弟亦欲藉此作一次（旅行），以舒多年來之積困。雖目前生意無可為，弟之才能亦不能有所收穫，但看看南洋風光，亦為快事。兄前欲回鄉養病，弟曾奉上兩信，向田、魯二兄略告近況，不知己否收到？甚望兄此行能夠實現，一以解除生活威脅，一以休養身體。望此信到時，兄能收到，以後相距日遠，怕不易通信了。

匆匆即頌

儷安

谷

十二·十四下午

根據目前已知的資料，這是胡風從香港寄給大陸友人的唯一信件。信中用隱語告訴對方抵港及將赴解放區的消息；信中提到已為對方寫好給田間和魯煤的兩信，希望他能實現投奔解放區的願望。不知為何，胡風沒有通知尚在國統區的其他朋友，這裡面也包括舒蕪。

　　舒蕪此時仍在廣西南寧師範學院，自 1948 年 12 月 20 日給胡風去信後，一直沒有收到覆信，他隱約感到胡風可能已經遠行。後得梅志信，稱「家長到出產地辦貨去了」，心中一塊石頭方才落地，在心底裏為胡風祝福。

　　1949 年年初桂林師院的風潮又起。當年元月，繼曾作忠擔任院長的唐惜分被調回教育部，接任院長的是臭名昭著的 CC 派大特務黃華表。黃華表其人早年是廣西省「清黨」的老手，殺害過許多進步青年，為進步人士所痛恨；他原屬桂系，後來改投 CC 派，也為地方實力派所不齒。學院師生們認定派此人來治理學校，一定是「來者不善」，於是自發地掀起「驅黃運動」，鬧得轟轟烈烈。實際上，在當年解放大軍橫掃千軍如卷席的形勢下，國民黨政權的徹底崩潰已指日可待，黃華表此來的最大目的似乎並不為政治，而是為了「經濟」（「撈錢」）。當時，國統區惡性通貨膨脹，學校已無力承辦集體伙食，學生們只得自備小爐子各自為炊，黃華表到學院後提出要「整頓秩序」，取締了學生的小爐子，讓親戚承辦「包伙團」，以詐取伙食費；他還剋扣教員的薪水

津貼，逼得教員們向教育部發電請願；後來，他索性避不到校，把教育部匯來的員工生活補助費 360 萬金圓券全扣住不發，企圖中飽私囊。

以黃華表爲代表的反動勢力末日前的瘋狂激怒了全院師生，「驅黃」運動一浪高過一浪。學院裏組織了「學生委員會」，根據中共地下黨的指示，主張開展有理有利有節的鬥爭；學院「教授會」也於當年 3 月健全了組織，據該運動的領導者之一汪澤楷先生日記載〔註4〕——

3 月 3 日：關於 360 萬元薪水問題，屢經交涉，尚無結果。因此，由教授談話會議決，除從 360 萬中抽出 90 萬暫維學院同學伙食，不得保留空額外，並請黃華表院長於四日午後四時以前回院辦公，否則登報尋訪，並電請教育部查訪促其回院。此外提議改選教授會理監事，以便處理事宜（即定明日午後二時召集教授會會員大會）。幾皆全體一致通過。

3 月 4 日：本日午後二時在公寓八角廳舉行教授會會員大會，除選出理事 7 人（吳家鎮、馬駒譽、方管、王西彥、金先傑、李世豐及我），監事三人（譚丕模、謝厚藩及陳竺同），又候補理事二人（高天行、吳壯達），候補監事一人（謝起文）外，接受昨日教授談話會各項，並決定即夜在本市《中央日報》和《廣西日報》登出尋訪黃華表院長啓事及追究前天劉運楨秘書侮辱四位教授會代表（吳家鎮、王西彥、金先傑及我）等。

3 月 5 日：今日上午教授會理監事舉行聯席會議，討論各項工作，分配職務。結果理事會互選常務理事三人：馬駒譽、方管及我；監事互選常務監事一人：譚丕模。致電教育部尋訪黃華表行蹤並請促其早日回院。午後二時半，教授會招待本市《中央日報》、《廣西日報》、《南寧力行報》及《邕江晚報》的記者，報告黃華表從二月二十八日起不到院辦公和尋訪情況，黃院長到院以來的措施，黃院長對內對外的態度及關於教職員生活補助費的情形等。五時散會。

從以上日記摘錄可知，舒蕪（方管）此時已成爲「教授會」的中堅和骨幹。在 3 月 4 日的「教授會會員大會」上，他被選爲七理事之一，在 3 月 5 日的「聯席會議」上，又被選爲三常務理事之一；兩次會議的若干文件都是他撰

〔註4〕 汪澤楷《勞人日記選》，轉引自舒蕪《汪澤楷教授點滴》，載《傳記文學》2004年第 10 期。

寫的，如《致教育部尋訪黃華表院長行蹤並請促其早日回院電》及在各報刊登的《尋訪黃華表院長啓事》，等等。他在回憶文章中稱自己「實際上是個『機要秘書』式的角色，拿大主意的多是汪澤楷、譚丕模兩位」，似乎有點過謙。其時，譚先生與中共南寧市地下組織有著某種秘密的聯繫。當然，舒蕪並不清楚這一切，他只是跟隨著這些尊敬的師長，踏踏實實地做著他的「機要秘書」的工作。

「驅黃」運動繼續深入開展，繼「學生委員會」宣佈罷課後，「教授會」也宣佈了罷教，形成了全院一致的驅逐黃華表運動。舒蕪在這場群眾運動中得到了鍛鍊，長了見識，提高了才幹。他特別贊賞「教授會」採取的鬥爭方式，明明是要驅逐反動院長，方式卻是「尋訪」，黃華表越是不敢露面，他們越是公開地登報「尋訪」他，逼著他無法回來。後來，鬥爭愈趨複雜和激烈，黃華表曾向法院起訴教授代表，密電教育部要求解散學院，陰謀解聘譚丕模、謝厚藩、汪澤楷、王西彥等 4 教授，等等。在中共地下組織的領導下，「學生委員會」和「教授會」進行了堅決的抵制和鬥爭，贏得了廣泛的社會支持，挫敗了反動派的陰謀。

4 月初廣西省政府主席黃旭初應國民政府教育部之請，直接干預南寧師院的風潮。他一方面向教育部建議撤換院長，一方面脅迫「教授會」的幾位領導人辭職。此舉既削弱了民主運動的力量，又拔除了異己，稱得上是「一石二鳥」。舒蕪不在被「禮送」的黑名單之中，他自己也「不知道什麼緣故」，大約是「被當局看做只是動動筆桿子的角色」罷〔註 5〕。4 月 4 日被「禮送」出境的四位教授（譚丕模、謝厚藩、汪澤楷、王西彥）冒雨離開南寧，前往湖南長沙，舒蕪前往送行，依依惜別。

5 月初陳一百先生接任南寧師院院長，學院恢復上課，風潮似告平息。然而，更大的時代風潮在鼓蕩著，越來越逼近廣西，南寧師院校園裏滾動著隱隱的雷聲。

舒蕪平靜地等待著新世紀的來臨。熟悉的師友都離去了，此時他與之交往較多的是尚天行（高滔）教授。高滔（1902～1950）抗戰前即是北平著名的進步教授，抗戰初以「齊同」爲筆名出版長篇小說《新生代》（第一部），這也許是中國現代文學史上第一部全方位表現「一二·九」學生運動的長篇小說，曾被文學史家評論爲「抗戰前期較好的長篇之一」。1948 年末高滔應老

〔註 5〕 《舒蕪口述自傳》第 195 頁。

朋友譚丕模的邀請來南寧師院任教，得到了學生們的歡迎，舒蕪曾在給胡風信中描述過「學生對之崇拜無已」的情況〔註6〕。在臨近解放的日子裏，這兩位左派教授走得很近。

就在歷史即將掀開新一頁的沉寂的時刻，舒蕪繼續撰寫哲學著作《生活唯物論》。這部著作已反覆構思、推倒、重寫過多次，此番又是重寫。1948 年 11 月 28 日他在寫給胡風的信中曾說：「《生活論》舊稿已成者，決定丟去，即刻另行起頭。」在胡風離滬赴港之前，舒蕪已重寫了近五萬字，在等待解放的日子裏，全書終於完稿。「全稿約二十五萬字，共八章。第一章是『導論』，其他七章，是按照斯大林的《辯證唯物主義與歷史唯物主義》所論的唯物論三大特徵與辯證法四大原則，每條各寫一章。」（《〈回歸五四〉後序》）

書稿前有一篇「自序」，作於 10 月 2 日，南寧解放（12 月 4 日）的前兩個月。「自序」略述了該書的最初構思及數易構思的過程，並談及在長達五年的時間裏思想上的若干變化，寫到：

> 還在五年之前，就曾以現在這個書名，寫過一本小冊子，爲了出版之前的修改，一次又一次，拖延下來，終於就拋去了；而現在這一本雖然與那同名，其實是很少關係的。
>
> 記得五年之前的目的，是在於供給初學者以一本淺要的入門書，所以採取了故事的體裁，內容也盡可能地限於我意想中的「初學者」的程度。當時一氣寫完，在所謂「無反省」的心情中倒也覺得可以過得去。後來修改時卻處處碰著問題，而且層層碰著問題，不但改不勝改，而且這次改了的下次再看還是不行，所以就總是改不完，弄不出一份清稿。癥結所在，後來也漸漸清楚了：原來全不是什麼枝節問題，是那根本目的與我的實際能力之間，有著無可調和的矛盾。爲初學者寫一本淺要的入門書，這是十分需要的。但是，深入而後才能夠淺出，這一句相傳已久的話，也是十分不錯的。如果要爲初學者寫一本淺要的入門書，那麼自己的學習和理解的程度，較之所謂「初學者」，究竟已深過多少？這是首先應該自問，並且得到確實的答案的問題。我的失敗，就因爲忽略了這個；自己其實也不過是一個初學者，所知道的本已少而且淺，竟還要把它弄得更少更淺，結果之不成東西，是當然的。

---

〔註 6〕 舒蕪 1948 年 11 月 28 日致胡風信。

上述兩段大致上概括了他最初按照胡風的提議撰寫此書的「目的」，對胡風幾年來對該書稿寫作的指導、審讀、建議的綜合「反省」，及對數易其稿的思想「癥結」的總結。從這些表述中雖可讀出他對師長胡風的深切的感激之情，但其「反省」的角度和深度已明顯超出了胡風曾經言及的範圍。換句話說，這個「自序」不僅是舒蕪對該書稿寫作過程的深刻反思，也可以視爲是他對幾年來在「發展馬克思主義」的理論道路上摸索的經驗教訓的總結。後一層意思在「自序」的最後一段中表達得最爲分明：

> 因此，這一回就完全不同。凡自己所已知，所能知，所欲知的一切，盡可能地都寫在這裡。因爲自己一向是企圖著，對於辯證唯物論與歷史唯物論的學習，主要的要在實際社會生活當中進行；要在行動與鬥爭當中進行；所以這裡所著重的，當然也就是這一點。我要反覆證明的，只是一件事：就是，每一種錯誤的理論，都由於理論者自身的錯誤的生活；而反之，誰能在實際社會生活當中堅持正確的道路，他對於辯證唯物論與歷史唯物論的學習，也就被保證了光輝勝利的前途。「從噴泉裏出來的都是水，從血管裏出來的都是血。」

舒蕪在這裡提出：對先進理論的探索，「要在實際的社會生活當中進行，要在行動與鬥爭當中進行」。這不是胡風指示的道路，胡風主張的是另一條道路，即「自我鬥爭」。胡風認爲，「一切偉大的作家們，他們所經受的熱情的激蕩或心靈的苦痛，並不僅僅是對於時代重壓或人生煩惱的感應，同時也是他們內部的，伴著肉體的痛楚的精神擴展的過程。〔註7〕」這也不是朋友路翎正在走的路，路翎認爲：「個性解放，也就是社會鬥爭」，而「戰鬥的作家和知識分子原就在人民當中」〔註8〕。

　　在遠離胡風的日子裏，舒蕪潛入了「實際的社會生活」之中，他在最近一兩年裏所走的路或許正確，或許不正確，這不是筆者所特別關注的。胡風和路翎等在遠離舒蕪的日子裏，依舊在進行著「自我鬥爭」，那道路的正確與否，也不是筆者特別關注的。

　　筆者所關注的只是「差別」，這「差別」起於研究對象所選擇（被動或主

---

〔註 7〕 《胡風全集》第 3 卷第 190 頁。
〔註 8〕 路翎《論文藝創作的幾個基本問題》（署名余林）。收入《文學運動史料選》第 5 輯，上海教育出版社 1979 年。

動）的不同的生活（實踐）道路，各各有別的「主觀」則寄寓、萌生在這「差別」之中，而不是相反，甚至也不是對象的「主觀」所能決定的。